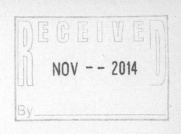

Un extraño
en mi cama

Un extraño en mi cama

Sylvia Day

 Planeta

Obra editada en colaboración con Editorial Planeta - España

Los personajes, eventos y sucesos presentados en esta obra son ficticios.
Cualquier semejanza con personas vivas o desaparecidas es pura coincidencia.

© Shutterstock , de la imagen de portada
© David La Ponte, de la fotografía de la autora

Título original: *The Stranger I Married*

© 2007, Sylvia Day
© 2013, Anna Turró i Casanovas, de la traducción
© 2013, Editorial Planeta, S.A. – Barcelona, España

Derechos reservados

© 2013, Editorial Planeta Mexicana, S.A. de C.V.
Bajo el sello editorial PLANETA M.R.
Avenida Presidente Masarik núm. 111, 2o. piso
Colonia Chapultepec Morales
C.P. 11570, México, D.F.
www.editorialplaneta.com.mx

Primera edición impresa en España: marzo de 2013
ISBN: 978-84-08-03903-7

Primera edición impresa en México: mayo de 2013
ISBN: 978-607-07-1662-1

Impreso en los talleres de Litográfica Ingramex, S.A. de C.V.
Centeno núm. 162-1, colonia Granjas Esmeralda, México, D.F.
Impreso en México – *Printed in Mexico*

Con toda mi gratitud, dedico este libro a la diosa editorial Kate Duffy. Son muchos los motivos por los que creo que es fabulosa; empezando por algo tan importante como que fue la primera que compró una de mis novelas y terminando por algo mucho menor (pero no menos importante) como, por ejemplo, que es muy generosa en sus halagos.

Kate:

Soy muy afortunada de escribir para ti.

Tu entusiasmo por nuestro trabajo es todo un regalo. Doy gracias a diario por haberte conocido tan al principio de mi carrera. Me has enseñado mucho y me has dado la oportunidad de crecer. Me dejas escribir las historias que me salen del corazón y me has demostrado lo maravillosa que puede ser la relación entre un autor y su editor.

Muchas gracias.

Sylvia

Agradecimientos

Como siempre, quiero darle las gracias y un fuerte abrazo a mi crítica particular, Annette McCleave (www.AnnetteMcCleave.com). Ella me hace tener los pies en el suelo y por eso la quiero tanto.

Mi más profundo cariño para mis agentes Deidre Knight y Pamela Harty. Me siento afortunada, honrada y agradecida de trabajar con ustedes.

Y gracias también a todos los autores de Allure (www.Allure Authors.com) por apoyarme, a mí y a mis novelas. Las chicas de Allure son como verdaderas hermanas y significan mucho para mí.

Prólogo

Londres, 1815

—¿De verdad pretendes arrebatarle la amante a tu mejor amigo?

Gerard Faulkner, sexto marqués de Grayson, mantuvo los ojos fijos en la mujer en cuestión y sonrió. Quienes lo conocían bien sabían lo que significaba esa mirada.

—Por supuesto que sí.

—Ruin —farfulló Bartley—. Eso es caer muy bajo, incluso para ti, Gray. ¿No te basta con ponerle los cuernos a Sinclair? Ya sabes lo que siente Markham por Pel. Lleva años enamorado de ella.

Gray se quedó observando a lady Pelham con mirada experta. No tenía ninguna duda de que la mujer se adecuaba perfectamente a lo que él necesitaba. Era guapa y escandalosa, ni intentándolo encontraría mejor esposa para él, o una que pusiese más furiosa a su madre. Pel, que era como la llamaba cariñosamente todo el mundo, era de estatura media, pero poseía unas curvas de infarto; tenía un cuerpo hecho para dar placer a los hombres. La morena viuda del conde de Pelham desprendía tanta sensualidad que causaba adicción, o eso decían. El estado físico y anímico de lord Pearson, el antiguo amante de lady Pelham, había empeorado mucho desde que ella puso punto final a su relación.

Gerard comprendía a la perfección que cualquier hombre se deprimiese al perder sus atenciones. Isabel Pelham brillaba como una piedra preciosa bajo la luz de la enorme lámpara de araña que presidía aquel baile de máscaras. Pel era una joya y valía hasta el último chelín de su elevadísimo precio.

La vio sonreír a Markham con aquellos labios demasiado gruesos para los dictados de la belleza clásica, pero perfectos para rodear el miembro de cualquier hombre. Muchos pares de ojos masculinos desperdigados por el salón la observaban, anhelando el día en que Pel dirigiese su mirada de color jerez hacia ellos y eligiese entre ellos a uno como su próximo amante. A Gerard le daban lástima. Ella era una mujer extremadamente selectiva y solo se quedaba con un amante durante años. Ya hacía dos que llevaba a Markham atado con una correa muy corta y no parecía que estuviera perdiendo interés por él.

Pero ese interés no llegaba tan lejos como para que se aviniera a contraer matrimonio.

En las contadas ocasiones en que el vizconde le había suplicado que se casase con él, Pel lo había rechazado aduciendo que no tenía interés en volver a pasar por el altar. Gray, por su parte, no albergaba ninguna duda de que podía hacerla cambiar de opinión.

—No te sulfures, Bartley —murmuró—. Todo saldrá bien. Confía en mí.

—No se puede confiar en ti.

—Puedes confiar en que te daré quinientas libras si te llevas a Markham a la sala de juegos y lo alejas de Pel.

—Está bien. —Bartley se irguió y tiró de su chaleco hacia abajo, a pesar de que ninguno de los dos gestos sirvió para disimular su abultado estómago—. Estoy a tu servicio.

Gerard sonrió y le hizo una leve reverencia a su interesado amigo, que se fue por la derecha mientras que él seguía caminando por la izquierda. Lo hizo sin ninguna prisa, por los bordes del salón, abriéndose paso hasta su objetivo. Avanzó despacio, esquivando a las madres de las distintas debutantes que se interpusieron en su camino. La gran mayoría de los nobles solteros reaccionaban a esos encuentros sin disimular la expresión de hastío, pero Gerard era tan conocido por su encanto como por su mala reputación. Así que aduló descaradamente a todas esas damas, besó unas cuantas manos y dejó a todas las mujeres que se encontró a su paso convencidas de que algún día iría a verlas para proponerles matrimonio.

Miró con disimulo a Markham en un par de ocasiones y vio el momento exacto en que Bartley conseguía llevárselo de allí; justo entonces, aceleró la marcha y tomó la mano enguantada de Pel para besarle los nudillos, antes de que cualquiera de sus ávidos admiradores pudiera alcanzarla.

Cuando Gerard levantó la cabeza, vio que ella le sonreía.

—Vaya, lord Grayson. No existe mujer que pueda resistirse a tan férrea determinación.

—Mi querida Isabel, tu belleza me ha atraído como la miel a las moscas.

Se puso la mano de ella sobre el antebrazo y la apartó de donde estaban, para pasear juntos alrededor de la zona de baile.

—Supongo que necesitas un respiro de las mamás casamenteras, ¿me equivoco? —le preguntó Pel con voz ronca—. Pero me temo que ni confraternizando conmigo conseguirás perder atractivo. Sencillamente, eres demasiado guapo, Gray. Algún día serás la perdición de una de esas pobres chicas.

Gerard suspiró satisfecho al oír sus palabras y, al hacerlo, inhaló su exótico perfume floral. Ellos dos iban a llevarse muy bien. Gracias a los años que Pel llevaba con Markham, Gerard había llegado a conocerla a la perfección y siempre le había gustado muchísimo.

—Ninguna de esas chicas es la adecuada para mí.

Ella se encogió de hombros y la delicada y blanca piel de su escote se movió por encima del borde del vestido de color zafiro.

—Todavía eres joven, Grayson. Cuando tengas mi edad, probablemente habrás sentado la cabeza lo suficiente como para no volver loca a tu esposa con tus exigencias.

—O podría casarme con una mujer mayor y ahorrarme el esfuerzo de cambiar mis costumbres.

—Esta conversación no es casual, estás buscando algo, ¿no es así, milord? —le preguntó ella, enarcando una de sus cejas perfectas.

—Te deseo, Pel —dijo él en voz baja—. Desesperadamente. Y me temo que no se me pasará siendo tu amante. Lo único que se me ocurre para solucionarlo es casarme contigo.

Su risa, femenina y suave, flotó en el aire entre los dos.

—Oh, Gray. Adoro tu sentido del humor y lo sabes. Es muy difícil encontrar a hombres tan atrevidos y descarados como tú.

—Y, por desgracia, es muy difícil encontrar a una mujer tan sensual como tú, mi querida Isabel. Me temo que eres prácticamente única y que, por tanto, solo tú puedes satisfacer mis necesidades.

Ella lo miró de reojo.

—Tenía la impresión de que estabas manteniendo a esa actriz tan guapa que es incapaz de recordar ningún diálogo.

Gerard le sonrió.

—Sí, tienes razón.

Anne no sería capaz de actuar aunque le fuera la vida en ello. Sus talentos tenían que ver con otras áreas más carnales de la profesión.

—Ahora en serio, Gray, eres demasiado joven para mí. Tengo veintiséis años, como sabes. Y tú tienes... —Entrecerró los ojos y lo recorrió con la mirada—. En fin, eres encantador, pero...

—Tengo veintidós años y podría cogerte como nadie, Pel, de eso no tengas duda. Sin embargo, me has malinterpretado. Sí, tengo una amante. Dos en realidad y tú tienes a Markham...

—Sí y todavía no me he cansado de él.

—Pueden seguir juntos, no pondré ninguna objeción.

—Me alivia saber que cuento con tu aprobación —contestó ella, sarcástica, y luego volvió a reírse, un sonido que a Gray siempre le había gustado—. Estás loco.

—Loco por ti, Pel, por supuesto. Lo he estado desde el principio.

—Pero no quieres acostarte conmigo.

Gerard la miró como hacían todos los hombres, deteniéndose en sus pechos, que sobresalían por encima del escote.

—Yo no he dicho eso. Eres una mujer hermosa y yo soy un hombre muy cariñoso. No obstante, ya que vamos a casarnos, no hace falta que me preocupe por *cuándo* vamos a acostarnos, ¿no? Tenemos toda la vida para dar ese paso y si alguna vez lo damos, será por decisión de los dos y ambos disfrutaremos haciéndolo.

—¿Has bebido? —le preguntó ella, arrugando la frente.

—No.

Pel se detuvo en seco, obligando a Gerard a detenerse también. Levantó la vista y lo miró a los ojos y después negó con la cabeza, incrédula.

—Pero si estás hablando en serio...

—¡Por fin te encuentro! —exclamó una voz a sus espaldas.

Gerard se mordió la lengua para no maldecir a Markham y se dio la vuelta para saludar a su amigo con una sonrisa. Isabel adoptó su misma expresión inocente, aunque, en realidad, ella no había hecho nada malo.

—Gracias por mantener a los buitres a raya, Gray —le dijo Markham, jovial, con el rostro iluminado de placer al estar de nuevo junto a su amada—, Me he distraído un momento por un asunto que al final no ha merecido la pena.

Gerard soltó la mano de Pel con una floritura y dijo:

—¿Para qué están los amigos si no?

—¿Dónde estabas? —espetó Gerard unas horas más tarde, cuando una figura encapuchada entró en su dormitorio.

Dejó de pasear de un lado a otro y el batín de seda negra se balanceó alrededor de sus piernas desnudas.

—Ya sabes que vengo cuando puedo, Gray.

La capucha cayó hacia atrás y dejó al descubierto una melena tan rubia que parecía plata y el rostro del que él se había enamorado. Cruzó la estancia en dos zancadas y atrapó los labios de ella, abrazándola y levantándola del suelo mientras la besaba.

—No me basta con eso, Em —replicó con la respiración entrecortada—. Ni de lejos.

—No puedo dejarlo todo solo para atender tus necesidades. Soy una mujer casada.

—No hace falta que me lo recuerdes —se quejó Gerard—. Nunca podré olvidarlo.

Escondió el rostro en la curva del cuello de su amada e inhaló profundamente. Era tan suave e inocente, tan dulce...

—Te he echado de menos —dijo él.

Emily, ahora lady Sinclair, se rio sin aliento con los labios húmedos por sus besos.

—Mentiroso. —Le hizo un mohín—. En las dos semanas que hace que no coincidimos, se te ha visto en compañía de esa actriz en varias ocasiones.

—Ya sabes que ella no significa nada para mí. Es a ti a quien amo.

Gerard podría explicárselo, pero Em jamás entendería su necesidad de coger de esa manera, salvaje y sin límites, igual que tampoco entendía las exigencias de su esposo. Era demasiado delicada, poseía un carácter sumamente sensible, incapaz de comprender tal pasión. Era el respeto que sentía hacia ella lo que hacía que Gerard buscase alivio en otras mujeres.

—Oh, Gray —suspiró Em y le enredó los dedos en los mechones de la nuca—. A veces creo que lo dices de verdad. Pero quizá solo me amas del modo en que es capaz de amar un hombre como tú.

—Eso no lo dudes nunca —afirmó Gerard con vehemencia—. Te amo más que a nada, Em. Siempre te he amado.

Se detuvo un segundo para quitarle la capa y lanzarla al suelo, y luego la llevó en volandas hasta la cama que los estaba esperando.

La desnudó con suma eficiencia mientras la sangre le hervía por dentro. Se suponía que Emily iba a ser su esposa, pero cuando Gerard había vuelto de su Grand Tour por el continente, descubrió que su amor de infancia se había casado con otro. Ella le dijo que él le había roto el corazón al irse de viaje y que los rumores de sus aventuras amorosas no habían tardado en llegar a sus oídos. Le recordó además que no le había escrito ni una sola vez, lo que la llevó a deducir que la había olvidado.

Gerard sabía que había sido su propia madre la que había sembrado la semilla de la duda entre él y su amada y que se había encargado de regarla a diario. Para la marquesa, Emily no era digna de casarse con su hijo. Quería para Gerard una mujer de alto rango, así que él estaba decidido a hacer completamente lo contrario, para devolverle la jugada y pagarle con la misma moneda.

Si Emily hubiera tenido más fe en ellos dos y lo hubiera esperado un poco más, a esas alturas estarían casados. En ese mismo instante podrían estar en su lecho matrimonial, uno del que ella no tendría que escabullirse antes de que saliese el sol.

Desnuda, con la piel resplandeciente como marfil a la luz de las velas, Emily lo dejaba sin aliento, como siempre. Gerard la amaba desde que tenía uso de razón. Ella siempre había sido muy hermosa, pero no del modo en que lo era Pel. Esta poseía una hermosura terrenal, muy carnal y sensual, mientras que Em tenía otra clase de belleza más frágil y discreta. Eran tan distintas como una rosa de una margarita.

Y a Gerard le gustaban mucho las margaritas.

Levantó una mano y le tocó un pecho.

—Todavía te están creciendo, Em —le dijo, al notar que su seno pesaba un poco más que las otras veces que se lo había acariciado.

Ella cubrió la mano de él con una de las suyas.

—Gerard —dijo con voz débil.

Él la miró a los ojos y le dio un vuelco el corazón al ver el amor reflejado en su mirada.

—¿Sí, mi amor?

—Estoy *enceinte*.

Gerard se quedó sin habla. Él siempre había tenido mucho cuidado y había usado protección.

—¡Em, Dios santo!

Los preciosos ojos azules de ella se llenaron de lágrimas.

—Dime que te hace feliz. Por favor.

—Yo... —Le costó tragar saliva—. Por supuesto que me hace feliz, cariño. —Tenía que hacerle la pregunta obligada—. ¿Y Sinclair?

Emily sonrió con tristeza.

—Creo que nadie pondrá en duda que el niño es tuyo, pero Sinclair no lo repudiará. Me ha dado su palabra. En cierto modo, está bien que las cosas sucedan así. Mi marido dejó a su última amante cuando esta se quedó embarazada.

A Gerard se le encogió el estómago al comprender lo que estaba pasando y se quedó tumbado en el colchón. Se la veía tan pequeña, tan angelical encima de aquella colcha de terciopelo rojo... Se quitó el batín negro y se tumbó encima de ella.

—Fúgate conmigo.

Bajó la cabeza y selló sus labios con un beso, gimiendo al notar el dulce sabor de su amada. Si las cosas fueran distintas... Si ella lo hubiera esperado...

—Fúgate conmigo, Emily —volvió a suplicarle—. Tú y yo podemos ser muy felices juntos.

A ella le resbalaron lágrimas por las mejillas.

—Gray, mi amor. —Le tomó la cara entre sus pequeñas manos—. Eres un soñador.

Él escondió el rostro en el valle de sus pechos y movió las caderas encima del colchón, para ver si así conseguía dominar su erección. Recurriendo a su férrea disciplina, logró apaciguar un poco aquel instinto tan primario que parecía controlarlo.

—No puedes resistirte a mí.

—Por desgracia tienes razón —suspiró ella, acariciándole la espalda—. Si hubiera sido más fuerte, qué distintas serían nuestras vidas. Pero Sinclair... es muy buen hombre. Y ya lo he humillado bastante.

Gerard le cubrió de besos el vientre, apenas abultado, y pensó en el niño que estaba creciendo allí dentro. Se le aceleró el corazón y casi tuvo un ataque de pánico.

—¿Y qué harás entonces, si no quieres venir conmigo?

—Mañana mismo me voy a Northumberland.

—¡Northumberland! —Levantó la cabeza, sorprendido—. ¡Maldita sea! ¿Por qué te vas tan lejos?

—Porque allí es adonde quiere ir Sinclair. —Colocó las manos bajo los brazos de Gerard y tiró de él hacia ella, al mismo tiempo que separaba las piernas—. Y, teniendo en cuenta las circunstancias, ¿cómo puedo negarme?

Gerard tuvo la sensación de que Emily se le estaba escurriendo de entre los dedos y se incorporó un poco para penetrarla con su erección. Gimió de lujuria al notar cómo el sexo de ella lo envolvía.

—Pero volverás —dijo con voz ronca.

Emily movió su rubia cabeza de un lado a otro sobre la almohada, sacudida por el placer, y cerró los ojos.

—Dios, sí, volveré. —El interior de su cuerpo tembló alrededor del miembro de Gerard—. No puedo vivir sin ti. Sin esto.

Abrazándose a ella, empezó a mover las caderas despacio, poseyéndola del modo que a Emily más le gustaba, aunque eso implicase contener sus propias necesidades.

—Te amo, Em.

—Amor mío —suspiró ella, al alcanzar el placer entre sus brazos.

Clic.

Isabel se despertó con un gemido y, a juzgar por el suave color morado del cielo y por lo cansada que estaba, supuso que apenas acababa de salir el sol. Se quedó recostada un momento, con la mente todavía aturdida, intentando discernir qué había perturbado su sueño.

Clic.

Se frotó los ojos con ambas manos y se sentó en la cama, después buscó el camisón para cubrir su desnudez. Miró el reloj de encima de la repisa y vio que solo hacía dos horas que se había ido Markham. Ella confiaba en poder dormir hasta bien entrado el mediodía y seguía teniendo intención de hacerlo; en cuanto se hubiera ocupado de su recalcitrante pretendiente. Fuera quien fuera.

Tembló de frío al acercarse a la ventana, contra la que seguían impactando los guijarros con su correspondiente ruidito. Isabel apartó la cortina y miró hacia su jardín trasero.

Suspiró resignada.

—Ya que no voy a poder dormir, mejor que sea por alguien tan guapo como tú.

El marqués de Grayson sonrió al verla. Gerard iba completamente despeinado y tenía los ojos enrojecidos. Le faltaba el pañuelo y llevaba el cuello de la camisa desabrochado, dejando al descubierto la piel bronceada de su garganta y unos rizos de vello negro del pecho. Al parecer, también había perdido la chaqueta y Pel no pudo evitar devolverle la sonrisa.

Gray le recordaba muchísimo a Pelham cuando lo había conocido, nueve años atrás. Durante un tiempo ella había sido muy feliz con él, a pesar de lo poco que duró esa época.

—¡Oh Romeo, Romeo! —recitó, sentándose en el alféizar de la ventana—. ¿Dónde estás, Rom...?

—Oh, por favor, Pel —la interrumpió él con una de sus risas tan profundas—. Déjame entrar, ¿quieres? Aquí fuera hace frío.

Ella negó con la cabeza

—Gray, si te abro la puerta, todo Londres lo sabrá antes de la cena. Vete antes de que alguien te vea.

—No pienso irme, Isabel. Así que más te vale dejarme entrar si no quieres que monte un espectáculo.

Ella vio el modo en que Gerard apretaba la mandíbula y supo que hablaba en serio. Bueno, tan en serio como era capaz de hablar un hombre como él.

—Entonces ve a la puerta de delante —claudicó—. Seguro que ya hay alguien despierto y te abrirán.

Se levantó del alféizar, tomó una bata blanca y, saliendo del dormitorio, entró en su cuarto tocador, donde descorrió las cortinas para dejar pasar la pálida luz rosada de la mañana. Esa habitación era su preferida, con aquellos tonos marfil y los muebles con acabados dorados de primera clase. Pero lo que más le gustaba no era la paleta de colores, sino el enorme retrato de Pelham que colgaba de la pared del fondo.

Cada día se detenía frente al cuadro y se permitía recordar durante un segundo lo mucho que lo odiaba por haberle roto el corazón. El conde, evidentemente, se mantenía impertérrito, con la sonrisa de la que ella se había enamorado inmortalizada en su rostro para siempre. Cuánto lo había amado y adorado, del modo en que solo puede hacerlo una niña. Pelham lo había sido todo para ella, hasta que una noche, mientras asistía a un concierto organizado por lady Warren, oyó a dos mujeres hablar acerca de las proezas sexuales de su marido.

Apretó la mandíbula al recordar el incidente y todo el resentimiento de antaño afloró a la superficie. Habían pasado casi cinco años desde que Pelham recibió su merecido en un duelo por una de sus amantes, pero a Isabel continuaba doliéndole la traición y la humillación.

Oyó que alguien golpeaba suavemente la puerta y, tras dar permiso para entrar, esta se abrió y apareció su mayordomo a medio vestir.

—Mi señora, el marqués de Grayson solicita unos minutos de su tiempo. —El hombre se aclaró la garganta—. Está esperándola en la puerta de servicio.

Isabel se mordió el labio para no sonreír y su mal humor se desvaneció al imaginarse a Grayson, altivo y arrogante como solo él sabía serlo, esperándola medio vestido en la entrada de servicio.

—Dígale que lo recibiré.

Lo único que delató la sorpresa del sirviente fue el levantamiento de una de sus cejas canosas.

Mientras el mayordomo iba a buscar a Gray, Isabel aprovechó para prender las velas de la habitación. Estaba cansada. Ojalá la visita de Gerard fuera breve y se marchase de allí en cuanto le hubiera contado lo que fuera tan urgente. Al recordar la extraña conversación que habían tenido aquella misma noche, Pel se preguntó si él necesitaría ayuda. Quizá se le había aflojado algún tornillo de la cabeza.

Era verdad que entre los dos siempre había existido una amistad algo inusual y que se trataban con más familiaridad que la de unos meros conocidos, pero su relación nunca había ido más allá. Isabel siempre se había llevado bien con los hombres. Al fin y al cabo, le gustaban mucho. Pero siempre había mantenido una distancia muy respetuosa entre ella y lord Grayson, porque Markham, su amante, era el mejor amigo de Gray. Un amante al que había abandonado hacía apenas unas horas, cuando el atractivo vizconde le pidió por tercera vez que se casara con él.

En cualquier caso, a pesar de que Gray poseía la habilidad de impedirle pensar durante unos segundos debido a lo guapo que era, Pel no sentía ningún interés por él. El marqués se parecía mucho a Pelham, era un hombre demasiado egoísta y egocéntrico como para anteponer las necesidades de otra persona a las suyas propias.

La puerta que tenía detrás se abrió y, cuando se dio la vuelta, chocó contra el impresionante torso de un hombre de más de metro ochenta. Gray la levantó tomándola por la cintura y empezó a dar vueltas con ella sin dejar de reír de aquel modo tan sensual. Una risa que dejaba claro que el hombre no tenía ninguna preocupación en este mundo.

—¡Gray! —se quejó ella, empujándolo por los hombros—. Suéltame.

—Mi querida Pel —le dijo Gerard con los ojos resplandecientes—. Esta mañana he recibido la noticia más maravillosa que puedas imaginarte. ¡Voy a ser padre!

Isabel parpadeó confusa y notó que se mareaba por culpa de la falta de sueño y de las vueltas que él le seguía dando.

—He pensado que eres la única persona que conozco que se alegrará por mí. El resto del mundo se horrorizará al descubrirlo. Por favor, Pel, sonríe. Felicítame.

—Lo haré si me dejas en el suelo.

Él la dejó de inmediato y dio un paso hacia atrás esperando su respuesta.

Pel rio al ver lo impaciente que estaba.

—Felicidades, milord. ¿Puedo saber cómo se llama la afortunada que va a convertirse en tu esposa?

Parte de la alegría que brillaba en aquellos ojos azules se desvaneció, pero la seductora sonrisa de Gray siguió intacta en sus labios.

—Bueno, esa sigues siendo tú, Isabel.

Ella se quedó mirándolo para ver si así adivinaba qué estaba tramando, pero no lo consiguió. Le señaló unas sillas que había cerca y tomaron asiento.

—Estás muy guapa así, despeinada, después de darte un revolcón en la cama —dijo él de buen humor—. Es comprensible que tus amantes lamenten tanto perderse esta visión.

—¡Lord Grayson! —exclamó Isabel, llevándose una mano al pelo. La moda del momento era una melena corta y rizada, pero ella prefería el cabello largo. Y sus amantes también—. Te pido por favor que te apresures a explicarme el motivo de tu visita. He tenido una noche muy larga y estoy cansada.

—Yo también he tenido una noche muy larga, todavía no me he acostado. Pero...

—¿Me permites sugerirte que duermas un poco antes de decir lo que sea que quieras decirme? Seguro que cuando hayas descansado un rato verás las cosas de otro modo.

—No lo haré —insistió él, tozudo, y levantó un brazo para rodear el respaldo de la silla en la que estaba sentado, quedando un poco de costado, en una pose atractiva por lo poco estudiada que era—. Lo he pensado largo y tendido y son muchos los motivos por los que somos perfectos el uno para el otro.

—Gray —se rio ella—, ni te imaginas lo equivocado que estás.

—Escúchame, Pel. Necesito una esposa.

—Pero yo no necesito un marido.

—¿Estás segura de eso? —le preguntó, arqueando una ceja—. A mí me parece que sí.

Isabel se cruzó de brazos y se recostó en el respaldo del sofá. Tanto si estaba loco como si no, Gray era un hombre fascinante.

—¿Ah, sí?

—Piénsalo un momento. Sé que te gusta tener amantes, pero tarde o temprano los dejas a todos, y no porque te hayas aburrido de ellos. Tú no eres de esa clase de mujeres. Los dejas porque se enamoran de ti y entonces quieren más. Tú te niegas a acostarte con hombres casados, así que todos tus amantes son solteros y terminan queriendo casarse contigo. —Hizo una pausa—. Pero si estuvieras casada... —Gray dejó las palabras flotando en el aire.

Isabel se quedó mirándolo fijamente. Y luego parpadeó.

—¿Y qué diablos sacarías tú de un matrimonio como el que estás describiendo?

—Muchas cosas, Pel. Muchas cosas. Podría quitarme de encima a todas las debutantes que solo piensan en casarse. Mis amantes entenderían que no pueden obtener nada más de mí. Mi madre... —fingió un estremecimiento—, mi madre dejará de presentarme a futuras candidatas para ocupar su lugar y yo no solo tendré una esposa encantadora y muy bella, sino además una que no me pedirá que le entregue algo tan absurdo como mi amor o mi fidelidad.

Por algún extraño e incomprensible motivo, Isabel descubrió que le gustaba lord Grayson. A diferencia de Pelham, Gray no pretendía engatusar a una pobre debutante con declaraciones de amor sin fin y de devoción eterna. No quería contraer matrimonio con una chica que terminaría amándolo y a la que le dolerían sus indiscreciones. Y se sentía feliz porque iba a tener un hijo bastardo, por lo que Pel dedujo que estaba dispuesto a mantenerlo.

—¿Y qué me dices de tener hijos, Gray? Yo no soy joven y tú necesitas un heredero.

En ese momento hizo aparición la famosa y devastadora sonrisa de él.

—No te preocupes por eso, Isabel. Tengo dos hermanos más jóvenes que yo, uno de los cuales ya está casado. Seguro que ellos tendrán hijos en el caso de que tú y yo no podamos.

Ella se atragantó con un ataque de risa. Que estuviera planteándose aceptar aquel absurdo plan...

Pero a decir verdad, le había dicho adiós a Markham, a pesar de lo mucho que se arrepentía de haber tenido que tomar esa decisión. Markham estaba loco por ella, el pobre inconsciente, e Isabel se sentía muy egoísta al haberlo retenido durante casi dos años. Había llegado el momento de que encontrara a una mujer digna de estar con él. Una mujer que pudiera amarlo, algo que ella jamás podría hacer. La capacidad de Isabel de experimentar ese sentimiento tan elevado había muerto con Pelham, en el duelo que acabó con la vida de este.

Desvió de nuevo la vista hacia el retrato de su marido. Isabel se odiaba por haber tenido que hacerle daño a Markham. Este era un buen hombre, un amante cariñoso y un gran amigo. También era el tercero al que había tenido que romperle el corazón, porque no quería estar sola y necesitaba a alguien con quien satisfacer sus anhelos sexuales.

Isabel pensaba a menudo en lord Pearson, en cómo lo había destruido el hecho de que ella lo abandonase. Estaba cansada de sentirse culpable y casi a diario se enfadaba consigo misma por causar tanto dolor a esos hombres, pero sabía que volvería a hacerlo. No iba a poder resistirse a su anhelo de no estar sola.

Gray tenía razón. Tal vez, si estuviera casada, habría podido encontrar el modo de disfrutar de una relación puramente sexual con un hombre sin que este le pidiera más. Y no tendría que preocuparse de que Gerard se enamorara de ella, de eso estaba segura. Él le había confesado que amaba profundamente a otra mujer y sin embargo tenía un montón de amantes. Al igual que Pelham, Gray era incapaz de entender que el amor de verdad estuviera íntimamente ligado a la fidelidad y la constancia.

Pero ¿sería ella capaz de ser infiel, sabiendo el dolor que podía llegar a causar eso en la otra persona?

El marqués se inclinó hacia adelante y le tomó las manos.

—Di que sí, Pel —le suplicó con sus increíbles ojos azules.

Y entonces Isabel descubrió que a Gray jamás le dolería que ella le fuera infiel. Al fin y al cabo, estaría demasiado ocupado con sus amantes como para darse cuenta. Aquello era una cuestión práctica, nada más.

Quizá fue el cansancio lo que le impidió razonar como lo haría normalmente, pero dos horas más tarde, Isabel estaba sentada en el carruaje de Grayson, rumbo a Escocia.

Seis meses más tarde

—Isabel, ¿puedo hablar contigo un momento, por favor?

Gerard se quedó mirando el vano de la puerta, en ese momento vacío, hasta que las curvas de su esposa, que había pasado por delante de él hacía unos segundos, volvieron a llenarla.

—¿Sí, Gray? —Isabel entró en su despacho con una ceja enarcada.

—¿Estás libre el viernes por la noche?

—Ya sabes que para ti estoy siempre disponible —le contestó, riñéndolo con la mirada.

—Gracias, tesoro. —Se reclinó contra el respaldo de la silla y le sonrió—. Eres demasiado buena conmigo.

Ella se acercó al sofá y se sentó.

—¿Y qué acto social tenemos que honrar con nuestra presencia?

—La cena de los Middleton. Accedí a reunirme allí con lord Rupert, pero Bentley me ha informado hoy que lady Middleton también ha invitado a los Grimshaw.

—Oh. —Isabel arrugó la nariz—. Qué malvado de su parte invitar a una de tus amantes con su esposo, sabiendo que tú también vas a ir.

—Y que lo digas —convino Gerard, levantándose para rodear la mesa e ir a sentarse junto a ella.

—Esa sonrisa tuya es peligrosa, Gray. No deberías dejar que apareciese tan a menudo.

—No puedo contenerla. —Le pasó un brazo por los hombros y la acercó a él, inhalando el exótico perfume floral que ahora le resultaba tan familiar como excitante—. Soy el hombre más afortunado del mundo y soy lo bastante listo como para reconocerlo. ¿Sabes cuántos nobles desearían tener una esposa como la mía?

Isabel se rio.

—Sigues siendo igual de atractivo y de descarado que siempre.

—Y a ti te encanta. Nuestro matrimonio te ha convertido en una dama muy famosa.

—Querrás decir infame —lo corrigió sarcástica—. Todo el mundo me ve como una mujer mayor que se ha buscado a un hombre más joven para disfrutar de su vigor sexual.

—Mi vigor sexual. —Le pasó un dedo por un mechón de pelo—. Me gusta cómo suena.

Unos leves golpes en la puerta hicieron que ambos se volviesen y mirasen por encima del respaldo del sofá. Un lacayo estaba observándolos.

—¿Sí? —le preguntó Gerard, molesto porque había interrumpido uno de los pocos momentos de tranquilidad que había podido tener con su esposa.

Isabel siempre estaba ocupada en algún té político y en tonterías de mujeres, y él apenas podía disfrutar de conversar con ella. Pel tenía mala fama, sí, pero también era encantadora y además era la marquesa de Grayson. Quizá la buena sociedad murmurase sobre ella, pero jamás se atreverían a darle la espalda.

—Ha llegado una carta urgente, milord.

Gerard levantó una mano y movió los dedos, impaciente. En cuanto tomó la misiva, frunció el cejo al reconocer la caligrafía.

—¡Dios santo, qué cara has puesto! —exclamó Isabel—. Será mejor que te deje a solas.

—No. —La sujetó con el brazo que tenía alrededor de los

hombros y la retuvo a su lado—. Es de la marquesa viuda y seguro que cuando termine de leerla necesitaré que me hagas cambiar de humor como solo tú puedes hacerlo.

—Como quieras. Si prefieres que me quede, me quedaré. Todavía faltan horas para que tenga que salir.

Gerard sonrió al pensar en las horas que iba a pasar con ella y abrió la carta.

—¿Querrás jugar al ajedrez? —le sugirió Isabel, sonriéndole provocadora.

Él fingió estremecerse de miedo.

—Ya sabes cuánto odio ese dichoso juego. Piensa en algo menos aburrido.

Entonces centró su atención en la carta, pasando la mirada rápidamente por encima de las líneas. Pero cuando llegó a un párrafo que parecía haber sido añadido a última hora, leyó más despacio y las manos empezaron a temblarle. Su madre solo le escribía cuando quería hacerle daño, y seguía estando furiosa con él por haberse casado con lady Pelham.

... es una pena que el bebé no haya sobrevivido al parto. Era un niño. Gordito y bien formado y con el pelo muy negro, a pesar de lo rubios que son sus padres. El doctor dijo que lady Sinclair era demasiado estrecha y el niño demasiado grande. Estuvo horas desangrándose. Me han dicho que fue una muerte muy dolorosa...

A Gerard le falló la respiración y se mareó. La perfecta caligrafía que su madre había utilizado para describir tales horrores se volvió borrosa, hasta que fue incapaz de seguir leyendo.

Emily.

Le quemó el pecho y se quedó mirando atónito a Isabel, al notar que ella le estaba golpeando la espalda.

—¡Respira, maldita sea! —le ordenó preocupada—. ¿Qué diablos dice la carta? Dámela.

Los dedos de Gerard se quedaron inertes y el papel cayó sobre la alfombra.

Tendría que haber estado con ella. Cuando Sinclair empezó a devolverle las cartas sin abrir, tendría que haber hecho algo más que pedirles a sus amigos que fueran a verla y a saludarla en su nombre. Él sabía que Em era su vida. Era la primera chica a la que había besado, la primera a la que le había regalado flores, o la primera a la que le había escrito un poema. Gerard era incapaz de imaginarse una época en su vida en la que Emily no hubiera estado presente, aunque fuera desde la periferia.

Y ahora se había ido para siempre; su lujuria y su egoísmo la habían matado. Su querida y dulce Emily, que se merecía mucho más de lo que él le había dado.

Le zumbaron los oídos y vio que Isabel le estaba apretando con fuerza una mano. Quizá su esposa le estaba diciendo algo. Se volvió y se apoyó en ella, recostando la mejilla en su pecho, y lloró. Lloró hasta que el corpiño de Isabel quedó empapado y hasta que las manos que le acariciaban la espalda empezaron a temblar de preocupación. Lloró hasta que no pudo llorar más y durante todo ese tiempo se odió a sí mismo.

Isabel y él no fueron a cenar a casa de los Middleton. Esa misma noche, Gerard hizo las maletas y se fue al norte.

No volvió.

1

Cuatro años más tarde

—El señor está en casa, milady.

Para muchas mujeres esa frase era de lo más normal, nada fuera de lo habitual, pero Isabel, lady Grayson, la había oído tan poco en los últimos tiempos que ni siquiera podía recordar la última vez que esas palabras habían salido de la boca de su mayordomo.

Se detuvo en el vestíbulo y se quitó los guantes para entregárselos al lacayo que los estaba esperando. Se tomó su tiempo y aprovechó esos segundos para recomponerse mentalmente y asegurarse de que nadie notara que se le había acelerado el corazón.

Grayson había vuelto.

Isabel no podía dejar de preguntarse por qué. Gerard le había devuelto sin abrir todas las cartas que ella le había mandado y él no le había escrito ninguna. Al haber leído la nota de la marquesa viuda, Isabel sabía qué era lo que lo había destrozado de ese modo la noche en que se había ido de Londres y la había abandonado. Podía imaginarse su dolor, ella había visto con sus propios ojos lo contento que se había puesto cuando supo que iba a ser padre. Y siendo amiga suya como era, Isabel había deseado con todas sus fuerzas que Gray le hubiera permitido consolarlo más allá de aquella única hora en que lo abrazó. Pero en cambio se fue y la dejó a un lado, y los años habían pasado.

Se alisó la musclina de la falda y se pasó una mano por el pelo. Cuando se dio cuenta de lo que estaba haciendo, se detuvo y masculló una maldición. Era Gray. A él no le importaba el aspecto que ella tuviera.

—¿Está en su despacho?

—Sí, milady.

Recordó la escena de aquel último día.

Asintió y echó los hombros hacia atrás para armarse de valor. Tan lista como podía estarlo, pasó de largo la curva que describía la escalera y entró en la primera puerta a la derecha. A pesar de haberse preparado física y mentalmente, al ver la espalda de su esposo sintió como si le dieran un golpe en el pecho.

Gerard estaba de pie frente a la ventana y parecía más alto y mucho más fuerte. El poderoso torso terminaba en una cintura estrecha y seguía hasta formar un precioso trasero que concluía en unas piernas largas y musculosas. Las cortinas de terciopelo verde enmarcaban a la perfección aquel cuerpo tan simétrico. Isabel se quedó sin aliento.

Aunque había algo sombrío en él, una especie de aura opresiva que lo rodeaba y lo convertía en un hombre completamente opuesto al joven despreocupado que ella recordaba. Se obligó a tomar aire antes de abrir la boca y empezar a hablar.

Pero como si hubiera notado su presencia, Gray se dio la vuelta antes de que ella pudiera decir nada. A Isabel se le cerró la garganta cuando él se volvió.

Aquel no era el hombre con el que se había casado.

Se quedaron mirándose el uno al otro, ambos inmóviles en medio de aquel profundo silencio. Apenas habían pasado unos años, pero parecía toda una vida. Grayson ya no era un chico, nada más lejos de eso. Su rostro había perdido cualquier atisbo de juventud y el paso del tiempo le había dejado su marca alrededor de la boca y de los ojos. Arrugas de preocupación y de tristeza. El azul resplandeciente de sus iris, que a tantas mujeres había hecho suspirar y enamorarse de él, era ahora más oscuro, más intenso. Sus ojos ya no sonreían y parecían haber visto muchas más cosas de las que era posible ver en solo cuatro años.

Isabel levantó una mano y se la llevó al pecho para controlar su agitada respiración.

Antes Gray era guapo. Ahora no había palabras para describirlo. Isabel se obligó a respirar despacio y luchó con todas sus fuerzas para contener algo muy parecido a un ataque de pánico. Ella sabía cómo lidiar con el chico de antaño, pero... aquel hombre era indomable. Si ese día lo viera por primera vez, se mantendría muy, pero muy alejada de él.

—Hola, Isabel.

Incluso le había cambiado la voz. Ahora era más profunda, más ronca.

Ella no tenía ni idea de qué podía decirle.

—No has cambiado nada —murmuró Gerard, acercándose.

Sus andares engreídos de cuatro años atrás habían desaparecido y ahora Gray caminaba con la seguridad propia de un hombre que ha estado en el infierno y ha logrado salir vivo.

Isabel respiró hondo y su familiar aroma la invadió. Quizá fuera un poco más especiado, pero seguía oliendo a Gray. Levantó la vista y al encontrarse con su rostro impasible, Isabel descubrió que solo era capaz de encogerse de hombros.

—Tendría que haberte escrito —dijo Gerard.

—Sí, así es —convino ella—. Y no solo para avisarme que venías de visita, sino antes. He estado muy preocupada por ti.

Él le señaló con una mano una silla que tenía cerca e Isabel tomó asiento. Cuando Gerard se acercó al sofá que había frente a esa silla, ella se fijó en lo austero que era el atuendo de su esposo.

Aunque llevaba pantalones de vestir a juego con el chaleco y el saco, eran prendas sencillas y confeccionadas con telas baratas. Dondequiera que hubiera estado durante todos esos años, era evidente que no requería ir vestido de etiqueta.

—Te pido disculpas por haberte preocupado. —Levantó la comisura de los labios y esbozó una sonrisa que recordó levemente a las del pasado—. Pero no podía escribirte para decirte que estaba bien cuando en realidad no lo estaba. Ni siquiera podía soportar mirar las cartas, Pel. No porque fueran tuyas. Me he pasado años evitando ver cualquier tipo de correspondencia. Pero ahora... —Hizo una pausa y apretó la mandíbula con determinación—. No he venido de visita.

—¿Ah, no? —Se le encogió el estómago.

La camaradería de antaño había desaparecido. En vez de sentirse cómoda con él, ahora estaba nerviosa.

—He venido para quedarme a vivir aquí. Si soy capaz de recordar cómo se hace.

—Gray...

Él negó con la cabeza, y el cabello, que llevaba más largo de lo que dictaba la moda del momento, se le movió en la nuca.

—Nada de tenerme lástima, Isabel. No me lo merezco. Y lo que es más importante, no quiero que sea eso lo que sientas por mí.

—¿Y qué es lo que quieres?

Gerard la miró fijamente a los ojos.

—Quiero muchas cosas, pero la principal es tener compañía. Y quiero ser digno de tenerla.

—¿Digno? —repitió confusa.

—Fui un amigo horrible, algo propio de personas tan egoístas como yo.

Isabel se miró las manos y se fijó en la alianza de oro, el símbolo de su compromiso con un auténtico desconocido.

—¿Dónde has estado, Gray?

—Cultivando los campos.

«Así que no va a contármelo.»

—Está bien; entonces ¿qué quieres de mí? —Levantó la barbilla—. ¿En qué puedo ayudarte?

—Primero necesito volver a estar presentable. —Levantó una mano y se la pasó por delante del cuerpo—. Y después necesito que me pongas al día de todo. He leído los periódicos, pero tanto tú como yo sabemos que los chismes que aparecen en ellos rara vez son verdad. Y, lo que es más importante, necesitaré que me acompañes a todas partes.

—No estoy segura de que yo pueda ayudarte demasiado, Gray —le respondió honestamente.

—Soy consciente de que... —se interrumpió para ponerse en pie y acercarse a ella—, de que las habladurías se han ensañado contigo durante mi ausencia y por eso he vuelto. ¿Qué clase de hombre responsable puedo ser si no me ocupo de mi propia esposa? —Se puso en cuclillas a su lado—. Sé que te estoy pidiendo mucho, Pel, lo sé. Y sé que no es lo que acordamos cuando accediste a casarte conmigo. Pero las cosas han cambiado.

—Tú has cambiado.

—Dios, espero que eso sea verdad.

Gray le tomó las manos y ella le notó las durezas en los dedos y las palmas. Bajó la vista y vio que tenía la piel oscurecida por el sol y por el trabajo al aire libre. Al lado de sus manos, pequeñas y blancas, eran tan distintas como la noche del día.

Gerard le dio un cariñoso apretón y, cuando ella levantó la vista, se quedó sin aliento al ver lo hermoso que era.

—No voy a coaccionarte, Pel. Si quieres seguir viviendo tu vida como hasta ahora, respetaré tu decisión. —El atisbo de la antigua sonrisa que ella tanto recordaba volvió a hacer su aparición—. Pero te advierto que no tendré ningún pudor en suplicártelo. Te debo mucho y estoy decidido a permanecer contigo.

Esa leve aparición del antiguo Gray tranquilizó a Isabel. Sí, el
caparazón exterior había cambiado, pero en el fondo, Gerard seguía siendo el mismo incorregible seductor de antes. Y por el momento le bastaba con eso.

Ella le devolvió la sonrisa y el alivio de él fue palpable.

—Voy a cancelar mis compromisos de esta noche y empezaremos a planear nuestra estrategia.

Grayson negó con la cabeza.

—Antes necesito tranquilizarme un poco y acostumbrarme a
estar de vuelta en casa. Pásalo bien esta noche. Ya tendrás tiempo
de aburrirte de mí.

—¿Te apetecería tomar el té conmigo dentro de una hora?

Quizá entonces pudiera convencerlo de que le contara dónde
había estado durante su ausencia.

—Me gustaría mucho.

Isabel se puso en pie y él hizo lo mismo.

Dios santo, era altísimo. ¿Siempre había sido tan alto? Ella no
lograba recordarlo. Sobreponiéndose a su sorpresa, se volvió hacia la puerta y descubrió que él seguía sujetándole una mano.

Gray se la soltó algo avergonzado.

—Te veré dentro de una hora, Pel.

Gerard esperó a que Isabel se fuera antes de sentarse en el
sofá con un gemido. Durante el tiempo que había estado fuera,
había sufrido insomnio con frecuencia. Necesitaba estar físicamente exhausto para poder dormir, así que se había dedicado a
trabajar en los distintos campos de cultivo de sus propiedades y,
con el paso del tiempo, había acabado acostumbrándose a que le

dolieran todos los músculos del cuerpo. Pero nunca antes le habían dolido tanto como en ese instante. No se había dado cuenta de lo tenso que estaba hasta que se quedó a solas con el rastro del seductor perfume de su esposa.

«¿Isabel siempre ha sido tan hermosa?». No lograba recordarlo. Sí, él había utilizado la palabra «hermosa» para describirla en su mente, pero la realidad iba mucho más allá de lo que transmitía ese adjetivo. Su cabello parecía más llameante de como lo recordaba, sus ojos brillaban más y su piel era más resplandeciente.

A lo largo de los últimos años, Gerard había repetido las palabras «mi esposa» cientos de veces; cuando pagaba sus facturas o cuando se ocupaba de cualquier tema relacionado con ella. Sin embargo, hasta ese momento no las había relacionado con el rostro y el cuerpo de Isabel.

Se pasó una mano por el pelo y se cuestionó si estaba bien de la cabeza cuando le propuso casarse con él. Instantes atrás, cuando Pel había entrado en el despacho, se había quedado sin aliento.

¿Cómo era posible que nunca antes se hubiera dado cuenta de que ella le causaba ese efecto? No le había mentido al decirle que estaba igual. Pero por primera vez en la vida, la veía como era. La veía de verdad. Claro que a lo largo de los últimos dos años había empezado a ver muchas cosas de ese modo; cosas frente a las cuales antes había estado completamente ciego.

Como aquella habitación.

Miró horrorizado a su alrededor. Telas de color verde oscuro con muebles de nogal negro. ¿En qué demonios pensaba? Un hombre no podía repasar balances en aquel despacho tan lóbrego. Y leer un libro allí sería algo completamente imposible.

«¿Quién tiene tiempo para leer cuando hay tantas botellas por vaciar y tantas mujeres por catar?».

Las palabras de su juventud se burlaron de él en su mente.

Gerard se puso en pie y se acercó a la estantería llena de libros, de la que empezó a sacar volúmenes al azar. Las cubiertas crujieron enfadadas al notar que las abría. Nunca había leído ninguno de aquellos libros.

¿Qué clase de hombre se rodea de las cosas bellas de la vida y no se detiene ni un segundo a contemplarlas?

Despreciándose a sí mismo, se sentó al escritorio y empezó a confeccionar una lista de cosas que quería cambiar. Cuando se dio cuenta de lo que estaba haciendo, ya había llenado varias páginas.

—¿Milord?

Gerard levantó la cabeza y vio a un lacayo en la puerta.

—¿Sí?

—La señora pregunta por usted. Quiere saber si al final ha decidido no acompañarla en el té.

Miró sorprendido el reloj y al instante se apartó del escritorio y se puso en pie.

—¿Está en el comedor o en el salón?

—La señora está en su tocador, milord.

Sus músculos volvieron a tensarse de nuevo. ¿Cómo era posible que también se hubiera olvidado de eso? En el pasado le gustaba mucho pasar el rato en aquel bastión de feminidad y ver cómo Pel se preparaba para salir. Mientras subía la escalera, pensó en los momentos que ellos dos habían pasado juntos y tuvo que reconocer que carecían de importancia y de intimidad. Pero él sabía que Isabel le gustaba y que en esa época ella era su amiga.

Y ahora un amigo era lo que más necesitaba en el mundo, dado que no tenía ninguno. Gerard decidió que tenía que retomar la amistad que antaño había tenido con su esposa y, con eso en mente, levantó la mano y golpeó la puerta con los nudillos.

Isabel respiró hondo al oír el suave golpe y luego le dio permiso para entrar. Gray entró, pero se detuvo un momento en el umbral y ella vio algo que nunca antes había visto: lo vio dudar. Lord Grayson nunca vacilaba. Al contrario, se lanzaba de cabeza a la acción en cuanto se le ocurría algo, lo que normalmente terminaba con él metido en un lío.

Gerard se quedó mirándola el suficiente rato como para que Isabel se arrepintiera de estar en bata. Se había pasado casi media hora debatiendo consigo misma qué ponerse y al final había decidido comportarse del modo más parecido al del pasado. Seguro que cuanto antes recuperaran la rutina, más cómodos estarían el uno con el otro.

—A estas alturas, seguro que el agua estará fría —murmuró, apartándose del tocador para sentarse en el sofá—. Pero claro, a la única que le gusta el té es a mí.

—Sí, yo prefiero el brandy.

Gray cerró la puerta y le dio a Isabel la oportunidad de disfrutar durante un segundo de su voz. ¿Por qué notaba precisamente entonces lo ronca que era cuando antes no se había dado cuenta?

—Lo tengo aquí preparado —dijo ella señalando la mesilla, en la que descansaba el juego de té, una botella de brandy y una copa.

Él esbozó una lenta sonrisa.

—Siempre piensas en mí. Gracias. —Miró a su alrededor—. Me gusta ver que este lugar está igual que antes. Con las paredes y el techo forrados de satén blanco, siempre que estoy aquí tengo la sensación de estar dentro de una carpa.

—Ese es precisamente el efecto que quería conseguir —dijo Isabel relajándose en el sofá.

—¿En serio?

Gerard se sentó a su lado y extendió un brazo por encima del respaldo del sofá. Ella no pudo evitar recordar cómo antes solía hacer lo mismo con sus hombros. En esa época el gesto no le había parecido nada importante; Grayson era sencillamente expansivo.

Pero entonces no era tan musculoso como en esos momentos.

—¿Y por qué querías que pareciera una carpa, Pel?

—No tienes ni idea del tiempo que llevo esperando que me lo preguntes —reconoció con una risa suave.

—¿Por qué no te lo he preguntado antes?

—Porque antes nunca hablábamos de esas cosas.

—¿No? —Se le notaba la diversión en los ojos—. ¿Y de qué hablábamos?

Isabel se movió para servirle brandy, pero él negó con el gesto.

—Vaya, pues hablábamos de ti, Gray.

—¿De mí? —preguntó, levantando ambas cejas—. Seguro que no hablábamos de mí a todas horas.

—Casi a todas horas.

—¿Y de qué hablábamos el resto del tiempo?

—Bueno, entonces hablábamos de tus amantes.

Gray hizo una mueca horrorizado e Isabel se rio al recordar lo bien que se la había pasado hablando de él. Y entonces notó el modo en que la miraba, como si quisiera tocarla, y dejó de reírse.

—Me comporté de un modo insoportable, Isabel. ¿Por qué diablos me tolerabas?

—La verdad es que me gustabas bastante —respondió sincera—. Contigo no había ningún misterio. Siempre decías exactamente lo que pensabas.

Gerard miró por encima del hombro de ella.

—Todavía tienes colgado el retrato de Pelham —señaló y luego volvió a mirarla—. ¿Tanto lo amabas?

Isabel se dio la vuelta y miró el cuadro que tenía detrás. Durante su matrimonio, había intentado recuperar parte del amor que había sentido una vez por su esposo, pero el odio y el resentimiento eran demasiado profundos.

—Sí. Hubo una época en que lo amé desesperadamente, pero ya no puedo acordarme.

—¿Por eso huyes del compromiso?

Ella volvió a mirarlo, esta vez con los labios apretados.

—Tampoco hablábamos de cosas personales.

Gray apartó el brazo del respaldo del sofá y se inclinó hacia adelante, apoyando los antebrazos en los muslos.

—¿Acaso no podemos ser más amigos que antes?

—No estoy segura de que sea lo más conveniente —murmuró, mirando de nuevo la alianza que llevaba en el dedo.

—¿Por qué no?

Isabel se puso en pie y se acercó a la ventana; necesitaba poner algo de distancia entre su persona y aquel nuevo Gray tan intenso.

—¿Por qué no? —volvió a preguntarle él, siguiéndola—. ¿Tienes algún otro amigo al que puedas contarle tus cosas?

Le colocó las manos en los hombros y la piel de ella solo tardó un segundo en calentarse, el mismo tiempo que tardó su aroma en impregnarla. Cuando él volvió a hablar, a Isabel la voz le llegó de algún lugar pegado a su oreja.

—¿Acaso es pedir demasiado que añadas a tu esposo a tu lista de amigos más íntimos?

—Gray —suspiró ella, con el corazón acelerado. Estaba tan nerviosa que no podía dejar de tocar la tela de satén que había alrededor de la cortina—. No tengo amigos como los que tú describes. Y dices la palabra «esposo» como si estuviera preñada de un significado que antes nunca le dabas.

—¿Y qué me dices de tu amante, entonces? —insistió él—. ¿A él le cuentas lo que piensas?

Isabel intentó apartarse, pero Gerard se apresuró a retenerla.

—¿Por qué querías que esta habitación pareciera una carpa, Pel? ¿Puedes al menos decirme eso?

Ella se estremeció al notar que suspiraba junto a su nuca.

—Me gusta imaginarme que formo parte de una caravana.

—¿Es una de tus fantasías? —Gray le deslizó sus grandes manos por los brazos—. ¿Hay un jeque en tus figuraciones? ¿Te hace suya?

—¡Milord! —exclamó ella, alarmada al notar que tenía la piel de gallina a causa de las sensuales caricias de él. Era imposible que pudiera ignorar el cuerpo masculino que tenía pegado a su espalda—. ¿Qué quieres, Gray? —le preguntó con la garganta seca—. ¿Acaso has decidido cambiar las reglas de repente?

—¿Qué pasaría si así fuera?

—Que nos separaríamos, que nuestra amistad terminaría. Tú y yo no somos del tipo de personas que encuentran el «amor eterno» y el «felices para siempre».

—¿Cómo sabes qué tipo de hombre soy?

—Sé que tenías una amante al mismo tiempo que afirmabas estar enamorado de otra.

Él pegó los labios ardientes al cuello de Isabel y ella cerró los ojos.

—Tú misma has dicho que he cambiado.

—Ningún hombre cambia tanto. Además, yo... yo estoy con alguien.

Gray le dio la vuelta para mirarla. La sujetaba por las muñecas; las manos de él quemaban y sus ojos todavía más. Dios, Isabel conocía esa mirada. Era la mirada con la que Pelham había conseguido conquistarla, la mirada que ella se aseguraba de que no le dedicara ninguno de sus amantes.

Con pasión, con deseo, así sí le gustaba que la miraran. Pero no con hambre, eso lo evitaba a toda costa.

Y ahora aquella mirada hambrienta le recorrió todo el cuerpo, de la cabeza a los pies y vuelta a empezar. Se tensaron los pezones al notar que él se los examinaba con detenimiento y supo que Gray lo vería a pesar de la bata que llevaba. En el camino de subida, él detuvo los ojos justo en su escote y de su garganta salió un ronroneo muy gutural.

Ella separó los labios para ver si así conseguía respirar.

—Isabel —dijo Gray con voz ronca, cubriéndole un pecho con una mano y acariciándole el pezón con el pulgar—, ¿por qué no me das la oportunidad de demostrarte que valgo la pena?

Ella se oyó gemir de deseo y notó que se le calentaba la sangre y que empezaba a írsele la cabeza. Él bajó los labios en busca de los suyos e Isabel levantó la cabeza y esperó a que se produjese el encuentro.

El sonido de alguien rascando suavemente la puerta rompió la magia del momento. Isabel se tambaleó hacia atrás y se apartó de los brazos de Gray, llevándose una mano a los labios para ocultar que le temblaban.

—¿Milady? —La voz de su doncella llegó insegura desde el pasillo—. ¿Quiere que vuelva más tarde?

Él esperó, tenía la respiración entrecortada y los pómulos sonrojados. Isabel no tenía ninguna duda de que si le decía a su doncella que se fuera, tardaría menos de dos segundos en estar tumbada en la cama con Gray encima.

—Pasa —dijo, mortificada al notar que era incapaz de ocultar el pánico que sentía.

Maldito fuera. Su recién regresado esposo había conseguido que lo deseara. Que lo deseara con un anhelo y una intensidad que ella ya se consideraba demasiado mayor y demasiado sabia como para volver a sentir.

Su peor pesadilla acababa de hacerse realidad.

—¿Vamos juntos de compras mañana, Pel? —le preguntó él condenadamente calmado—. Necesito ropa nueva.

Isabel solo fue capaz de asentir con la cabeza.

Grayson le hizo entonces una elegante reverencia y se fue, pero su presencia siguió acompañándola hasta mucho después de su partida.

Gerard consiguió llegar al pasillo que conducía a sus aposentos antes de que necesitara apoyarse en la pared adamascada. Una vez allí, cerró los ojos y se maldijo en silencio. Su plan de retomar la amistad que había compartido con su esposa se había ido al traste en cuanto abrió la puerta.

Tendría que haber estado preparado. Debería haber sabido que su cuerpo reaccionaría de ese modo al ver a Pel con una bata de seda negra y un hombro que le quedaba al descubierto cuando se apoyaba en el sofá. Pero ¿cómo podía haberlo sabido? Él antes nunca había reaccionado así ante ella. O al menos no podía recordarlo. Claro que en sus anteriores encuentros con Isabel en su tocador, él estaba enamorado de Em. Quizá eso lo había hecho inmune a los encantos de su esposa.

Se golpeó la parte posterior de la cabeza contra la pared para ver si así recuperaba un poco de sentido común.

—Mira que desear a tu propia esposa —gimió exasperado.

Para la mayoría de los hombres, eso sería muy práctico. Pero para él no. Isabel se había asustado al ver lo mucho que la deseaba.

«Pero no se ha quedado indiferente», le susurró una voz.

Sí, sus técnicas de seducción estaban algo oxidadas, pero tampoco podía decirse que lo hubiera olvidado todo. Todavía era capaz de reconocer las señales que emitía el cuerpo de una mujer cuando esta sentía deseo.

Isabel había dado en el clavo al decir que ni él ni ella eran la clase de personas que encuentran el amor eterno. Dios sabía que ambos lo habían intentado y que habían salido muy mal parados. Pero quizá no hacía falta que vivieran una gran historia de amor. Quizá pudieran ser amantes de duración indefinida. Un matrimonio entre amigos que se acostaban juntos.

Teniendo en cuenta lo mucho que le gustaba Pel, ya contaban como mínimo con los cimientos de esa relación. A Gerard le encantaba el sonido de la risa de ella, aquella risa ronca y gutural que podía calentar el interior de un hombre. Y esa sonrisa tan atrevida. Tenían atracción mutua a raudales. Y, además, ya estaban casados. Seguro que eso le confería a él cierta ventaja frente a los otros hombres.

Se apartó de la pared y entró en sus aposentos. Al día siguiente iría a comprar ropa y, después, prepararía poco a poco su vuelta a la buena sociedad y seduciría a su esposa.

Claro que antes tenía que ocuparse del amante de Isabel.

Gerard apretó los labios. Esa sería la parte más difícil. Ella no quería a sus amantes, pero les tenía mucho cariño y era una mujer muy fiel. Para conquistarla, necesitaría mucho tiempo y paciencia y esto último era algo que él no solía necesitar a la hora de seducir a una mujer.

Pero ahora se trataba de Pel y, tal como afirmarían muchos hombres, por ella merecía la pena esperar.

2

—No pareces feliz, Isabel —le susurró John, conde de Hargreaves, al oído—. ¿Te apetece que te cuente un chiste picante? ¿O prefieres que nos vayamos a otra fiesta? Esta es muy aburrida.

Ella suspiró sin ganas y esbozó una brillante sonrisa.

—Si quieres irte, no pondré ninguna objeción.

Hargreaves colocó una mano enguantada en la espalda de Isabel y la acarició suavemente.

—No he dicho que quiera irme. He sugerido que irnos podría servir para aliviar tu aburrimiento.

En ese instante ella deseó estar aburrida de verdad; tener la mente llena de cosas sin importancia sería infinitamente preferible a que estuviera ocupada por pensamientos sobre Gray. ¿Quién era el hombre que se había mudado a su casa? A decir verdad, no tenía ni la más remota idea. Lo único que sabía era que se trataba de un hombre sombrío y muy atormentado por cosas que ella no podía comprender, porque él no quería contárselo. Y también sabía que era un hombre muy peligroso. Como su marido, podía exigirle cualquier cosa que deseara y ella no podría negársela.

En el fondo de su corazón, Isabel no pudo evitar añorar al marqués de Grayson que había conocido años atrás. El joven Gray, siempre dispuesto a burlarse de algo o a hacer alguna temeridad. Aquel hombre era simple y fácil de manejar.

—¿Y bien, Isabel? —insistió Hargreaves.

Ella ocultó su enfado. John era un buen hombre y ya hacía dos años que eran amantes, pero nunca expresaba su opinión ni decía lo que él prefería hacer.

—Me gustaría que decidieras tú —le dijo Isabel dándose la vuelta para mirarlo.

—¿Yo? —John frunció el cejo, lo que no hizo que resultara menos atractivo.

Hargreaves era un hombre guapo, de nariz aguileña y ojos oscuros. Tenía el pelo negro, con cabellos plateados en las sienes, una característica muy distinguida que solo aumentaba su encanto. Era un gran espadachín y poseía la figura de un experto duelista. Era un hombre apreciado y respetado en toda la buena sociedad. Las mujeres lo deseaban e Isabel no era la excepción. Era viudo y tenía dos hijos, por lo que no necesitaba volver a casarse, y poseía un carácter afable. Isabel disfrutaba de su compañía, tanto dentro como fuera de la cama.

—Sí, tú —le dijo—, ¿qué quieres hacer?

—Lo que tú desees —contestó seductor—. Ya sabes que vivo para hacerte feliz.

—Me haría feliz saber qué quieres hacer tú —replicó cortante.

La sonrisa de Hargreaves se desvaneció.

—¿Por qué estás tan alterada esta noche?

—Que te pregunte qué quieres hacer no significa que esté alterada.

—Entonces ¿por qué te tomas a mal todo lo que te digo? —se quejó.

Isabel cerró los ojos e intentó contener su frustración. Era culpa de Gray que se enfadara con John. Lo miró y le tomó una mano.

—¿Qué te gustaría hacer? Si pudiéramos hacer cualquier cosa en el mundo, ¿qué es lo que te daría más placer?

John relajó el cejo y sus labios esbozaron una seductora sonrisa. Levantó la mano que tenía libre y acarició la piel que quedaba al descubierto entre el guante y la manga del vestido de Isabel. A diferencia de las caricias de Gray, su tacto no le quemó la piel, pero sí la hizo entrar en calor y ella sabía que Hargreaves era capaz de avivar ese fuego hasta hacerlo arder.

—Lo que me da más placer es tu compañía. Y lo sabes.

—Entonces me reuniré contigo en tu casa dentro de poco —le murmuró.

John abandonó la fiesta de inmediato, mientras Isabel esperaba un tiempo prudente. Durante el trayecto en carruaje hasta la mansión de Hargreaves, siguió pensando en su situación actual y sopesó las distintas opciones que tenía, si es que tenía alguna.

En cuanto la vio entrar en su dormitorio, John se dio cuenta de lo preocupada que estaba.

—Dime qué te preocupa —murmuró mientras la ayudaba a quitarse el abrigo.

—Lord Grayson ha vuelto —confesó con un suspiro.

—Maldita sea. —Hargreaves la rodeó y se colocó delante de ella—. ¿Qué quiere?

—Vivir en su casa y retomar su vida social.

—¿Y qué quiere hacer contigo?

Ella vio lo angustiado que estaba e intentó tranquilizarlo.

—Es obvio que yo estoy aquí contigo y que él está en casa. Ya sabes cómo es Grayson.

—Sé cómo era Grayson, pero de eso hace ya cuatro años. —Se apartó y se sirvió una copa. Levantó la botella en dirección a Isabel para preguntarle si también le apetecía y ella asintió gustosa—. No sé cómo me siento ahora que me has dicho esto.

—Tú no tienes que sentir nada. A ti el regreso de Grayson no te afecta.

No como la afectaba a ella.

—Tendría que ser idiota para no darme cuenta de que va a afectarme en el futuro.

—John.

Tomó la copa que él le ofrecía y se quitó los zapatos. ¿Qué podía decirle? Quizá la atracción que Gray había manifestado hacia ella no había sido tan fugaz. Era posible que su marido siguiera deseándola por la mañana. Aunque, por otro lado, quizá solo había actuado de ese modo porque estaba alterado por haber vuelto a casa.

Isabel deseó que la segunda alternativa fuera la verdadera. Ninguna mujer debería tener que vivir con un hombre como Pelham dos veces en la vida.

—Nadie sabe qué nos depara el futuro —dijo.

—Por Dios, Isabel. No me vengas con frases hechas.

John vació la copa de un trago y se sirvió otra.

—¿Y qué quieres que te diga? —replicó, odiándose por no poder consolarlo y decirle la verdad al mismo tiempo.

Él dejó la botella con tanta fuerza encima de la mesa que el líquido ambarino salpicó la madera. No hizo ni caso y se acercó a Isabel.

—Quiero que me digas que no importa que Grayson haya vuelto.

—No puedo. —Suspiró y se puso de puntillas para besarle la mandíbula, que él mantenía muy apretada. John la rodeó por la cintura y la abrazó con fuerza—. Ya sabes que no puedo. Ojalá pudiera.

Hargreaves le quitó la copa de los dedos y la dejó encima de la mesa, para luego conducirla hacia la cama. Isabel negó con la cabeza.

—¿Me estás rechazando? —le preguntó incrédulo.

—Estoy confusa, John, y preocupada. Y las dos emociones juntas han apagado mi deseo. Pero no es culpa tuya.

—Nunca antes me habías rechazado. ¿Por qué has venido, pues? ¿Para atormentarme?

Ella se apartó y apretó los labios.

—Discúlpame. No era consciente de que solo me habías invitado para que nos acostáramos.

Se soltó de la mano de él y dio un paso atrás.

—Pel, espera. —Hargreaves la tomó por la cintura y acercó el rostro a la curva de su cuello—. Perdóname. Noto una distancia entre los dos que no existía antes y no puedo soportarlo. —Le dio la vuelta para mirarla—. Dime la verdad. ¿Grayson quiere estar contigo?

—No lo sé.

Él suspiró frustrado.

—¿Cómo es posible que no lo sepas? Precisamente tú deberías saber mejor que nadie si un hombre quiere o no acostarse contigo.

—Tú no lo has visto. Va vestido raro, lleva ropa sencilla y demasiado rudimentaria. No tengo ni idea de dónde ha estado, pero es más que evidente que, donde fuera, carecía por completo de vida social. Sí, Grayson siente deseo, John. Eso sí soy capaz de reconocerlo. Pero ¿de mí o de las mujeres en general? Es lo que no sé.

—Entonces tenemos que buscarle una amante —dijo John, serio—. Así dejará en paz a la mía.

Isabel se rio cansada.

—Qué conversación tan rara.

—Sí, lo sé. —Hargreaves sonrió y le acarició la mejilla—. ¿Te apetece que nos sentemos y comamos un poco? Podemos empezar a hacer una lista de las mujeres que crees que pueden gustarle a Grayson e invitarlas a algún evento.

—Oh, John. —Isabel sonrió con ganas por primera vez desde que Gray había vuelto—. Qué idea tan buena. ¿Por qué no se me habrá ocurrido a mí?

—Porque para eso me tienes a mí.

Gerard leyó el periódico de la mañana, mientras tomaba café e intentaba ignorar lo nervioso que estaba. Ese día lo vería todo el mundo. La buena sociedad sabría que había regresado. A lo largo de las próximas semanas recibiría la visita de algunos viejos conocidos y tendría que decidir qué amistades retomaba y cuáles dejaba olvidadas en el pasado.

—Buenos días, milord.

Levantó la vista al oír la voz de Isabel y respiró hondo al levantarse. Vio que llevaba un vestido azul claro que resaltaba las generosas curvas de sus pechos, con un lazo azul más oscuro en la cintura para subrayar la forma de su cuerpo. Ella no lo miró directamente a los ojos hasta que él le devolvió el saludo. Y, cuando lo hizo, consiguió esbozar una sonrisa.

Era evidente que estaba nerviosa y era la primera vez que Gerard la veía sentirse insegura. Isabel se quedó mirándolo un momento y luego levantó el mentón y se acercó a él. Apartó la silla que Gray tenía al lado antes de que este pudiera reaccionar y hacerlo en su lugar.

Gerard se maldijo por dentro. Durante los últimos cuatro años no había sido ningún monje, pero hacía demasiado tiempo de su último revolcón. Demasiado.

—¿Gray? —empezó ella.

—¿Sí? —contestó él al ver que dudaba.

—Necesitas una amante —soltó de repente.

Gray parpadeó atónito y se desplomó en su silla, evitando respirar por la nariz para no inhalar su perfume. Si la olía una vez, seguro que se excitaría.

—¿Una amante?

Isabel asintió y se mordió el labio inferior.

—Dudo que tengas problemas para conseguir una.

—No —contestó él, despacio. «Dios santo»—. Con la ropa adecuada y una vez haya reaparecido en sociedad, seguro que podré encontrar una. —Se puso en pie. No podía hablar de eso con ella—. ¿Nos vamos, pues?

—Vaya, veo que estás impaciente —se rio Isabel y Gerard apretó los dientes al oír aquella risa tan sensual.

La tensión que había emanado de su esposa al entrar había desaparecido y ahora era la Pel de siempre. Una Pel que esperaba que encontrara una amante y la dejara en paz.

—Has desayunado arriba, ¿no?

Dio un paso hacia atrás y respiró entre los dientes. ¿Cómo diablos iba a poder sobrevivir a aquel día? ¿O a aquella semana, o al mes siguiente? O, maldita fuera, a los años siguientes si Isabel seguía teniendo amantes.

—Sí. —Ella se puso en pie—. Ya podemos irnos, Casanova, que no se diga que por mi culpa has tardado más de la cuenta en encontrar a tu próxima amante.

Gerard la siguió a una distancia prudente, pero no sirvió de nada para apaciguar su fiero deseo, porque desde donde estaba podía ver a la perfección el movimiento de sus caderas y su lujurioso trasero.

El trayecto en carruaje fue algo más soportable, porque eligieron un landó descubierto y el perfume floral de Isabel se disipó un poco. Y el paseo que dieron por la calle Bond fue incluso mejor, pues al notar que todo el mundo lo miraba, Gerard dejó de pensar en lo duro que tenía el miembro.

Pel caminaba a su lado, hablándole animadamente, con su precioso rostro oculto bajo el ala del sombrero de paja.

—Todo esto es ridículo —masculló él—. Cualquiera diría que he regresado de entre los muertos.

—En cierto modo eso es lo que has hecho. Te fuiste sin decir ni una palabra y durante todo este tiempo no has mantenido contacto con nadie. Pero creo que lo que más les interesa es tu apariencia.

—Tengo la piel morena por el sol.

—Sí, así es. La verdad es que me gusta y seguro que a las demás mujeres también les gustará.

Gerard la miró dispuesto a responder, pero, al hacerlo, su mirada fue a parar directamente a su escote.

—¿Dónde diablos está el maldito sastre? —se quejó, más frustrado de lo que podía soportar.

—Necesitas estar urgentemente con una mujer —dijo ella, negando con la cabeza—. Aquí es, ya hemos llegado. Este es el establecimiento al que solías venir antes, ¿no?

La puerta se abrió con un sonido de campanillas y en cuestión de segundos los dos estuvieron en un probador privado. Gray se quitó la ropa y Pel ordenó que se llevaran las prendas con un gesto de la mano y arrugando la nariz.

Él se quedó allí en ropa interior y riéndose. Hasta que Isabel dio media vuelta. Lo miró y notó que se le cerraba la garganta y que no podía respirar.

—Dios santo —dijo, caminando alrededor de él.

Le pasó los dedos por los músculos del abdomen y Gerard contuvo un gemido. Todo el probador olía a ella. Y lo estaba tocando como si existiera intimidad entre los dos.

El sastre entró y exclamó sorprendido:

—¡Creo que tendré que volver a tomarle las medidas, milord!

Ante la llegada del hombre, Isabel dio un paso atrás con las mejillas sonrojadas. El sastre se puso manos a la obra y ella no tardó en recuperar la calma; dedicó entonces toda su atención a convencer al comerciante de que les vendiera algún traje ya terminado para otro cliente.

—Seguro que no querrá que su señoría abandone su establecimiento mal vestido —dijo.

—Por supuesto que no, lady Grayson —contestó el sastre con prontitud—. Pero este es el traje más terminado que tengo y no es de su talla. Quizá podría añadir algo de tela aquí...

—Sí y un poco más allí —apuntó ella, cuando el sastre clavó una aguja cerca del hombro de Gray—. Mire qué espalda tan ancha tiene. Puede quitarle las hombreras. Lo más importante es que su señoría esté cómodo.

Isabel deslizó una mano por la espalda de Gerard, que apretó los puños para no temblar. Distaba mucho de estar cómodo.

—¿Tiene ropa interior de la talla de mi esposo? —le preguntó ella al sastre con voz más ronca de lo habitual—. Esta tela es demasiado áspera.

—Sí —respondió el hombre al instante, ansioso de vender tanto como le fuera posible.

El sastre le quitó el saco y le dio los pantalones a juego. Junto con Isabel, estaba de pie detrás de él y Gray dio las gracias de que así fuera. Había tenido que recurrir a toda su fuerza de voluntad para reprimir una erección, pero no podía evitar estar excitado.

Pel lo miraba con deseo, podía notar sus ojos recorriéndolo y seguía tocándolo y halagando su cuerpo. Ningún hombre podía resistir tanto.

—El pantalón no hace falta retocarlo —susurró ella, pegada a su espalda desnuda, acariciándole las nalgas con una mano—. ¿Es demasiado apretado, milord? —le preguntó a él en voz baja, sin dejar de tocarlo—. Espero que no. Desde aquí se ve maravilloso.

—No. La parte de atrás está bien —dijo él y luego bajó la voz para que solo ella pudiera oírlo—, pero la de delante está muy incómoda por tu culpa.

La cortina se deslizó hacia un lado y apareció el ayudante del sastre con los calzoncillos. Gerard cerró los ojos, amargado. Ahora todo el mundo se daría cuenta de lo que estaba pasando.

—Gracias —murmuró Isabel—. Lord Grayson necesita un poco de intimidad.

A Gerard lo sorprendió ver que echaba a todo el mundo del probador. Pero no se atrevió a mirarla hasta que estuvieron solos.

—Gracias —dijo.

Ella tenía los ojos fijos en la entrepierna de él, mientras tragaba saliva y aferraba los calzoncillos, que se sujetaba contra el pecho.

—Tienes que quitarte eso o terminarás rompiendo las costuras.

—¿Vas a ayudarme? —le preguntó, inseguro y ansioso.

—No, Gray. —Le dio los calzoncillos nuevos y apartó la vista—. Ya te dije que estoy con alguien.

Gerard estuvo tentado de recordarle que era su esposo, pero no sería justo, teniendo en cuenta cómo había conseguido que Isabel aceptara casarse con él.

Había sido un egoísta y solo lo había hecho para hacer enfadar a su madre y evitar tener problemas con sus amantes. No le había preocupado lo más mínimo si se criticaba a Isabel por tener un amante antes de darle un heredero a su esposo.

Ahora estaba recibiendo el castigo por haber sido tan narcisista; deseaba a una mujer que le pertenecía, pero a la que no podía tocar.

Asintió y tragó saliva para ver si así engullía los remordimientos y la amargura que lo embargaban.

—Déjame solo, por favor.

Ella se fue sin mirarlo.

Isabel salió del probador y cerró la cortina a su espalda. Las manos le temblaban muchísimo, porque había tenido que apretárselas mientras veía a Gray vestirse y desnudarse, atormentándola con su cuerpo tan perfecto.

Él estaba en el mejor momento de su vida, pues todavía retenía la fuerza de la juventud, combinada con la madurez que había adquirido en los últimos años. Tenía músculos por todas partes y gracias a las caricias del día anterior, Isabel sabía que podía moverlos con ternura y cuidado.

«En serio, Gray. Eres demasiado joven para mí.»

¿Por qué no se había mantenido firme? Al verlo ahora, tan vigoroso y vital, Isabel podía afirmar que se había equivocado al unir su vida irrevocablemente a la de él.

Gray necesitaba una amante que acaparase su tiempo y su atención. Los hombres de su edad rebosaban lujuria y todavía tenían ganas de acostarse con todas las féminas que se encontraban a su paso. Ella sencillamente le resultaba práctica y atractiva y solo la deseaba por eso. Era la única mujer que conocía en la actualidad. Pero ningún hombre tenía una aventura con su propia esposa.

Isabel gimió para sus adentros. Dios, ¿por qué había vuelto a casarse? Había jurado que jamás volvería a comprometerse con nadie y así había terminado por culpa de aquella tontería.

Los hombres como Gray no eran constantes. Había aprendido bien esa lección con Pelham. El atractivo conde necesitaba una esposa y ella despertaba su deseo; una combinación perfecta según su primer marido. Pero cuando el deseo se apagó, Pelham siguió como siempre y se buscó otra amante, sin importarle lo más mínimo que Isabel estuviera enamorada de él. Grayson haría lo mismo. Sí, había madurado y ahora tenía la cabeza más asentada y los pies en el suelo, pero era innegable que tenía la edad que tenía.

Isabel podía soportar oír comentarios acerca de la pericia sexual de su esposo, o de que ella era demasiado mayor para satisfacerlo o para darle un heredero, siempre y cuando no estuviera interesada en él. Isabel siempre era fiel a sus amantes y esperaba lo mismo de ellos mientras duraba su relación. Y allí estaba el quid de la cuestión. Los affaires siempre tenían punto final, pero el matrimonio era para siempre.

Se apartó del probador decidida a encontrar algo que la distrajera. Dio unos pasos hacia la parte principal de la tienda para ver si así se centraba, pero vio que la cortina del probador de Gray estaba un poco entreabierta, por lo que se detuvo y dio un paso atrás.

En contra de su voluntad, espió por la abertura de la cortina y se quedó sin aliento al ver su espectacular trasero. ¿Por qué Dios le había dado tanta belleza a un único hombre? ¡Qué nalgas! Era injusto que alguien fuera tan atractivo por delante como por detrás.

Tenía las nalgas firmes y más pálidas que el resto del cuerpo, en especial si se las comparaba con lo moreno que tenía el torso. ¿Dónde habría estado y qué habría estado haciendo para desarrollar tanto los músculos y ponerse tan moreno? Era impresionante; su espalda, su trasero, los brazos que ahora flexionaba con tanta fuerza.

Soltó el aliento que estaba conteniendo. Y de repente comprendió por qué él movía los brazos de aquella manera tan repetitiva.

Gray se estaba masturbando.

¡Dios! Isabel se desplomó contra la pared al notar que le fallaban las piernas. No podía dejar de mirar, a pesar de que los pezones se le habían excitado tanto que le dolían, y que el deseo empezaba a circular por dentro de su cuerpo. ¿Lo había llevado a ese estado solo mirándolo? Pensar que tenía tanto poder sobre una criatura tan magnífica como él la excitó todavía más. Los clientes y los empleados de la sastrería se movían a su espalda e Isabel se quedó allí, espiando. Ella era una mujer de mundo, sin embargo, en aquel mismo instante estaba embriagada de deseo.

Gray tenía la respiración entrecortada y apretaba los muslos e Isabel deseó poder verlo por delante. ¿Qué aspecto tendría su bello rostro en medio de la pasión? ¿Se le contraerían los músculos del estómago al notar la tensión? ¿Su miembro sería tan espectacular como el resto de su cuerpo? Imaginárselo era peor que si lo estuviera viendo realmente.

¿Qué diablos se suponía que tenía que hacer ahora?

Sí, ella era una mujer sensual y ver a un hombre dándose placer a sí mismo podía resultarle excitante. Pero nunca se lo había parecido tanto como en ese momento.

Isabel apenas podía respirar y si no tenía un orgasmo pronto, terminaría por volverse loca. Sería estúpido que intentara negarlo.

Podía reconocer perfectamente la sensación que tenía en el estómago. Algunos lo llamaban deseo. Ella lo llamaba destrucción.

—¿Lady Grayson? —Gray la llamó con aquella voz tan ronca y sensual.

Ahora que la había oído varias veces, Isabel sabía reconocerla: era la voz que Gray utilizaría en la cama, la voz que tenía un hombre justo después de eyacular de placer.

¿Por qué él tenía esa voz todo el tiempo? Era injusto que pu diera atormentar a las mujeres de deseo y hacerlas desear que les hablara siempre así.

—¿S... sí? —Isabel respiró hondo y entró en el probador.

Gray se volvió hacia ella con los calzoncillos puestos. Tenía las mejillas sonrojadas y era evidente que sabía lo que había hecho Isabel. Su comportamiento no le había pasado desapercibido.

—Espero que algún día hagas algo más que mirarme —le dijo en voz baja.

Ella se tapó la boca con la mano enguantada, muerta de vergüenza. Estaba claro que él no sentía ninguna. Se quedó mirándola intensamente y detuvo la mirada en sus pezones.

—Maldito seas —susurró Isabel, odiándolo porque hubiera vuelto a casa y por poner su mundo patas arriba.

Estaba muy excitada, se notaba la piel caliente y temblorosa y detestaba sentirse así, porque la hacía recordar el dolor de épocas pasadas.

—Sí que estoy maldito, Pel, vivo contigo y no puedo tenerte.

—Hicimos un trato.

—Esto —los señaló a ambos— no existía entonces. ¿Qué propones que hagamos? ¿Quieres que lo ignoremos?

—Sáciate en alguna otra parte. Eres joven y estás excitado...

—Y casado.

—¡No de verdad! —exclamó ella, tan frustrada que estaba a punto de jalarse los pelos.

—Tan de verdad como puedo estarlo sin tener sexo con mi esposa —se quejó Gray—. Y tengo intención de remediarlo cuanto antes.

—¿Por eso has vuelto? ¿Para cogerme?

—He vuelto porque tú me escribías. Cada viernes recibía una carta escrita en ese papel rosado que olía a flores.

—Me las devolvías todas. Sin abrir.

—Lo que decían no era importante, Pel. Ya sabía lo que hacías y dónde estabas sin tener que leerlas. Lo que me importaba era el sentimiento que implicaban. Estaba convencido de que dejarías de escribirme, que dejarías que siguiera regodeándome en mi desgracia...

—Y al final has decidido hacerme desgraciada a mí —soltó ella, poniéndose a caminar de un lado a otro del probador—. Era mi obligación escribirte.

—¡Sí! —exclamó él triunfante—. Tu obligación como mi esposa y, al hacerlo, me obligaste a reconocer que yo también tenía una obligación contigo. Por eso he regresado, para acallar los rumores, para estar a tu lado, para enmendar el daño que te hice al irme.

—¡Para eso no hace falta que nos acostemos!

—Baja la voz —le advirtió él, tomándola del brazo para acercarla. Le tocó un pecho y le capturó un pezón entre el dedo índice y el pulgar, moviéndolos hasta que ella gimió de placer—. Para esto sí que hace falta. Mira qué excitada estás. A pesar de lo enfadada y furiosa que estás conmigo, estoy seguro de que si te toco notaré que estás húmeda de deseo por mí. ¿Por qué tengo que acostarme con otra mujer si es a ti a quien deseo?

—Porque yo estoy con alguien.

—Insistes en repetir eso, pero es evidente que él no es suficiente, porque, si lo fuera, no me desearías.

Isabel se sintió culpable por desear tanto a Gray. Ella jamás había anhelado a ningún otro hombre mientras mantenía una relación con alguien. Y luego siempre dejaba pasar varios meses entre un amante y otro, porque tardaba algún tiempo en superar que la aventura se había acabado, aunque siempre fuera ella la que les ponía punto final.

—Te equivocas. —Se soltó el brazo y se apartó de él, notando que el pecho le quemaba—. No te deseo.

—Y yo que admiraba tu honestidad —la atacó él en voz baja.

Isabel se lo quedó mirando y vio lo decidido que estaba. La sensación que se instaló en su pecho fue de lo más familiar: era el principio del infierno al que la había sometido Pelham.

—¿Qué te ha pasado? —le preguntó ella con tristeza, lamentando la pérdida de la complicidad de antaño.

—Me he quitado la venda de los ojos, Pel. Y ahora, por primera vez, veo lo que me estaba perdiendo.

3

Cuando estuvo adecuadamente vestido, Gray apartó la cortina y salió del probador en dirección al vestíbulo de la sastrería. Vio a Isabel de inmediato. Estaba sentada junto al escaparate, su melena castaña reflejaba los rayos del sol y parecía hecha de fuego. El contraste entre su pelo y el azul hielo de su vestido era increíble y muy acorde con las circunstancias. El fuego del deseo de ella lo había quemado por dentro y sus palabras lo habían dejado helado.

De hecho, lo sorprendió ver que Isabel lo había esperado durante las dos horas que había tardado el sastre en arreglar el traje. Gerard estaba convencido de que se iría. Pero Pel no era de la clase de personas que huían de las situaciones incómodas. Quizá no quisiera hablar sobre el asunto, pero jamás saldría corriendo. En realidad, esa era una de las cosas que más le gustaban de ella.

Suspiró y se maldijo por haber ido demasiado lejos, pero había sido incapaz de reaccionar de otro modo. No la entendía y no sabía cómo pedirle perdón si no tenía ni idea de qué le pasaba. ¿Por qué estaba tan empeñada en que no existiera nada importante entre los dos? Si lo deseaba tanto como él la deseaba a ella, ¿por qué se negaba a hacer algo al respecto?

Isabel no era de la clase de mujeres que rehuían los deseos de la carne. ¿Acaso estaba enamorada de su amante? Gerard cerró los puños solo de pensarlo. Él sabía mejor que nadie que se podía amar a una persona y disfrutar del placer de acostarse con otra.

Se maldijo interiormente. Era evidente que no había cambiado tanto como creía si seguía siendo capaz de toquetear a una mujer en un probador. ¿Qué diablos le pasaba? Un caballero no trataba así a su mujer. Tendría que cortejarla y no babear delante de ella y pensar solo en poseerla.

Habló antes de llegar a su lado, para no asustarla.

—¿Lady Grayson?

Pel dejó de mirar por el escaparte y se volvió hacia él con una sonrisa.

—Milord, estás magnífico.

«¿De modo que así están las cosas?»

Isabel iba a fingir que no había pasado nada.

Gerard le sonrió con todo su encanto y le tomó una mano para llevársela a los labios.

—No tengo más remedio, si quiero ir al lado de una mujer tan guapa como tú.

La mano de ella tembló ligeramente en la de él y, cuando habló, su voz sonó algo forzada.

—Me halagas.

Gerard deseó poder hacer mucho más que eso, pero iba a tener que esperar. Colocó la mano de Isabel en su antebrazo y la acompañó hasta la puerta.

—Ni siquiera yo estoy tu altura —dijo Isabel, mientras él tomaba el sombrero de ella de manos de un dependiente y se lo daba.

Las campanillas de la puerta sonaron y Gerard dio un paso hacia ella para dejar entrar al nuevo cliente. La temperatura aumentó entre los dos, Pel se sonrojó y él se puso tenso.

—Necesitas una amante —susurró Isabel con los ojos muy abiertos, sin dejar de mirarlo.

—No necesito una amante. Tengo una esposa que me desea.

—Buenas tardes, milord —dijo el dependiente al otro lado del mostrador.

Gerard se puso al lado de ella y volvió a ofrecerle el brazo. Ahora que los dos estaban frente a la puerta, se percató de que había un caballero de aspecto distinguido mirándolos horrorizado y Gray no tardó ni un segundo en adivinar quién era.

Y lo que seguramente había oído.

—Buenas tardes, lord Hargreaves —lo saludó, colocando los dedos de una mano encima de los de Pel y apretándoselos para dejar claro que ella le pertenecía.

Él nunca antes había sido posesivo y no entendía por qué estaba sintiéndose así.

—Buenas tardes, lord y lady Grayson —dijo el conde, tenso.

Isabel irguió la espalda.

—Lord Hargreaves, qué alegría encontrarlo aquí.

Pero no lo era, para ninguno de los tres. La tensión era palpable.

—Si nos disculpa —dijo Gerard, al ver que el conde seguía bloqueando la puerta—. Íbamos a salir.

—Ha sido un placer volver a verlo, milord —murmuró Isabel, con voz extrañamente sombría.

—Sí —masculló Hargreaves—, lo mismo digo.

Gerard abrió la puerta y miró serio a su rival, después colocó una mano en la espalda de su esposa para guiarla afuera. Caminaron despacio por la calle, los dos perdidos en sus pensamientos. Algunos transeúntes intentaron acercarse, pero bastó con que Gerard los fulminara con la mirada para hacerlos desistir.

—Ha sido muy incómodo —dijo él al fin.

—Te has dado cuenta, ¿no? —contestó ella, negándose a mirarlo.

En cierto modo, Gray echaba de menos no sentirse tan seguro de sí mismo como cuando era joven. Cuatro años atrás le habría quitado importancia a ese encuentro y lo habría olvidado. De hecho, había hecho exactamente eso en varias ocasiones; siempre que se encontraba con los amantes de Pel en eventos sociales, o cuando ella se encontraba con las amantes de él.

Ahora en cambio era muy consciente de todos sus fallos y defectos y sabía perfectamente que Hargreaves no tenía ninguno y que era un hombre popular y muy respetado.

—No tengo ni idea de cómo voy a explicarle tu último comentario —dijo Isabel, sin ocultar lo preocupada que estaba.

—Él sabía el riesgo que corría cuando se lió con la esposa de otro hombre.

—¡No corría ningún riesgo! Nadie habría podido predecir que volverías a casa medio idiota.

—Desear a tu propia esposa no es ser medio idiota. Aunque fingir que no deseas a tu esposo es ridículo.

Gerard se detuvo de repente cuando se abrió la puerta de una tienda y el hombre que salió casi chocó con ellos.

—¡Mil perdones, señora! —exclamó el desconocido, saludando a Pel con el sombrero antes de irse apresurado.

Gerard sintió curiosidad por el comportamiento del hombre y miró hacia el establecimiento del que había salido. Esbozó una sonrisa al mismo tiempo que levantaba una mano para abrir la puerta.

—¿Quieres entrar en una joyería? —le preguntó Isabel frunciendo el cejo.

—Sí, tesoro. Hay algo que tendría que haber solucionado hace muchos años.

Y dicho esto la guió hacia adentro. Al oírlos entrar el dependiente levantó la vista del libro de ventas con una sonrisa.

—Buenas tardes, milord, milady.

—Acabamos de ver salir de aquí a un hombre muy contento —señaló Gerard.

—Ah, sí —asintió el dependiente—. Un joven pretendiente que va a pedir la mano de su amada con el precioso anillo que ha comprado en nuestro establecimiento.

Ansioso por sentir lo mismo, Gerard inspeccionó el contenido de las pequeñas vitrinas de cristal.

—¿Qué estás buscando? —le preguntó Pel, agachándose a su lado.

El perfume de ella lo atraía tanto que soñaba con pasarse la noche envuelto en sábanas impregnadas de ese olor. Si además tenía las piernas y los brazos de ella enredados con los suyos, sería ya el paraíso.

—¿Siempre has olido tan bien, Pel? —Ladeó la cabeza para mirarla y descubrió que su nariz estaba a escasos centímetros de la de ella.

Isabel retrocedió un poco confusa.

—Gray, en serio, ¿podemos dejar a un lado los temas aromáticos y centrarnos en lo que estás buscando?

Él sonrió y le tomó la mano, luego le hizo señas al dependiente.

—Ese de allí.

Señaló el anillo más grande que había en aquel aparador; un rubí enorme rodeado de diamantes, que descansaban en una filigrana dorada.

—Dios santo —suspiró Pel cuando la joya salió de debajo del cristal que contenía su brillo resplandeciente.

Gerard le levantó la mano y le puso el anillo en el dedo y le gustó comprobar que no le apretaba demasiado si lo llevaba encima del guante. Ahora sí que parecía una mujer casada.

—Perfecto.

—No.

Él arqueó una ceja e intentó comprender por qué parecía estar tan nerviosa.

—¿Por qué no?

—Es... es demasiado grande —contestó.

—Te queda. —Gerard se inclinó sobre la vitrina y le sonrió sin soltarle la mano—. Mientras estaba en Lincolnshire...

—¿Estuviste en Lincolnshire? —se apresuró ella a interrumpirlo.

—Entre otros lugares —dijo él, acariciándole la mano—. Miraba las puestas de sol y pensaba en ti. Había veces en que las nubes del cielo tenían el mismo color rojizo que tu pelo. Cuando la luz se refleja en este rubí, es casi del mismo tono.

Isabel se quedó mirándolo mientras él le levantaba la mano para acercársela a los labios. Gerard primero besó la joya y después el centro de la palma enguantada de Pel, deleitándose en la sensación de estar tan cerca de alguien de nuevo.

Los amaneceres, con su belleza dorada, siempre le habían hecho pensar en Em. Al principio, Gerard los odiaba. Cada mañana le recordaba que empezaba un nuevo día y que Emily no iba a poder vivirlo. Pero con el paso del tiempo, los rayos del sol se convirtieron en una bendición, en la prueba viviente de que tenía una segunda oportunidad para convertirse en un hombre mejor.

Los atardeceres, sin embargo, siempre le habían pertenecido a Pel. El cielo oscuro y el manto de la noche ocultaban las imperfecciones de él... como Isabel, la única mujer que nunca le había criticado nada.

La sensualidad de una cama, los momentos en que podía desprenderse de la tensión que había acumulado durante todo el día, eso también lo simbolizaba ella cuando se la imaginaba sentada a su tocador. Qué raro que la leve amistad que había compartido con su esposa hubiera llegado a significar tanto para él y que no se hubiera dado cuenta cuando tenía la oportunidad de disfrutar de ella cada día.

—Deberías reservar tus halagos para una mujer menos cínica que yo.

—Mi querida Pel —murmuró él sonriendo—, adoro que seas tan cínica. Así no te haces ilusiones sobre mi más que defectuosa personalidad.

—No tengo ni idea de cómo es ahora tu personalidad. —Isabel se apartó y él la dejó ir. Ella tensó la espalda e inspeccionó el interior de la tienda y, cuando vio al dependiente anotando la transacción, volvió a hablar—: No entiendo por qué me dices estas cosas, Gray. Que yo sepa, tú nunca has sentido nada romántico ni sexual hacia mí.

—¿De qué color son las flores que hay delante de nuestra casa?

—¿Disculpa?

—Las flores. ¿Sabes de qué color son?

—Por supuesto que sí, son rojas.

Él arqueó una ceja.

—¿Estás segura?

Isabel se cruzó de brazos y también enarcó una ceja.

—Sí, estoy segura.

—¿Y las que hay en los parterres de la calle?

—¿Qué?

—Los parterres de la calle también están llenos de flores. ¿Sabes de qué color son?

Ella se mordió el labio inferior.

Gerard se quitó el guante y le pasó un dedo por el labio para que dejara de castigarlo.

—¿Lo sabes?

—Son de color rosa.

—Azul.

Le deslizó la mano hasta el hombro y le acarició la piel con el pulgar. El calor que emanaba del cuerpo de ella le atravesó la yema de los dedos y se extendió por su brazo, avivando el fuego de un anhelo que hacía años que no sentía.

Hacía tanto tiempo que era como si estuviera congelado por dentro, sin sentir ese calor, sin desear que ella lo quemara con sus caricias, ni anhelar con aquella desesperación perderse en su interior... A Gerard le gustaba sentir todas esas cosas.

—Son azules, Pel —dijo con una voz más ronca de lo que le habría gustado—. Me he dado cuenta de que la gente tiende a obviar las cosas que ve a diario. Pero solo porque no veamos algo no significa que no esté allí.

A ella se le puso la piel de gallina. Y Gerard lo notó a pesar de las durezas de sus dedos.

—Por favor. —Le apartó la mano—. No me mientas, no me digas cosas bonitas ni intentes convertir el pasado en lo que te gustaría que fuera ahora el presente. Nosotros dos no sentíamos nada el uno por el otro. Yo quería que fuera así. Me gustaba que fuera así. —Se quitó el anillo y lo dejó encima del mostrador.

—¿Por qué?

—¿Por qué? —repitió Isabel.

—Sí, mi preciosa esposa, ¿por qué? ¿Por qué te gustaba que nuestro matrimonio fuera una farsa?

—A ti también te gustaba —contestó ella, fulminándolo con la mirada.

Gerard sonrió.

—Yo sé los motivos por los que me gustaba, pero ahora estamos hablando de ti.

—Aquí tiene, lord Grayson —dijo el dependiente con una sonrisa.

Él maldijo en silencio la interrupción del hombre y tomó la pluma del tintero para firmar la factura. Esperó a que el anillo estuviera en su correspondiente cajita y esta estuviera guardada en su bolsillo antes de volver a mirar a Isabel. Al igual que en la sastrería, ella estaba mirando el escaparate con la espalda completamente erguida, evidenciando con su postura lo enfadada que se sentía.

Gerard negó con la cabeza y no pudo evitar pensar en lo que sucedería si Pel diera rienda suelta a toda la pasión que llevaba dentro. ¿Qué diablos estaba haciendo Hargreaves o, mejor dicho, no haciendo, para que ella se mostrara tan irritable? A cualquier otro lo desmoralizaría su actitud, pero él decidió tomárselo como una buena señal.

Se le acercó, atraído por la vitalidad ante la que caía rendido todo el mundo. Se detuvo justo detrás de Isabel, respiró hondo para inhalar su perfume y susurró:

—¿Puedo acompañarte a casa?

Sorprendida por el modo en que Gray le había hablado junto al oído, Isabel dio media vuelta tan rápido que su esposo no tuvo más remedio que echar la cabeza hacia atrás para que no lo golpeara con el ala del sombrero. El gesto lo hizo reír y cuando empezó ya no pudo parar.

Ella se quedó mirándolo embobada al ver lo joven que parecía riéndose de esa manera. Su risa sonaba algo oxidada, como si no la hubiera utilizado en mucho tiempo, y a Isabel le encantó el sonido; era más profundo y más sensual que años atrás e incluso entonces ya le gustaba. Incapaz de seguir resistiéndose, le sonrió, pero cuando él se sujetó las costillas y la miró atónito, se echó a reír igual que él.

Y, de repente, Gray la levantó por la cintura y empezó a dar vueltas con ella, igual que había hecho de joven.

Isabel le colocó las manos en los hombros para mantener el equilibrio y recordó de nuevo lo mucho que le gustaba estar con él.

—¡Suéltame, Gray! —exclamó.

Gerard echó la cabeza hacia atrás para mirarla, antes de decir:

—¿Qué me darás a cambio?

—Oh, esto no es justo. Estás montando un espectáculo. Todo el mundo hablará de nosotros.

Pensó en la expresión de Hargreaves cuando lo habían visto en la sastrería y dejó de reír. Era horrible por su parte estar allí tonteando con Gray cuando sabía el daño que eso le haría a John.

—Quiero algo a cambio, Pel, o te llevaré en brazos hasta que me lo concedas. Y sabes que soy muy fuerte. Y tú eres ligera como una pluma.

—No lo soy.

—Sí lo eres.

Él hizo pucheros. En cualquier otro hombre esa mueca sería ridícula, pero en Gray hacía que las mujeres tuvieran ganas de besarlo. Hacía que Isabel tuviera ganas de besarlo.

—Piensas demasiado —se quejó, al ver que ella lo miraba en silencio—. Has rechazado mi regalo. Lo menos que puedes hacer es concederme algo a cambio de que te suelte.

—¿Qué quieres?

Gray se quedó pensándolo un segundo antes de contestar.

—Una cena.

—¿Una cena? ¿Puedes ser más concreto?

—Quiero cenar contigo. Quédate en casa esta noche y cena conmigo.

—Tengo varios compromisos.

Él se acercó a la salida de la tienda.

—Buen hombre —le dijo al dependiente—, ¿sería tan amable de abrirme la puerta?

—No vas a sacarme así a la calle.

—¿De verdad crees que no soy capaz? —le preguntó con una sonrisa diabólica—. He cambiado.

Isabel miró por encima del hombro y vio que la acera estaba cada vez más cerca y atestada de gente.

—Sí.

Gerard se detuvo con un pie en el aire.

—Sí, ¿qué?

—Sí, cenaré contigo.

—Tienes una alma tan caritativa, Pel —dijo él con una sonrisa triunfal.

—Cállate —masculló ella—. Eres un canalla, Grayson.

—Tal vez. —La dejó en el suelo y le tomó una mano, que le colocó encima de su antebrazo para guiarla hacia la calle—. Pero ¿te gustaría si fuera de otra manera?

Isabel lo miró y notó que el aire apesadumbrado que lo había envuelto el día anterior se había disipado un poco y supo que le gustaba más cuando se comportaba como un canalla. Era cuando él se sentía más feliz.

Igual que Pelham.

«Solo una idiota tropezaría dos veces en la misma piedra.»

Al oír la voz de la razón, se obligó a escucharla y mantuvo cierta distancia con Gerard. Si lo tenía a más de medio metro, todo saldría bien.

—¡Lord Grayson!

Los dos suspiraron resignados al ver que una mujer bastante corpulenta, con un sombrero horrible y un vestido rosado todavía peor, se acercaba a ellos.

—Es lady Hamilton —le susurró Isabel—. Es una mujer adorable.

—Con ese vestido no —contestó Gray sin dejar de sonreír.

Ella tuvo que morderse los labios para no reírse.

—Lady Pershing-Moore me ha dicho que lo había visto con lady Grayson —dijo lady Hamilton con la respiración entrecortada, cuando se detuvo frente a ellos—. Yo le he dicho que se había vuelto loca, pero al parecer tenía razón. —Miró a Grayson fascinada—. Es maravilloso volver a verlo, milord. ¿Cómo le ha ido por... dondequiera que haya estado?

Él asió la mano que la dama le tendía e hizo una leve reverencia al mismo tiempo que contestaba:

—Muy mal, como era de esperar, porque no contaba con la compañía de mi maravillosa y bellísima esposa.

—Oh —lady Hamilton le guiñó el ojo a Isabel—, por supuesto. Lady Grayson ya ha aceptado la invitación para la fiesta que organizo en mi casa dentro de dos semanas. Espero que usted tenga intención de acompañarla.

—Desde luego que lo haré —aceptó Gray con cortesía—. Después de mi larga ausencia, no deseo apartarme de su lado ni un solo instante.

—¡Magnífico! Ahora todavía tengo más ganas de que llegue el día de la fiesta.

—Es usted muy amable.

Lady Hamilton se despidió y se fue a toda prisa.

—Gray —dijo Isabel con un suspiro—, ¿por qué avivas los chismes de esta manera?

—Si de verdad crees que existe la menor posibilidad de que haya alguien que no esté hablando de nosotros, es que estás loca.

Y siguió caminando por la calle en dirección a su landó.

—Pero no hace falta que les des más munición.

—¿Acaso a las mujeres les enseñan a hablar con acertijos en el colegio? Te juro que todas lo hacen a la perfección.

—Maldito seas, accedí a ayudarte hasta que volvieras a encontrar tu camino...

—Tú y yo vamos por la misma senda, Pel —susurró él—. Estamos casados.

—Podemos separarnos. Después de los últimos cuatro años, sería una mera formalidad.

Gray respiró hondo y la miró.

—¿Y por qué iba a querer separarme de ti? Mejor dicho, ¿por qué ibas a querer tú?

Isabel mantuvo la vista al frente. ¿Cómo podía explicárselo si ella misma no estaba segura de cuál era la respuesta? Se limitó a encogerse de hombros.

Gerard colocó una mano encima de la suya y se la apretó con suavidad.

—Han pasado muchas cosas en las últimas veinticuatro horas. Danos un poco de tiempo para que nos acostumbremos el uno al otro. Reconozco que nuestro reencuentro no se ha desarrollado como me había imaginado.

Gerard la ayudó a subir al landó y le indicó al cochero que se dirigiera a casa.

—¿Qué te habías imaginado, Gray?

Quizá si sabía lo que él esperaba, pudieran llegar a un acuerdo. O al menos podría preocuparse un poco menos.

—Pensaba que regresaría y que tú y yo nos sentaríamos en el sofá y compartiríamos unas cuantas botellas de vino de excelente cosecha. Seríamos amigos de nuevo, yo encontraría mi lugar en el mundo poco a poco y nuestra relación volvería a ser tan cómoda y confortable como antes.

—A mí eso también me gustaría —dijo ella en voz baja—. Pero dudo que sea posible si tú y yo no podemos volver a ser como éramos antes.

—¿Es eso lo que deseas de verdad? —Gerard se volvió en el asiento para poder mirarla, pero Isabel bajó los ojos y notó lo musculosos que eran los muslos de él. Al parecer, ahora le resultaba imposible no fijarse en esa clase de detalles—. ¿Amas a Hargreaves?

Ella levantó las cejas de golpe.

—¿Que si amo a Hargreaves? No.

—Entonces, tú y yo todavía tenemos una posibilidad —dijo Gray con una sonrisa, pero la determinación que impregnó su voz fue palpable.

—No he dicho que no sienta nada por él, porque la verdad es que sí lo siento. Tenemos muchos intereses comunes. Somos de la misma edad. Nosotros...

—¿Te molesta mi edad, Isabel? —Gray la observó por debajo del ala del sombrero, entrecerrando los ojos y analizando su reacción.

—Bueno, eres más joven que yo y...

Él la tomó del cuello y la acercó ladeando la cabeza para evitar el ala del sombrero. Sus labios, aquellos labios tan bien esculpidos que tanto podían hechizar como criticar, rozaron los de ella.

—¡Oh!

—No seguiré aceptando que nuestro matrimonio sea una farsa, Pel. —Le lamió los labios y gimió suavemente—. Dios, tu olor me vuelve loco.

—Gray —susurró ella con la respiración entrecortada. Lo empujó por los hombros y descubrió lo excitado que estaba. A Isabel le temblaban y le ardían los labios—. La gente puede vernos.

—No me importa. —Le pasó la lengua por la boca e Isabel se estremeció al notar su sabor—. Me perteneces. Puedo seducirte si lo deseo. —La acarició suavemente con la mano que tenía en su nuca y bajó la voz—. Y lo deseo.

Selló los labios de ella con un beso breve y luego se apartó para susurrarle:

—¿Quieres que te demuestre de lo que es capaz un hombre más joven?

Isabel cerró los ojos.

—Por favor...

—Por favor ¿qué? —La mano que tenía libre descansaba al lado del muslo de ella y se lo acarició, consiguiendo que lenguas de placer la recorrieran entera. ¿Por favor enséñamelo?

Isabel negó con la cabeza.

—Por favor, no hagas que te desee, Gray.

—¿Por qué no? —Se quitó el sombrero y acercó los labios al cuello de ella para lamerle el pulso, que se le iba acelerando.

—Porque te odiaré para siempre si lo haces.

Gray se apartó sorprendido y a toda velocidad y ella aprovechó para empujarlo, lo que hizo que se cayera del asiento. Gerard extendió los brazos para sujetarse e Isabel hizo una mueca de dolor al ver que se golpeaba los hombros con el costado del carruaje.

—¿Qué diablos te pasa? —le preguntó Gray, mirándola con los ojos muy abiertos.

Isabel retrocedió en el asiento.

—Sí puedes seducirme, Gray —dijo furiosa—. Muy a mi pesar. Pero aunque mi cuerpo está más que dispuesto a ceder, resulta que tengo principios y que le tengo cariño a Hargreaves. Y él no se merece que lo deje por una cogida, después de haber estado los dos últimos años haciéndome compañía.

—¿Una cogida, señora? —le preguntó Gray, enfadado, cuando casi volvió a caerse al intentar sentarse—. Un hombre no tiene una cogida con su esposa.

Cuando por fin consiguió volver a su lugar, en sus pantalones era evidente su estado de excitación. Isabel miró la tela que se tensaba entre las piernas de él y tragó saliva mientras se apresuraba a apartar la vista.

«Dios santo.»

—¿Y cómo lo llamarías? —insistió ella—. ¡Tú y yo apenas nos conocemos!

—Yo te conozco, Pel.

—¿Ah, sí? —se burló—. ¿Cuál es mi flor favorita? ¿Y mi color preferido? ¿Y mi infusión preferida?

—El tulipán. El azul. El poleo menta. —Gray recogió el sombrero del suelo, se lo puso y se cruzó de brazos.

Isabel parpadeó atónita.

—¿Acaso pensabas que no te prestaba atención?

Ella se mordió el labio inferior y escudriñó sus recuerdos. ¿Qué flor era la preferida de Gerard y su color y su infusión? Sintió vergüenza al ver que no lo sabía.

—¡Ja! —exclamó victorioso—. No pasa nada, Pel. Te daré tiempo para que cambies de opinión y, de paso, puedes aprovechar para aprender todas esas cosas de mí y yo sobre ti.

El landó se detuvo delante de la puerta de su casa. Isabel desvió la vista hacia los parterres de la calle y vio las flores azules. Gray bajó de un salto y la ayudó. Luego la acompañó hasta los escalones, le hizo una reverencia y dio media vuelta.

—¿Adónde vas? —le preguntó ella, sintiendo todavía un hormigueo en la piel que él había tocado.

Se le encogió el estómago al ver la postura decidida de los hombros de Gray.

Este se detuvo y la miró.

—Si entro en casa contigo, te poseeré, tanto si quieres como si no.

Al ver que ella no decía nada, sonrió burlón. Desapareció en cuestión de segundos.

¿Adónde iba? Era evidente que estaba excitado y era tan viril que el hecho de que hubiera eyaculado en la sastrería no le impediría volver a hacerlo. Al pensar en Gray participando en actividades carnales, Isabel tuvo una horrible sensación. Ella sabía el aspecto que tenía desnudo y sabía que cualquier mujer que lo viera en ese estado sería como arcilla en sus manos. Un anhelo que había jurado no volver a sentir jamás se instaló en su estómago. Un dolor procedente del pasado. Un recordatorio.

Entró en la casa que se había convertido en su hogar a lo largo de los últimos cinco años y descubrió horrorizada que sin la presencia de Gray era como si estuviera vacía. Lo maldijo por el caos que había creado en apenas unas horas y subió la escalera que conducía a su dormitorio, decidida a poner remedio al asunto. Tenía que planear la cena hasta el último detalle. Y también tenía que estudiar detenidamente a su esposo; averiguar lo que le gustaba y lo que no.

Y, cuando lo supiera, le encontraría la amante perfecta. Tenía que confiar en que el plan de Hargreaves funcionara, y que lo hiciera rápido.

La experiencia le había enseñado que nadie podía resistirse a un hombre como Gray durante mucho tiempo.

4

Gerard subió los escalones que conducían al club de caballeros Remington y supo que si no fuera por la frustración sexual que sentía, estaría nervioso. En aquel establecimiento tan conocido seguro que se encontraría con varios esposos de antiguas amantes suyas.

En el pasado, Gray no se habría sentido para nada incómodo por ello. «En la guerra y en el amor no hay reglas que valgan», habría dicho, o algo por el estilo. Sin embargo, ahora sabía que no era así. Había reglas que valían para todo en la vida y él no estaba exento de seguirlas.

Le entregó el sombrero y los guantes a uno de los sirvientes que había en la entrada y cruzó la sala de juegos para dirigirse al salón de la parte posterior. Escudriñó la estancia en busca de una butaca y de cualquier tipo de alcohol, y lo reconfortó ver que el club no había cambiado. El olor a cuero y a tabaco le recordó que había cosas que no cedían al paso del tiempo. Un par de ojos azules se encontraron con los suyos y luego apartaron la mirada con un gesto claro de desprecio. Gerard suspiró y aceptó que se lo merecía y luego se dispuso a pedir la que sabía que sería la primera de las infinitas disculpas que iba a tener que ofrecer a un número igual de incontables agraviados.

Hizo una leve inclinación de cabeza y dijo:

—Buenas tardes, lord Markham.

—Grayson.

El que antes había sido su mejor amigo ni siquiera lo miró.

—Lord Denby, lord William. —Gerard saludó a los dos caballeros que estaban sentados con Markham y luego volvió a centrar su atención en el vizconde—. Te suplico que me concedas un segundo, Markham. Si lo haces, te estaré eternamente agradecido.

—Creo que no tengo ningún segundo que malgastar —contestó su antiguo amigo con frialdad.

—Lo entiendo. Entonces no tendré más remedio que pedirte disculpas aquí mismo —dijo Gerard, que no estaba dispuesto a irse sin que lo escuchara.

Markham volvió la cabeza hacia él.

—Siento que mi matrimonio te causara malestar. Como amigo tuyo que era tendría que haberme importado cómo iba a afectarte. Y también quiero felicitarte por tus recientes nupcias. Eso es todo lo que quería decirte. Que tengan un buen día, caballeros.

Gerard inclinó la cabeza levemente y dio media vuelta. Encontró una mesa y una butaca de cuero para él solo y soltó el aliento al sentarse. Un poco más tarde, abrió un periódico e intentó relajarse, algo prácticamente imposible con todas las miradas que notaba posadas en él y por los caballeros que se acercaban constantemente a saludarlo.

—Grayson —oyó decir a Markham.

Gerard se puso tenso y bajó el periódico.

Su amigo se quedó mirándolo largo rato y luego señaló la butaca que Gray tenía delante.

—¿Puedo?

—Por supuesto.

Gerard dejó la lectura y el vizconde ocupó el asiento.

—Se te ve distinto.

—Me gusta pensar que he cambiado.

—Yo podría afirmarlo si tu disculpa de antes ha sido sincera.

—Lo ha sido.

Markham se pasó una mano por los rizos rubios y le sonrió.

—Soy muy feliz en mi matrimonio, lo que sin duda ha contribuido a que me olvide del pasado. Pero dime una cosa, llevo años preguntándome si ella me dejó por ti.

—No. Hasta el día en que nos casamos, tú eras el único vínculo de unión que existía entre mi esposa y yo.

—No logro entenderlo. ¿Por qué me rechazó a mí y te aceptó a ti si no existía nada entre ustedes?

—¿Algún hombre se cuestiona los motivos por los que su esposa accedió a casarse con él? ¿Acaso los sabemos alguno? Fuera cual fuera la causa, la conclusión es que soy el hombre más afortunado del mundo.

—¿Afortunado? ¡Has estado ausente cuatro malditos años! —exclamó el vizconde, escrutándolo con la mirada—. Casi no te había reconocido.

—Pueden pasar muchas cosas durante ese lapso de tiempo.

—O ninguna —dijo Markham—. ¿Cuándo has vuelto?

—Ayer.

—Hablé con Pel el día anterior y no me dijo nada.

—Ella no lo sabía. —Gerard se rio cansado—. Y, por desgracia, mi regreso no le ha sentado tan bien como me gustaría.

Su amigo buscó una postura más cómoda en la butaca y le hizo señas a un criado para que le sirviera una copa.

—Me sorprende oír eso. Ustedes dos siempre se llevaron muy bien.

—Sí, pero tal como has señalado antes, he cambiado. Ahora tengo otros gustos y otras prioridades.

—Siempre me pregunté cómo era posible que fueras inmune a los encantos de Pel —comentó el vizconde, riéndose—. El destino tiene un modo extraño de compensar las cosas si transcurre el tiempo necesario. Mentiría si te dijera que no me gusta verte sufrir.

Gerard le sonrió de mala gana.

—Mi esposa es un misterio para mí, lo que complica todavía más mi dilema.

—Isabel es un misterio para todo el mundo. ¿Por qué crees que hay tantos hombres que quieren poseerla? A todos nos cuesta resistir la tentación del reto que representa.

—¿Te acuerdas de cómo fue su matrimonio con Pelham? —le preguntó Gerard, dándose cuenta de que era raro que nunca se hubiera interesado por el tema—. Me gustaría oír la historia, si te acuerdas.

Markham tomó la copa que le llevó uno de los sirvientes y asintió.

—No encontrarás a ningún noble de mi edad que se haya olvidado de cómo era lady Isabel Blakely de joven. Es la única hija de Sandforth y su padre la adoraba. Todavía la adora, por lo que yo sé. De todos era sabido que Pel tenía una dote más que sustanciosa, lo que atrajo a los cazafortunas, pero aunque no la hubiera tenido, habría sido igual de popular. Todos esperábamos impacientes su presentación en sociedad. Yo, sin ir más lejos, tenía intención de pedir su mano incluso entonces. Pero Pelham fue más taimado que el resto. Él no esperó, la sedujo en cuanto Isabel salió de la academia para señoritas, impidiendo que los demás tuviéramos siquiera la oportunidad de cortejarla.

—¿La sedujo?

—Sí, la sedujo. Todo el mundo lo vio clarísimo. El modo en que se miraban el uno al otro... Vivieron una gran pasión. Siempre que estaban cerca la tensión sexual entre ellos podía palparse en el aire. Yo tuve envidia de Pelham, de que una mujer tan sensual como Isabel lo adorara y lo deseara de esa manera. A mí me habría gustado poder compartir eso mismo con ella, pero no pudo ser. Incluso después de que él empezara a serle infiel, Isabel seguía adorándolo, aunque era evidente que le dolía muchísimo. Pelham fue un idiota.

—Y que lo digas —masculló Gerard, analizando en silencio el ataque de celos que sentía.

Markham se rio y bebió un largo trago.

—Tú me lo recuerdas. O, mejor dicho, me lo recordabas. Pelham tenía veintidós años cuando se casó con Isabel y era tan engreído como tú. De hecho, Pel solía decir a menudo que le recordabas a su difunto marido. Cuando se casaron, pensé que había aceptado tu proposición precisamente por eso, pero después de la boda tú seguiste con tus distracciones y ella con las suyas. Nos dejaron a todos muy confusos y más de uno nos pusimos furiosos. Era una injusticia que Pel hubiera vuelto a casarse con un hombre que, al parecer, no sentía el más mínimo interés por ella.

Gerard se quedó mirándose las manos, ahora enrojecidas y resecas por el trabajo duro. Hizo girar la alianza de oro que llevaba en el dedo anular, un anillo que Pel y él habían comprado en broma, diciendo que jamás vería la luz del sol. Gerard no estaba seguro de por qué quería llevarlo, pero le gustaba. Era una sensación extraña la de saber que pertenecía a alguien. Se preguntó si Pel habría sentido lo mismo esa tarde, cuando él le compró el anillo, y si por eso lo había rechazado.

El vizconde se rio.

—La verdad es que debería odiarte, Gray. Pero me lo estás poniendo condenadamente difícil.

Gerard levantó las cejas casi hasta el nacimiento del cabello.

—No he hecho nada para impedir que me odies.

—Estás pensativo y preocupado. Y si eso no demuestra que has cambiado, entonces no tengo ni idea de qué significa. Anímate. Isabel es tuya y, a diferencia de mí o de Pearson, o de cualquier otro, a ti no puede abandonarte.

—Pero está Hargreaves —le recordó Gerard a su amigo.

—Ah, sí, es verdad —dijo Markham con una sonrisa de oreja a oreja—, ya te he dicho que el destino suele ajustar cuentas.

—Estoy muy decepcionada de que tu errante esposo no esté en casa —se quejó la duquesa de Sandforth.

—Madre —Isabel negó con la cabeza—, no puedo creer que hayas venido corriendo solo para curiosear y ver a Gray.

—Y de qué te sorprendes —contestó la duquesa, sonriendo como el gato que se ha comido al canario—. Cariño, ya sabes que la curiosidad es uno de mis mayores vicios.

—Uno de muchos —farfulló Isabel.

Su madre ignoró el comentario.

—Lady Pershing-Moore vino a verme y no puedes ni imaginarte lo horrible que fue ver que ella estaba al tanto hasta del más mínimo detalle sobre el aspecto de Grayson, mientras que yo ni siquiera sabía que había vuelto a la ciudad.

—Lo único que es horrible es esa señora. —Isabel paseó de un lado a otro de su tocador—. Estoy segura de que a estas alturas ya ha chismorreado tanto como ha podido.

—¿Está tan guapo como me dijo?

Ella suspiró y reconoció la verdad.

—Sí, me temo que sí.

—Esa mujer me juró y perjuró que estaba tan guapo que era incluso indecente; ¿eso también es verdad?

Isabel se detuvo y miró a su madre a los ojos. La duquesa seguía siendo una belleza, aunque su melena castaña tenía ahora vetas plateadas.

—No voy a hablar de eso contigo, madre.

—¿Por qué no? —contestó su excelencia ofendida—. ¡Es fantástico! Tienes un amante que quita el aliento y ahora tu joven esposo ha vuelto a casa incluso más atractivo que antes. Te envidio.

Ella se apretó el puente de la nariz y suspiró.

—No deberías hacerlo. Todo esto es un desastre.

—¡Ajá! —Su madre se puso en pie de un salto—. Grayson te desea. Ya era hora, deja que te lo diga. Empezaba a pensar que tu esposo estaba mal de la cabeza.

Isabel estaba convencida de que lo estaba. Ellos dos hacía años que se conocían y habían vivido juntos durante seis meses sin que saltara la más mínima chispa de deseo. Y ahora ardía en llamas solo con mirarlo. Pensándolo mejor, quizá la que estaba mal de la cabeza era ella.

—Tengo que encontrarle una mujer —masculló.

—¿Tú no eres una mujer? Estaba convencida de que el médico me había dicho que sí.

—Madre, Dios santo. Estoy hablando en serio, por favor. Grayson necesita una amante.

Se acercó a la ventana y apartó la cortina y luego se quedó mirando el jardín. No pudo evitar recordar la mañana en que había visto a Grayson bajo la ventana de su casa de la ciudad, suplicando que lo dejara entrar. Suplicando que se casara con él.

«Di que sí, Pel.»

Otro recuerdo, este más reciente, fue del día anterior, cuando Gray se había detenido a su espalda en el lugar exacto donde estaba ahora y había hecho que lo desease. Estropeándolo todo.

—¿Qué tiene que ver que te desee con que necesite una amante? —le preguntó la duquesa.

—Tú no lo entenderías.

—En eso tienes razón. —Su madre se acercó y le puso las manos sobre los hombros—. Pensaba que habías aprendido un par de cosas con Pelham.

—Con él aprendí toda la lección.

—¿No echas de menos la pasión, el fuego? —La mujer extendió los brazos y giró sobre sí misma con la exuberancia de una muchacha, mientras su falda verde oscuro revoloteaba a su alrededor—. Yo vivo por eso, cariño. Anhelo sentir esas miradas indecentes sobre mi piel, esas caricias, esos movimientos.

—Ya lo sé, madre —dijo Isabel cortante.

Mucho tiempo atrás, sus padres habían decidido que cada uno buscaría sus respectivas historias de amor fuera del matrimonio y los dos parecían muy felices con el arreglo.

—Cuando vi que empezabas a tener amantes, pensé que habías dejado de creer en esa tontería del amor eterno.

—Y así es.

—No te creo. —Su madre frunció el cejo.

—Solo porque crea que la fidelidad es una muestra de respeto, no significa que piense que va ligada al amor, o la posibilidad de que este llegue a existir. —Isabel se acercó a su escritorio, donde antes había estado confeccionando el menú y la lista de invitados de su próxima cena.

—Isabella, cariño —su madre suspiró y volvió a sentarse en el sofá, donde se sirvió otra taza de té—, no es propio de un marido serle fiel a su esposa, en especial si el marido es guapo y encantador.

—A mí me gustaría que no me mintieran al respecto —contestó ella enfadada, fulminando con la mirada el retrato que colgaba de la pared—. Le pregunté a Pelham si me amaba, si me sería fiel. Y él me dijo que todas las mujeres palidecían a mi lado. Y yo le creí como una idiota. —Levantó las manos exasperada.

—Aunque sus intenciones hubieran sido buenas, a los hombres les resulta imposible resistir a todas las busconas que quieren meterse en sus camas. Esperar que un caballero atractivo actúe en contra de su propia naturaleza solo servirá para que te hagas daño.

—Es evidente que no quiero que Gray actúe en contra de su naturaleza, si no, no estaría buscándole una amante.

Isabel vio que su madre se ponía tres cucharadas de azúcar en el té, además de una cantidad exagerada de leche. Negó con el gesto cuando la mujer levantó la tetera para ofrecerle otra taza.

—No entiendo por qué no quieres disfrutar de las atenciones de tu esposo mientras dure esta atracción. Dios santo, a juzgar por lo que me dijo lady Pershing-Moore sobre el aspecto de Grayson, yo misma me acostaría con él si estuviera interesado en mi persona.

Isabel cerró los ojos y soltó un largo suspiro. Luego, su madre prosiguió:

—Tendrías que seguir el ejemplo de tu hermano, cariño. Él es mucho más práctico en lo que atañe a estos temas.

—La mayoría de los hombres lo son. Rhys no es ninguna excepción.

—Tu hermano ha confeccionado una lista con las damas casaderas y...

—¿Una lista? —Isabel abrió los ojos escandalizada—. ¿No te parece que eso es ir demasiado lejos?

—Es perfecto. Tu padre y yo también lo hicimos y mira lo felices que somos.

Ella se mordió la lengua.

—¿Acaso sientes cariño por Hargreaves y por eso te resistes a acostarte con tu esposo? —le preguntó la duquesa con voz más afectuosa.

—Ojalá fuera eso. Entonces todo sería más sencillo.

Podría dejar a un lado la repentina preocupación que Gray decía sentir por ella y resolver el asunto igual que se quitaba de encima a los pretendientes que no deseaba: con una sonrisa y un poco de humor. Pero le costaba mucho sonreír y tener sentido del humor cuando le dolían los pechos de lo excitada que estaba y se notaba tan húmeda entre las piernas.

—Gray y yo nos llevamos bien. Me gusta, es un hombre muy divertido. No me importaría vivir con alguien así durante el resto de mi vida. Pero no podría vivir con un hombre que me hiciera daño. Yo soy mucho más sensible que tú y todavía me duelen las cicatrices de las heridas que me hizo Pelham.

—¿Y crees que si le encuentras una amante a Grayson dejarás de parecerle atractiva? No, no me contestes a eso, cariño. Sé que a ti los hombres casados no te gustan. Tus escrúpulos son admirables. —La duquesa se levantó y se acercó al sofá donde estaba su hija. Se sentó a su lado y le rodeó la cintura con un brazo para ayudarla a repasar los preparativos de la cena—. No invites a lady Cartland —dijo, fingiendo un escalofrío—. Yo no se la presentaría ni a mi peor enemigo, es peor que la peste.

Isabel se rio.

—De acuerdo. —Mojó la pluma en el tintero y tachó el nombre—. ¿A quién podríamos invitar?

—¿Grayson no estaba con alguien cuando se fue? ¿Además de lady Sinclair?

—Sí... —Isabel se quedó pensando un segundo—. Ah, sí, ahora me acuerdo. Anne Bonner, la actriz.

—Pues invítala. Grayson no se fue porque se hubiera aburrido de ella, así que tal vez todavía exista algo entre los dos.

Una punzada de soledad tomó desprevenida a Isabel, que dejó la mano inmóvil y le cayó una gota de tinta en el papel.

—Gracias, madre —dijo en voz baja, agradeciendo la compañía de su progenitora.

—De nada, cariño. —La duquesa se inclinó hacia adelante y presionó la mejilla con la de ella—. ¿Para qué está una madre, si no para ayudar a su hija a buscarle una amante a su esposo?

Isabel estaba tumbada en la cama, intentando leer algo, pero nada parecía capaz de mantener su atención. Pasaban pocos minutos de las diez y se había quedado en casa, tal como Gray le había pedido. Si él no se había presentado a recoger su premio, no era culpa de ella, y si creía que podría hacerlo más tarde, estaba muy equivocado. Isabel no iba a darle una segunda oportunidad. Ya la había obligado a cancelar los planes de esa noche y no iba a volver a hacerlo; y mucho menos después de que él no hubiera tenido el detalle de aparecer.

Claro que eso era precisamente lo que ella quería que sucediera; que Gray saciara su placer en alguna otra parte. Era exactamente lo que quería. Todo iba a las mil maravillas. Quizá no tuviera ni que organizar esa cena de bienvenida.

Qué alivio. Podía dejar a un lado los preparativos y retomar su vida de antes de que hubiera vuelto su esposo.

Soltó el aliento y se planteó la posibilidad de dormir, pero justo entonces oyó un ruido procedente de su tocador. Y no fue la impaciencia lo que la empujó a dejar el libro de inmediato, se dijo. Sencillamente, iba a investigar. Cualquiera haría lo mismo si oyera ruido en la habitación de al lado.

Aceleró el paso y abrió la puerta del pasillo. Y se quedó boquiabierta.

—Hola, Pel —le dijo Gray de pie en el pasillo, vestido solo con una camisa arremangada y pantalones.

Iba descalzo, sin pañuelo de cuello y con los antebrazos al descubierto. Tenía el cabello húmedo porque, al parecer, acababa de bañarse.

Maldito fuera.

—¿Qué quieres? —le preguntó de mal humor porque hubiera ido a verla vestido, o, mejor dicho, desvestido de esa manera.

Gray arqueó una ceja y levantó un brazo para enseñarle la cesta que llevaba en la mano.

—Cena. Me lo prometiste. No puedes echarte atrás.

Isabel retrocedió un paso para dejarlo entrar e intentó ocultar su sonrojo. No había visto la cesta porque se había quedado embobada mirándolo a él y eso sí que era embarazoso.

—No has venido a comer.

—Creía que no tenías ganas de estar conmigo —le dijo Gray, jugando con el doble sentido. Entró en la habitación e Isabel no pudo evitar respirar hondo cuando él pasó por su lado. La tela de la carpa parecía envolverlos y aislarlos—. La cena, sin embargo, estaba garantizada.

—¿Y tú solo acudes a actos garantizados?

—Es evidente que no, de lo contrario no estaría aquí. —Se sentó en el suelo, junto a una mesa baja, y abrió la cesta—. Tu mal humor no me asusta y no me hará cambiar de opinión, Pel. He esperado todo el día que llegara este momento y tengo intención de disfrutarlo. Si no tienes nada agradable que decirme, ponte uno de estos sándwiches de faisán en la boca y deja que te mire.

Ella se quedó contemplándolo atónita, hasta que él levantó la vista y le guiñó un ojo. Isabel fingió que se sentaba en el suelo por cortesía, pero en realidad se le habían aflojado las rodillas.

Él sacó dos copas y una botella de vino de la cesta.

—Estás preciosa con esa bata de seda rosa.

—Creía que habías cambiado de opinión. —Levantó el mentón—. Y me he puesto cómoda.

—No te preocupes —contestó Gray, seco—. No me hago ilusiones acerca de que te hayas ataviado así para seducirme.

—Eres un canalla. ¿Dónde has estado?

—Antes nunca me lo preguntabas.

Antes a ella no le importaba, pero eso no iba a decírselo.

—Antes solías contármelo todo, ahora apenas me das ninguna información.

—En Remington.

—¿Toda la tarde?

Él asintió y tomó su copa.

—Oh. —Isabel había oído hablar de las cortesanas que ofrecía el club. Remington era el bastión de la masculinidad—. ¿Lo has pasado bien?

—¿No tienes hambre? —le preguntó Gray, ignorando la pregunta que le había formulado.

Isabel levantó su copa de vino y bebió.

Él se rio. El sonido se derramó encima de ella como líquido caliente.

—Eso no es comida.

Isabel se encogió de hombros.

—¿Lo has pasado bien? —insistió.

Gray la miró exasperado.

—No me habría quedado hasta tan tarde si me hubieran estado torturando.

—Sí, claro.

Se había bañado y se había cambiado de ropa, así que supuso que tendría que estar agradecida de que no se hubiera presentado apestando a sexo y a perfume, como había hecho Pelham en más de una ocasión. Se le revolvió el estómago cuando la imagen que se formó en su mente fue la de Grayson y no la de su primer marido y se levantó para recostarse en la otomana y mirar el techo.

—No tengo hambre —dijo.

Un segundo más tarde, la inundó el olor de Gray, junto con el de ropa limpia y el jabón de sándalo. Se había sentado a su lado en el suelo y le tomó una mano.

—¿Qué puedo hacer? —le preguntó en voz baja, pasándole los dedos callosos por la palma de la mano, haciendo que pequeños escalofríos le recorrieran la piel—. Me duele ver que mi presencia te disgusta, pero no puedo alejarme de ti, Pel. No me pidas que lo haga.

—¿Y si te lo pidiera igualmente?

—No podría hacerlo.

—¿Incluso después de lo bien que lo has pasado esta noche?

Él detuvo los dedos y luego se rio desde lo más profundo de su garganta.

—Tendría que ser un buen marido y tranquilizarte, pero sigo siendo lo bastante canalla como para que me guste verte sufrir un poco. Casi tanto como sufriría yo.

—Los hombres con tu aspecto nunca sufren, Gray —contestó ella sarcástica, volviendo la cabeza para mirarlo a los ojos.

—¿Hay otros hombres como yo? Qué disgusto.

—¿Ves cómo cambia nuestra relación cuando empiezas a comportarte como mi amigo en vez de como mi esposo? —comentó ella—. Mentiras, evasivas, verdades a medias. ¿Por qué quieres que vivamos de esta manera?

Él se pasó una mano por el pelo y suspiró exhausto.

—¿Puedes responder a eso, Gray? —insistió Isabel—. Ayúdame a entender por qué quieres echar a perder nuestra amistad, por favor.

Los ojos de él buscaron los suyos, llenos del mismo pesar que

Isabel había detectado en ellos el día anterior. Le dio un vuelco el corazón al ver tanta emoción contenida.

—Dios, Pel. —Apoyó la mejilla en el muslo de Isabel y su cabello negro se esparció por la seda de la bata de ella—. No sé cómo hablar de esto sin parecer melodramático.

—Inténtalo.

Él se quedó mirándola largo rato; sus largas pestañas cubrían a medias sus ojos y proyectaban una sombra alargada en sus mejillas. Los dedos con que le estaba acariciando la mano se detuvieron y los entrelazó con los de ella. Ese gesto tan íntimo fue para Isabel como recibir un golpe. Por un instante le costó respirar.

—Después de la muerte de Emily, me odié, Pel. No tienes ni idea de cómo la había engañado... de cuántas maneras y cuántas veces. Fue una auténtica lástima que una mujer como ella muriera por culpa de un hombre como yo. Me llevó mucho tiempo aceptar lo repugnante que había sido mi comportamiento, pero me di cuenta de que, aunque no podía cambiar el pasado, sí podía honrar su memoria e intentar ser un hombre distinto en el futuro.

Isabel le apretó la mano con fuerza y Gray le devolvió el gesto. Fue entonces cuando notó que llevaba la alianza. Él nunca antes se la había puesto; vérsela la sacudió desde lo más hondo, con tanta intensidad que incluso tembló.

Gray movió la cabeza encima del muslo de Isabel y la acarició con la mejilla, haciendo que ella empezara a excitarse. Él malinterpretó su reacción y dijo:

—Es una historia deprimente. Lo siento.

—No... Sigue, por favor. Quiero saberlo todo.

—Intentar cambiar el carácter de uno mismo es una tarea muy ardua y descorazonadora —dijo Gray al fin—, creo que pasaron años enteros sin que encontrara ningún motivo para sonreír. Hasta que ayer entraste en mi despacho. Entonces, en aquel preciso instante, te vi y noté una chispa en mi interior. —Levantó sus manos entrelazadas y le besó los nudillos—. Y más tarde, en esta misma habitación, sonreí. Y me sentí bien, Pel. Esa chispa se ha convertido en algo más, en algo que no había sentido en años.

—Anhelo —dijo ella con la respiración entrecortada y la mirada fija en el rostro impasible de él.

Conocía bien esa sensación, porque era la misma que ahora la estaba carcomiendo por dentro.

—Y deseo y vida, Pel. Y eso lo he sentido estando fuera. No puedo ni imaginar qué sentiría si estuviera dentro. —La voz de Gray se tornó profunda y cargada de deseo y sus ojos perdieron la tristeza y el tormento que Isabel había visto en ellos cuando había entrado en la habitación—. Muy dentro de ti, tan profundo como fuera posible.

—Gray...

Gerard giró la cabeza y le besó el muslo por encima de la bata, con los labios abiertos. Ella se tensó de arriba abajo y arqueó la espalda pidiéndole más sin decir nada.

Atormentada, apartó la cabeza de él.

—¿Y qué crees que pasará con nosotros cuando hayas saciado ese anhelo? No podremos volver a estar como antes.

—¿De qué estás hablando?

—¿Alguna vez te ha pasado que te aburres de una comida que antes era tu preferida? Cuando el anhelo está saciado, el mismo plato que antes te hacía salivar puede darte asco. —Se sentó, apartándose. Se puso en pie y comenzó a caminar de un lado a otro, como hacía cuando estaba nerviosa—. Entonces nos separaríamos de verdad. Yo probablemente me iría a vivir a otra casa y, cuando nos encontráramos en actos sociales, sería muy incómodo.

Gray también se puso en pie y la siguió con la mirada. Una mirada que parecía casi táctil, dada su intensidad.

—Tú ves a tus antiguos amantes a diario. Todos se comportan educadamente contigo y tú con ellos. ¿Por qué iba a tener que ser distinto?

—Porque a ellos no los veo cuando tomo café por la mañana. No dependo de ellos para que paguen mis cuentas o para que se ocupen de mi bienestar. ¡Ellos no llevan mi alianza! —Se detuvo y cerró los ojos, temblando de pies a cabeza por culpa de lo que se le había escapado.

—Isabel —dijo Gray en voz baja.

Ella levantó una mano y abrió los ojos en dirección al retrato que colgaba de la pared. Aquel dios dorado atrapado en su juventud eterna le devolvió la mirada.

—Te encontraré una amante. El sexo es sexo y será menos complicado que te acuestes con otra mujer.

Él se movió con tanta agilidad que Isabel no lo vio acercarse. Se sorprendió cuando con un brazo la rodeó por la cintura y con el otro por el torso, atrapándole un pecho de forma muy posesiva. Ella soltó un pequeño grito al notar que sus pies dejaban de tocar el suelo, y Gerard le hundió el rostro en el hueco del cuello. Isabel notó el cuerpo de Gray pegado al suyo, abrazándola con fuerza pero también con infinita ternura.

—No necesito que me ayudes a buscar sexo. Te necesito a ti. —Le lamió y mordió la delicada piel del cuello y luego respiró hondo y apretó los brazos con los que la rodeaba con un gemido—. Quiero que sea complicado. Y sudoroso y sucio. Que Dios me ayude, porque me ha condenado a desear a mi propia esposa.

Isabel notó su erección quemándole la espalda y se derritió en sus brazos con algo parecido a la desesperación.

—No.

—Puedo ser cariñoso, Pel. Puedo amarte bien.

Aflojó los brazos y, con la punta de los dedos, le acarició el pezón. Ella se movió nerviosa, el anhelo que sentía entre las piernas era casi insoportable.

—No... —gimió, deseándolo con cada poro de su cuerpo.

—Llevo tu anillo en mi dedo —dijo él entre dientes, sin ocultar la frustración que sentía—. Tienes que saber soy tuyo. Que soy distinto de los demás. —Le lamió la curva de la oreja y luego le mordió el lóbulo—. Deséame, maldita sea. Deséame como yo te deseo.

Entonces se apartó de ella soltando una maldición y se fue de la estancia dejando a Isabel sola con sus dos mitades; la que decía que una aventura con él no iba a durar y la que le decía que no le importaba si duraba o no.

5

Gerard estaba de pie en medio del salón de su casa, maldiciendo en silencio a la multitud allí reunida. Las horas diurnas eran las únicas que podía pasar con Pel para intentar mejorar su compenetración. Sabía que aquella misma noche, ella iba a deleitar a todos los presentes con su belleza y su personalidad.

Isabel era una criatura muy sociable, a la que gustaba pasar el tiempo en compañía de los demás y, hasta que él tuviera la ropa apropiada, no podía acompañarla. Así que había decidido aprovechar al máximo los momentos que pasaba con ella e iba a proponerle llevarla de picnic. Pero entonces empezó a llegar gente. Su hogar se llenó de visitas de curiosos que querían verlo a él y presenciar el estado de su escandaloso matrimonio.

Resignado, observó cómo su esposa servía el té a las mujeres presentes. Estaba sentada en medio del sofá, rodeada de rubias y morenas que palidecían al lado de su melena de color caoba. Llevaba un vestido de cintura alta de color crema, un tono que combinaba a la perfección con su piel pálida y su cabello radiante. En aquel salón, decorado con telas de damasco azul, Isabel estaba en su elemento y Gerard supo que, al margen de los motivos que lo habían llevado a contraer matrimonio con ella, Pel había sido una excelente elección.

Era encantadora y muy bien educada. Para encontrarla, le bastaba con seguir el sonido de las risas. La gente siempre estaba contenta cuando ella se hallaba cerca.

Como si hubiera notado que la estaba mirando, Pel levantó la cabeza y sus ojos se encontraron. Un ligero rubor se extendió por su escote hasta alcanzarle las mejillas. Gerard le guiñó un ojo y le sonrió, solo para que ella se sonrojara más.

¿Cómo se le había pasado por alto hasta qué punto Isabel destacaba por encima del resto de las mujeres?

Ahora le resultaba imposible no darse cuenta. Le bastaba con estar en la misma habitación para que le hirviera la sangre, una sensación que había creído que no volvería a sentir nunca. Ella intentaba mantener las distancias e iba pasando de una habitación a otra, pero él la seguía porque necesitaba avivar la llama que ardía siempre que la tenía cerca.

—Es muy guapa, ¿no cree?

Gerard se volvió hacia la mujer que tenía al lado.

—Sí lo es, excelencia. —Sonrió al ver a la madre de Pel, una mujer de famosa belleza. Estaba claro que su esposa iba a envejecer bien—. Se parece a su madre.

—Guapo y encantador... —murmuró lady Sandforth devolviéndole la sonrisa—. ¿Cuánto tiempo va a quedarse esta vez?

—El mismo que se quede mi esposa.

—Interesante. —La duquesa arqueó una ceja—. ¿Me permite el atrevimiento de preguntarle qué le ha hecho cambiar de opinión?

—¿No cree que basta con que ella sea mi esposa?

—Los hombres desean a sus mujeres al principio del matrimonio, milord. No cuatro años más tarde.

Gerard se rio.

—Soy un poco lento, pero creo que ahora empiezo a pescar el ritmo.

Un movimiento le llamó la atención y, al volver la cabeza, descubrió a Bartley en la puerta. Se tomó unos segundos para pensar cómo debía reaccionar. Años atrás habían sido amigos, pero solo a un nivel superficial. Gerard se disculpó y fue en busca del barón, al que dio la bienvenida con una sonrisa sincera.

—Bartley, tienes buen aspecto.

Y lo tenía, había perdido gran parte de los kilos que solían acumulársele en la cintura.

—No tanto como tú, Gray —contestó el otro—. Aunque deja que te diga que tienes el torso de un campesino. ¿Acaso has estado cultivando los campos? —Se rio.

—De vez en cuando. —Gerard señaló el pasillo que conducía a la escalera—. Ven. Fúmate un puro conmigo y cuéntame en qué líos te has metido durante mi ausencia.

—Antes de nada, te he traído un regalo.

—¿Un regalo? —Gerard levantó ambas cejas.

El rubicundo rostro de Bartley se aligeró con una sonrisa de oreja a oreja.

—Sí. Dado que acabas de volver y que todavía tienes que retomar tu agenda social, he supuesto que estarías un poco, ¿cómo decirlo... solo? —Señaló hacia la puerta principal con la cabeza.

Picado por la curiosidad, Gerard miró hacia donde Bartley señalaba y se topó con Barbara, lady Stanhope. La dama tenía unos labios tan carnosos que solo podían definirse como pecaminosos. Gerard recordaba su sonrisa, cómo lo había excitado y lo había llevado a tener una aventura con la propietaria de aquella boca durante nueve meses.

A Barbara le gustaba coger de manera escandalosa y sudorosa.

Gerard se acercó a saludarla y le dio el beso de rigor en los nudillos. Ella le arañó la palma de la mano con deliberada sensualidad.

—Grayson —dijo, con una voz infantil nada acorde con su predisposición. Antes, eso también lo había excitado; oír aquella voz angelical mientras se tiraba su cuerpo lujurioso—. Estás divino, al menos lo parece con la ropa puesta.

—Tú también tienes buen aspecto, Barbara, aunque seguro que ya lo sabes.

—Cuando oí que habías vuelto, decidí venir a verte en seguida. No quería que otra se me adelantara.

—No tendrías que haber venido a mi casa —la riñó él.

—Lo sé, cariño, y enseguida me voy. Pero he pensado que tendría más posibilidades de que volvieras conmigo si me veías en persona. Una nota es algo muy impersonal y no es tan divertido como tocarte. —Sus ojos, verdes como el jade e igual de bonitos que la piedra preciosa, brillaron divertidos—. Me gustaría que volviéramos a ser amigos, Gray.

Él arqueó una ceja y esbozó una sonrisa indulgente.

—Es una oferta muy generosa, Barbara, pero debo rechazarla.

Ella levantó una mano y se la pasó a él por el estómago con un ronroneo.

—He oído rumores acerca de que lady Grayson y tú se van a reconciliar.

—Nunca hemos necesitado reconciliarnos —la corrigió él, dando un paso hacia atrás para apartarse.

La mujer frunció la boca.

—Espero que lo reconsideres. He reservado una habitación en nuestro hotel preferido. Estaré allí durante los próximos tres días. —Le lanzó un beso a Bartley y luego volvió a mirarlo a él—. Espero verte allí, Grayson.

—Yo que tú esperaría sentada —contestó, mientras le hacía una reverencia.

En cuanto el criado cerró la puerta tras la voluptuosa invitada, Bartley se acercó a Grayson.

—Puedes agradecérmelo con una copa de brandy y un habano.

—Nunca he requerido de tus servicios para esta clase de menesteres —replicó él, serio.

—Sí, sí, lo sé. Pero acabas de llegar y quería ahorrarte el trabajo. No hace falta que te quedes con ella cuando acabes.

Gerard negó resignado con la cabeza y alejó al barón de la puerta principal para llevarlo a su despacho.

—¿Sabes qué, Bartley? Creo que nunca vas a reformarte.

—¿Reformarme yo? —preguntó el otro, horrorizado—. Dios santo, espero que no. Sería desastroso.

Eran casi las seis cuando la casa quedó por fin libre de visitantes. Isabel estaba de pie en el vestíbulo, con Grayson a su lado, viendo partir a los últimos y no pudo contener un suspiro de alivio.

Se había pasado el día entero sintiéndose muy desgraciada y apretando los dientes. Estaba convencida de que todas las antiguas amantes de Grayson habían ido a saludarlo. Al menos las que pertenecían a la nobleza y sabían que ella no podía ponerlas de patitas en la calle. Y Gray había sido encantador y simpático con ellas, consiguiendo que todas volvieran a enamorarse de él.

—Bueno, ha sido agotador —dijo—. A pesar de que eres un canalla, al parecer sigues siendo popular. —Dio media vuelta y subió la escalera—. Claro que la mayoría de las visitas que hemos tenido han sido mujeres.

«Mujeres jóvenes.»

La suave risa de Gray fue ligeramente engreída.

—Bueno, eres tú la que quiere que encuentre una amante —le recordó.

Isabel lo miró de reojo y vio que los sensuales labios de él reprimían una sonrisa. Bufó por la nariz.

—Han sido todas unas desvergonzadas. ¡Mira que venir a babear delante de ti en mi propia casa...!

—Quizá preferirías que diera hora para entrevistas —sugirió Grayson.

Ella se detuvo de repente en el penúltimo escalón y, con los brazos en jarras, lo fulminó con la mirada.

—¿Por qué estás intentando provocarme?

—Cariño, odio tener que ser yo quien te lo diga, pero ya estabas provocada. —Esbozó la sonrisa que había estado reprimiendo y, al verla, Isabel tuvo que sujetarse de la barandilla para no caerse—. Tengo que reconocer que me reconforta ver que estás celosa.

—No estoy celosa. —Subió el último escalón y giró hacia el pasillo—. Lo único que pido es un poco de respeto en mi propia casa. Y hace tiempo que aprendí que un hombre que provoca celos a su esposa no vale la pena.

—Estoy de acuerdo.

Las suaves palabras de él dándole la razón la sorprendieron y se detuvo antes de llegar a la puerta.

—Espero que tengas presente, Pel —murmuró Gray—, que a mí me ha gustado tan poco como a ti recibir esas visitas.

—Mentiroso. Te encanta ver que las mujeres te adoran. A todos los hombres les gusta.

«No es propio de un marido serle fiel a su esposa, en especial si el marido es guapo y encantador», le había dicho su madre e Isabel lo sabía también por propia experiencia.

Claro que Gray nunca le había mentido. Él nunca le había prometido serle fiel, lo único que había dicho era que sería un buen amante y eso ella no lo ponía en duda.

—La única mujer que me gusta que me adore es una marquesa temperamental que tiene un tocador decorado con retales de seda. —Gray se acercó a su lado y colocó la mano en el picaporte, rozándole el lateral del pecho con el brazo—. ¿Qué te pasa, Isabel? —le preguntó, con los labios pegados a su oído—. ¿Dónde está esa sonrisa que tanto ansío?

—Estoy intentando ser agradable, Gray.

Isabel odiaba estar de mal humor. No era propio de su carácter.

—Yo tenía otros planes para hoy.

—¿Ah, sí? —No sabía por qué le molestaba que él hubiera planeado algo distinto, algo que sin duda no la incluía a ella.

—Sí. —Le lamió la curva de la oreja y sus anchos hombros impidieron que Isabel viese más allá de estos—. Quería pasar el día cortejándote, enseñándote lo encantador que puedo llegar a ser.

Ella lo empujó por el pecho para disimular el temblor que le habían causado sus palabras. Gray se inclinó hacia adelante y apoyó la mano en el marco de la puerta, rodeándola con su cuerpo y su olor. Un mechón de pelo negro le cayó sobre la frente, dándole un aspecto relajado que lo hizo parecer mucho más joven de sus veintiséis años.

—Sé de sobra lo encantador que puedes ser.

Y apasionado. Isabel se estremeció al recordar lo que había sentido cuando la abrazó y la besó en el cuello.

—¿Tienes frío? —le preguntó él en voz baja e íntima, con los ojos medio cerrados—. ¿Quieres que te haga entrar en calor?

—Si te soy sincera —susurró ella, colocándole las manos encima de los hombros y consiguiendo hacerlo estremecer—, ahora mismo tengo mucho calor.

—Yo también. Quédate conmigo esta noche.

Isabel negó con la cabeza.

—Tengo que salir.

Dio un paso atrás y entró en su dormitorio convencida de que él la seguiría. Pero no lo hizo.

—Muy bien. —Gray suspiró y se pasó una mano por el pelo—. ¿Cenarás en tu habitación?

—Sí.

—Yo tengo algunos asuntos que atender, pero volveré a tiempo para ver cómo te arreglas. Espero que no tengas ninguna objeción. Uno tiene que aprovechar los pocos placeres de que dispone.

—No, ninguna.

Isabel empezaba a darse cuenta de que solo con pensar que Gray pudiera encontrar placer en algún otro lado se ponía enferma.

—Entonces nos veremos más tarde.

Cerró la puerta y ella se quedó mirándola durante mucho rato después.

En las horas siguientes, Isabel se bañó y cenó ligeramente. En circunstancias normales, habría chismorreado con Mary mientras se arreglaba. Los sirvientes siempre estaban al corriente de los chismes más jugosos y a ella le gustaba estar al día. Sin embargo, en esa ocasión se quedó callada. Tenía la mente ocupada con lo que había sucedido esa tarde.

Sabía que algunas de las mujeres que habían ido a su casa habían conocido íntimamente a su esposo. A lo largo de los últimos cuatro años, había coincidido en múltiples ocasiones con esas mismas mujeres y nunca le había dado importancia al asunto. En cambio ahora le molestaba tanto que no podía dejar de pensar en ello.

Y lo peor de todo era que habían aparecido mujeres nuevas, mujeres que no estaban en el pasado de Gray, pero que querían estar en su futuro. Mujeres que le habían guiñado un ojo, tocado el brazo y que le habían sonreído provocativamente.

Y todas ellas estaban convencidas de que a Isabel no iba a importarle.

¿Y por qué le importaba? Ella tenía a Hargreaves y antes le había dado completamente igual. Pero la verdad era que ahora no era así. Solo de pensar que una de esas mujeres compartiría pronto la cama con Gray, le hervía la sangre. A pesar de que únicamente llevaba la camisola y el medio corsé, estaba tan furiosa y frustrada que se moría de calor.

Cerró los ojos mientras su doncella la peinaba y le hacía un chongo con algunos mechones sueltos alrededor de la cara. Sonó un leve golpe en la puerta, que se abrió sin esperar respuesta. El atrevimiento de por sí ya le resultó perturbador, pero lo que más la preocupó fue el lugar desde donde llamaron. Cuando Isabel abrió los ojos, vio que Grayson entraba por la puerta que comunicaba ambos dormitorios.

—¿Qué...? —masculló.

Él respiró hondo y se dejó caer en la butaca preferida de ella.

—Quitas el aliento —dijo, como si fuera lo más normal del mundo que entrara desde el otro dormitorio—. O, mejor dicho, das ganas de quitarte el aliento. ¿Esa frase existe, Pel? Si no, tendría que existir y tendrían que colocar un retrato tuyo al lado para explicarla.

Después de casarse, Grayson se había instalado en una habitación al final del pasillo, justo en la esquina opuesta a la de ella. Isabel a menudo se había ofrecido a quedarse en los aposentos de la zona de invitados, dado que aquella casa le pertenecía a él y que su matrimonio era una farsa, pero Gray le recordó que ella pasaba más tiempo en casa, cosa que era cierta. Isabel dormía en su cama cada noche, mientras que Gray podía pasar días sin meterse en la suya.

Al recordar eso, su humor empeoró.

—¿Qué estabas haciendo ahí?

—Lo que me apetecía. ¿Por qué? —le preguntó él, con tono inocente.

—Ahí no hay nada excepto muebles.

—Todo lo contrario —contestó con voz ronca—. La mayoría de mis pertenencias están en esa habitación. Al menos las que uso a diario.

Isabel apretó con fuerza el mueble de tocador. Pensar en Gray durmiendo a escasos metros de ella, solo con una puerta entre los dos, le resultó excitante. Se imaginó el cuerpo desnudo de su esposo tal como lo había visto en la sastrería. Se preguntó si dormiría bocabajo, rodeando la almohada con aquellos brazos tan fuertes, con el trasero desnudo y a la vista. ¿O tal vez dormía bocarriba? Isabel tenía grabada en su mente la forma de su miembro. La dureza y la fuerza del mismo... Desnudo... El cuerpo de Gray dormido... Enredado con las sábanas...

Oh, Dios...

Tragó saliva y dejó de mirarlo antes de que él se diera cuenta de lo que estaba pensando.

—Bartley ha heredado una gallina.

—¿Qué has dicho?

Lo miró. Igual que la noche anterior, iba vestido solo con una camisa con las mangas remangadas y pantalones. Resultaba muy tentador y estaba segura de que él lo sabía.

Tarde o temprano tendrían que discutir lo del cambio de habitación, pero Isabel no se veía capaz de tener aquella conversación en ese momento. Esa noche ya iba a tener que discutir con Hargreaves.

—La tía de Bartley era una excéntrica —contestó Gray, mientras se recostaba—. Tenía una gallina como mascota. La última vez que él la visitó, vio que la mujer estaba tan contenta con ese animal que le dijo que era la gallina más guapa que había visto nunca.

—¿Guapa? —A Isabel le temblaron los labios de risa.

—Sí. —No pudo evitar notar la diversión que impregnaba la voz de él—. Ahora su tía ha muerto y en su herencia...

—Le ha dejado a Bartley la gallina.

—Sí. —Los sonrientes ojos de Grayson buscaron los de ella en el espejo cuando Isabel se puso en pie para ponerse el vestido—. No, no te rías, Pel. Es un tema muy serio.

La doncella sí se rio.

—Sí, por supuesto —contestó Isabel muy seria, intentando contenerse.

—El pobre animal está loco por Bartley. Aunque, claro, las gallinas tienen el cerebro del tamaño de un chícharo°°°°.

—¡Gray! —exclamó Isabel, riéndose por fin.

—Al parecer, Batley ya no puede salir a su jardín, porque, en cuanto pone un pie fuera, la gallina corre a buscarlo. —Se puso en pie de un salto y extendió los brazos—. Corre hacia él con las alas abiertas de felicidad y le salta a los brazos como si fuera su enamorada.

Tanto ella como la doncella se rieron a carcajadas.

—¡Lo estás inventando!

—No. Reconozco que tengo mucha imaginación —contestó él, acercándose—, pero ni siquiera yo podría imaginarme a una fémina loca por Bartley, ni ovípara ni humana. —Le sonrió a la doncella y añadió—: Yo me ocuparé del resto.

Mary hizo una reverencia y se fue.

La sonrisa de Isabel se desvaneció en cuanto él se detuvo a su espalda y empezó a recorrerle la columna vertebral. Ella contuvo la respiración para ver si así conseguía no olerlo.

—Nos estábamos llevando tan bien, Gray —se quejó—. Por

un segundo he pensado que volvíamos a ser amigos. ¿Por qué tienes que echarlo a perder y recordarme que sentimos esta maldita atracción?

Los dedos de Gray se deslizaron por encima de la camisola que la cubría.

—Tienes el vello de punta. No te imaginas lo difícil que es para un hombre estar tan cerca de la mujer que desea, sabiendo que ella también lo desea a él, y no poder hacer nada.

—Amigos —insistió ella, sorprendiéndose de que su voz sonara tan firme—. Es la única alternativa que tenemos si queremos que nuestro matrimonio funcione.

—Puedo ser tu amigo y también tu amante.

Le dio un beso ardiente con los labios abiertos en el hombro.

—¿Y qué pasará con nosotros cuando ya no seamos amantes?

Grayson la rodeó con los brazos por la cintura y le apoyó el mentón en el hombro para mirar el reflejo de ambos en el espejo. Él era mucho más alto y tenía que agacharse, lo que hacía que la rodeara por completo.

—¿Cómo que qué pasará? ¿Qué quieres que te diga, Pel? ¿Que siempre seremos amantes?

Le jaló el corpiño y tocó sus senos con cuidado. Empezó a mover las caderas contra las nalgas de ella. La prueba de su deseo era innegable e Isabel notó que el calor se extendía por todo su cuerpo. Se moría de ganas de acostarse con él, Gray la había excitado una y otra vez con su seducción, así que cerró los ojos y dejó escapar un gemido.

—Míranos —le pidió él—. Abre los ojos y mira lo excitados que estamos, lo mucho que nos necesitamos. —Le capturó un pezón con sus ágiles y fuertes dedos—. Sé que podría hacer que te vinieras así, medio vestida. ¿Te gustaría venirte, Pel? —Le lamió la piel cubierta de sudor—. Seguro que te gustaría.

Ella, temerosa de verse en sus brazos, negó con la cabeza.

Gray se movió y colocó las caderas de manera que su miembro la acariciara arriba y abajo, hasta que ella gimió desesperada. Él siguió tocándole los pezones, estirándoselos, pellizcándolos, haciéndola suspirar de placer.

Pel notaba todos y cada uno de los movimientos de sus dedos como si estuviera tocándola entre las piernas y su sexo se moría de hambre por el de él.

—No sé si siempre seremos amantes —dijo Gray con voz ronca, haciendo que los pezones de ella se excitaran todavía más. Él gimió—. Pero puedo asegurarte que, aunque pase a desearte la mitad de lo que te deseo ahora, seguiré haciéndolo desesperadamente.

Pero Isabel sabía que terminaría deseando a otra. Incluso estando enamorado había sido incapaz de serle fiel a su amada. A pesar de saber eso, arqueó la espalda, mientras con los pechos buscaba las manos de él y con las nalgas, su dura erección.

Gray gimió desde lo más profundo de la garganta.

—Quédate en casa conmigo —le dijo.

La tentación era prácticamente irresistible. Isabel quería empujarlo al suelo, sentarse encima de su miembro y dar rienda suelta a su anhelo.

—No te deseé ni una sola vez —gimió ella, moviéndose entre sus brazos con el cuerpo completamente tenso. Estaba loca de deseo, a punto de echar por la borda todo lo que le importaba y de acostarse con Gray. Pero una parte de su sentido común se negó a callarse—. No te miré ni una sola vez y ni se me pasó por la cabeza acostarme contigo.

Y ahora no podía dejar de pensar en eso.

Se obligó a abrir los ojos y se miró en el espejo. Vio que su cuerpo se movía lujurioso, prisionero entre las expertas manos de él y su poderoso torso. En ese instante se odió a sí misma, se odió porque vio a la chica de hacía una década, una joven seducida por el deseo que había logrado despertarle el placer proporcionado por un hombre.

Gray apretó los brazos y la atrajo contra su pecho. Su boca, cálida y húmeda, se deslizó por el cuello y el hombro de ella.

—Dios, quiero cogerte —dijo excitado, pellizcándola con los dedos—. Tengo tantas ganas que cuando lo haga te partiré por la mitad.

La crudeza de su lenguaje fue más de lo que Isabel pudo soportar y, con un grito de placer, alcanzó el orgasmo. Su sexo tembló con tanta fuerza que se le doblaron las rodillas. Gray la mantuvo erguida, sujetándola con su cuerpo firme e inamovible.

Con la respiración entrecortada, Isabel apartó la mirada del espejo y con los ojos buscó el retrato de Pelham. Miró aquellos ojos oscuros que la habían empujado a la sexualidad más decadente y se obligó a acordarse de todas y cada una de las amantes de él. Recordó todas las ocasiones en que había tenido que sentarse delante de ellas en algún evento social, o que había olido su perfume en la piel de su marido. Pensó en todas las mujeres que habían estado ese mismo día en su casa, sonriendo a Gray seductoras, y se le revolvió el estómago con tanta virulencia que su deseo se apagó al instante.

—Suéltame —le dijo con voz firme y decidida. Irguió la espalda e intentó apartarse.

Él se tensó detrás de ella.

—Mira cómo respiras y lo rápido que te late el corazón. Tú me deseas tanto como yo a ti.

—No. —Isabel estuvo cerca de tener un ataque de pánico y no paró hasta que él la soltó con una maldición. Luego dio media vuelta y se le acercó con los puños cerrados, ansiosa por convertir el deseo en una pelea—. Mantente alejado de mí. Vuelve a instalarte en tu antigua habitación. Déjame en paz.

—¿Qué diablos te pasa? —Gray se pasó ambas manos por el cabello—. No te entiendo.

—No quiero tener relaciones sexuales contigo. Te lo he dicho muchas veces.

—¿Por qué no? —preguntó enfadado, paseando de un lado a otro del dormitorio.

—No insistas más, Grayson. Si continúas abusando de mí, tendré que irme.

—¿Abusando de ti? —La señaló con un dedo. Estaba frustrado y todo el cuerpo le temblaba a causa de la tensión acumulada—. Tenemos que resolver esto de una vez por todas. Esta misma noche.

Ella levantó el mentón y se subió el corsé para taparse los pechos, sin dejar de temblar.

—Esta noche tengo otros planes. Ya te lo he dicho.

—No puedes salir así —le dijo él, furioso—. Mírate. Estás temblando como una hoja de la necesidad que tienes de coger.

—Eso no es asunto tuyo.

—Maldita sea si no lo es.

—Gray...

Él entrecerró los ojos peligrosamente.

—No metas a Hargreaves en esto, Isabel. No acudas a él para que apague el fuego que yo he avivado.

Ella lo miró atónita.

—¿Me estás amenazando?

—No y lo sabes perfectamente. Pero te prometo que si vas a verlo a él para que sacie el deseo que yo te he creado, lo retaré a un duelo por la mañana.

—No puedo creer lo que está pasando.

Él levantó las manos abatido.

—Yo tampoco. Estás aquí de pie, muerta de deseo por mí. Y yo estoy aquí, muriéndome de ganas de cogerte hasta que ninguno de los podamos caminar. ¿Dónde está el problema, Pel? ¿Puedes explicármelo?

—¡No quiero echar a perder nuestro matrimonio!

Gray respiró hondo para intentar calmarse.

—Creo que tengo la obligación de recordarte, querida esposa, que, por definición, el matrimonio incluye el sexo. Entre los cónyuges. No con terceras personas.

—El nuestro no —replicó ella—. Tú y yo teníamos un acuerdo. Tienes que buscarte a otra.

—¡Ese maldito acuerdo! Dios, Pel. Las cosas han cambiado.

Dio un paso hacia ella con los brazos abiertos y la mandíbula apretada.

Isabel corrió al escritorio y colocó el mueble entre los dos. Si Gray la tocaba, se derrumbaría.

Él se detuvo y la miró fijamente.

—Como desees —soltó furioso—. Pero que conste que esto no es lo que quieres de verdad. Te he observado durante todo el día, he visto cómo mirabas a esas mujeres que han venido a visitarnos. La verdad es que, a pesar del misterioso motivo por el que no quieres acostarte conmigo, tampoco quieres que me acueste con otra. —Le hizo una reverencia—. Pero tus deseos son órdenes para mí. Tarde o temprano te darás cuenta del error que has cometido.

Y se fue antes de que Isabel pudiera reaccionar. Y, aunque se arrepintió de todo lo que le había dicho, no corrió tras él para detenerlo y pedirle que no se marchara.

6

Gerard cruzó el pasillo que conducía a la habitación que lady Stanhope había reservado en aquel hotel y maldijo por enésima vez a su terca esposa.

Hacerle caso a Isabel tenía sus ventajas. El deseo que sentía esa noche era prácticamente insoportable y la había presionado tanto que había terminado por asustarla. Gray lo sabía, igual que sabía que tenía que darle tiempo para que se acostumbrara tanto a su regreso como a su cambio de actitud.

Sí, si se acostaba con Barbara saciaría un poco la lujuria que sentía, pero... ¡Maldita fuera! Él no quería saciarse. Quería sentir ese anhelo, esa sensación embriagadora que le provocaba Pel y no quería apagarla con una sustituta.

Pero solo de imaginarse a su esposa con Hargreaves hacía que le hirviera la sangre. No estaba dispuesto a permitir que Isabel apagara su deseo sin hacer él lo mismo. Llamó a la puerta de Barbara y entró.

—Sabía que vendrías —le dijo ella, seductora y desnuda desde la cama.

Lo único que llevaba era un lazo negro alrededor del cuello. Gerard tuvo una erección al instante; cualquier hombre la tendría al ver a aquella mujer así.

Barbara era muy hermosa y con mucho apetito sexual, el suficiente como para convertir el enfado y la frustración de Gerard en lujuria.

Se quitó el saco y se desabrochó el chaleco a medida que iba acercándose decidido a la cama.

Barbara se puso de rodillas y se acercó a ayudarlo.

—Grayson —dijo sin aliento, con aquella voz infantil. Lo desnudó con manos impacientes y la ropa fue amontonándose en el suelo—. Esta noche estás muy excitado.

Él se acostó encima de ella y la apretó contra la cama, luego giró sobre sí mismo y dejó que Barbara quedara encima.

—Ya sabes lo que tienes que hacer —le dijo y se quedó allí acostado, mirando el techo, dejando la mente completamente en blanco para no sentir nada durante aquel sexo sin sentido que estaba a punto de comenzar.

Ella le quitó la camisa y le pasó la mano por los músculos del abdomen.

—Creo que podría tener un orgasmo solo mirándote. —Se inclinó hacia él y le presionó los pechos contra el muslo mientras le desabrochaba los pantalones—. Pero haré algo más que mirar.

Gerard cerró los ojos y pensó en Isabel.

Isabel bajó del carruaje y entró en la casa de Hargreaves a través de las caballerizas. Había recorrido ese mismo camino cientos de veces y antes siempre se sentía contenta y ansiosa por ver a John. Sin embargo, esa noche era completamente distinto. Se notaba el estómago encogido y le sudaban las palmas de las manos. Gray se había ido a caballo y no tenía ninguna duda de que se había marchado en busca de otra mujer.

Y había sido ella la que lo había empujado a hacerlo.

Probablemente ya estuviera dentro de ella, moviendo su maravilloso trasero al ritmo de sus caderas y penetrándola con su impresionante miembro. Se dijo que era mejor así. Su matrimonio funcionaría mejor si él estaba con otra mujer desde el principio y no si se la buscaba después de que ella se le hubiera entregado.

Pero a pesar de que era consciente de eso, no se sentía nada bien. Las imágenes seguían atormentándola y no podía dejar de ser posesiva con Gray. Y mientras caminaba en silencio por el pasillo del piso de arriba de la mansión, no pudo evitar sentirse culpable por estar traicionando a su esposo.

Llamó suavemente a la puerta del dormitorio de John y entró.

Hargreaves estaba sentado frente a la chimenea, vestido con un batín de seda y con una copa en la mano.

—Creía que no ibas a venir —le dijo con la mirada perdida en el fuego. Arrastraba un poco la voz e Isabel vio que la botella estaba casi vacía.

—Lo siento —murmuró, sentándose en el suelo, al lado de los pies de él—. Sé que te duele oír todos esos chismes. Lo lamento muchísimo.

—¿Te has acostado con él?

—No.

—Pero quieres hacerlo.

—Sí.

Entonces John la miró y le acarició la mejilla con la mano.

—Gracias por ser sincera.

—Esta noche lo he corrido de casa. —Movió la cabeza en busca del calor del hombre y de la paz y de la tranquilidad que sentía estando con él—. Se ha ido.

—¿Y crees que se mantendrá lejos para siempre?

Ella le apoyó la mejilla en la rodilla y se quedó mirando fijamente el fuego.

—No estoy segura. Parecía muy decidido.

—Sí. —John le pasó los dedos por el pelo—. Recuerdo esa

edad. Eres consciente por primera vez de tu propia mortalidad y el anhelo por tener un heredero es prácticamente insoportable.

Isabel se puso tensa.

—Gray tiene dos hermanos más jóvenes que él. No necesita un heredero.

John se rio sin humor.

—¿Cuándo te dijo eso? ¿Cuando se casaron? ¿Cuando solo tenía veintidós años? Por supuesto que entonces no estaba interesado en tener hijos. La mayoría de los hombres no pensamos en eso a esa edad. Lo único que nos importa entonces es coger y un embarazo complica las cosas.

Ella recordó lo mucho que se había emocionado Gray al enterarse del embarazo de Emily y se le heló la sangre. Incluso a esa edad, él ya quería tener hijos.

—Es marqués, Isabel —prosiguió Hargreaves con los labios pegados a la copa y sin dejar de tocarle el cabello—. Necesita un heredero y, aunque tenga hermanos, a un hombre le gusta tener sus propios descendientes. ¿Qué otra razón te ha dado que justifique su regreso?

—Me ha dicho que se sentía culpable por haberme dejado sola frente a los rumores.

—No sabía que Grayson fuera capaz de actuar con tanto altruismo —comentó John, seco, antes de dejar la copa vacía a un lado—. Para eso tiene que ser un hombre completamente distinto al que conocí hace cuatro años.

Isabel se quedó mirando el fuego y de repente se sintió como una tonta. Y muy dolida. Permaneció mucho rato contemplando las llamas.

Poco después, la mano de John dejó de acariciarle el cabello y descansó pesadamente sobre su hombro. Ella volvió la cabeza y vio que se había dormido. Triste y tremendamente confusa, se puso en pie y fue por una manta. En cuanto se aseguró de que estaba bien tapado, abandonó la casa.

Gerard apartó la cabeza cuando Barbara intentó besarlo. Su perfume era empalagoso, el mismo que años atrás le había parecido atractivo, ahora le resultaba casi insoportable. Su pene estaba duro y excitado, prisionero de la experta mano de ella, respondiendo a los estímulos físicos a pesar de que sus emociones y su mente habían abandonado por completo su cuerpo.

Barbara le susurró obscenidades al oído y luego se sentó a horcajadas encima de él, dispuesta a que la penetrara.

—Estoy tan contenta de que hayas vuelto a casa, Grayson —susurró.

«A casa.»

La palabra retumbó en la mente de él y se le encogió el estómago. Gray nunca había tenido un hogar. De pequeño, la amargura de su madre lo había envenenado todo. El único lugar y la única época en que se había sentido aceptado fue cuando estuvo con Pel. Eso había cambiado ahora que se sentían tan atraídos el uno por el otro, pero Gerard estaba dispuesto a hacer todo lo que fuera necesario para recuperar aquella sensación de bienestar.

Y el encuentro en el que se había embarcado no iba a ayudarlo demasiado.

Aquella no era su casa. Aquello era un hotel y aquella mujer que iba a coger con él no era su esposa. La sujetó por la cintura y la acostó con un movimiento rápido y certero a su lado.

Barbara rio gustosa.

—¡Sí! —exclamó—. Me preguntaba cuándo ibas a ponerte en situación.

Gerard le colocó la mano entre las piernas y la masturbó hasta proporcionarle un orgasmo. Sabía exactamente lo que le gustaba y dónde tenía que tocarla. Barbara terminó en cuestión de segundos y él se sintió totalmente libre para abandonar aquel encuentro tan sórdido.

Suspiró frustrado y se levantó de la cama para abrocharse los pantalones; después se acercó a la vasija con agua que había en una esquina.

—¿Qué estás haciendo? —le preguntó Barbara ronroneando como un gato.

—Lavándome para irme.

—¡No, ni hablar!

Se sentó. Tenía las mejillas sonrojadas y los labios rojos y carnosos. Era muy guapa. Pero no era la mujer que él quería.

—Lo siento, preciosa —dijo con torpeza, mientras se frotaba las manos en la vasija—. Esta noche no estoy de humor.

—Mientes. Tu verga está tan dura como un atizador.

Él se volvió y tomó el chaleco y el abrigo.

Barbara dejó caer los hombros.

—Es vieja, Grayson.

—Es mi esposa.

—Antes eso no te importaba. Además, ella tiene a Hargreaves.

Él se puso tenso y apretó la mandíbula.

—Ah, he dado en el clavo. —La sonrisa de Barbara fue tan atrevida como de costumbre—. ¿Crees que ahora mismo está con él? ¿Por eso has venido a verme? —Separó las piernas, se recostó en las almohadas y se deslizó las manos entre sus muslos—. ¿Por qué tiene que pasarla bien solo ella? Yo puedo ofrecerte la misma diversión.

Gerard se abrochó el último botón y se acercó a la puerta.

—Buenas noches, Barbara.

Estaba a mitad del pasillo cuando oyó que algo delicado se

rompía contra la puerta. Negó con la cabeza y bajó la escalera lo más rápido posible. Estaba impaciente por llegar a casa.

Protegida en la intimidad de su dormitorio, Isabel le pidió a Mary que se retirara en cuanto terminó de desnudarse.

—Pero tráeme una copa de madeira —murmuró, mientras su doncella se inclinaba antes de irse.

Cuando se quedó sola, se sentó en la butaca orejera que tenía frente al hogar y pensó en Hargreaves. Aquella situación era muy injusta para él. John había sido muy bueno con ella, Isabel lo adoraba y se odiaba a sí misma por estar tan confusa. Su madre le diría que no existía el monopolio del deseo y que la vida le había demostrado que eso era verdad. La duquesa creía que no había nada malo en desear a dos hombres a la vez. Sin embargo, Isabel siempre había creído que una persona tenía que ser lo suficientemente fuerte como para resistir los instintos primarios si su pareja le importaba.

Varios minutos más tarde, un ruido la hizo volverse en dirección a la puerta, que se había quedado abierta, y vio a su doncella. Ella le indicó que pasara. En una mano, la mujer llevaba una bandeja con la botella de madeira y una copa, en la otra, un montón de toallas.

—¿Para qué son las toallas? —le preguntó Isabel.

—Discúlpeme, milady. Edward me las ha pedido para el baño del señor.

Edward era el ayuda de cámara de Gray. Ya casi había amanecido y su esposo se estaba bañando para quitarse de encima el olor de sus actividades carnales, mientras ella estaba allí sentada, sintiéndose culpable. De repente se puso furiosa ante tal injusticia y se levantó para tomar ella misma las toallas.

—Ya me ocupo yo.

La doncella abrió los ojos como platos, pero inclinó la cabeza y dejó la bandeja con la botella y la copa antes de irse.

Isabel cruzó la estancia hasta llegar al vestidor y una vez allí, sin llamar ni pedir permiso, abrió la puerta que comunicaba con el baño de Gray. Este estaba acostado en medio de la bañera de agua caliente, con la cabeza apoyada en el borde y los ojos cerrados. No se movió ni un milímetro cuando ella entró e Isabel aprovechó para observar con detenimiento su torso moreno y sus piernas musculosas. Todo su cuerpo escultural era visible a través del agua cristalina, incluido su impresionante miembro, que ella solo había notado de pasada.

Isabel se excitó al instante, lo que la puso de peor humor. Entrecerró los ojos y le bastó con mirar a Edward un segundo para que el ayuda de cámara se fuera al instante.

Gray respiró hondo y de repente se tensó.

—Pel —susurró. Se quedó mirando los hermosos ojos de su esposa y no intentó taparse.

—¿La has pasado bien esta noche? —le preguntó ella sin rodeos.

—¿Y tú? —replicó él, apretando los labios al oír su tono.

—No, no la he pasado bien. Y te echo a ti la culpa de que así haya sido.

—No me sorprende. —El silencio se alargó y el aire se llenó de las cosas que no se decían y del deseo que sentían el uno por el otro—. ¿Te lo has cogido, Pel? —preguntó Gray al fin, con la voz rota.

Ella le recorrió el cuerpo con la mirada.

—¿Lo has hecho? —insistió él al ver que Isabel no decía nada.

—Hargreaves había bebido y estaba melancólico. —«Mientras que Gray se ha pasado la noche disfrutando en la cama de otra mujer.» Solo con pensarlo se puso furiosa, así que le lanzó las toallas a la cara y giró sobre sus talones—. Espero que tú hayas cogido por los dos.

—Maldita sea. ¡Pel!

Ella oyó el agua salpicando y echó a correr. Su dormitorio estaba cerca, podía conseguirlo...

Gray la tomó de la cintura y la levantó del suelo. Isabel se resistió y empezó a darle patadas y codazos. El camisón de seda que llevaba resbalaba encima de la piel mojada de él.

—Para —le advirtió entre dientes.

—¡Suéltame!

Ella levantó los brazos y le tiró del pelo.

—¡Ay, maldita sea!

Gray se tambaleó y cayó de rodillas, sin soltarla. Ella se quedó con la cara pegada al suelo y con él encima. Tenía el camisón empapado y los pechos pegados a la alfombra.

—¡Te odio!

—No es verdad —farfulló Gray, colocándole los brazos por encima de la cabeza.

Isabel se movió tanto como pudo con su peso aprisionándola.

—No puedo respirar —se quejó. Gray se tumbó a su lado y, sin soltarle los brazos, le colocó una pierna encima para retenerla—. Para de una vez. No tienes derecho a acosarme de esta manera.

—Tengo todo el derecho del mundo. ¿Te has acostado con Hargreaves?

—Sí. —Volvió la cara para mirarlo a los ojos—. Me lo he cogido toda la noche. De todas las maneras imaginables. Le he chupado...

La boca de él capturó la suya con tanta fuerza que Isabel notó el sabor de la sangre. Gray le deslizó la lengua por la boca a un ritmo brutal, aprisionándola con los labios. Mientras le sujetaba ambas muñecas con una mano, con la otra buscó el extremo del camisón para levantárselo.

A Isabel la sangre le corría a toda velocidad por las venas, el corazón le latía descontrolado contra la caja torácica. Estaba más excitada de lo que podía soportar y mordió el labio inferior de él, que apartó la cabeza con una maldición.

—¡Suéltame!

Tenía el camisón enredado bajo su propio cuerpo y la tela no podía subir más, así que Gray se apartó un poco para poder terminar el trabajo; al hacerlo, le dio a Isabel margen de maniobra y ella lo aprovechó para golpearlo y tomarlo desprevenido. Luego se apartó a cuatro patas.

—¡Pel! —gritó él, lanzándose tras ella.

Sujetó el extremo del camisón con tanta fuerza que los lazos de los hombros se rasgaron. Isabel se quitó la prenda de encima y corrió hacia su dormitorio. Creyó que iba a lograrlo, pero justo entonces, Gray la asió del tobillo. Ella le dio una patada con la pierna libre, luchó con desesperación, pero él era demasiado fuerte. Se puso encima de ella y le sujetó los brazos mientras le colocaba un muslo entre las piernas.

Lágrimas de frustración corrían por las mejillas de Isabel.

—No puedes hacerme esto —lloró, moviéndose y luchando, más contra el deseo que sentía en su interior que contra Gray.

Al oponer resistencia, notó su impresionante erección presionándole las nalgas.

Él volvió a colocarle los brazos por encima de la cabeza, sujetándoselos con una mano. La otra se la deslizó con delicadeza por el costado hasta llegar entre las piernas de ella. Separó los labios de su sexo y deslizó dos dedos en su interior.

—Estás tan húmeda... —gimió, sintiendo en sus dedos la prueba del deseo de ella. Isabel movió las caderas en un intento desesperado de escapar—. Cálmate, Pel. —Gray le acercó la cara a la nuca—. No me he acostado con nadie.

—Mientes.

—No estoy diciendo que no lo haya intentado, pero al final me he dado cuenta de que solo te deseo a ti.

Ella negó con la cabeza y lloró en silencio.

—No, no te creo.

—Sí, sí me crees. Conoces perfectamente el cuerpo de un hombre y sabes que no estaría así de excitado si me hubiera pasado la noche cogiendo.

Los dedos de él, empapados con el placer de ella, le encontraron el clítoris y se lo acariciaron. Isabel movió la espalda, indefensa, y su cuerpo se derritió de deseo. Gray estaba por todas partes, rodeándola por completo, su poderoso torso la tenía atrapada en el suelo. Un dedo de él entró en lo más profundo de su cuerpo. Ella se estremeció de pies a cabeza y los músculos de su sexo se apretaron alrededor de la mano de Gray.

—Tranquila —le dijo este en voz baja, pegado a su oído—. Deja que te dé placer. Los dos estamos al límite.

—No, por favor.

—Lo deseas tanto como yo.

—No.

—¿Quién está mintiendo ahora? —El dedo de él la abandonó y con esa misma mano se apoyó en el muslo de ella para apartarse. Deslizó el otro brazo por debajo de su cabeza para hacerle de almohada y le tocó el pecho izquierdo—. Te necesito.

Isabel intentó cerrar las piernas, pero entonces notó la punta del pene de Gray justo en el borde de su sexo. Lo movió para que lo notase, al mismo tiempo que le pellizcaba el pezón. Ella gimió de placer y el deseo la cubrió de sudor.

—Estás excitada y quieres que te posea con mi miembro. —Le pasó los dientes por el hombro—. Dime que no me deseas.

—No te deseo.

Gray se rio pegado a su espalda. Su prepucio entró en el sexo de Isabel, ofreciéndole la presión que necesitaba. Pero no fue suficiente. Las caderas de ella se movieron por voluntad propia, ansiando sentir más. Pero Gray se apartó y dejó solo la punta en su interior.

—No —dijo tranquilo, como si de repente hubiera recuperado el control, como si aquella unión carnal con Isabel lo tranquilizara de alguna manera—. Tú no me deseas.

—Maldito seas. —Apretó el rostro contra el brazo de él y se secó las lágrimas.

—Dime que me deseas.

—No te deseo.

Pero se le escapó un gemido y, con unos movimientos de cadera, buscó que Gray volviera a entrar en su cuerpo.

—Pel... —Le clavó los dientes con cuidado en el hombro y su miembro se deslizó de nuevo en su interior—. Para, antes de que me venga sin ti.

—¡No te atreverás! —exclamó. Solo pensar que él pudiera dejarla a medias era una agonía.

—Sigue moviéndote así y seré incapaz de parar.

Isabel gimió desesperada y escondió la cara en el brazo de él.

—Quieres dejarme embarazada.

—¿Qué? —Gray se detuvo de inmediato—. ¿De qué diablos estás hablando?

—Confiésalo —dijo ella con voz ronca y sintiendo una opresión en el pecho—. Has vuelto porque quieres tener un heredero.

Ante su sorpresa, él se estremeció.

—Es una idea ridícula. Pero sé que, aunque te lo diga, no me creerás, así que te prometo que no eyacularé dentro de ti.

—Tienes razón. No te creo.

—Terminarás volviéndome loco, mira que eres testaruda. Deja de buscar excusas y reconoce que me deseas. Y entonces te daré esto —se hundió dentro de ella con determinación— sin eyacular dentro de ti.

—Eres malvado, Grayson.

Y movió las nalgas, desesperada por darse a sí misma un orgasmo.

—En realidad soy muy bueno. —Le deslizó la lengua dentro de la oreja—. Deja que te lo demuestre.

—¿Acaso tengo elección? —Se estremeció; la piel se le pegó a la de Gray por culpa del sudor de los dos—. No vas a dejarme ir.

Él suspiró y la abrazó contra su pecho.

—No puedo dejarte ir, Isabel. —Le recorrió el cuello con la nariz y se excitó todavía más en su interior—. Dios, me encanta cómo hueles.

Y a ella le encantaba tenerlo dentro de su cuerpo; duro, excitado, un miembro tan viril y perfecto como el resto de su propietario. Pelham había utilizado lo mismo para atraparla: la había convertido en adicta a ese placer, en una mujer que quería pasarse todo el día cogiendo. En una esclava del deseo.

Era demasiado débil para resistir esa pasión y, cuando los dedos de Gray encontraron su clítoris y empezaron a masajeárselo, los labios de su sexo se movieron para dejarlo entrar.

—Soy más ancho en el otro extremo —murmuró él provocativo—. Imagínate lo que notarás cuando me tengas completamente dentro.

Isabel cerró los ojos y separó las piernas en señal de invitación.

—Hazlo de una vez.

—¿Es esto lo que quieres? —Su sorpresa fue más que evidente.

—¡Sí! —Le dio un codazo en las costillas y lo oyó quejarse—. Eres un cretino arrogante.

Gray levantó la mano, entrelazó los dedos con los suyos y gimió desde lo más profundo de su garganta cuando empezó a moverse muy despacio. Entró y salió poco a poco, obligándola a que notara cada centímetro de su miembro, a que reconociera que por fin la estaba poseyendo. Ella gritó de placer y de alivio, notar a Grayson dentro fue devastador para sus emociones.

Al menos había intentado resistirse hasta el final.

Isabel apretó la mano de Gray con las suyas y se rindió a su nueva adicción con un sollozo desesperado.

7

Gerard apretó los dientes al deslizar su excitado miembro por los húmedos labios del sexo de Isabel. La abrazó contra su torso y se esforzó por mantener la calma mientras el resto de su cuerpo estaba pendiente del enorme placer que sentía al estar dentro de ella y de los gemidos de placer que salían de sus labios.

Gerard ardía de pies a cabeza, se sentía caliente incluso el cabello; en cuanto una capa de sudor se le secaba sobre la piel, volvía a estar empapado.

—Oh, Pel —suspiró, apartándole una pierna hacia un lado para poder penetrarla más—. Estar dentro de ti es como estar en el paraíso.

Ella se movió debajo de su cuerpo y giró las caderas de un modo que él apenas pudo soportar.

—Gray...

Oírla gemir así hizo que Gerard se estremeciera con todas sus fuerzas.

—Maldita sea, deja de moverte así o terminaré por perder el poco control que me queda.

—¿A esto lo llamas control? —Suspiró y levantó las caderas, pidiéndole más—. ¿Qué diablos haces cuando lo pierdes por completo?

Él le soltó las manos y la abrazó contra su cuerpo.

La lujuria lo había cegado varias veces en la vida y en muchas ocasiones había dado rienda suelta a sus impulsos. Pero su nece-

sidad de ceder nunca había sido tan acuciante como en ese mo
mento. La escandalosa belleza de ella, su descarada sensualidad,
sus maravillosas curvas... Pel estaba hecha para que un hombre
fuera tan primitivo como él podía llegar a serlo. Cuatro años atrás,
Isabel era demasiado para él, a pesar de que, en su arrogancia,
Gerard jamás lo habría reconocido. Pero ahora le preocupaba ser
demasiado para ella. Y no podía correr el riesgo de asustarla y
ahuyentarla de su cama.

Deslizó las manos debajo del cuerpo de Pel y les dio la vuelta
a ambos para que ella quedase encima.

—¿Qu... qué? —preguntó Isabel, sorprendida.

Su melena suelta le caía a él por la cara y los hombros, rodeán-
dolo con su perfume. Su miembro se excitó hasta límites insospe-
chados.

—Lleva tú las riendas —dijo entre dientes y apartó las manos
de ella como si lo hubiera quemado.

Tenía su cuerpo encima y era más de lo que podía soportar. Lo
que de verdad quería hacer Gerard en ese momento era acostarla
en el suelo y poseerla como un animal hasta quedar exhausto. Y
luego volver a empezar. Pero Pel era su esposa y se merecía algo
mejor. Y, dado que no podía confiar en sí mismo, lo mejor sería
que confiara en ella.

Isabel dudó un segundo y Gerard tuvo miedo de que fuera a
cambiar de opinión y de que volviera a rechazarlo. En vez de eso,
colocó las manos en el suelo y levantó el torso. Después, bajó
despacio para que su miembro se deslizara mejor hacia su interior, hasta que los labios de su sexo le besaron el extremo del
pene.

Cerró los puños al oírla gemir de placer. El ángulo en que había quedado dentro del sexo de Isabel era delicioso.

—Dios, Gray. Eres tan...

Él cerró los ojos y los apretó con todas sus fuerzas, respirando entre los dientes al oír su inacabado cumplido. Sabía lo que había querido decir. No había palabras para describir lo que ambos estaban sintiendo.

Quizá se debiera al hecho de que ella lo había excitado y rechazado muchas veces, como no lo había hecho antes ninguna otra mujer. Quizá porque era su esposa y ese detalle añadía un grado de propiedad que aumentaba la intensidad del momento. Fuera lo que fuera, el sexo nunca había sido tan intenso para Gerard y eso que solo estaban empezando.

—Tienes que moverte, Pel —la instó con la voz completamente ronca de deseo.

Abrió los ojos y tragó saliva al ver que ella alargaba los brazos hacia atrás, haciendo que su melena se arremolinara encima del torso de él. Gerard se preguntó cómo iban a hacerlo. ¿Se apartaría y se daría la vuelta para quedar sentada mirándolo a la cara? Ver el rostro de Pel al alcanzar el orgasmo le daría mucho placer, pero la idea de sacar su miembro de dentro de su cuerpo le parecía sencillamente insoportable.

—¿Tengo? —lo desafió ella con voz provocativa y, aunque Gerard no podía verla, supo que estaba sonriendo.

Isabel levantó una mano y apoyó el peso en la otra, sus nalgas descansaron entonces en las caderas de él, que se quedó completamente inmóvil y dejó de respirar mientras ella deslizaba la mano que había levantado entre sus propias piernas.

Primero apretó suavemente los tensos testículos de Gray y luego la movió más arriba.

Oh, Dios. Si Pel se masturbaba con su miembro dentro de ella, él explotaría.

—¿Vas a...? —intentó preguntarle.

Isabel lo hizo.

Gerard gimió al notar que su sexo se apretaba como un guante alrededor de su pene.

—¡Maldita sea!

Sujetó las caderas de ella al borde de un ataque de pánico y, manteniéndola inmóvil, levantó la mitad inferior de su cuerpo para embestirla como un poseso.

—¡Sí! —exclamó Isabel echando la cabeza hacia atrás e inundándolo con un mar de mechones rojizos.

Su cuerpo se aferró al miembro de él y empezó a convulsionarse con brutal intensidad.

Su primer orgasmo duró una eternidad, pero Gerard se mordió el labio inferior hasta notar el sabor de la sangre y consiguió no eyacular. Y cuando ella se desplomó entre sus brazos, él salió de su interior y terminó.

La lujuria y el anhelo que llevaba tanto tiempo conteniendo vaciaron su cuerpo y eyaculó una y otra vez encima del muslo de Isabel y de la alfombra.

Y eso que solo quería calmarse un poco.

Pel y él solo estaban empezando.

Isabel se colocó encima de él e intentó recuperar el aliento y Gerard le acarició los pechos y le dio un beso en la frente. El perfume de ella mezclado con el del sexo era embriagador. Pegó la nariz a la piel de Pel e inhaló profundamente.

—Eres un hombre malo y horrible —susurró ella.

Gerard suspiró. Típico de él casarse con la mujer más obstinada del planeta.

—Has sido tú la que ha precipitado las cosas. Pero te garantizo que la próxima vez me aseguraré de que todo el proceso dure más. Tal vez entonces estarás más receptiva.

La levantó consigo hasta que quedaron los dos sentados.

—¿La próxima vez?

Gerard vio que tenía intención de empezar a discutir, así que le deslizó una mano entre las piernas y le acarició el clítoris con la yema de los dedos. Sonrió al oírla gemir.

—Sí, la próxima vez, que empezará dentro de un momento, en cuanto nos hayamos limpiado un poco ambos y nos traslademos a un lugar más confortable para estos menesteres.

Isabel se puso en pie y se dio la vuelta tan rápido para mirarlo que su melena rojiza se balanceó sobre su piel blanca. Gerard se quedó mirándola desde el suelo, perplejo al ver lo perfecta que era. Completamente desnuda, Isabel Grayson era una venus, una sirena, una belleza de pechos perfectos y caderas voluptuosas y con unos labios hechos para besar.

Su pene reaccionó al encontrarse ante tal maravilla y, cuando Pel lo vio, abrió mucho los ojos, atónita.

—Dios santo, pero si acabamos de ocuparnos de eso.

Gerard se encogió de hombros y reprimió una sonrisa al ver que ella seguía contemplándolo, halagándolo con una mirada que tan solo era un poquito intimidante. Él se puso en pie y la tomó de la mano para llevarla hacia el baño.

—No puedo evitar reaccionar. Eres una mujer extremadamente atractiva.

Ella se rio, pero lo siguió sin quejarse, aunque sí se hizo un poco la remolona. Gerard miró por encima de su hombro y descubrió el motivo: Pel le estaba mirando hipnotizada el trasero.

Estaba demasiado absorta para darse cuenta de que la había pillado, así que Gerard apretó las nalgas y se rio cuando ella se sonrojó. Fuera cual fuera el motivo por el que Isabel había rehuido la intimidad conyugal, no era porque no lo deseara.

—¿Te gustaría contarme qué te ha pasado esta noche? —le preguntó, atento y con cautela, al adentrarse en un nuevo terreno para ellos.

Gerard no estaba acostumbrado a hablar durante sus encuentros amorosos. Y la enorme erección que tenía entre las piernas no lo ayudaba demasiado a concentrarse. Claro que tampoco podía evitarlo; los ojos de su esposa le estaban quemando la piel.

—¿Por qué?

—Porque es obvio que estás preocupada.

Se dio la vuelta e hizo sentar a Isabel en una silla, y aprovechó para apartarle la melena que tanto le gustaba ver cómo le caía sobre los hombros.

—Todo esto es tan raro —se quejó Pel con los brazos cruzados púdicamente sobre los pechos, al ver que él sacaba una toalla empapada de dentro de la bañera—. ¿Qué estás haciendo? —le preguntó, al ver que escurría el exceso de agua.

—Ya te lo he dicho —contestó, arrodillándose delante de ella y, tras colocarle una mano en una rodilla, le separó ligeramente las piernas.

—¡Para! —Isabel le pegó en las manos. Gerard arqueó una ceja e hizo lo mismo, pero con mucha más delicadeza—. Bruto. —Lo miró con los ojos abiertos.

—Descarada. Deja que te limpie un poco.

Los ojos de color jerez de su esposa echaron chispas.

—Ya has hecho bastante, gracias. Y ahora déjame en paz, ya me ocuparé yo de mi aseo.

—Pero si todavía no he empezado —se quejó él.

—Tonterías. Ya has conseguido lo que querías. Olvidémonos de esta noche y sigamos como estábamos.

Gerard se sentó en los talones.

—Conque ya tengo lo que quería, ¿eh? No te hagas la tonta, Pel. —Le apartó los muslos que ella intentaba juntar y deslizó la toalla entre ellos—. Todavía tengo que hacer un montón de cosas. No te he tirado encima de una mesa para cogerte desde atrás. No te he lamido los pechos ni tu... —Le pasó la toalla con cuidado por los labios del sexo y luego repitió el gesto con la punta de la lengua, deteniéndose un instante en el clítoris hasta hacerlo salir de su escondite—. Todavía no te he tirado en la cama y te he poseído como Dios manda. En resumen, todavía no hemos terminado. Ni mucho menos.

—Gray. —Isabel lo sorprendió al acariciarle la mejilla con la mano. Lo miró sincera a los ojos. Y a él le resultó muy excitante—. Empezamos esta relación con un acuerdo. ¿Qué te parece si también la terminamos con uno?

Gerard entrecerró los ojos, desconfiado.

—¿Qué clase de acuerdo?

—Uno muy placentero. Te daré una noche y te prometo que haré todo lo que quieras si tú me prometes que cuando salga el sol volveremos a nuestro pacto original.

Su maldito pene se levantó, dispuesto a aceptar gustoso el trato, pero a él no le hizo tanta gracia.

—¿Una noche?

Pel estaba loca si creía que a alguno de los dos le bastaría con una noche. En aquel mismo instante estaba tan excitado como lo había estado antes de eyacular; ella le afectaba de ese modo.

Volvió a mover la toalla y le separó los labios vaginales para poder limpiarla con cuidado.

Isabel era preciosa, estaba húmeda y resplandeciente y tenía el sexo cubierto por unos maravillosos rizos de color caoba.

Ella movió los dedos hacia el cabello de Gray y tiró hasta que él levantó la vista y la miró a la cara. Deslizó entonces los dedos por sus masculinas facciones; primero le recorrió el arco de las cejas y después los pómulos, por último los labios. Parecía cansada, resignada.

—Estas arrugas que tienes alrededor de los ojos y de los labios... tendrían que hacerte parecer mayor, que apagar un poco tu belleza. Y sin embargo consiguen todo lo contrario.

—No tiene nada de malo que me desees, Pel.

Gerard soltó la toalla y la abrazó por la cintura. Escondió el rostro entre los pechos de ella, allí donde su perfume era más intenso. Isabel estaba desnuda en sus brazos, pero todavía había barreras entre los dos. No importaba lo fuerte que la abrazara, no conseguía acercarse lo suficiente.

Volvió la cabeza y capturó un pezón con la boca, lo succionó en busca de intimidad. Le lamió la punta y se deleitó con su tacto aterciopelado. Ella gimió y le tomó la cabeza con las manos para acercarlo más.

Gerard se moría por ella, hasta le dolía físicamente. Le soltó el pecho y la tomó en brazos. Isabel le rodeó la cintura con las piernas, y él gimió para darle su aprobación por haber accedido por fin a estar con él.

Aceleró el paso y se dirigió directamente a su dormitorio, la habitación a la que se había trasladado hacía solo unas horas; un intento de estar más cerca de Pel, pero que había terminado alejándola.

Ahora podría oler su perfume en las sábanas. Isabel lo haría entrar en calor y saciaría su hambre. La dejó con cuidado en la cama y notó que se le hacía un nudo en la garganta. Encima de ella, en el cabezal de la cama, estaba el escudo de su familia. Debajo, la colcha de terciopelo rojo. Solo con pensar que iba a disfrutar de los encantos de su esposa en un lugar tan oficial, Gerard se excitó todavía más.

—Una noche —murmuró ella pegada a su cuello.

Él se estremeció, tanto por sentir la respiración de Isabel sobre su piel como porque comprendió que no podía poseerla como de verdad quería. Iba a tener que seducirla con su cuerpo y demostrarle lo cariñoso y bueno que podía ser, porque tenía que hacerla cambiar de opinión. Tenía que conseguir que lo necesitara tanto como él a ella.

Y solo le había dado una noche para lograrlo.

Isabel se hundió entre las almohadas con funda de lino que inundaban la cama de Gray y volvió a percatarse de lo mucho que él había cambiado. Sabía que antes prefería las sábanas de seda y no entendía qué significaba aquel cambio de gustos, pero sí sabía que quería averiguarlo.

Abrió la boca para preguntárselo, pero él capturó sus labios con los suyos y deslizó la lengua hacia su interior con suma agilidad. Ella gimió y le dio la bienvenida.

Gray era duro por todas partes, hasta el último centímetro de su piel dorada era musculoso. Isabel no había visto nunca un cuerpo tan masculino y hermoso como el de su marido. Y teniendo en cuenta que Pelham había sido sumamente atractivo, ese era un cumplido que no decía a la ligera.

—Pel —Gray suspiró pegado a los labios de ella, un sonido seductor y muy sensual—, voy a lamerte todo el cuerpo, voy a besarte por todas partes, te provocaré un orgasmo tras otro durante toda la noche.

—Y yo te haré lo mismo —le prometió ella, pasándole la lengua por el labio que antes él se había mordido.

Ahora que había decidido que el objetivo de esa noche era saciar la lujuria de ambos, Isabel iba a aplicarse al máximo para lograrlo.

Gray se apartó un poco para mirarla y ella aprovechó la oportunidad para volver a llevar la voz cantante. Colocó un talón en la pantorrilla de él y les dio la vuelta a ambos para quedar de nuevo encima. Luego se rio cuando Gray repitió el movimiento y recuperó la ventaja.

—Oh, no seas mala —la riñó, mirándola con sus risueños ojos azules—. Ya has estado encima antes.

—No te he oído quejarte.

Él esbozó una sonrisa.

—Todo ha terminado demasiado rápido, no he tenido tiempo de quejarme.

Isabel arqueó una ceja.

—Yo creo que sencillamente has enmudecido de placer.

Gray se rio. Su torso vibró encima del de ella y a Isabel se le tensaron los pezones en respuesta. Cuando vio que Gray entrecerraba los ojos, supo que se había dado cuenta.

—Todo lo que quiera —le recordó él, mientras deslizaba una mano para cogerle una pierna y separarla un poco más.

Movió las caderas y la punta de su pene penetró dentro de ella y empezó a introducirse. Él era tan grande que casi le dolía, pero al mismo tiempo era maravilloso.

Isabel se entregó de inmediato, su sexo se relajó y humedeció el prepucio de Gray con su deseo. Encogió los dedos de los pies y notó que se le hacía un nudo en el pecho. El olor de Gray era exquisito, el aroma del jabón de bergamota había desaparecido tras el sudor de su primer encuentro sexual.

—Gray.

Su nombre era tanto una plegaria para que siguiera como una súplica para que parara. Isabel no sabía cómo luchar contra aquella repentina sensación de que estaba conectada a él. Desde la muerte de Pelham, sus encuentros sexuales se habían basado en el placer, en la búsqueda de la saciedad. Aquello, en cambio, era pura rendición.

Gerard deslizó las manos por debajo de los hombros de Pel y apoyó su peso en los antebrazos para no aplastarla.

—Vas a decirle a Hargreaves que has terminado con él.

Era una afirmación, una orden y aunque una parte de Isabel quería discutírselo solo por su arrogancia, otra sabía que tenía razón. Que se sintiera tan atraída hacia Gray era prueba suficiente de que ya no estaba tan interesada en John como antes.

A pesar de ello, le dio tristeza asumirlo y giró el rostro para que Gray no viera que le escocían los ojos.

Él le besó el pómulo y se hundió un poco más en su interior. Isabel gimió y arqueó la espalda, desesperada por olvidar que se había rendido.

—Puedo hacerte feliz —le prometió Gray pegado a su piel—. Y nunca te faltará placer, eso te lo aseguro.

Quizá sí pudiera hacerla feliz, pero ella no podría hacer lo mismo con él y cuando Gray le fuera infiel, la felicidad que ahora sentían se deterioraría rápidamente hasta hacerlos desgraciados.

Isabel le rodeó las caderas con las piernas y se incorporó un poco sobre el colchón para atraer poco a poco el pene de él. Cerró los ojos y se concentró en notar la maravillosa sensación de tener a Grayson haciéndole el amor. Su miembro era muy largo y ancho. No era de extrañar que todas sus amantes toleraran sus indiscreciones. Era un hombre difícil de sustituir.

—¿Prefieres que te coja despacio, Pel? —le preguntó con un ahogado suspiro, con los brazos temblándole mientras se hundía dentro de ella—. Dime lo que te gusta.

—Sí... Despacio...

Su voz sonó como un gemido. Le clavó las uñas en la espalda. En realidad le gustaba de todas las maneras, pero estaba perdiendo la capacidad de razonar a una velocidad alarmante.

Volvió a desplomarse en el colchón y Gray tomó el control;

apretó las nalgas y fue entrando y saliendo de dentro de ella muy despacio. A pesar de que hacía poco que la había poseído, el sexo de Isabel le exigió que se ganara el derecho a volver a conseguirlo. El miembro de Gray entró y salió a un ritmo constante, pero cada vez se hundía más y más hondo.

El sudor le cubría la frente y el torso y sus gotas caían sobre el cuello y el pecho de Isabel.

—Dios, estás tan apretada —masculló.

Ella contrajo los músculos de las paredes internas de su sexo solo para incrementar el tormento de Gray.

—Vuelve a provocarme y lo lamentarás —le advirtió serio—. No quiero venirme dentro de ti, pero no pararé. No me detendré por nada del mundo. Me has dado una noche, maldita sea, y estoy dispuesto a aprovecharla.

Isabel se estremeció. «No pararé.» Gray la poseería tanto si ella quería como si no. Solo con pensarlo se excitó todavía más, como dejó en evidencia el líquido que lubricó su sexo y que permitió que él entrara un poco más.

—Separa más las piernas. —Los labios de él le rozaron la oreja—. Deja que entre del todo.

Estaba tan llena de él que incluso le costaba respirar, pero se movió un poco y notó que el miembro de Gray la penetraba hasta el fondo.

—Eres preciosa —la halagó, pasando su mejilla empapada de sudor por encima de la de ella—. Ahora podemos ir tan despacio como quieras.

Entonces empezó a moverse y le hizo el amor con suma lentitud, con movimientos deliberados que incluían todo su cuerpo; flexionó el torso encima del de Isabel, con los muslos apretó los suyos, con los dedos se sujetó de sus hombros.

Ella libró una batalla contra sí misma para contener los sonidos que amenazaban con salir de su garganta, hasta que perdió y echó la cabeza hacia atrás para gemir.

—Eso es —la animó él con voz tensa a causa del control que estaba ejerciendo—. Déjame oír lo mucho que te gusta. —Movió las caderas y la acarició por dentro. Isabel estaba muy húmeda y gritó y le arañó la espalda. Grey la arqueó en busca de más y empujó decidido—. Dios mío, Pel...

Ella acompasó el ritmo de sus movimientos a los de él; levantaba las caderas cada vez que Gerard bajaba las suyas y, con la punta de su miembro, encontró un lugar en su interior que ni siquiera Isabel sabía que existía. Ella gimió y se retorció de placer, desesperada por la firme cadencia de sus movimientos.

—Más... Dame más...

Gray se puso de lado y los músculos de su abdomen se tensaron; entró y salió del cuerpo de Pel con mucho más ímpetu y más rápido, con la pelvis golpeando la de ella con cada flexión.

Era una postura muy íntima, sus cuerpos estaban completamente pegados, sus rostros se encontraban a escasos centímetros el uno del otro. Sus respiraciones entrecortadas se mezclaron y los dos se movieron al unísono en busca de un mismo objetivo. Isabel apoyaba la cabeza en uno de los bíceps de él, que con una mano le sujetaba las nalgas para mantenerla inmóvil y para que pudiera aceptar sus embestidas.

Su mirada azul se clavó en la de ella, la de él brillaba de lujuria y tenía la mandíbula firme y los dientes apretados con fuerza. Parecía que estuviera sufriendo y su miembro estaba dolorosamente erecto y excitado.

—Vente —le ordenó a Isabel entre dientes—. ¡Ahora!

La amenaza implícita en su tono la lanzó por el precipicio. Gimió de placer y estuvo a punto de gritar de lo intenso que fue el orgasmo que la sacudió espasmo tras espasmo.

Gerard apretó los dedos con los que sujetaba a Pel y se introdujo hasta lo más profundo de ella. Esperó a que terminara y entonces se apartó y volvió a juntarle las piernas para frotarla con su miembro por encima de su sexo.

Isabel se quedó quieta, fascinada con el orgasmo de Gray, observando cómo su miembro temblaba encima de sus piernas y oyendo cómo cada movimiento iba acompañado de un gemido, mientras él apretaba los labios entreabiertos contra su frente.

Aunque Gray eyaculó encima de la colcha, Isabel supo que estaba perdida. Ahora lo deseaba, deseaba aquella intimidad que sentía durante el sexo.

Lo odió por recordarle cómo podía ser, por recordarle todo lo que se había perdido y todo lo que llevaba años evitando. Él la había convertido de nuevo en adicta a algo que no tardaría en arrebatarle.

Y empezó a lamentar su pérdida.

Lo primero que hizo que Gerard abriese los ojos fue el ruido de los sirvientes en el baño contiguo, pero lo que lo despertó del todo fue el olor a sexo y a flores exóticas.

Gruñó en voz baja para quejarse por la intromisión y aprovechó para hacer inventario de la situación en que se encontraba.

Se le había dormido el brazo izquierdo porque Pel lo estaba utilizando de almohada. Él estaba acostado de espaldas y tenía las nalgas de su esposa pegadas a la cadera. Ella estaba tapada con una sábana, pero él iba completamente desnudo. No tenía ni idea de qué hora era y tampoco le importaba. Todavía estaba cansado y, a juzgar por el leve ronquido de Isabel, ella también.

Se había pasado horas haciéndole el amor y tras cada encuentro, el anhelo que sentía apenas lograba disminuir. Incluso en esos momentos, su pene estaba completamente erguido, excitado por el tacto y el olor de Pel. Aunque estaba exhausto, sabía que no sería capaz de volver a dormirse con una erección como aquella.

Se acercó a Pel y apartó la sábana que la cubría con el único brazo que tenía libre y luego le levantó una pierna para colocarla encima de la de él. Con dedos cariñosos, le buscó la entrepierna y le acarició el sexo, notando lo hinchado que lo tenía.

Se lamió la punta del dedo índice y después empezó a acariciarle el clítoris, a trazarle círculos, a atormentarla. Isabel gimió y, sin demasiadas ganas, intentó apartarle la mano.

—Más no, maldito seas —farfulló medio dormida y sin mucha coherencia.

Pero cuando él deslizó de nuevo el dedo la descubrió húmeda.

—Tu vagina no está de acuerdo contigo.

—Esa cosa es tonta de remate. —Volvió a empujarle el brazo, pero Gray se acercó más y la abrazó—. Estoy exhausta y es por tu culpa. Eres un hombre horrible. Déjame dormir.

—Así lo haré, tesoro —le prometió, besándole el hombro. Movió las caderas cerca de ella para que notase lo mucho que la necesitaba—. Deja que me ocupe de esto y podremos dormir el resto del día.

Pel gimió encima del brazo que utilizaba de almohada.

—Soy demasiado mayor para ti, Gray. No puedo seguir tu ritmo ni saciar tu apetito.

—No digas tonterías. —Le deslizó una mano entre las piernas y colocó su pene en posición—. No tienes que hacer nada. —Le mordió el hombro con delicadeza y se abrió paso en su interior con movimientos lentos y certeros.

Todavía medio dormido y embriagado por la sensación de estar dentro de Isabel, sus movimientos se tornaron lánguidos. Le acarició el clítoris con los dedos y enterró el rostro en su melena.

—Quédate aquí acostada y vente. Hazlo tantas veces como quieras.

—Oh, Dios —suspiró ella, humedeciéndose para darle la bienvenida.

Gimiendo en voz baja, colocó una mano encima de la muñeca con la que Gray la estaba masturbando.

Demasiado mayor para él. Aunque Gerard había desechado la idea por ridícula, la diminuta parte de su cerebro que no estaba perdida en el maravilloso coito que estaba haciendo se preguntó si a Pel eso le preocupaba de verdad o si solo era por las habladurías que circulaban en la buena sociedad.

A él no le preocupaba lo más mínimo, eso seguro. ¿Tendría aquello algo que ver con la reticencia de ella? ¿De verdad creía que era incapaz de satisfacerlo? ¿Era por eso por lo que había insistido en que se buscara una amante? Si así era, entonces sus exigencias sexuales no lo estarían ayudando demasiado. Quizá debería...

El sexo de ella se apretó alrededor del de él y Gerard dejó de pensar. Aumentó la presión sobre el clítoris de Isabel y gimió cuando notó que ella alcanzaba el orgasmo con un delicado gemido. Jamás se saciaría de aquella sensación. Pel se ajustaba como un guante a él y cuando alcanzaba el clímax lo apretaba con sus espasmos. Era como si ese guante lo apretara rítmicamente.

A modo de respuesta, su miembro se excitó todavía más e Isabel arqueó la espalda contra el torso de él.

—Dios, Gray, no te excites más.

Gerard la mordió con un poco más de fuerza.

Quería meterse del todo dentro de ella, cogerla hasta que perdiera el sentido, hacerlos gritar a ambos de placer. Quería que Pel le clavara las uñas en la espalda, notar su melena empapada de sudor, dejarle las marcas de sus dientes en los pezones.

Isabel lo volvía loco y, hasta que el animal que habitaba dentro de él recuperara su libertad y la devorara, jamás se saciaría.

Resumiendo, iban a tener que coger muchísimo, pensó, ocultando su rostro torturado entre el cabello de Isabel. Un objetivo que sospechaba que no iba a resultarle nada fácil, teniendo en cuenta lo dolorida y cansada que debía de estar. Además, había que tener en cuenta lo obstinada que era y que seguía creyendo que él era demasiado joven para ella. Y eso que Gerard todavía no tenía ni idea de cuáles podían ser sus otras objeciones. Y tampoco podía olvidarse de su maldito acuerdo. Ni de Hargreaves...

Los obstáculos que se interponían entre los dos empezaban a amontonarse y gimió desesperado. No tendría que resultarle tan difícil seducir a su propia esposa.

Pero cuando notó que Isabel se derrumbaba entre sus brazos, que su cuerpo temblaba pegado al suyo y que gritaba su nombre al alcanzar el orgasmo, supo, igual que lo había sabido el día en que la vio por primera vez, que por ella valía la pena luchar.

8

Isabel cerró despacio la puerta del tocador y se dirigió sigilosa hacia la escalera. Gray seguía en la bañera, con sus preciosos labios esbozando una victoriosa sonrisa.

Él creía que la había seducido por completo y quizá había sido así. Era innegable que esa mañana se movía de un modo distinto, que su cuerpo estaba más lánguido y relajado. Saciado. Enloquecido.

Arrugó la nariz. Qué pensamiento tan horrible.

Ahora le resultaría mucho más difícil mantener las distancias con él. Ahora Gray sabía lo que podía hacerle, cómo podía tocarla, cómo hablarle para hacerla enloquecer de deseo. A partir de ahora estaría insoportable, seguro.

Esa misma mañana, le había costado horrores abandonar su cama. Era un hombre insaciable. Si pudiera salirse con la suya, Isabel estaba segura de que jamás abandonarían la habitación.

Suspiró, pero el sonido se asemejó más a un gemido de dolor. Los primeros meses de su matrimonio con Pelham habían sido parecidos. Él la sedujo incluso antes de pronunciar los votos. El atractivo conde de cabello dorado y mala reputación la había atrapado en una red de deseo, apareciendo en todas partes donde ella estaba. Más adelante, Isabel se había dado cuenta de que no había sido a causa del destino, como su estúpido corazón había creído. Claro que en esa época todo parecía indicar que Pelham y ella estaban hechos el uno para el otro.

Sus sonrisas y sus guiños le crearon la sensación de que entre los dos existía algo especial, que compartían un secreto. Ella, la muy tonta, pensó que era amor.

Recién salida de la escuela, las atenciones amorosas de Pelham la sobrecogían, como por ejemplo que le pagara a su doncella para que le entregara notas secretas.

Aquellas breves líneas escritas con su caligrafía masculina tuvieron un efecto devastador:

Estás preciosa vestida de azul.
Te echo de menos.
Pienso en ti todo el día.

En cuanto se casaron, Pelham se cogió a su doncella, pero en esa época, Isabel creía que la adoración que la muchacha parecía sentir por el atractivo noble era señal de que ella había elegido un buen marido.

La semana anterior a su baile de presentación en sociedad, Pelham trepó por el olmo que había junto a su balcón y se coló en su dormitorio. Isabel estaba convencida de que solo el amor más puro podía haberlo inducido a cometer tal temeridad. Él le susurró en la oscuridad con la voz cargada de deseo, mientras le quitaba el camisón y le hacía el amor con la boca y con las manos.

«Espero que nos descubran. Entonces seguro que serás mía.»

«Por supuesto que soy tuya —le susurró ella, embriagada al descubrir el orgasmo—. Te amo.»

«No hay palabras para describir lo que yo siento por ti», le contestó él.

Tras una semana de encuentros clandestinos a medianoche, en los que él le enseñó lo que era el placer, Pelham consiguió que ella le suplicara. La consumación, durante la séptima noche, le garantizó al conde que iba a ser suya.

Isabel fue presentada en sociedad sin pasar por el mercado matrimonial y, aunque su padre habría preferido casarla con un noble de más alto rango, no se opuso a la elección de su hija.

Solo esperaron el tiempo necesario para que se publicaran las amonestaciones y, después de la boda, se fueron de la ciudad para pasar la luna de miel en el campo. Una vez allí, Isabel se sentía feliz de estar todo el día en la cama con Pelham, levantándose solo para bañarse y para comer, deleitándose en los placeres carnales, tal como Gray quería hacer ahora.

Las similitudes entre los dos hombres no podían ser ignoradas. Y mucho menos cuando al pensar en ellos a Isabel se le aceleraba el corazón y le sudaban las manos.

—¿Qué diablos estás haciendo, Isabella?

Ella parpadeó atónita y recordó rápidamente dónde estaba. De pie en lo alto de la escalera, con una mano en la barandilla y completamente sumida en sus pensamientos. Se sentía embotada por la falta de sueño y tenía el cuerpo dolorido y cansado.

Sacudió la cabeza y bajó la vista hacia el vestíbulo, donde se encontró con el rostro preocupado de su hermano mayor, Rhys, marqués de Trenton.

—¿Tienes intenciones de quedarte ahí parada todo el día? Lo digo porque, si es así, entenderé que ya he cumplido contigo y que puedo irme a buscar algún otro quehacer más placentero.

—¿Cumplido conmigo?

Bajó la escalera hasta donde estaba su hermano.

Rhys le sonrió.

—Si te has olvidado, no cuentes conmigo para que te lo recuerde. Yo tampoco tengo ganas de ir.

Rhys tenía el cabello caoba oscuro, un color precioso que hacía juego con su tez morena y sus ojos castaños. Las damas siempre perdían la compostura cuando estaban cerca de él, pero como Rhys siempre estaba ocupado con sus propios quehaceres, apenas les prestaba atención. A no ser que le resultaran sexualmente atractivas.

El quid de la cuestión era que, en lo que se refería al sexo opuesto, su hermano se comportaba igual que su madre. Para él, una mujer era sencillamente un objeto animado que utilizaba cuando lo necesitaba y luego lo dejaba a un lado y lo olvidaba.

Isabel sabía que ninguno de los dos lo hacía por maldad. Sencillamente, no podían comprender por qué sus amantes se enamoraban de una persona que jamás sentiría lo mismo por ellos.

—El almuerzo en casa de lady Marley —dijo Isabel al recordarlo—. ¿Qué hora es?

—Casi las dos. —Rhys la recorrió de la cabeza a los pies con la mirada—. Y tú acabas de salir de la cama. —Le sonrió al adivinar el motivo—. Al parecer, los rumores acerca de tu reconciliación con Grayson son verdad.

—¿Te crees todo lo que oyes?

Llegó al vestíbulo de mármol y levantó la cabeza para mirar a su hermano.

—Creo todo lo que veo. Tienes los ojos rojos y los labios hinchados y te has vestido sin pensar lo que te ponías.

Isabel bajó la vista hacia el sencillo vestido de muselina que llevaba. Sin duda no era el que habría elegido si se hubiera acordado de que tenía un compromiso. Claro que, pensándolo bien, Mary se lo había preguntado, pero ella solo pensaba en que quería salir del dormitorio antes de que Gray volviera a buscarla y no le había hecho caso.

—No pienso hablar de mi matrimonio contigo, Rhys.

—Y doy gracias a Dios por ello —contestó él fingiendo que

temblaba—. Me parece muy molesto que las mujeres hablen de sus sentimientos.

Isabel puso los ojos en blanco y le pidió a un sirviente que estaba cerca que fuera a buscarle el abrigo.

—No tengo sentimientos por Grayson.

—Muy sensato de tu parte.

—Solo somos amigos.

—Eso es evidente.

Mientras se sujetaba el sombrero con unos alfileres, fulminó a su hermano con la mirada.

—¿Qué te prometí exactamente a cambio de que me acompañaras hoy? Sea lo que sea, no tengo ninguna duda de que he salido perdiendo con el intercambio.

Rhys se rio y ella comprendió por qué su hermano resultaba tan atractivo para las mujeres. Había algo de irresistible en un hombre indomable. Por suerte para ella, ya había superado esa aflicción tiempo atrás.

—Prometiste que me presentarías a la bella lady Eddly.

—Ah, sí. En circunstancias normales no aprobaría un acercamiento tan descarado, pero en este caso creo que son perfectos el uno para el otro.

—Estoy completamente de acuerdo.

—Dentro de unos días voy a dar una cena. Lady Eddly y tú están invitados desde este mismo momento.

La presencia de su hermano le calmaría los nervios. Y seguro que para entonces necesitaría toda la ayuda que pudiera encontrar. Solo con pensar en tener que sobrevivir a una cena con Gray y su legión de antiguas amantes, se le revolvía el estómago.

Suspiró y negó con la cabeza.

—Es horrible que utilices a tu propia hermana para estas cosas.

—Ja —se rio Rhys, tomando el abrigo que había llevado la

doncella de Isabel—. Lo que es horrible es que tú me arrastres a este almuerzo y en la mansión de los Marley nada menos. Lady Marley siempre huele a alcanfor.

—Yo tampoco tengo ganas de ir, así que deja de lloriquear.

—Tus palabras me hieren, Isabella. Los hombres no lloriqueamos. —Le puso una mano en el hombro y la volvió hacia él—. ¿Por qué vamos si no sabes si vas a pasarla bien?

—Ya sabes por qué.

Rhys se rio.

—Me gustaría que dejaras de preocuparte por lo que piensen de ti los demás. A mí personalmente me pareces la mujer menos aburrida que conozco. Eres directa, agradable a la vista y capaz de tener una conversación divertida.

—Y supongo que tu opinión es la única que debería importarme.

—¿No es así?

—Ojalá pudiera hacer oídos sordos a las habladurías —contestó ella—, pero la marquesa viuda de Grayson siente la necesidad de ponerme al día de las mismas tan a menudo como le es posible. Las horribles notas que me manda me ponen furiosa. Preferiría que escupiera directamente todo el veneno que lleva dentro y que dejara de esconderse tras los buenos modales. —Se quedó mirando el rostro resignado de su hermano—. No sé cómo Gray ha sido capaz de crecer sano teniendo a esa mujer como madre.

—¿Eres consciente de que las mujeres con tu aspecto suelen tener problemas con el resto? Son criaturas muy gatunas. No pueden soportar que otra mujer llame la atención masculina en exceso. Claro que tú no tienes demasiada experiencia con esa clase de celos —concluyó Rhys—. Al fin y al cabo, siempre eres la mujer que atrae más miradas.

Sin embargo sí había sentido otra clase de celos, como los que siente una mujer cuando su esposo no duerme en su cama.

—Y por eso mismo me llevo mejor con los hombres que con las mujeres, aunque eso también tiene sus inconvenientes. —Isabel era consciente de que algunas damas se sentían intimidadas por su aspecto, pero no podía hacer nada al respecto—. Vámonos.

Rhys levantó ambas cejas hasta la raíz del cabello.

—Tengo que presentarle mis respetos a Grayson. No puedo irme con su esposa sin más. La última vez que hice eso, me dio una paliza en el ring del club Remington. Ese hombre es mucho más joven que yo, apiádate de mí.

—Escríbele una nota —le dijo Isabel, cortante, aunque tuvo un escalofrío al pensar en su marido con el pelo todavía mojado, recién salido de la bañera.

Bastó con eso para que recordara la noche anterior y el modo en que le había hecho el amor.

—Ya veo que no sientes nada por él —se burló Rhys con mirada escéptica.

—Espera a casarte, Rhys. Entonces entenderás perfectamente la necesidad de salir huyendo.

Y con aquel objetivo en mente, Isabel le señaló impaciente la puerta.

—De eso no me cabe ninguna duda.

Le ofreció el brazo y tomó el sombrero que el mayordomo esperaba para entregarle.

—Cada vez eres menos joven, ¿sabes?

—Soy consciente del paso del tiempo. Por eso mismo he confeccionado una lista con las candidatas a convertirse en mi esposa.

—Sí, madre me contó lo de tu «lista» —dijo ella, sarcástica.

—Un hombre tiene que ser práctico a la hora de escoger esposa.

—Por supuesto —afirmó seria pero en tono de burla—, hay que evitar los sentimientos a toda costa.

—¿Acaso no hemos decidido hace un momento que no íbamos a hablar de eso?

Isabel se contuvo para no reírse.

—¿Puedo preguntarte quién ocupa la primera posición de tu lista?

—Lady Susannah Campion.

—¿La segunda hija del duque de Raleigh? —exclamó atónita.

Lady Susannah era, sin lugar a dudas, una elección práctica. Su linaje era excepcional, su educación perfecta y nadie diría que no era digna de convertirse en duquesa. Pero su delicada belleza rubia no desprendía ningún fuego, ninguna pasión.

—Te matará de aburrimiento.

—Vamos —contestó Rhys—, no puede estar tan mal.

Isabel abrió los ojos como platos.

—¿Todavía no conoces a la dama con la que te estás planteando casarte?

—¡La he visto! Jamás me casaría con una mujer sin verla antes. —Se aclaró la garganta—. Sencillamente, todavía no he tenido el placer de hablar con ella.

Isabel negó con la cabeza y volvió a tener la sensación de que no encajaba en su «práctica» familia. Sí, desenamorarse de alguien era una tarea ardua y dolorosa, pero enamorarse no estaba tan mal. Ella no tenía ninguna duda de que ahora era una persona mucho más sabia y mucho más completa que antes de conocer a Pelham.

—Gracias a Dios que hoy me has acompañado. Seguro que lady Susannah estará en el almuerzo. Asegúrate de hablar con ella.

—Por supuesto. —Salieron de la casa y se acercaron al carruaje que los estaba esperando. Rhys ajustó sus pasos a los de su hermana—. Seguro que valdrá la pena hacer enfadar a Grayson por eso.

—Gray no se enfadará.

—Tal vez contigo no.

—Con nadie —afirmó Isabel con un nudo en la garganta.

—Ese hombre siempre ha sido muy sensible en lo que a ti se refiere —contestó Rhys.

—¡No es verdad!

—Sí lo es. Y si de verdad ha decidido reclamar sus derechos maritales, me apiado del que se entrometa en su camino. Acelera el paso, Isabella.

Ella soltó el aire y se guardó sus pensamientos, pero volvió a notar un cosquilleo en el estómago.

Gerard observó su reflejo en el espejo y suspiró frustrado.

—¿Cuándo está previsto que venga el sastre?

—Mañana, milord —contestó Edward, sin ocultar el alivio que sentía.

—¿De verdad mi ropa es tan horrible? —le preguntó él al que hacía años que era su ayuda de cámara tras volverse para mirarlo.

El sirviente se aclaró la garganta.

—Yo no diría eso, milord. Aunque le confieso que limpiar manchas de barro y coser rodilleras no está entre mis mejores talentos.

—Lo sé. —Gerard suspiró dramático—. La verdad es que me he planteado despedirte varias veces.

—¡Milord!

—Pero dado que atormentarte es el único pasatiempo que tengo, me he contenido.

El resoplido de su ayuda de cámara hizo reír a Gerard. Acto seguido, salió de su dormitorio y reorganizó la agenda del día. Lo primero era hablar con Pel sobre redecorar su despacho y lo último decirle que pusiera punto final a esa tontería de no dormir juntos. Estaba satisfecho con esos planes hasta que puso un pie en el suelo de mármol del vestíbulo.

—Milord.

Se quedó mirando al criado que se inclinaba ante él.

—¿Sí?

—La marquesa viuda ha llegado.

Gerard se puso alerta. Se sentía afortunado de haber pasado cuatro años sin ver a su madre y, si hubiera podido, habría seguido así el resto de su vida.

—¿Dónde está?

—En el salón, milord.

—¿Y lady Grayson?

—Su señoría ha salido con lord Trenton hace media hora.

En circunstancias normales, Grayson se enfadaría con Trenton, igual que lo haría con cualquiera que lo privara del placer de la compañía de su esposa sin avisar, pero en ese momento se alegró de que Pel no estuviera y se ahorrara así la visita de su suegra.

Existían cientos de razones que podían justificar la visita de su madre, pero seguramente querría amonestarlo. La marquesa viuda disfrutaba riñendo a su hijo y ahora llevaba cuatro años sin poder desahogarse. Seguro que sería una conversación muy desagradable y Gerard se preparó para el mal trago que lo esperaba.

También aprovechó esos segundos para reconocer ante sí mismo algo que antes se había negado a ver: que tenía celos de la gente que acaparaba el interés de Pel. Una sensación que solo exacerbaba aún más el interés que ya sentía por ella.

Pero ahora no tenía tiempo para pensar qué significaba eso

realmente, así que asintió en dirección al criado y, tras respirar hondo, se dirigió rumbo al salón. Se detuvo un segundo ante la puerta abierta y observó las vetas plateadas que su madre tenía entre los mechones negros. A diferencia de la madre de Pel, cuyo amor por la vida la había conservado muy bien, la marquesa viuda sencillamente parecía cansada y desgastada.

Al notar la presencia de su hijo, se dio la vuelta para mirarlo. Su pálida mirada azul lo recorrió de pies a cabeza. Hubo una época en que esa mirada lo habría empequeñecido, pero ahora él era consciente de su propia valía.

—Grayson —lo saludó la mujer con voz fría y cortante.

Él inclinó levemente la cabeza y se percató de que ella seguía vistiendo de luto, a pesar de los años que habían pasado.

—Tu ropa es una vergüenza.

—Yo también me alegro de verte, madre.

—No te burles de mí —suspiró con exageración y se dejó caer en un sofá—. ¿Por qué tienes que hacerme enfadar tanto?

—Basta con que respire para que te enfades y no tengo intención de perder esa costumbre para que estés contenta. Lo único que puedo hacer es mantenerme lo más lejos de ti que sea posible.

—Siéntate, Grayson. Es de mala educación que te quedes de pie y me obligues a levantar la cabeza para mirarte.

Él tomó asiento en la silla que tenía más cerca, justo delante de su madre, y aprovechó para observarla con detenimiento. La marquesa tenía la espalda muy recta, como si se hubiera tragado una escoba, y apretaba los dedos con tanta fuerza que se le veían los nudillos blancos. Gerard sabía que había heredado su color de cabello y de ojos, pues su padre tenía ambos castaños, pero la rigidez de su madre distaba mucho de la capacidad que tenía él para doblegarse cuando era necesario.

—¿Qué es lo que te preocupa? —le preguntó, ligeramente interesado.

A su madre le preocupaba todo. Sencillamente, le gustaba sentirse desgraciada.

—Tu hermano Spencer —contestó, levantando la barbilla.

Eso sí que consiguió interesarlo.

—Cuéntame.

—Dado que en su vida no tiene ninguna figura masculina con autoridad suficiente para poder controlarlo, ha decidido emular tu ejemplo.

Apretó los labios hasta convertirlos en una línea.

—¿En qué sentido?

—En todos los sentidos: cortesanas, bebe en exceso, es un irresponsable. Se pasa el día durmiendo y sale toda la noche. Desde que dejó de estudiar, ni siquiera ha hecho el esfuerzo de intentar mantenerse.

Gerard se pasó una mano por la cara y se propuso reconciliar la imagen que estaba dibujando su madre con la que él tenía del hermano pequeño que había abandonado cuatro años atrás.

Era culpa de él, de eso estaba seguro. Dejar a un niño en manos de aquella mujer era condenarlo a que tarde o temprano buscara el modo de olvidarlo todo.

—Tienes que hablar con él, Grayson.

—Hablar no servirá de nada. Mándalo a vivir aquí.

—¿Disculpa?

—Toma sus cosas y mándalas aquí. Llevará un tiempo enderezarlo.

—¡No pienso hacer tal cosa! —La mujer tensó todavía más la espalda. Él habría creído que eso era imposible, pero al parecer estaba equivocado—. No permitiré que Spencer viva bajo el mismo techo que esa prostituta con la que te casaste.

—Contén la lengua —le advirtió él en voz muy baja y apretó los dedos sobre los reposabrazos de la silla.

—Ya te saliste con la tuya y me humillaste delante de todo el mundo. Termina con esta farsa de una vez por todas. Divórciate de esa mujer por adulterio y cumple con tu deber.

—Esa mujer —replicó entre dientes— es la marquesa de Grayson. Y sabes tan bien como yo que para que prospere una petición de divorcio es necesario aportar pruebas que demuestren que existía armonía conyugal antes de que se cometiera la infidelidad. Podría demostrarse que fueron mis infidelidades las que llevaron a Isabel a cometer las suyas.

Su madre se echó atrás, ofendida.

—Mira que casarte con una amante... Por Dios santo, ¿no podrías haber encontrado otro modo de hacerme daño a mí sin hacérselo al buen nombre de la familia? Tu padre se avergonzaría de ti.

Gerard ocultó el dolor que le causó esa frase tras una expresión impasible.

—Fueran cuales fueran los motivos por los que elegí a lady Grayson, estoy muy satisfecho con mi elección. Espero que encuentres el modo de vivir con ella, pero tampoco me preocupa que no lo hagas.

—Ella nunca ha respetado los votos que te hizo —dijo la marquesa, amargada—. Eres un cornudo.

A Gray le costó respirar, herido en su orgullo.

—¿Y acaso no es culpa mía? Yo solo era su esposo en sentido nominal.

—Y doy gracias a Dios por eso. ¿Puedes imaginarte qué clase de madre habría sido?

—No peor que tú.

—*Touché*.

El silencioso orgullo la mujer lo hizo sentirse culpable.

—Vamos, madre —suspiró—. Estamos a punto de terminar con esta horrible visita sin derramar ni una gota de sangre.

Pero como de costumbre, la marquesa no estaba dispuesta a abandonar la pelea, ni siquiera cuando llevaba ventaja.

—Tu padre lleva muerto muchos años y, sin embargo, yo sigo siendo fiel a su memoria.

—¿Y crees que es eso lo que él habría querido? —le preguntó realmente interesado.

—Estoy segura de que no habría querido que la madre de sus hijos fornicara indiscriminadamente.

—No, pero si hubieras encontrado otro compañero, un hombre que pudiera darte el cariño que toda mujer necesita...

—Yo soy muy consciente de lo que le prometí a tu padre cuando pronuncié mis votos matrimoniales; honrar su nombre y su título, darle hijos y criarlos de un modo que él se sintiera orgulloso de ellos.

—Y, no obstante, eso no lo has conseguido —le señaló Gerard, cortante—. Nos recuerdas constantemente lo avergonzado que se sentiría de nosotros.

La mujer arrugó las cejas.

—Era mi responsabilidad, como madre y como padre, enseñarlos a ser como él. Me doy cuenta de que crees que no lo he conseguido, pero lo hice lo mejor que pude.

Gerard se mordió la lengua para no contestarle mientras recordaba los golpes y las palabras hirientes de su infancia. De repente necesitó estar solo, así que le dijo:

—Estoy más que dispuesto a acoger a Spencer y a guiarlo, pero lo haré aquí, en mi casa. Yo también tengo asuntos que atender.

—«Asuntos» no es la palabra que yo utilizaría para describirlo —masculló la marquesa viuda.

Él se llevó una mano al corazón y contraatacó con el mismo sarcasmo.

—Tu insinuación me duele, madre. Soy un hombre casado.

Ella lo estudió con los ojos entrecerrados.

—Has cambiado, Grayson. Pero si es para bien o para mal, todavía está por ver.

Gerard se levantó con una sonrisa taimada.

—Tengo que empezar a hacer los preparativos para la llegada de Spencer, así que si ya hemos terminado...

—Sí, por supuesto. —Su madre se alisó la falda y se puso en pie—. Tengo mis dudas respecto a eso, pero le hablaré del asunto a tu hermano y si él está de acuerdo, yo también. —Endureció la voz antes de añadir—: Mantén a esa mujer alejada de él.

Gerard arqueó una ceja.

—Mi esposa no tiene la peste.

—Eso es cuestionable —soltó la marquesa viuda mientras salía del salón, haciendo ondear la tela de su falda.

Gerard se sintió aliviado y con unas ganas incontenibles de que su mujer volviera y lo abrazara.

—Te lo advertí.

Rhys bajó la vista hacia la cabeza de su hermana. Estaban solos a la sombra de un árbol del jardín trasero de la mansión de los Marley, lejos del resto de los invitados.

—Es perfecta.

—Demasiado perfecta, si me permites opinar.

—No te lo permito —dijo su hermano en broma, pero en su interior estaba completamente de acuerdo con Isabel.

Lady Susannah era refinada y bien educada, además de toda una belleza y, sin embargo, cuando habló con ella no pudo dejar de pensar que estaba hablando con una estatua. Había muy poca vida dentro de esa muchacha.

—Rhys. —Isabel se dio la vuelta para mirarlo, tenía las cejas fruncidas bajo el ala del sombrero de paja—. ¿Puedes imaginarte siendo amigo de ella?

—¿Amigo?

—Sí, amigo. Vas a tener que vivir con tu futura esposa, dormir con ella de vez en cuando, hablar acerca de tus hijos y de las cosas de la casa. Todo eso es mucho más fácil si los cónyuges son amigos.

—¿Es esa la clase de relación que tú tienes con Grayson?

—Bueno... —Frunció el cejo—. En el pasado éramos conocidos.

—¿Conocidos?

Su hermana se estaba sonrojando, algo que él le había visto hacer en contadas ocasiones.

—Sí. —Isabel desvió la vista y de repente pareció estar muy lejos de allí—. De hecho —añadió en voz baja—, Gray era muy buen amigo mío.

—¿Y ahora no?

Por primera vez, Rhys se preguntó qué clase de acuerdo existía entre su hermana y su segundo marido. Siempre se los había visto relativamente felices juntos, se reían y se miraban de un modo que dejaba claro que las cosas iban bien entre los dos. Fueran cuales fueran sus motivos para buscar sexo fuera del matrimonio, no era porque no se gustaran.

—Los rumores dicen que tu matrimonio no tardará en ser más... tradicional.

—Yo no quiero un matrimonio tradicional —replicó ella, cruzándose de brazos y volviendo al presente.

Rhys levantó las manos en señal de rendición.

—No la tomes conmigo.

—No la estoy tomando contigo.

—Sí lo haces. Y deja que te diga que, para ser una mujer que acaba de salir de la cama, estás de muy mal humor.

Ella refunfuñó y su hermano arqueó ambas cejas.

Isabel lo fulminó con la mirada durante unos segundos, pero luego relajó el gesto y se disculpó.

—Lo siento.

—¿De verdad te altera tanto que Grayson haya vuelto? —le preguntó Rhys en voz baja—. No eres la de siempre.

—Ya lo sé. —Suspiró frustrada—. Y no he comido nada desde ayer por la noche.

—Eso explica muchas cosas. Siempre estás de mal humor cuando tienes hambre. —Le tendió la mano—. ¿Vamos a ver si podemos enfrentarnos a ese ejército de ancianas y a buscarte algo de comer?

Ella se tapó la boca con una mano enguantada y se rio.

Instantes más tarde, los dos estaban de pie frente al bufé de la comida e Isabel se estaba preparando un plato excesivamente grande. Rhys negó con la cabeza y apartó la vista para ocultar una sonrisa. Después, colocándose a una distancia prudente del resto de los invitados, sacó su reloj de bolsillo y se preguntó cuánto tiempo más tendría que soportar aquella tortura.

Solo eran las tres de la tarde. Cerró el reloj de oro con un clic y un gemido.

—Es de muy mal gusto mostrar tanta impaciencia por abandonar un evento.

—¿Disculpe? —Rhys se volvió en busca de la propietaria de aquella voz tan femenina—. ¿Dónde está?

No obtuvo respuesta.

Pero de repente notó un escalofrío en la nuca.

—Voy a encontrarla —prometió, observando la línea de arbustos que tenía a su izquierda y detrás de él.

—Encontrar implica que algo se ha perdido o que está escondido y yo no estoy ni lo primero ni lo segundo.

Maldición, era una voz tan dulce como la de un ángel y tan sensual como la de una sirena. Sin importarle lo más mínimo el buen estado de sus pantalones de color crema, Rhys se metió entre los arbustos que le llegaban hasta la cadera y rodeó el olmo; detrás había una pequeña zona de descanso con un banco de piedra en forma de media luna y una chica menuda de cabello castaño leyendo un libro allí sentada.

—Más abajo hay un sendero —le explicó ella, sin apartar la vista de su lectura.

Rhys la recorrió con los ojos de arriba abajo y se fijó en las puntas gastadas de sus zapatos, en el vestido de flores ligeramente desteñido y en lo apretado que llevaba el corpiño. Hizo una reverencia y se presentó.

—Lord Trenton, ¿señorita...?

—Sí, ya sé quién es.

Cerró el libro y levantó la cabeza para observarlo con el mismo detenimiento que él.

Rhys se la quedó mirando. No podía hacer otra cosa. No era una gran belleza. De hecho, sus delicados rasgos no tenían nada de especial. Tenía la nariz respingona y cubierta de pecas, los labios como los de cualquier otra dama. No era ni joven ni vieja. Él diría que rondaba los treinta. Sin embargo, sus ojos eran tan fascinantes como su voz. Grandes y redondos y de color azul con motas amarillas. Desprendían inteligencia y, lo que era más intrigante, un brillo de atrevimiento.

Tardó unos segundos en darse cuenta de que ella no había dicho nada.

—Me está mirando —señaló él.

—Usted también —contestó la chica sin tapujos y Rhys pensó que le recordaba a Isabella—. Yo tengo excusa. Usted no.

Él levantó las cejas.

—Explíqueme cuál es esa excusa, así tal vez yo también pueda utilizarla.

Ella le sonrió y Rhys tuvo la incómoda impresión de que sentía mucho calor.

—Lo dudo. Verá, usted es probablemente el hombre más atractivo que he visto nunca. Le confieso que mi cerebro ha tardado unos segundos en reclasificar mis conceptos de belleza masculina para poder procesarlo a usted correctamente.

Él le devolvió una sonrisa de oreja a oreja.

—Deje de hacer eso —lo riñó ella, señalándolo con un dedo manchado de tinta—. Y váyase de aquí.

—¿Por qué?

—Porque está afectando a mi capacidad de pensar.

—Entonces no piense.

Se acercó a ella, preguntándose a qué olería y por qué sus ropas estaban raídas y tenía el dedo manchado de tinta. ¿Por qué estaba sola, leyendo, en medio de una fiesta? La acumulación de preguntas y la necesidad de averiguar todas las respuestas tomó a Rhys por sorpresa y lo dejó confuso.

La chica sacudió la cabeza y unos rizos oscuros acariciaron su mejilla sonrosada.

—Veo que es tan descarado como dicen. Si no hiciera nada para detenerlo, ¿qué me haría?

La muy atrevida estaba coqueteando con él, pero Rhys sospechó que no era consciente de lo que estaba haciendo. Ella sentía curiosidad de verdad y ver a una dama tan interesada en saber despertó enormemente su interés.

—No estoy seguro. ¿Quiere que lo averigüemos juntos?

—¡Rhys! Maldito seas —exclamó Isabel a poca distancia de ellos—. No te devolveré el favor si me dejas aquí plantada.

Él se detuvo en seco, mascullando una maldición.

—Salvado por lady Grayson —dijo la chica, guiñándole un ojo.

—¿Quién es usted?

—Nadie importante.

—¿Eso no tendría que decidirlo yo? —le preguntó él, al darse cuenta de que no tenía ganas de irse a ninguna parte.

—No, lord Trenton. Eso está decidido desde hace mucho tiempo. —Se puso en pie y tomó el libro—. Que tenga un buen día.

Y antes de que Rhys pudiera encontrar algún motivo para pedirle que se quedara, desapareció.

9

Isabel se detuvo en el vestíbulo de su casa al oír unas voces masculinas. Una hablaba rápido y nerviosa; la otra, de su marido, sonaba calmada e imperturbable. La puerta del despacho de Gray estaba cerrada. Si hubiera estado abierta, Isabel se habría acercado a curiosear.

—¿Quién está con lord Grayson? —le preguntó al mayordomo, cuando este le recogió el sombrero y los guantes.

—Lord Spencer Faulkner, milady. —El hombre hizo una pausa y añadió—: El señor ha llegado con su equipaje.

Isabel parpadeó atónita, pero ese gesto fue lo único que delató lo sorprendida que se había quedado. Asintió sin darle más importancia y fue a la cocina para asegurarse de que la cocinera estaba al tanto de que iba a tener otra persona para cenar.

Luego subió, dispuesta a descansar un rato. Estaba exhausta, tanto porque la noche anterior apenas había dormido como porque se había pasado horas hablando de tonterías con unas mujeres que luego la criticaban a sus espaldas.

Se suponía que Rhys iba a acompañarla para darle ánimos y hacerle compañía, pero él también parecía distraído y no paraba de mirar al grupo de invitados, como si estuviera buscando a alguien. Probablemente un modo de escapar de allí, dedujo Isabel.

Con la ayuda de su doncella, se desvistió y se quedó solo con las medias y la camisola y luego se soltó el pelo. Unos segundos después de acostarse, se quedó dormida y soñó con Gray.

La llamaba con su voz pecaminosa. Tenía los labios húmedos y calientes y los movía sobre sus hombros. La mano con que la estaba acariciando también estaba caliente y las asperezas de su palma le hacían cosquillas a través de la seda que le cubría las piernas.

Su corazón le aconsejó que lo rechazara e Isabel levantó un brazo para apartarlo.

«Te necesito», le dijo él emocionado.

A ella le hirvió la sangre de deseo y gimió. Todas y cada una de sus terminaciones nerviosas estaban alerta y ansiosas por sentir el placer que solo Gray sabía darle. Era un sueño y no quería despertarse. Nada de lo que hiciera dormida podría afectarla en el mundo real.

Dejó caer la mano.

«Buena chica», dijo él con los labios pegados a su oído.

Le levantó el muslo y deslizó el suyo entre sus piernas.

—Hoy te he echado de menos.

Isabel recuperó la conciencia al instante.

Y descubrió que tenía a un Grayson muy real y completamente excitado acostado a su espalda.

—¡No! —Se movió nerviosa hasta conseguir apartarse de él y sentarse. Y entonces se quedó mirándolo—. ¿Qué estás haciendo en mi cama?

Él se volteó bocarriba y entrecruzó los brazos debajo de la cabeza, sin avergonzarse de su erección. Llevaba los botones del cuello de la camisa desabrochados y unos sencillos pantalones, sus ojos azules brillaban de deseo y algo más. Estaba insoportablemente atractivo.

—Iba a hacerle el amor a mi mujer.

—En ese caso, te pido que desistas de tu intento. —Cruzó los brazos bajo los pechos y él desvió la mirada hacia ellos. Sus malditos pezones se excitaron al notarlo—. Teníamos un acuerdo.

—Yo nunca te dije que lo aceptara.

Isabel se quedó boquiabierta.

—Trae aquí esa boca —murmuró él, entrecerrando los ojos.

—Eres terrible.

—Eso no es lo que decías anoche. O esta mañana. Creo recordar que tus palabras exactas han sido: «Oh, Dios, Gray, me gusta mucho».

Le temblaron los labios del esfuerzo que hacía para no reír.

Isabel le lanzó una almohada.

Gray se rio y se la puso debajo de la cabeza.

—¿Qué tal has pasado la tarde?

Ella suspiró y se encogió de hombros, terriblemente consciente de su cercanía.

—Lady Marley había organizado un almuerzo.

—¿Ha sido agradable? Te confieso que me sorprende que hayas conseguido arrastrar a Trenton a un evento de esa clase.

—Quiere que le haga un favor.

—Ah, chantaje. —Sonrió—. Me encanta.

—No me extraña, eres un hombre muy malo. —Tomó otra almohada y se recostó en el lado opuesto al de él—. ¿Te importaría acercarme la bata?

—Ni lo sueñes —contestó, negando con la cabeza.

—No tengo ningún interés en aumentar tu ya considerable apetito sexual —señaló ella, cortante.

Gray le tomó la mano y le besó la punta de los dedos.

—Me excito solo con pensar en ti. Al menos, de esta manera disfruto de unas vistas espectaculares.

—¿Y qué tal tu día? ¿Mejor que el mío? —le preguntó, esforzándose por ignorar cómo la quemaban sus besos.

—Mi hermano ha venido para quedarse una temporada con nosotros.

—Eso he oído. —Se le ponía la piel de gallina a medida que él iba acariciándole la palma de la mano—. ¿Ha sucedido algo malo?

—¿Algo malo? No exactamente, pero al parecer está descontrolado.

—Bueno... es normal a esa edad —dijo ella, pero al mirar a Gray vio que estaba preocupado de verdad—. Estás muy serio. ¿Tu hermano se ha metido en algún lío?

—No. —Se recostó de nuevo de espaldas y se quedó mirando el techo—. Todavía no ha contraído ninguna deuda importante y tampoco ha hecho enfadar a ningún marido, pero va camino de conseguirlo. Tendría que haber estado aquí para guiarlo, pero para variar, antepuse mis necesidades a las de todos los demás.

—No puedes culparte de eso —contestó Isabel—. Es normal que un chico de su edad haga locuras.

Gray se quedó inmóvil y volvió la cabeza para mirarla con los ojos entrecerrados.

—¿Un chico de su edad?

—Sí.

Isabel retrocedió cautelosa.

—Spencer tiene la misma edad que tenía yo cuando nos casamos. ¿Creías entonces que yo era un chico? —Se colocó encima de ella y la presionó contra el colchón—. ¿Sigues creyendo que soy un chico?

A ella se le aceleró el corazón.

—Gray, en serio...

—Sí, en serio —repitió él con la mandíbula apretada, mientras le deslizaba una mano por debajo de las nalgas para levantarle las caderas y acercarla a él. Movió las caderas y acarició su preciosa entrepierna con su miembro—. Quiero saberlo. ¿Crees que no soy un hombre porque soy más joven que tú?

Isabel tragó saliva y tensó el cuerpo debajo del de Gray.

—No —confesó con un suspiro.

Su siguiente bocanada de aire la inundó de su aroma.

Grayson era viril, temperamental y todo un hombre sin lugar a dudas.

Él se quedó mirándola largo rato, excitándose por segundos entre las piernas de ella. Bajó la cabeza y capturó su boca, mientras con la lengua le separaba los labios.

—Quisiera pasarme el día haciendo esto.

—Te has pasado el día haciendo esto.

Se sujetó de la colcha para evitar tocarlo.

Gray apoyó la frente en la de ella y se rio.

—Espero que no tengas ninguna objeción a que Spencer se quede.

—Por supuesto que no —le aseguró y consiguió esbozar una sonrisa, a pesar de la fuerte atracción que estaba sintiendo.

¿Qué diablos iba a hacer con su esposo? ¿Y con ella misma? La única esperanza que le quedaba era confiar en que la visita de Spencer distrajera a Gray y este se olvidara de seducirla.

¿Cuánto tiempo más iba, si no, a poder resistirlo?

—Gracias.

Le acarició los labios con los suyos y después la levantó para que Isabel quedara encima de él.

Ella frunció el cejo, confusa.

—No tienes por qué darme las gracias. Esta es tu casa.

—Nuestra casa, Pel. —Se acomodó en las almohadas y, cuando ella intentó apartarse, la sujetó por la cintura—. Quédate aquí.

Isabel abrió la boca para discutírselo, pero al ver que seguía estando preocupado, se detuvo.

—¿Qué pasa? —le preguntó antes de poder pensarlo, y le acarició la mejilla con una mano.

Gray giró el rostro en busca de su caricia y suspiró.

—Spencer me ha dicho que soy su héroe.

—Qué cosa tan bonita —contestó ella levantando las cejas.

—No lo es. En absoluto. Verás, para él sigo siendo el hermano que conocía. Ese es el hombre que está emulando junto con sus amigos. Beben cantidades ingentes de alcohol y se mezclan con gente de dudosa reputación y no se preocupan lo más mínimo por las consecuencias que puedan tener sus actos en los demás. Me ha dicho que todavía no había conseguido tener dos amantes a la vez, pero que lo está intentando.

Isabel hizo una mueca de dolor y se le encogió el estómago al recordar lo salvaje que era Gray. Quizá ahora pareciera exteriormente más pulido, pero en su interior seguía siendo igual de peligroso. Esos días no había tenido más remedio que quedarse en casa con ella porque no tenía ropa, pero pronto volvería a salir libremente por ahí. Y cuando eso sucediera, todo cambiaría.

Él le mordió la palma de la mano y clavó los ojos en los suyos.

—Le he dicho que lo tiene que hacer es buscarse una esposa como tú. Tú cuestas mucho más que mantener a dos amantes, pero vales hasta la última moneda.

—¡Grayson!

—Es verdad. —Le sonrió seductor.

—Eres incorregible, milord —le dijo, pero tuvo que morderse el interior de la mejilla para no perder la seriedad.

Las manos de él se apartaron de su cintura y buscaron la curva de su espalda.

—Te he echado de menos, mi querida Pel, durante estos cuatro años. —La tomó de los hombros y la atrajo con suavidad pero con firmeza, para acercarla a su torso—. Quiero empezar de cero. Tú eres todo lo que tengo y estoy agradecido de que me sobre con eso.

El corazón de Isabel se llenó de ternura hacia aquel hombre.

—Haré cualquier cosa que necesites... —Abrió los ojos horrorizada al ver que él se reía—. Me refería a ayudarte con lo de tu hermano. No a... —Arrugó la nariz y Gray se rio todavía más—. Eres un hombre horrible.

—No te referías al sexo. Lo sé. —Le pasó la boca por el cabello e Isabel notó que su torso se expandía debajo de ella—. Ahora tú tienes que entender lo que yo estaba intentando decirte. —La tomó por las nalgas y la movió por encima de su rígido miembro. Pegando los labios a su oído, susurró—: Me muero por ti, por tu cuerpo, por tu olor, por los sonidos que haces cuando cogemos. Si crees que voy a negarme esos placeres, es que te has vuelto loca. Como una cabra.

—Para —le dijo ella, pero su voz carecía de convicción.

Estar encima de él era como estar encima de una estatua caliente de mármol; rígida, dura, sólida. Isabel estaba casi convencida de que Gray podía cuidar de ella, protegerla, ser su brújula, pero conocía demasiado bien a los hombres como él. No iba a echarle nada en cara, sencillamente se limitaría a aceptarlo como era.

—Haré un trato contigo, mi querida esposa.

Ella levantó la cabeza y se quedó sin aliento al ver el fuego que ardía en los ojos de él y lo sonrojadas que tenía las mejillas.

—Tú nunca cumples tu parte del trato, Grayson.

—Este sí. El día que dejes de desearme será el mismo día que yo deje de desearte a ti.

Isabel se quedó mirándolo y, al ver el modo en que enarcaba una ceja, suspiró exageradamente.

—¿Puedes hacer que te salgan verrugas?

Gray parpadeó confuso.

—¿Qué has dicho?

—O comer más de la cuenta. O tal vez podrías dejar de bañarte.

Él se rio.

—No voy a hacer nada que me haga parecerte menos atractivo. —Le pasó los dedos por el cabello con cuidado y le sonrió con ternura—. Yo también te encuentro irresistiblemente atractiva.

—Antes nunca te fijabas en mí.

—Eso no es verdad y lo sabes. Soy como el resto de los hombres, nunca he sido inmune a tus encantos. —Apretó la mandíbula—. Y por ese motivo he decidido que Spencer te acompañe esta noche.

—Tu hermano no tiene el más mínimo interés en asistir a los aburridos actos a los que me he comprometido —se rio ella.

—Ahora sí lo tiene.

Isabel se tomó un segundo para asimilar la intensidad que desprendía su tono de voz y después se apartó de él y salió de la cama. El mero hecho de que la dejara apartarse sin discutir la puso alerta.

—¿Y también vas a decirme a qué hora tengo que volver a casa? —le preguntó ofendida.

—A las tres.

Gray se incorporó sobre las almohadas y se cruzó de brazos. Tanto sus palabras como su postura evidenciaban que la estaba desafiando.

Isabel aceptó el reto.

—¿Y si no estoy aquí a esa hora?

—Entonces iré a buscarte, tesoro —le contestó con dulzura—. No tengo intención de perderte ahora que te he encontrado.

—No puedes hacerme esto, Gray.

Comenzó a caminar de un lado a otro del dormitorio.

—Puedo y lo haré, Pel.

—No soy de tu propiedad.

—Sí lo eres.

—¿Y esa posesión es mutua, también puede aplicársete a ti?

—¿Qué es exactamente lo que me estás preguntando? —Gray frunció el cejo.

Isabel se detuvo junto a la cama y puso los brazos en jarras.

—¿Tú también volverás a casa a las tres cuando yo no te acompañe?

Él arrugó todavía más la frente.

—Si tú no has vuelto a la hora prevista, ¿tendré derecho a ir a buscarte hasta encontrarte? ¿Podré entrar en cualquier lugar de mala nota donde te hayas metido y arrancarte de los brazos de tu amante?

Él se puso en pie despacio, como un depredador.

—¿Es eso lo que estás buscando tú? ¿Un amante?

—No estamos hablando de mí.

—Sí, sí estamos hablando de ti.

Rodeó la cama y se acercó a ella descalzo. De algún modo, a Isabel ese detalle le resultó sumamente erótico, lo que sirvió para enfurecerla aún más.

Aquel hombre era todo lo que no quería y, sin embargo, lo quería más que a nada en el mundo.

—No estoy obsesionada con el sexo, Grayson, que es lo que has insinuado con esa pregunta.

—Puedes estar tan obsesionada como quieras. Siempre que sea conmigo.

—No puedo mantener tu ritmo —se burló ella, retrocediendo un poco—. Y a la larga encontrarás a otra que sí pueda.

—¿Por qué te preocupa lo que suceda «a la larga»? —La contempló con fijeza a medida que iba acercándose—. Olvídate del pasado y del futuro. Si he aprendido algo durante los últimos cuatro años, es que lo único que importa es el presente. Este momento.

—¿Y qué tiene eso de distinto del modo en que te comportabas antes?

Lo esquivó tan rápido que casi se golpeó con la puerta de su tocador. Gray la tomó de la cintura y ella se quedó sin aliento. Lo notó pegado a su espalda, duro, excitado, y los recuerdos la sobrecogieron.

—Antes —le dijo él al oído—, toda mi vida podía esperar al día siguiente. Podía esperar para visitar mis propiedades, reunirme con mi administrador, ver a lady Sinclair. Pero a veces el día siguiente no llega nunca, Pel. Algunas veces, lo único que tenemos es hoy.

—¿Ves lo distintos que somos? Yo siempre pienso en el futuro y en si las consecuencias de los actos de hoy me perseguirán el día de mañana.

Él utilizó la mano libre para tocarle los pechos. Isabel gimió en contra de su voluntad.

—Yo te perseguiré. —Gray la rodeó por completo, la dominó, la provocó con sus seductoras caricias—. No soy tan tonto como para encerrarte en una cárcel, Pel. Y menos ahora que estamos casados. —Maldijo entre dientes y la soltó—. Pero te lo recordaré tan a menudo como sea necesario.

Ella se volvió para mirarlo, su piel echaba de menos su tacto.

—No permitiré que me vigiles como si estuviera prisionera.

—No tengo intención de coartar tu libertad.

—Entonces ¿qué pretendes?

—Dentro de poco, todos los caballeros sabrán que ya no estás con Hargreaves y empezarán a merodear a tu alrededor y, de momento, yo no puedo hacer nada al respecto.

—¿Quieres marcar tu territorio? —le preguntó distante.

—Quiero protegerte. —Gray entrelazó los dedos tras la nuca y estiró los brazos. A Isabel de repente le pareció que estaba exhausto—. He vuelto con el único propósito de ser tu esposo de verdad. Te lo he dicho desde el principio.

—Por favor. Ya hemos hablado de este asunto hasta la saciedad.

—Hazlo por mí, tesoro —le pidió cariñoso—. Un día detrás de otro, es lo único que te pido. No me dirás que sea pedirte demasiado.

—Yo ya he dicho...

—¿Y cómo se supone si no que vamos a vivir juntos? Contéstame a eso. —Se le quebró la voz y soltó los brazos—. Deseándonos el uno al otro... hambrientos... Yo me muero por ti. Me muero.

—Lo sé —susurró ella, notando la gran distancia que los separaba a pesar de lo cerca que estaban físicamente. Temblaba de deseo, tenía los pechos muy duros y la entrepierna húmeda aunque aún la sentía algo dolorida—. Y yo no puedo salvarte.

—Yo tampoco puedo salvarte a ti. Apenas hemos pasado unas horas juntos. No me has dado el tiempo suficiente.

Se acercó a la puerta para irse.

—Todavía no hemos acabado de hablar de tu norma de las tres de la madrugada, Grayson.

Él se detuvo, pero no la miró. A la luz de las velas, su cabello brillaba con la misma vitalidad que lo definía como persona.

—Estás aquí de pie, solo con tu camisola y las medias, excitada, con tu cuerpo suplicándome que lo coja. Si me quedo un segundo más, eso es exactamente lo que voy a hacer.

Isabel dudó un segundo y levantó el brazo hacia la tensa espalda de él. Un gesto de debilidad que consiguió contener en el último momento.

«¿Cómo, si no, vamos a vivir juntos?»

No podían vivir juntos. No durante mucho más tiempo.

Dejó caer la mano.

—Volveré a casa a las tres.

Gray asintió y se marchó sin mirarla.

Gerard miró a Spencer, sentado al otro lado del escritorio, y soltó el aire que contenía. En esos momentos su vida era demasiado complicada. Desde su regreso a Londres, los únicos instantes en que se había sentido relativamente en paz habían sido cuando hablaba con Pel.

No cuando discutían. Cuando hablaban.

Deseó con todas sus fuerzas poder entenderla. ¿Por qué estaba tan decidida a poner punto final a su relación justo ahora que habían empezado a tenerla de verdad? Para él eso tenía tanto sentido como llevar un impermeable todo el verano solo porque tarde o temprano terminaría lloviendo.

—Esto no es lo que me había imaginado cuando accedí a venir a vivir contigo —se quejó su hermano sacudiendo la cabeza.

Llevaba el cabello demasiado largo y un mechón le caía sobre la frente; Gerard estaba convencido de que a las mujeres eso les encantaba y que querrían apartárselo. Lo sabía porque él había llevado ese peinado por ese mismo motivo.

—Creía que tú y yo saldríamos juntos por la ciudad —añadió el chico.

—Y lo haremos, cuando tenga el vestuario adecuado. Mientras tanto, te envidio porque tendrás la suerte de disfrutar de la compañía de lady Grayson durante toda la noche. Lo pasarás muy bien, te lo aseguro.

—Sí, pero tenía intención de pasar la noche en compañía de una mujer con la que pudiera acostarme.

—Escoltarás a mi esposa de vuelta a casa no más tarde de las tres y después eres libre para hacer lo que te plazca.

Estuvo a punto de decirle que aprovechara bien la noche, porque iba a ser la última que iba a tener libre, pero se mordió la lengua.

—Madre la odia, lo sabes, ¿no? —le dijo Spencer e hizo una pausa antes de seguir—: La odia de verdad.

—¿Y tú?

El joven abrió los ojos como platos.

—¿De verdad quieres saber mi opinión?

—Por supuesto. —Gerard se apoyó incómodo en el respaldo de la silla y se recordó que tenía que deshacerse de ella cuando redecoraran el despacho—. Siento curiosidad por saber qué opinas de mi esposa. Al fin y al cabo, vas a vivir bajo el mismo techo que ella y, por tanto, tus opiniones me interesan.

Spencer se encogió de hombros.

—Todavía no he decidido si te envidio o te compadezco. No tengo ni idea de cómo una noble ha terminado teniendo un cuerpo como el de ella. Pel es guapa, pero no del modo como lo son las mujeres de alta cuna. Ese pelo. Esa piel. Esos pechos. Y Dios santo, ¿de dónde ha sacado esos labios? Sí, daría una fortuna para tener una mujer así en mi cama. Pero ¿casarme con ella? —Negó con la cabeza—. Y, sin embargo, tanto tú como Pelham buscaron los placeres fuera del lecho matrimonial. ¿Puedes explicarme por qué?

—Pura idiotez.

—¡Ja!

Spencer se rio y se encaminó hacia la mesa donde estaban las botellas de licor. Se sirvió una copa, volvió al escritorio y apoyó la cadera en la mesa de caoba. Tenía la delgadez propia de la juventud y Gerard se dedicó a observarlo intentando ver qué habría visto Pel en sí mismo cuando se casaron. Quizá estar a diario con Spencer ayudaría a su causa. Seguro que ella se daría cuenta de lo distinto que era él ahora.

—Y, bueno, no tengo ganas de ofenderte, Gray, pero yo prefiero a las mujeres que me prefieren a mí.

—Quizá eso habría sido posible si yo me hubiera quedado con ella.

—Cierto. —Vació la copa y la dejó en la mesa para cruzarse de brazos—. ¿Vas a volver a introducirla en la familia?

—Nunca ha estado fuera.

—Si tú lo dices —contestó su hermano escéptico.

—Lo digo. Y espero que te quedes toda la noche al lado de ella. Mantente alejado de las partidas de cartas y controla tus libidinosos impulsos hasta que la hayas traído de vuelta a casa sana y salva.

—¿Qué es lo que crees exactamente que le puede pasar?

—Nada, porque tú estarás con ella.

Gerard se puso en pie al distinguir la atractiva silueta de Pel en la puerta. Llevaba un vestido rosa pálido que debería darle un aspecto inocente, pero lo que conseguía era resaltar su vibrante sensualidad. Los pechos se le distinguían a la perfección sobre el lazo que le marcaba la cintura. Gerard pensó que parecía un caramelo cubierto de azúcar. Un caramelo que quería lamer y devorar hasta hartarse.

Soltó el aliento al notar que solo con verla reaccionaba de un modo tan instintivo y primario. Quería tomarla en brazos y echársela sobre el hombro, subir corriendo la escalera y coger con ella como conejos. La imagen era tan absurda que no pudo evitar reírse, además de gemir frustrado.

—Oh, vamos —dijo ella con una sonrisa—, no tengo tan mal aspecto.

—Dios santo —exclamó Spencer dando un paso hacia adelante para tomarle una mano y llevársela a los labios—. Necesitaré una espada para mantenerlos alejados de ti. Pero no temas, mi querida cuñada, te protegeré hasta mi último aliento.

La suave risa de Isabel flotó por el despacho e hizo que Gerard se planteara si debía dejarla marchar. Él no era celoso por naturaleza, pero ella se resistía a reconocer la conexión que existía entre los dos y que él tanto necesitaba. Y notar que ocupaba un lugar tan precario en la vida de su esposa lo llenaba de ansiedad.

—Muy galante de su parte, lord Spencer. —Ella le devolvió la sonrisa—. Hace mucho tiempo que no disfruto de la compañía de un reputado seductor.

El modo en que el joven la miró tras oír el halago, hizo que Gerard apretara los dientes.

—Me tomaré como un reto personal que eso no vuelva a pasar.

—Y lo harás admirablemente, de eso no tengo ninguna duda.

Gerard carraspeó y Pel y Spencer lo miraron. De algún modo consiguió esbozar una sonrisa y los ojos de ella brillaron al verla. Las palabras que iba a decir quedaron prisioneras en su boca. Gerard estaba desesperado por decir algo que consiguiera que Pel se quedara en casa, cualquier cosa, lo que fuera, y no tener que pasar la noche solo.

El aire de sus aposentos olía a ella y solo servía para que él fuera todavía más consciente de lo vacía que estaba la casa sin la vibrante presencia de su esposa.

Suspiró resignado y le tendió la mano. Todos y cada uno de los músculos de su cuerpo se tensaron cuando ella colocó los dedos enguantados encima de su palma. Gray la acompañó hasta la puerta y la ayudó a ponerse el abrigo, luego fue a la ventana del despacho para ver cómo se alejaba el carruaje.

Isabel le pertenecía, con la misma certeza que le pertenecía aquella casa. Nada ni nadie podría arrebatársela. Pero no quería mantenerla a su lado a la fuerza. Quería ganarse su cariño, igual que se había ganado el respeto de los aldeanos que vivían en sus propiedades.

El orgullo siempre circula en ambas direcciones y hasta que Gerard no trabajó hombro con hombro con los campesinos de sus fincas, hasta que no se puso sus mismas ropas, hasta que no asistió a sus fiestas o comió invitado a sus mesas, ellos no sintieron ningún respeto por él.

Solo lo tenían por un lord al que pagaban sin sentir ninguna lealtad.

Sin duda, sus métodos habían sido extremos y cada vez que cambiaba de propiedad y se dirigía a una nueva finca, tenía que empezar el proceso de cero. Pero ganarse el respeto y la confianza de toda aquella gente había sido terapéutico. Le había dado la oportunidad de encontrar un hogar, un lugar al que pertenecer; dos cosas que antes nunca había tenido.

Y ahora sabía que todo eso había sido solo un mero entrenamiento. Aquel era su hogar de verdad. Y si lograba encontrar el modo de compartirlo con Isabel, en todos los sentidos, si era capaz de contener su pasión el tiempo suficiente y dominar los primarios instintos que lo quemaban por dentro, entonces quizá al fin pudiera ser feliz.

Y ese sí que era un objetivo por el que valía la pena luchar.

—Le ha dejado plantado, ¿no es así, lord Hargreaves? —preguntó una voz infantil detrás de él.

John giró la cabeza apartando la vista de Isabel, que estaba en el otro extremo del salón, y le hizo una reverencia a la preciosa morena que le había hablado.

—Lady Stanhope, es un placer saludarla.

—Grayson ha estropeado su pequeño arreglo —dijo seductora, apartando la mirada de él para mirar a Isabel—. Mire con qué celo la protege lord Spencer. Usted sabe tan bien como yo que él no estaría aquí si Grayson no se lo hubiera ordenado. Me pregunto por qué no ha venido en persona.

—No tengo ningún interés en hablar de lord Grayson —contestó Hargreaves entre dientes e, incapaz de contenerse, volvió a mirar a su antigua amante.

Seguía sin entender cómo era posible que las cosas hubieran cambiado tanto en tan poco tiempo. Sí, él había notado que Isabel estaba cada vez más inquieta, pero su amistad era sólida y el sexo siempre había sido muy satisfactorio.

—¿Ni si le digo que hablando de él podrá recuperar las atenciones de lady Grayson?

John giró la cabeza hacia la dama. La viuda de Stanhope llevaba un vestido de color rojo sangre que hacía imposible que pasara inadvertida. A lo largo de la velada, él mismo se había fijado en ella varias veces, en especial después de darse cuenta de que la mujer llevaba rato mirándolo.

—¿De qué está hablando?

Los labios de color carmín de la dama esbozaron una deslumbrante sonrisa.

—Yo quiero a Grayson. Usted quiere a su esposa. A ambos podría resultarnos útil trabajar en equipo.

—No tengo ni idea de a qué se refiere.

Pero estaba intrigado. Y ella lo sabía.

—No pasa nada, cariño —le dijo zalamera—. Deja que yo me encargue de todo.

—Lady Stanhope...

—Somos aliados. Llámame Barbara.

A juzgar por el modo en que levantó el mentón y por el brillo de sus ojos de color jade, John dedujo que sabía lo que hacía. Volvió a mirar a Isabel y la sorprendió mirándolo mordiéndose el labio inferior. Su orgullo se recuperó un poco.

Barbara le deslizó una mano sobre el antebrazo.

—Vamos a dar un paseo y te contaré lo que tengo planeado...

10

Isabel estaba sentada a su escritorio, terminando de escribir las invitaciones para la cena de bienvenida que había organizado para Grayson, con una florida caligrafía que ocultaba la aprensión que sentía ante tal evento.

Grayson no era el tipo de hombre al que le gustara ser víctima de maquinaciones. Era taimado y carecía del código moral de la mayoría de la gente y, aunque quizá admirara ese comportamiento en los demás, seguro que no se tomaría nada bien ser objeto del mismo.

Consciente de que estaba provocando a un león salvaje y de que su única defensa era una caña, Isabel vaciló un instante y se quedó mirando el montón de sobres de color crema que se apilaban junto a su codo.

—¿Quiere que las mande de inmediato? —le preguntó su secretario, muy cerca de ella.

Isabel dudó un instante y luego negó con la cabeza.

—Todavía no. Puede irse.

Isabel se levantó del escritorio, consciente de que si retrasaba la búsqueda de una amante para Gray solo estaba posponiendo lo inevitable, pero necesitaba encontrar un poco más de fuerzas para poder seguir adelante. La tensión y el deseo que vibraba entre los dos eran como un veneno para su salud mental.

La noche anterior había dormido mal. Su cuerpo, todavía dolorido, echaba de menos el tacto del de él. Si supiera cuál había sido la causa de que su relación cambiara tan drásticamente, quizá entonces podría encontrar el modo de remediarlo.

Tal como Gray le había pedido, se acercó a la puerta que comunicaba ambos dormitorios para ir a hablar con él y el estómago le dio un vuelco solo con pensar en que iba a verlo. Apenas había abierto la puerta cuando oyó las voces furiosas que salían del interior de la habitación.

—Lo que me preocupa son las habladurías, Gray. Dado que hasta ahora me dedicaba a evitar esa clase de eventos a toda costa, no tenía ni idea de lo horribles que son. Es realmente desastroso.

—Lo que digan de mí no es asunto tuyo —respondió Gray, seco.

—¡Por supuesto que lo es, maldita sea! —gritó Spencer—. Yo también soy un Faulkner. Me riñes porque dices que he perdido el norte y, sin embargo, la reputación de Pel es peor que la mía. Todo el mundo se pregunta si tienes lo que hay que tener para enderezar a tu esposa. Circulan teorías sobre por qué te fuiste, sobre que quizá ella era demasiado para ti. Que tú no eres lo suficientemente hombre como...

—Te sugiero que no digas nada más. —La interrupción de Gray sonó cargada de amenazas.

—Que te hagas el sordo y el ciego tampoco ayuda demasiado. Ayer por la noche, Pel tan solo estuvo unos minutos en la habitación de descanso, pero las cosas que oí durante ese rato me helaron la sangre. Madre tiene razón. Deberías presentar una petición de divorcio al Parlamento para librarte de ella. Seguro que no te costará nada encontrar a dos personas que testifiquen que te ha sido infiel. De hecho, podrías encontrarlas a cientos.

—Te estás metiendo en aguas pantanosas, hermano.

—No toleraré que sigan mancillando nuestro nombre ¡y me horroriza que tú estés dispuesto a dejar las cosas así!

—Spencer —le advirtió su hermano bajando la voz—, no hagas ninguna tontería.

—Haré lo que sea necesario. Isabel es la clase de mujer a la que conviertes en tu amante, Grayson. No en tu esposa.

Se oyó un ruido y la pared que ella tenía al lado vibró. Se tapó la boca para no gritar.

—Di una cosa más sobre Pel —dijo Gray entre dientes— y no podré contenerme. No toleraré que sigas insultando a mi esposa.

—Maldita sea —sentenció Spencer sorprendido. El joven estaba tan cerca de la puerta que Isabel temió que fuera a descubrirla—. ¡Me has empujado! ¿Qué te pasa? Has cambiado.

Un sonido de pasos le dijo a Isabel que Gray había apartado a su hermano de su camino.

—Dices que he cambiado. ¿Y por qué? ¿Porque elijo mantener mis promesas y cumplir mis compromisos? A eso se lo llama madurar.

—Isabel no actúa con el mismo respeto hacia ti.

El rugido de Grayson la asustó.

—Fuera de aquí. Ahora ni siquiera soporto estar cerca de ti.

—Pues ya somos dos, porque yo tampoco quiero estar cerca de ti.

Unas pisadas furiosas precedieron al portazo de la puerta que daba al pasillo.

El corazón de Isabel latía desbocado y tuvo que apoyarse contra la pared para contener las náuseas. Era consciente de que la gente la criticaba a sus espaldas, la mayoría de los chismes habían empezado a circular poco tiempo después de que Gray y ella contrajeran matrimonio, y empeoraron al ver que vivían separados.

El título de Gray era lo bastante importante como para garantizarle que nadie la despreciara a la cara, y ella había llegado a la conclusión de que soportar las habladurías era el precio que tenía que pagar por disfrutar del grado de libertad que quería.

En esa época, Gray parecía inmune a los chismes y por eso Isabel creía que no le importaban. Ahora sabía que sí. Le importaban. Y mucho. Descubrir que le había hecho daño a Gray le resultó tan doloroso que apenas podía respirar.

Sin saber qué hacer o qué decir para minimizar el daño causado, se quedó inmóvil en el pasillo hasta que oyó el suspiro de agotamiento de Gray. Ese sonido tan suave la conmovió tanto que derritió algo que Isabel había creído congelado para siempre. Tomó el picaporte y abrió la puerta...

...y se quedó petrificada ante la escena que vio.

Gray solo llevaba puestos unos pantalones, un par nuevo, a juzgar por su aspecto, e Isabel recordó que esa mañana el sastre había ido a la casa. Su esposo estaba de pie junto a la cama, con una mano en uno de los postes, y vio que tenía la espalda y los perfectos glúteos apretados de la tensión.

—Grayson —lo llamó en voz baja, notando que se le aceleraba el pulso solo con verlo.

Él se irguió, pero no se dio la vuelta para mirarla.

—¿Sí, Pel?

—¿Querías hablar conmigo?

—Te pido disculpas. Ahora no es un buen momento.

Isabel respiró hondo y entró en el dormitorio.

—Soy yo la que te debe una disculpa.

Entonces Gray se volvió para mirarla, obligándola a sujetarse del respaldo de la silla que tenía más cerca para no caerse. Ver el torso desnudo de su esposo eliminó su capacidad de razonar.

—Nos has oído —señaló sin rodeos.

—No era mi intención.

—No vamos a hablar de eso ahora. —Apretó la mandíbula—. Ahora mismo no soy buena compañía.

Isabel negó con la cabeza y se apartó de la silla para seguir avanzando.

—Dime cómo puedo ayudarte.

—No te gustará mi respuesta, así que te sugiero que te vayas ahora mismo.

Ella soltó el aliento y luchó contra su instinto de supervivencia.

—¿Cómo es posible que estuviéramos tan equivocados? —preguntó casi para sí misma. Giró sobre sus talones y caminó hacia el otro lado del dormitorio—. Fuimos unos ignorantes, supongo. Y unos arrogantes. Creímos que podríamos vivir como quisiéramos y que el resto de la sociedad nos seguiría aceptando.

—Vete de aquí, Isabel.

—Me niego a convertirme en un obstáculo entre tú y tu familia, Gray.

—¡Mi familia puede irse al infierno! —exclamó él, furioso—. Y tú también vas a ir si te quedas aquí un segundo más.

—No me grites. —Lo miró a los ojos—. Antes solías contarme tus problemas. Y ahora que el problema soy yo, creo que es de vital importancia que recuperes esa costumbre. Y deja de mirarme de ese modo... ¿Qué estás haciendo?

—Te lo he advertido —dijo entre dientes y moviéndose tan rápido que ella no tuvo tiempo de esquivarlo.

Gray la tomó por la cintura con ambas manos y la llevó hasta el baño. Su piel quemaba, la sujetaba demasiado fuerte. Una vez allí, la dejó en el suelo y, de un golpe, cerró la puerta entre los dos.

—¡Gray! —gritó Isabel a través de la hoja de madera.

—Estoy muy incontrolado y tu perfume me vuelve loco de deseo. Si insistes en seguir hablando conmigo, terminarás en la cama y te aseguro que encontraré usos más interesantes para tu boca que la conversación.

Ella parpadeó atónita. Gray estaba siendo tan obsceno y maleducado porque quería asustarla, y había estado a punto de conseguirlo. A ella ningún hombre le había dicho nunca tales obscenidades y con tanta rabia. Y tuvo un efecto curioso en su interior; la hizo temblar y se le aceleró la respiración.

Permaneció de pie, con la mano apoyada en la puerta, escuchando atenta en busca de los sonidos de Grayson. No tenía ni idea de qué debía hacer, pero irse de allí mientras él estaba tan alterado le parecía una cobardía. Y, sin embargo...

Ella no era ninguna idiota. Conocía a los hombres mejor que a las mujeres y, ante un hombre furioso, sabía que la mejor opción siempre era mantenerse fuera de su camino. Era plenamente consciente de qué sucedería si volvía a entrar en su dormitorio.

—¿Grayson?

Él no contestó.

Isabel no podía hacer nada por él. No podía hacer nada para cambiar el pasado. Excepto darle la alegría pasajera de un orgasmo, tampoco podía hacer nada para que se sintiera mejor. Pero quizá eso fuera exactamente lo que Gray necesitaba después de oír las críticas sobre su hombría. Quizá fuera también lo que ella necesitaba para olvidar por un segundo que sus dos matrimonios habían fracasado.

La primera vez ella era demasiado joven y demasiado inocente. Pero esa segunda vez sabía perfectamente lo que estaba haciendo.

Había sido una idiotez creer que Gray no maduraría con la edad, cosa que al parecer había hecho, como demostraba que estuviera dispuesto a hacerse cargo de lord Spencer. E Isabel se preguntó si quizá Pelham no habría terminado por madurar también, si hubiera vivido lo suficiente.

—Puedo oírte pensar a través de la puerta —dijo Gray sarcástico, pegado a la madera.

—¿Todavía estás enfadado?

—Por supuesto, pero no contigo.

—Lo siento mucho, Grayson.

—¿El qué? —le preguntó él en voz baja—. ¿Haberte casado conmigo?

A Isabel le costó tragar saliva. La palabra «no» se quedó atrapada en su garganta, porque se negó a pronunciarla.

—¿Pel?

Ella suspiró y se apartó de la puerta. Gray tenía razón. Aquel no era el momento adecuado para hablar, ni siquiera podía pensar con claridad. Odiaba que hubiera una puerta entre los dos. Bloqueaba el olor de él y sus caricias y no podía ver el hambre que siempre brillaba en sus ojos... Todas las cosas que ella no debería anhelar.

¿Por qué no podía ser tan práctica como el resto de su familia a la hora de pensar en el matrimonio? ¿Por qué sus emociones se entremezclaban siempre y lo echaban todo a perder?

—Para que conste en acta —dijo él con voz ronca—: yo no lo siento. Y de todas las cosas que me han dicho esta última hora, la que más me ha dolido ha sido oírte decir que nos equivocamos.

Isabel titubeó. ¿Cómo era posible que Grayson no se arrepintiera de haberse casado con ella después de todo el daño que le había hecho? Si después de eso seguía interesado en tener una verdadera relación conyugal, nada lo haría cambiar de opinión.

Notó que se ablandaba al pensar en Gray y se puso furiosa.

No debería sentirse así. Su madre no lo haría. Y tampoco Rhys. Ellos se la pasarían en grande practicando sexo hasta cansarse y luego seguirían con sus vidas como si nada.

Levantó el mentón. Eso era exactamente lo que debería hacer ella si fuera una mujer práctica.

Salió del baño y entró despacio en su tocador. El hecho era que actuaba como una mujer práctica cuando tenía una aventura, porque las normas estaban claras desde el principio y porque era evidente que la relación iba a tener un final. No existía aquel sentido de propiedad que había tenido ella con Pelham al principio y que estaba empezando a tener con Gray.

¡Maldito fuera ese hombre! Ellos dos eran amigos y ahora él iba y se convertía en un desconocido que suplantaba a su esposo.

Un esposo era una posesión. Un amante no.

Se le encogió el estómago.

«Isabel es la clase de mujer a la que conviertes en tu amante, Grayson. No en tu esposa.»

Tiró de la campana y esperó impaciente a que apareciera su doncella; luego, con la ayuda de la muchacha, se desnudó. Del todo. Y se soltó el pelo. Después echó los hombros hacia atrás y recorrió con paso firme la distancia que la separaba del dormitorio de Gray. Abrió la puerta de golpe y encontró a su esposo cogiendo una camisa que tenía encima de la cama. Sin decir nada, Isabel lo abrazó desde atrás.

—Qué diablos...

Sorprendido, se tambaleó y cayó sobre la cama. Ella no lo soltó y Gray alargó un brazo hacia atrás y, con un rugido sordo, la tomó y la puso encima de la colcha.

—Por fin has entrado en razón —masculló, antes de bajar la cabeza para atraparle un pezón con la boca.

—Oh —exclamó Isabel, sorprendida al notar el calor. Dios santo, aquel hombre se recuperaba a la velocidad del rayo—. Espera.

Gray refunfuñó y siguió lamiéndole el pezón.

—¡Quiero fijar unas reglas!

Sus ardientes ojos azules se clavaron en los de ella y le soltó el pezón.

—Tú. Desnuda. Siempre que quiera. Donde quiera. Esas son para mí las únicas «reglas».

—Sí —asintió ella y él se detuvo. Su cuerpo se tensó, volviéndose duro como una piedra—. Redactaremos un contrato y...

—Ya tenemos un contrato, madame, se llama certificado matrimonial.

—No. Seré tu amante y tú serás el mío. Lo dejaremos todo claro sobre el papel, ya que no puedo confiar en tu palabra cuando haces un trato.

—Solo por curiosidad —dijo él, levantándose de la cama para ponerse en pie y desabrocharse los pantalones—. ¿Te has vuelto loca?

Isabel se apoyó en los codos y se le hizo la boca agua cuando la ropa de él fue a parar al suelo y se quedó completamente desnudo, y excitado, ante sus ojos.

Gray se echó encima de ella sin demasiada delicadeza.

—Aunque estés loca no dejaré de desearte, así que no hace falta que te preocupes por eso. Puedes decir todas las tonterías que quieras mientras te hago el amor. No te haré ni caso.

—Gray, en serio.

Él le tomó una rodilla y le separó las piernas para colocarse entre ellas.

—Una esposa es una mujer a la que se trata con cariño y delicadeza. Una amante es solo una vagina que pagas para que esté a tu disposición. ¿Estás segura de que quieres alterar tu estatus en nuestro dormitorio?

Fue entonces cuando Isabel se dio cuenta de que Gray todavía estaba enfadado y de que tenía la mandíbula peligrosamente apretada. El peso de su erección la hacía estremecer. Se le estaba poniendo la piel de gallina y los pechos le dolían muchísimo.

—No me asustas.

Todas las partes del cuerpo de Gray que tocaba estaban duras y tan calientes que casi quemaban.

—No se te da demasiado bien hacer caso a las advertencias —murmuró él en voz baja y, antes de que ella pudiera procesar lo que le estaba diciendo, Gray la penetró. Como todavía no estaba demasiado húmeda, y seguía algo dolorida de la otra noche, Isabel gritó y arqueó la espalda. Su movimiento la había pescado desprevenida y le había hecho un poco de daño.

Él le enredó una mano en la melena y le echó la cabeza hacia atrás para dejarle el cuello al descubierto. Y también para mantenerla inmóvil mientras empezaba a cogérsela con embestidas secas y potentes.

—Cuando nos cansemos el uno del otro —le dijo Isabel sin dejarse amedrentar—, nos separaremos. Yo volveré a mi antigua casa. Seremos amigos y tú recuperarás tu buen nombre.

Gray la penetró con tanta fuerza que pareció clavarse en su interior e Isabel se quedó sin respiración.

—Solo podrás acostarte conmigo —consiguió decir unos segundos más tarde, húmeda porque él estaba haciendo lo que deseaba y ella se excitaba al notarlo—. Métete entre las sábanas de otra mujer y nuestro acuerdo quedará anulado.

Gray bajó la cabeza y le succionó el cuello con fuerza. Gemía con cada una de sus embestidas, sus pesados testículos golpeaban el sexo de ella al mismo ritmo de aquellos duros movimientos.

Como él seguía sujetándole la cabeza hacia atrás, los pechos de Isabel apuntaban hacia arriba y el vello del torso de él le rozaba los pezones. Gimió al notarlo y empezó a costarle razonar.

No tendría que gustarle tanto. Aquella postura era muy incómoda, Gray le hacía daño, sus labios y dientes habían abusado de su cuello. Él movía las caderas encima de las suyas, su miembro no dejaba de entrar y salir de entre los labios de su sexo... Y, sin embargo, saber que la estaba tocando sin ninguna inhibición, que estaba utilizando su cuerpo porque el muy arrogante quería darse placer a sí mismo, era casi maravilloso.

—Sí...

Isabel se estremeció al borde del clímax y gimió desde lo más profundo de su garganta. Clavó las uñas en los costados de Gray y hundió los talones en sus nalgas; le dio tanto como recibió.

—Pel —jadeó él, con la boca pegada a su oído—. Eres lo bastante atrevida como para ir desnuda al encuentro de un hombre y sin embargo dejas que él te domine con su verga.

«¡No va a ser como antes!»

—Mis reglas —repitió ella, antes de clavarle los dientes en el torso.

—A la mierda con tus reglas.

Gray salió de su cuerpo y, con la mano que tenía libre, se masturbó. El sonido de sus dedos subiendo y bajando por su miembro se acompasaron con los de su respiración cuando eyaculó sobre el estómago de Isabel.

Fue un acto desgarrador y carnal, completamente distinto a cuando le había hecho el amor el día anterior, y ella se quedó prisionera de la agonía del deseo insatisfecho.

—Bastardo egoísta.

Él le pasó una pierna por encima de las caderas y se sentó a horcajadas sobre su cuerpo. Tenía los preciosos labios apretados, la piel sonrojada y los ojos vidriosos.

—Un hombre no tiene obligación de darle placer a su amante.

—Entonces ¿aceptas el acuerdo? —soltó ella apretando los dientes.

Isabel tenía el control, a pesar de lo que él pudiera pensar en aquel momento.

Gray le empezó a extender el semen por la piel y la sonrisa que apareció en sus labios fue fría y distante.

—Si de verdad quieres pactar con el diablo, por mí adelante.

Le asió los pezones entre dos dedos todavía húmedos y se los apretó.

Isabel le dio un golpe en las manos.

—¡Basta!

—Tendría que dejarte así, enfadada e insatisfecha. Quizá entonces te sentirías un poco como yo.

—Ahórratelo —replicó burlona—. Tú ya vas servido.

Él chasqueó la lengua para reñirla.

—¿De verdad crees que puedo sentirme satisfecho cuando tú no lo estás?

—¿Acaso he malinterpretado el semen que tengo encima del estómago?

Gray se echó hacia atrás para enseñarle sin ningún disimulo su miembro erecto. Verlo casi fue demasiado para ella. Ni la sonrisa arrogante de él consiguió apagar su deseo. Su esposo tenía un cuerpo hecho para dar placer a una mujer y el muy condenado lo sabía.

—Creo que ya hemos dejado claro que tienes mucha resistencia, Grayson.

Él entornó los ojos, lo que aumentó la suspicacia de Isabel, que podía ver su mente trabajando. Y seguro que se estaba planteando hacer algo perverso.

—Cualquier hombre que esté cerca de tu sexo, en cuestión de segundos está listo para cogérselo.

—Qué poético —contestó sarcástica—. Creo que me va a dar un infarto de la emoción.

—La poesía la reservo para mi esposa. —Grayson se deslizó hacia abajo y le sonrió de un modo que la preocupó—. Si ella estuviera aquí, en mi cama, conmigo, no la dejaría a medias.

—No estoy a medias.

Él le lamió la piel de encima de los rizos que le cubrían el sexo e Isabel se quedó sin aliento.

—Por supuesto que no —le contestó sonriendo—. Las amantes no esperan tener un orgasmo.

—Yo siempre los he exigido.

Gray la ignoró por completo y agachó la cabeza para pasarle la lengua entre los labios del sexo. Ella arqueó las caderas de modo involuntario.

—A mi esposa le diría lo mucho que me gusta su sabor y que adoro sentir los pétalos de su piel contra mi rostro. Le diría que el olor de nuestro deseo entremezclado me excita todavía más y que me mantiene erecto sin importar las veces que haya eyaculado.

Isabel observó cómo las manos de él, de uñas perfectamente cortadas y con aquellas durezas nada propias de un noble, le separaban las piernas. Ver su piel morena encima de la suya tan blanca le pareció tremendamente erótico, igual que el mechón de pelo negro que le cayó a él sobre la frente y que a ella le hizo cosquillas en la parte interior del muslo.

—Le diría lo mucho que me gusta el color de su pelo justo aquí, como chocolate líquido en llamas. Es como un faro que me atrae sin remedio hacia su lado. A mi esposa le prometería horas y horas de placeres inimaginables.

Le dio un beso en el clítoris y, cuando Isabel gimió, empezó a succionar y a pasarle la lengua arriba y abajo con cuidado.

Ella soltó la colcha a la que se había aferrado con fuerza y levantó las manos en busca de él. Hundió los dedos en su cabello y lo acarició hasta llegar a las raíces, empapadas de sudor. Gray hizo aquel sonido que ella adoraba y luego la recompensó lamiéndola más rápido.

Isabel colocó las piernas encima de los hombros de él, acercándolo, buscando con las caderas sus expertos labios. Estaba convencida de que iba a parar en cualquier momento, de que sería cruel y se burlaría de ella, y de que la dejaría a medias. Desesperada por alcanzar el orgasmo, le suplicó.

—Por favor... Gray...

Él masculló algo y le dijo que se tranquilizara, luego la acarició con las manos hasta llevarla al orgasmo con la lengua. Isabel se quedó petrificada, con todos los músculos de su cuerpo prisioneros del placer que poco a poco y de una manera incontrolada fue aumentando de intensidad hasta que la hizo sacudirse sin control.

—Esto me encanta —murmuró él, apartándose con cuidado de debajo de ella para ponerse de nuevo encima—. Casi tanto como esto. —Y, gimiendo, la penetró mientras ella seguía temblando a mitad de su orgasmo.

—¡Oh, Dios mío!

Isabel no podía abrir los ojos ni siquiera para mirarlo, algo que le gustaba tanto que solía quedarse embobada cuando lo hacía. Estaba ebria de Grayson, de su olor, de su tacto.

Si lo miraba entonces, estaría perdida para siempre.

—Sí —dijo él entre dientes, hundiéndose más adentro con su miembro tan duro como una piedra y tan caliente que Isabel pensó que podría derretirla.

Gray deslizó los brazos por debajo de los hombros de ella y la abrazó estrechamente. Luego, le pegó la boca al oído y susurró:

—A mi esposa le diría lo que siento estando con ella, que noto que me quema, que es como si me metiera dentro de un bote de miel caliente.

Isabel podía notar cómo los músculos del abdomen de él se flexionaban cada vez que salía de su cuerpo para volver a entrar lentamente.

—A mi esposa le haría el amor como se supone que tiene que hacerlo un marido, preocupándome por su bienestar y con el objetivo de darle placer.

Ella le acarició la espalda, deslizando las manos hasta llegar a sus nalgas. Gimió al sentir que Gray las apretaba al penetrarla.

—Vuelve a hacer eso —le susurró, con la cabeza girada hacia un costado.

—¿Esto? —Él se apartó y luego, trazando un círculo con las caderas, volvió a entrar dentro de ella.

—Mmmm... más fuerte.

La siguiente embestida llegó más hondo. Delicioso.

—Eres una amante muy exigente.

Le recorrió el pómulo con la boca y se rio.

—Sé lo que quiero.

—Sí. —Gray le pasó una mano por el costado y la detuvo en la cadera de ella para colocarla en la postura exacta—. A mí.

—Gray.

Isabel tensó los brazos; se sentía el cuerpo dominado por la lujuria y por el deseo.

—Di mi nombre —le pidió él con la voz ronca y deslizando el miembro en su interior con movimientos rítmicos.

Ella se obligó a abrir los ojos y a enfrentarse a su mirada. No era una petición frívola. El atractivo rostro de su esposo estaba desnudo de artimañas, con lo que parecía un chico joven desprovisto de su arrogancia habitual.

Una amante nunca lo llamaría por su nombre. Ni tampoco lo harían la mayoría de las esposas. Ese era un gesto muy íntimo. Y si se lo decía mientras estaba poseyéndola con tanta pericia, sería devastador.

—Dímelo.

Ahora fue una orden.

—¡Gerard! —gritó ella cuando la hizo alcanzar un clímax puro, intenso y demoledor.

Y entonces él la abrazó y le hizo el amor y no dejó de decirle cosas bonitas.

Igual que haría un esposo.

11

~

—¿Qué he hecho?

Aunque Gerard oyó la pregunta susurrada por Pel, mantuvo los ojos cerrados y se fingió dormido. La cabeza de ella descansaba en su brazo y tenía la curva de las nalgas presionada contra su cadera. El aire que los rodeaba olía a sexo y a flores exóticas, lo que para él era como estar en el cielo.

Pero era evidente que para su esposa no.

Isabel suspiró desolada y presionó los labios contra la piel de Gray. La necesidad que sintió él de abrazarla fue casi insoportable, pero logró resistirla. De algún modo, tenía que resolver el misterio que era Pel. Seguro que en algún lugar estaba la llave para abrir su corazón, lo único que tenía que hacer era encontrarla.

Había intentado negociar con él para que le fuera fiel... Porque eso era lo que Isabel había hecho. Gerard se sentía halagado y emocionado, pero por encima de todo, sentía curiosidad por saber los motivos que la habían empujado a hacerlo. ¿Por qué no le había pedido directamente que no la engañara? ¿Por qué había llegado al extremo de decirle que lo abandonaría si lo hacía?

Hasta entonces, él no sabía lo que era serle fiel a una mujer. A veces, sus necesidades eran muy intensas, como le había sucedido ese mismo día y, aunque era cierto que había mujeres que servían para esos menesteres, también lo era que otras, como su esposa, estaban hechas para que se les hiciera el amor.

No le hacía falta abrir los ojos para saber que en el fragor del encuentro sus dedos habían dejado marcas en el cuerpo de Isabel. Si la sometía a ese trato demasiado a menudo, seguro que ella terminaría por tenerle miedo y eso sí que no podría soportarlo.

Pero por el momento Pel era suya y le había prometido que se quedaría en su cama, con lo que había ganado algo de tiempo para investigar. Gerard necesitaba saber más cosas sobre su esposa para ver si así lograba entenderla. Porque, si la entendía, sabría hacerla feliz. O eso esperaba.

Aguardó a que ella se durmiera antes de salir de la cama. Aunque quería quedarse con ella, tenía que ir en busca de Spencer e intentar explicarse. Quizá su hermano lo entendiera o quizá no, pero él no podía permitir que la situación entre los dos siguiera como estaba.

Soltó el aliento. Todavía estaba acostumbrándose a eso de tener temperamento. Cuatro años atrás, nada le había importado lo suficiente como para hacerlo enfadar.

Al pasar por delante de un espejo de cuerpo entero, Gerard se fijó en su reflejo y se detuvo. Se plantó delante y vio que tenía la marca de un mordisco en el pecho. Se miró la espalda y observó que estaba llena de arañazos, igual que un costado. Justo encima de los glúteos le estaban apareciendo unos morados: las marcas de los talones de Isabel cuando le pidió que le diera más.

—Vaya —suspiró, con los ojos abiertos como platos.

Él había salido tan mal parado del encuentro como ella. Pel no era una amante pasiva. Había encontrado a una mujer que estaba a su misma altura.

Una sensación maravillosa se instaló en su pecho y de repente se echó a reír.

—Eres una criatura de lo más extraña —dijo una voz soñolienta a su espalda—. Cuando te veo desnudo, a mí no me entran ganas de reírme.

Gerard notó que se le calentaba la piel. Volvió a la cama y, al hacerlo, no pudo evitar fijarse en la marca que habían dejado sus dientes en el cuello de Pel. Se le aceleró la sangre al verlo. Él era un animal primitivo, pero al menos era consciente de ello.

—¿Y de qué te entran ganas?

Ella se incorporó hasta sentarse. Despeinada y sonrojada, parecía una mujer a la que acabaran de poseer, y tendría ese mismo aspecto durante el resto de la noche.

—De morderte las nalgas. Tienes un trasero divino.

—¿Morderme? —Parpadeó atónito—. ¿El trasero?

—Sí.

Isabel se colocó la sábana bajo los brazos y, al mirarla a los ojos, Gerard no vio en ellos ningún rastro de humor, lo que le habría indicado que no hablaba en serio.

—¿Por qué diablos quieres hacer tal cosa?

—Porque parece muy duro y muy firme. Como un melocotón. —Se lamió los labios y lo desafió arqueando una ceja—. Me gustaría ver si de verdad está tan duro cuando lo muerda.

En un gesto inconsciente, Gerard se llevó las manos al trasero para protegerlo.

—Lo dices en serio.

—Muy en serio.

—Muy en serio —repitió él.

Se quedó mirando a Pel con los ojos entrecerrados. Jamás se le habría ocurrido que ella pudiera tener ciertos... gustos en el dormitorio. Y dado que por su parte había tolerado sus peculiaridades en ese sentido, supuso que lo más justo sería que él tolerara las suyas. Aunque cierta parte de su cuerpo se tensara solo con pensarlo.

Los ojos ambarinos de Isabel se oscurecieron de deseo, lo que fue una invitación que Gerard no pudo rechazar. Y mucho menos ahora que ella acababa de replantearse su relación. Él quería eso, quería que Isabel lo deseara libremente y si eso implicaba dejar que le mordiera el trasero, lo soportaría. Solo sería un momento. Después se vestiría e iría a hablar con Spencer.

—Todo esto es muy raro —dijo tumbándose en la cama boca abajo.

—No me refería a hacerlo en este preciso momento —dijo ella, impactada—. Ni siquiera estaba insinuando que tuviera que hacerlo de verdad. Solo me he limitado a responder a tu pregunta.

Él suspiró aliviado.

—Gracias a Dios. —Pero cuando se movió para levantarse de la cama, Pel soltó la sábana y desnudó sus pechos. Gerard gimió y se quejó—: ¿Cómo diablos se supone que un hombre puede ponerse a trabajar si lo tientas de esta manera?

—No puede. —Isabel libró su cuerpo de cortesana del peso de las sábanas y lo dejó tan pasmado con su belleza que apenas se dio cuenta de que se colocaba encima de su espalda—. ¿O se supone que solo te sientes cómodo cuando eres tú el que muerde?

Pel estaba encima de su espalda colocada al revés, es decir, con los pies junto a las manos de él. Con los pechos le rozaba el final de la columna vertebral y, al notar sus seductoras curvas y el calor que desprendía su cuerpo medio dormido, Gerard volvió a excitarse.

Y eso que había creído que no iba a poder durante un rato.

Le tomó los tobillos con las manos y esperó. De repente notó las manos de Isabel, pequeñas y delicadas, acariciándole los glúteos, segundos antes de apretárselos. El hecho de no ver lo que ella le estaba haciendo hizo que el acto le pareciera todavía más erótico. Aunque sonara ridículo, pensar en Pel admirando así a otro hombre, lo enervaba.

—¿Siempre has tenido esta fascinación?

—No. Tu trasero es único.

Esperó a que dijera algo más, pero no lo hizo. En vez de eso, de sus labios empezó a salir un sonido muy halagador y a él el pene se le endureció tanto que le dolía estar tumbado encima.

Pel le apretó las nalgas con las puntas de los dedos y luego se las masajeó de tal modo que a Gerard se le erizó el vello de todo el cuerpo. Tenía la piel de gallina. Cerró los ojos y enterró el rostro en la cama.

Las caricias siguieron hasta el pliegue que marcaba el nacimiento de sus muslos y entonces notó el aliento de Isabel encima de su piel. Se le tensó todo el cuerpo, empezando por los glúteos y acabando por el pene. La espera fue interminable.

Y entonces lo besó.

Primero en una nalga y luego en la otra. Besos leves y suaves, con los labios separados. Gerard notó que los pezones de ella se excitaban contra su espalda y lo reconfortó ver que no era el único que estaba sintiendo aquello. Fuera lo que fuera.

Y entonces su esposa lo mordió con delicadeza y él encogió los dedos de los pies.

«¡Los malditos dedos de los pies!»

—Dios, Pel —dijo con voz ronca, moviendo las caderas sin control, mientras presionaba el pene contra el colchón.

Sabía con absoluta certeza que a partir de ese momento ninguna otra mujer podría morderle el trasero y excitarlo mientras lo hacía. Estaba seguro de que si el lugar de ella lo ocupara otra mujer, él estaría muerto de risa. Pero lo que estaba sucediendo entre los dos no tenía ninguna gracia. Era una tortura de lo más sensual.

Algo húmedo y caliente se deslizó por su piel y Gerard arqueó la espalda.

—¿Me has lamido?

—Chist —murmuró ella—. Relájate. No voy a hacerte daño.

—¡Me estás matando!

—¿Quieres que pare?

Él apretó los dientes y se quedó pensándolo un segundo. Luego dijo:

—Solo si tú quieres. De lo contrario, no. Sin embargo, me veo en la obligación de recordarte que mi cuerpo es tuyo y que puedes utilizarlo siempre que quieras.

—Quiero ahora.

Él sonrió al oír la voz que Isabel siempre utilizaba en el dormitorio.

—Pues adelante, no te reprimas.

Perdió la noción del tiempo, se perdió en el perfume de su esposa y en la satisfacción masculina que derivaba de sentirse tan admirado. Al final, Pel se apartó de sus nalgas y fue bajando por sus piernas. Cuando llegó a los pies, Gerard se rio al notar que le hacía cosquillas. Y cuando la sintió subir hasta sus hombros y acariciarle la espalda con la melena, suspiró.

Una mañana, no hacía demasiado tiempo se había sentado con la espalda apoyada en un muro de piedra que rodeaba una de sus propiedades, intentando recordar qué se sentía al sonreír de pura felicidad.

Era una bendición que hubiera encontrado la respuesta precisamente en su casa. Con Pel.

En aquel instante, ella le indicó que se diera la vuelta y se colocó a horcajadas sobre sus caderas, cogiéndole el pene para deslizarlo despacio en su interior. Quemaba y estaba muy húmeda y Gerard observó estremecido cómo su miembro se perdía entre los labios de su sexo.

—Oh, Dios... —suspiró ella.

Le temblaban los muslos y tenía los ojos entrecerrados y fijos en los suyos. Sus suaves suspiros se convirtieron en gemidos acelerados. Ver que ella disfrutaba tanto con su miembro bastó para que los testículos se le apretaran contra el cuerpo.

—No voy a aguantar mucho —le advirtió, jalando de ella con manos impacientes.

La había poseído ya varias veces, pero ella nunca lo había poseído a él hasta ese momento e Isabel era una mujer madura que se sentía cómoda con sus propios deseos. Gerard había admirado esa seguridad en sí misma desde el día en que la conoció. Y ahora le parecía fascinante y muy satisfactorio poder compartir con ella el control en la cama.

—Estoy a punto de venirme —dijo.

—Pero no lo harás.

Y no lo hizo. El miedo que sentía a perderla lo ayudó a contenerse, porque Isabel era su esposa, era suya para darle placer, para hacerla feliz y para protegerla. Y no iba a perderla igual que había perdido a Em.

Suya. Pel era suya.

Ahora solo tenía que convencerla a ella de que era así.

Cuando Gerard encontró por fin la fuerza de voluntad necesaria para salir de la cama, fue directamente al dormitorio de Spencer, pero no lo encontró. Recorrió toda la casa sin dar con él; posteriormente averiguó que su hermano se había ido poco después de que discutieran.

Decir que estaba preocupado por él era una obviedad. Gerard no tenía ni la más remota idea de qué había oído exactamente su hermano en la fiesta a la que había asistido la noche anterior y tampoco sabía quién había hecho esos comentarios que lo habían puesto tan furioso.

«No toleraré que mancillen nuestro nombre... Haré todo lo que sea necesario.»

Suspiró exasperado y fue a su despacho para escribir dos notas muy breves. Una se la dejó a Isabel y la otra ordenó que la entregaran de inmediato.

Había planeado acompañar a Pel a cualquier evento que ella hubiera elegido para esa velada y tenía incluso ganas de hacer acto de presencia a su lado, para así disipar los rumores que se habían tejido alrededor de ellos dos. Sin embargo, ahora no tenía más remedio que ir de club en club, de burdel en burdel y de taberna en taberna en busca de Spencer, para asegurarse de que su hermano pequeño no se metía en un lío, tal como había vaticinado su madre.

«Maldita sea», pensó Gerard, mientras esperaba a que le ensillaran un caballo. Después de pasarse toda la tarde en la cama con Pel ahora se sentía las piernas como si fueran de gelatina, y si por desgracia tenía que meterse en una pelea, no iba a estar en su mejor momento. Confió en que Spencer no estuviera buscando pelea, sino bebiendo o con alguna cortesana. Y, de entre esas dos opciones, prefería la segunda. Si su hermano estaba sexualmente saciado, quizá estuviera más dispuesto a escucharlo y a entrar en razón.

Montó en la silla y espoleó su montura lejos de la casa que ahora se había convertido en su hogar y se preguntó cuántas decisiones de su pasado habían perjudicado a la gente que le importaba.

—¿Qué estás haciendo aquí, Rhys? —le preguntó Isabel a su hermano al entrar en el salón.

Aunque lo intentó, no consiguió ocultar su mal humor. Despertarse sin Gray a su lado ya había sido bastante malo, pero leer la escueta nota que él le había dejado solo empeoró las cosas.

Tengo que ocuparme de Spencer.

Tuyo,
Grayson

Isabel sabía cómo se relacionaban los hombres unos entre ellos; discutían y hacían las paces bebiendo y acostándose con una mujer. Y como era consciente de la resistencia de su marido, no descartaba lo que fuera capaz de hacer.

Su hermano se levantó del sofá de terciopelo azul y le hizo una leve reverencia. Iba muy guapo, con un esmoquin.

—Estoy a su servicio, madame —le dijo, imitando el acento de un sirviente de alto rango.

—¿A mi servicio? —Isabel frunció el cejo—. ¿Qué se supone que necesito que hagas?

—Grayson me ha pedido que venga a buscarte. Me ha mandado una nota en la que decía que él no podía acompañarte esta noche y me sugería que ocupara su lugar. Si lo hago, dice que seguro que estaré demasiado cansado para reunirme con él mañana por la mañana en el ring del club Remington. Pero como muestra de su gratitud, excusará mi ausencia. Indefinidamente.

Isabel abrió los ojos como platos.

—¿Gray te ha amenazado?

—Ya te dije que iba a darme una paliza por haberte separado de él el otro día.

—Esto es ridículo —masculló ella.

—Tienes razón —convino Rhys—. Sin embargo, da la casualidad de que yo también tenía planeado asistir al baile de Hammond esta noche. Lady Margaret Crenshaw estará allí.

—¿Otra víctima de tu lista? ¿Al menos te has molestado en hablar con la anterior?

Rhys la fulminó con la mirada.

—Sí, lo he hecho y la verdad es que fue muy agradable. Así que si estás lista...

Aunque Isabel se había vestido con la intención de salir, también se había planteado la posibilidad de quedarse en casa a esperar a Gray. Pero eso sería una tontería. Era obvio que su esposo quería que asistiera a ese baile, al fin y al cabo se había tomado muchas molestias para que fuera acompañada.

Ella ya no era una niña pequeña y tampoco era inocente. No debería importarle que Grayson se hubiera pasado horas disfrutando de su cuerpo y que luego la dejara sola durante la noche. A una amante eso no le parecía nada raro, se recordó.

Y se lo recordó durante toda la noche. Pero cuando vio un rostro familiar en medio del salón de Hammond, ese pensamiento se desvaneció de su mente. Amante o no, la sensación que tenía en el estómago no tardó en convertirse en pura rabia.

—Lord Spencer Faulkner está aquí —señaló Rhys como si nada, al ver que el joven entraba en el salón por una puerta que se encontraba a escasos metros de la zona de baile en la que estaban ellos.

—Sí, ya veo.

Y Grayson no estaba con él. Así que le había mentido. ¿Por qué estaba tan sorprendida?

Estudió a su cuñado con detenimiento y notó tanto las similitudes como las diferencias con su esposo. Así como Rhys y ella se parecían mucho, Gray y lord Spencer solo se parecían de pasada, lo que sirvió para que Isabel pudiera imaginar cómo habría sido el padre de ambos.

Como si hubiera notado su mirada, lord Spencer giró la cabeza y se encontró con la mirada de Isabel. Por un instante, el joven no consiguió disimular y en sus ojos brilló algo desagradable, hasta que al final fue capaz de mirarla impasible.

—Vaya, vaya —murmuró Rhys—, creo que al final hemos encontrado a un hombre inmune a tus encantos.

—¿Tú también lo has visto?

—Por desgracia, sí. —Escudriñó a la multitud con la mirada—. Y espero que hayamos sido los únicos. ¡Dios santo!

—¿Qué? —preguntó ella alarmada, poniéndose de puntillas. ¿Sería Gray? Se le aceleró el corazón—. ¿Qué pasa?

Rhys le dio la copa de champán con tanto ímpetu que el líquido casi se derramó y estuvo a punto de estropearle el vestido.

—Disculpa— le dijo su hermano antes de desaparecer y dejarla completamente atónita.

Rhys siguió la delgada silueta que iba abriéndose paso sin problema entre los invitados. Casi como si fuera un espectro, caminaba sin que nadie se fijara en su presencia, como si fuera una mujer anodina con un vestido anodino. Pero él se había quedado completamente hechizado con ella.

Había reconocido su cabello oscuro y había soñado con aquella voz.

La joven se marchó del salón y se dirigió hacia el vestíbulo. Rhys la siguió y, cuando ella abrió una puerta para salir de la casa, dejó de fingir que no la estaba siguiendo y asió el picaporte antes de que lo cerrara.

El delicado rostro de ella se levantó hacia él y sus grandes ojos parpadearon confusos.

—Lord Trenton.

Rhys salió también a la terraza, cerrando la puerta tras de sí para dejar atrás los sonidos del baile. Después de hacerle una leve reverencia, le tomó la mano y le besó los nudillos.

—Lady Misterio.

Ella se rio y los dedos de él apretaron los suyos. La chica ladeó la cabeza y lo miró como si estuviera intentando resolver un enigma.

—Le parezco atractiva, ¿no es así? Pero no entiende por qué. Y, si le soy sincera, yo tampoco.

Una risa suave se escapó de los labios de Rhys.

—¿Está dispuesta a permitirme que investigue un poco? —Se inclinó despacio, dándole tiempo para apartarse antes de que sus labios tocaran los suyos. La suave caricia afectó a Rhys de un modo extraño, igual que lo hizo el perfume de ella, tan ligero que apenas se detectaba en medio del aire de la noche—. Creo que tendré que hacer algún otro experimento.

—Oh, vaya —suspiró ella, llevándose la mano que tenía libre al estómago—. Acabo de sentir un revoloteo justo aquí.

Una cálida y desconocida sensación se extendió por el pecho de Rhys y luego descendió hasta su entrepierna. La muchacha no era en absoluto la clase de mujer que solía gustarle. Era inteligente y cultivada. Sí, su franqueza le resultaba refrescante y le gustaba hablar con ella, pero no lograba entender por qué tenía ganas de levantarle las faldas y poseerla allí mismo. Era demasiado delgada y carecía de las curvas de una mujer. Y a pesar de todo no podía negar que la deseaba y que quería conocer sus secretos.

—¿Por qué está aquí fuera?

—Porque me gusta más estar aquí que allí.

—Si es así, pasee un rato conmigo —murmuró él, colocando la mano de ella encima de su antebrazo para guiarla lejos de la mansión.

—¿Aprovechará para coquetear descaradamente conmigo? —le preguntó con gran picardía la joven, acompasando sus pasos a los de él.

Encontraron un camino sinuoso y poco iluminado y lo recorrieron despacio.

—Por supuesto. Y también tengo intenciones de descubrir su nombre antes de que nos separemos de nuevo.

—Lo dice como si estuviera muy seguro de ello.

Rhys le sonrió, mirándola a los ojos.

—Tengo mis métodos.

Ella hizo un gesto escéptico.

—Supongo que se la pasa muy bien midiendo su ingenio con el mío —dijo.

—No me cabe ninguna duda de que su mente es fascinante, pero tengo intención de utilizar mis malas artes en otra parte de su cuerpo.

Ella le dio una palmada en el hombro a modo de castigo.

—Es malo por hablarle así a una chica tan inocente como yo. Hace que me dé vueltas la cabeza.

Rhys hizo una mueca de dolor.

—Lo siento.

—No, no lo siente.

Le pasó la mano por donde antes lo había golpeado y a él se le aceleró la sangre y le vacilaron los pies. ¿Cómo era posible que una mera caricia por encima de la chaqueta y con su mano enguantada lo hubiera excitado?

—¿Es así como habla un hombre con una mujer con la que existe cierta intimidad? Lady Grayson suele reírse con hombres que a mí me parecen muy aburridos.

Él se detuvo en seco y la miró.

—¡No pretendía ofender a su hermana! —se apresuró a añadir ella—. De hecho, creo que lady Grayson es una mujer de múltiples facetas. Y lo digo en el mejor de los sentidos.

Rhys la observó con detenimiento y, cuando llegó a la conclusión de que estaba siendo sincera, reanudó la marcha.

—Sí, cuando se entabla amistad con una persona del sexo opuesto y uno se siente cómodo con ella, se pueden tener conversaciones más íntimas.

—¿Sexualmente íntimas?

—A veces, sí.

—¿Aunque el objetivo final no sea sexual? ¿Solo para pasar el rato?

—Es usted una gatita muy curiosa —dijo él y le sonrió indulgente.

Supuso que era normal que algo tan mundano como el flirteo a ella le resultara excitante. Rhys deseó poder pasarse horas sentado a su lado, respondiendo a todas sus preguntas.

—Me temo que yo carezco de los conocimientos necesarios para mantener las conversaciones a las que con toda probabilidad está usted acostumbrado. Así que espero que me disculpe si le pido directamente que me bese.

Rhys se tropezó y lanzó grava del camino por todas partes.

—¿Disculpe?

—Ya me ha oído, milord. —Levantó el mentón—. Me gustaría mucho que me besara.

—¿Por qué?

—Porque nadie más va a hacerlo nunca.

—¿Por qué no? Se subestima.

Ella le sonrió traviesa, cosa que a él lo deleitó.

—Yo me estimo en el punto exacto.

—Entonces seguro que sabe que algún hombre querrá besarla.

Aunque, en cuanto lo dijo, Rhys se dio cuenta de que la idea lo molestaba profundamente. La chica tenía los labios suaves como los pétalos de una rosa y muy dulces. Se los había notado mullidos al besarlos y le parecían los más bonitos que había visto nunca. La imagen de otro hombre saboreándolos lo llevó a cerrar los puños.

—Quizá quiera algún otro hombre, pero no lo hará. —Dio un paso hacia él y se puso de puntillas, ofreciéndole la boca—. Porque yo no voy a permitírselo.

Contra su voluntad, Rhys la pegó a él. Era muy delgada y de curvas poco marcadas, pero encajaba con su cuerpo a la perfección. La abrazó, inmóvil durante un segundo, e intentó asimilarlo.

—Encajamos —susurró ella con los ojos muy abiertos—. ¿Es normal?

Rhys tragó saliva y negó con la cabeza, y luego levantó una mano para acariciarle la mejilla.

—No tengo ni idea de qué hacer contigo —reconoció.

—Solo bésame.

Él inclinó la cabeza y se detuvo a escasos milímetros de sus labios.

—Dime tu nombre.

—Abby.

Le lamió el labio inferior.

—Quiero volver a verte, Abby.

—¿Para escondernos en un jardín y hacer cosas escandalosas?

¿Qué podía decirle? Rhys no sabía nada de ella, pero a juzgar por su ropa, su edad y el hecho de que estuviera allí sin chaperona dedujo que debía de ser una dama de bajo rango.

Para él había llegado el momento de casarse y ella no era de la clase de mujer a la que podía cortejar.

Abby le sonrió al comprender lo que pensaba.

—Solo béseme y dígame adiós, lord Trenton. Confórmese con saber que me habrá regalado una fantasía: la de ser cortejada por un pretendiente maravilloso.

Él se quedó sin palabras, así que la besó intensamente y con todo el sentimiento de que fue capaz. La muchacha se entregó a sus brazos, se quedó sin aliento y gimió de un modo que a Rhys le arrebató la capacidad de pensar.

Quería tomarse libertades con ella. Quería desnudarla y enseñarle todo lo que sabía, ver el acto sexual a través de sus ojos.

Así que cuando Abby se marchó, dejándolo en medio del jardín, las palabras de despedida que tendría que haberle dicho no salieron de sus labios. Y, más tarde, cuando volvió a la mansión con aparente normalidad, se dio cuenta de que ella tampoco se las había dicho a él.

12

❧

—Qué interesante que haya venido sin Grayson —murmuró Barbara, con la mano encima del antebrazo de Hargreaves.

Volvió la cabeza e inspeccionó de nuevo la multitud.

—Tal vez él tenga intenciones de venir más tarde —contestó el conde, con más indiferencia de la que a ella le habría gustado.

Si Hargreaves dejaba de desear a Isabel Grayson, ella volvería a estar sola en su intento de recuperar a Grayson como amante.

Se soltó y dio un paso atrás.

—Trenton no está con ella. Ahora sería un buen momento para acercarte.

—No. —Hargreaves la miró con una ceja enarcada—. Ahora no es buen momento. Piensa en lo que dirían si nos vieran.

—Las habladurías son nuestra mejor arma —rebatió ella.

—Grayson es un hombre con el que no se puede jugar.

—Estoy de acuerdo. Pero tampoco lo eres tú.

El conde deslizó la vista por la sala de baile y se detuvo durante un instante en su antigua amante.

—Mira lo triste que está —insistió Barbara—. Quizá ya se arrepiente de la decisión que ha tomado. Pero nunca lo sabrás si no hablas con ella.

Fue esa última frase la que consiguió el efecto deseado y, con una maldición, Hargreaves se apartó de su lado y, decidido, echó los hombros hacia atrás.

Barbara sonrió y se dirigió en dirección opuesta, en busca del joven lord Spencer. Fingiendo que quería pasar por su lado, le pasó los pechos por el antebrazo y, cuando él se volvió para mirarla con los ojos abiertos como platos, ella se sonrojó.

—Lo siento, milord.

Lo miró con los párpados entornados.

Él esbozó una sonrisa indulgente.

—La disculpa no es en absoluto necesaria —dijo seductor, aceptando la mano que ella le tendía. Se apartó del camino de la dama, pero esta lo retuvo y él arqueó una ceja, confuso—. ¿Milady?

—Me gustaría ir a la mesa de las bebidas, pero me da miedo pasar sola entre tanta gente. Y me estoy muriendo de sed.

—Será todo un honor ofrecerle mis servicios —contestó con una sonrisa experta.

—Es muy galante por su parte acudir en mi ayuda —dijo ella, caminando a su lado.

Barbara lo estudió de soslayo. Era muy guapo, aunque no del mismo modo que su hermano mayor. A pesar de su aparente indiferencia, Grayson tenía un aire peligroso que nadie podía pasar por alto. Sin embargo, en el caso de lord Spencer, esa indiferencia no era solo una fachada.

—Mi objetivo en la vida es ayudar a las mujeres hermosas tan a menudo como me sea posible.

—Lady Grayson es muy afortunada de tener a los dos guapísimos Faulkner a su servicio.

El brazo de lord Spencer se tensó bajo su mano enguantada y Barbara no pudo reprimir una sonrisa. Algo iba mal en casa de Grayson, una circunstancia que solo podía jugar a su favor.

Tendría que seducir al joven Faulkner con sus artimañas y descubrir de qué se trataba y, a decir verdad, la perspectiva le resultaba cada vez más atractiva.

Miró por encima del hombro para asegurarse de que Hargreaves había ido en busca de Isabel Grayson. Mientras, ella siguió avanzando satisfecha y decidió disfrutar el resto de la velada con lord Spencer.

—Isabel.

John se detuvo a una distancia prudente y la recorrió con la mirada de la cabeza a los pies, admirando las perlas que llevaba entre los mechones de pelo rojizo y el precioso vestido verde oscuro, que hacía resaltar su piel de porcelana a la perfección. La gargantilla de tres vueltas que llevaba en el cuello ocultaba muy bien parte de su sonrojo, pero John lo vio de todas maneras.

—¿Estás bien? —le preguntó.

La sonrisa de Isabel fue a la vez cariñosa y triste.

—Tan bien como cabe esperar. —Se volvió hacia él—. Me siento muy mal, John. Eres un buen hombre y mereces a alguien que te trate mejor que yo.

—¿Me echas de menos? —se atrevió a preguntarle él.

—Sí. —Sus ojos castaños miraron directamente a los del hombre—. Aunque quizá no del mismo modo en que me echas de menos tú.

Él esbozó una sonrisa. Como de costumbre, admiró su franqueza. Isabel era una mujer que hablaba sin artificios.

—¿Dónde está Grayson esta noche?

Ella levantó la barbilla.

—No pienso hablar de mi marido contigo.

—¿Acaso tú y yo ya no somos amigos?

—Te aseguro que dejaremos de serlo si te entrometes en mi matrimonio —soltó ella. Y entonces se sonrojó y apartó la vista.

John abrió la boca para disculparse, pero de repente se detuvo.

El mal humor de Isabel había ido apareciendo con más frecuencia a medida que su relación avanzaba. Y en ese momento se preguntó si su aventura amorosa estaba ya en declive antes de que Grayson regresara y él sencillamente había sido demasiado obtuso para darse cuenta.

Soltó el aliento e intentó analizar esa posibilidad con más calma. Sin embargo, el cambio repentino de postura de ella, que seguía estando a su lado, le llamó la atención. Al levantar la vista, se encontró con el marqués de Grayson de pie en el otro extremo del salón. Los ojos de Grayson se detuvieron primero en Isabel y después se desplazaron para inspeccionarlo a él.

Su mirada fue tan fría que heló a John, luego Grayson dio media vuelta y se fue.

—Tu marido ha llegado.

—Sí, lo sé. Si me disculpas...

Isabel ya había avanzado una corta distancia cuando John recordó el plan de Barbara.

—Si quieres, puedo acompañarte a la terraza.

—Gracias —contestó con un leve movimiento de cabeza que hizo que se le balancearan los rizos.

A él siempre le había encantado su cabello. La combinación de mechones castaños con otros más rojizos dejaba sin aliento.

Solo con verlos casi se olvidó de la fría mirada azul que seguía clavándose entre sus omóplatos.

Casi.

—¡Grayson!

Gerard se quedó mirando a su esposa e intentó averiguar su estado de ánimo. Era obvio que estaba enfadada con él por algo, aunque Gray no tenía ni idea de qué podía ser. A pesar de su confusión, eso no lo sorprendió. Dejando a un lado la maravillosa tarde que habían pasado juntos en la cama, el resto del día había sido para él un infierno.

Suspiró agotado y se volvió.

—¿Sí, Bartley?

—Al parecer, tu hermano iba en serio cuando ha dicho que iba a venir aquí. Según el criado de la puerta, ha llegado hace más de una hora y todavía no se ha ido.

Gerard escudriñó entre la multitud, pero no vio a Spencer por ninguna parte, en cambio sí vio a Isabel saliendo a la terraza con Hargreaves. Deseó poder ir a hablar con ella, pero ya había aprendido que los problemas era mejor solucionarlos uno detrás de otro y, por el momento, Spencer era el más grave. Él confiaba en Pel. Sin embargo, no podía decir lo mismo del cabeza hueca de su hermano.

—Empezaré por la sala de juegos —murmuró, dando gracias por haberse encontrado con Bartley cuando este salía de la taberna Nonnie's.

A él nunca se le habría ocurrido buscar a Spencer en ese baile.

—¿Ese no es Hargreaves con lady Grayson? —le preguntó Bartley frunciendo el cejo.

—Sí.

Gerard se dio la vuelta.

—¿No deberías ir a decirle algo al conde?

—¿Como qué? Es un buen hombre e Isabel una mujer muy sensata. No pasará nada inapropiado.

—Bueno, eso incluso yo lo sé —dijo Bartley tras reírse—. Y es muy propio de ti que no te importe. Pero si dices en serio lo de que has vuelto para cortejar a tu esposa, te sugiero que al menos finjas que estás celoso.

Él negó con la cabeza.

—Menuda tontería. Además, estoy convencido de que Pel opinaría igual que yo.

—Las mujeres son criaturas muy peculiares, Gray. Tal vez yo sepa algo del sexo débil que tú desconozcas —se burló Bartley.

—Lo dudo. —Gerard se dirigió a la sala de juegos—. ¿Dices que mi hermano parecía alterado?

—Sí, al menos a mí me lo ha parecido cuando lo he visto antes. Claro que él sabe que tú y yo somos amigos y quizá por eso ha optado por mantener la boca cerrada.

—Esperemos que haya sido igual de discreto durante toda la velada.

Bartley lo siguió pegado a sus talones.

—¿Y qué harás cuando lo encuentres?

Gerard se detuvo de golpe, con lo que Bartley chocó contra su espalda.

—¿Qué diablos? —masculló este.

Gerard se dio la vuelta y le dijo:

—La búsqueda será más eficaz si nos dividimos.

—Pero no será tan divertido.

—No he venido a divertirme.

—¿Cómo daré contigo si consigo encontrar a Spencer?

—Seguro que sabrás arreglártelas, eres un hombre de recursos. —Y dicho esto, siguió con su camino dejando a Bartley atrás.

El nudo del pañuelo lo estaba ahogando. Pel estaba cerca y, sin embargo, muy lejos; por otra parte, la inminente confrontación con su hermano empezaba a hacer mella en él... En resumen, que no estaba de buen humor.

Y cuanto más se alargaba la búsqueda de Spencer, más empeoraba.

Isabel salió a la abarrotada terraza decidida a ignorar el daño que le había hecho el desplante de Grayson. Pensó que sería una tarea difícil, pero en cuanto vio una cabeza de cabello oscuro con vetas plateadas, empezó a pensar en otra cosa de inmediato. Suspiró. Soltó a Hargreaves y le dijo:

—Nuestros caminos deben separarse aquí.

John siguió la mirada de ella y asintió dando un paso atrás, dejándola sola para que fuera en busca de la marquesa viuda de Grayson. La dama se reunió con Isabel a medio camino y la tomó del brazo para alejarla del resto de los invitados allí presentes.

—¿Acaso no tienes vergüenza? —le preguntó.

—¿De verdad espera que le conteste a eso? —contraatacó ella.

Habían pasado cuatro años y todavía no había aprendido a tolerar a aquella mujer.

—No logro entender cómo una dama de tu alcurnia puede ser tan irresponsable. Grayson siempre ha hecho todo lo posible para provocarme, pero casarse contigo ha sido lo peor de todo.

—¿Le importaría buscar algo nuevo con lo que atacarme?

Isabel negó con la cabeza y se apartó. Ahora que ya no estaban a la vista de nadie, ambas dejaron de fingir que se tenían afecto. El fervor que sentía la marquesa por proteger el buen nombre de la familia Grayson era comprensible, pero ella no podía justificar el modo en que lo hacía.

—Lograré que se deshaga de ti aunque sea lo último que yo haga.

—Pues buena suerte —masculló Isabel.

—¿Disculpa? —La marquesa viuda prestó atención.

—Desde su regreso, yo misma le he hablado a Grayson varias veces sobre la posibilidad de una separación. Se niega rotundamente.

—¿No quieres seguir casada con él?

Si no hubiera estado tan preocupada por el comportamiento de Gray después de abandonar el lecho aquella tarde, la atónita expresión de su suegra le habría hecho gracia.

Pero que él la hubiera dejado a un lado con tanta facilidad... Que la hubiera ignorado tan descaradamente... Que ella hubiera confiado en alguien que le había mentido...

Le dolía e Isabel se había prometido a sí misma que nunca más ningún hombre volvería a hacerle daño.

—No, no quiero —contestó orgullosa—. Los motivos por los que nos casamos ahora me parecen absurdos y ridículos. Estoy convencida de que siempre lo han sido, pero que ambos éramos demasiado obstinados como para darnos cuenta.

—Isabel. —La marquesa apretó los labios y, pensativa, se pasó los dedos por el collar de zafiros que llevaba al cuello—. ¿Estás hablando en serio?

—Sí.

—Mi hijo insiste en que una petición de divorcio no prosperará. Y dice que el escándalo nos perjudicaría a todos.

Isabel se quitó un guante y tocó los pétalos de una rosa que tenía cerca. ¿Así que Gray se había planteado poner punto final a su unión? Tendría que haberlo sabido.

Era pura mala suerte que ella necesitara compañía masculina. Era incapaz de estar sola. Si lo fuera, quizá no sentiría esa imperiosa necesidad de que la abrazaran y la cuidaran. Y no estaría en la situación en que se encontraba ahora.

Eran muchas las mujeres que practicaban la abstinencia. Ella, sencillamente, no podía.

Suspiró. Si presentaban una petición de divorcio al Parlamento, los chismes y las habladurías se cebarían con ellos y los destrozarían, pero ¿acaso seguir casada con Grayson no terminaría también por destrozarla?

Su primer esposo casi lo había logrado y la atracción que sentía por el hombre en que Gray se había convertido era igual de poderosa que la que había sentido por Pelham.

—¿Qué quiere que le diga? —le preguntó con amargura a la marquesa—. ¿Que estoy dispuesta a aceptar un futuro como mujer divorciada y adúltera? Pues no lo estoy.

—Pero en cambio estás decidida a terminar con este matrimonio. Puedo verlo en el modo en que tensas los hombros. Y estoy dispuesta a ayudarte.

Isabel se volvió de golpe.

—¿Que está dispuesta a qué?

—Ya me has oído. —Una sonrisa suavizó el gesto adusto de la mujer—. No estoy segura de cómo, pero voy a hacerlo. Lo único que necesitas saber es que haré todo lo que esté en mi mano. Quizá incluso te ayude a dejarte bien instalada.

De repente, los eventos de esa noche fueron demasiado para Isabel.

—Discúlpeme.

Iría en busca de Rhys y le pediría que la llevara de vuelta a casa. Los Faulkner la habían herido por todos lados y deseaba estar en su dormitorio, con una buena copa de madeira, más que ninguna otra cosa en el mundo.

—Estaremos en contacto, Isabel —le dijo la marquesa viuda al irse.

—Maravilloso —masculló ella, acelerando el paso—. Estoy impaciente.

Frustrado por no haber conseguido encontrar a Spencer, Gerard se sentía con ganas de pegarle a alguien. Decidido, dobló una esquina, pero se detuvo de golpe porque una mujer que salía caminando de espaldas de una habitación a oscuras le bloqueó el paso.

Ella dio media vuelta y se sobresaltó.

—¡Dios santo! —exclamó lady Stanhope llevándose una mano al corazón—. Grayson, me has asustado.

Él se quedó mirándola con una ceja arqueada. Estaba sonrojada y despeinada y era evidente que acababa de concluir algún encuentro fortuito. Cuando la puerta volvió a abrirse y salió Spencer con el pañuelo torcido, la segunda ceja de Gerard fue a hacer compañía a la primera.

—Llevo horas buscándote.

—¿En serio?

Su hermano estaba mucho más relajado que antes. Conociendo el apetito sexual de Barbara, a Gerard no le sorprendió. Sonrió. Así era exactamente cómo quería encontrar a Spencer.

—Me gustaría hablar contigo.

El joven se puso bien el saco y miró a Barbara, que le sonrió.

—¿Podemos dejarlo para mañana?

Gerard lo contempló con detenimiento y le preguntó:

—¿Qué planes tienes para el resto de la noche?

No podía correr el riesgo de esperar, si su hermano estaba decidido a causarle problemas.

Spencer volvió a mirar a Barbara y Gerard se tranquilizó un poco. Si iba a pasarse la noche cogiendo, no se metería en ninguna pelea.

—De acuerdo, ¿qué te parece si desayunamos en mi despacho? —le propuso.

—Muy bien.

Spencer se llevó la mano desnuda de Barbara hasta los labios, le hizo una leve reverencia y se fue, probablemente para preparar su inminente partida.

—Iré en seguida, cariño —le dijo ella, pero sin apartar los ojos de Gerard.

Cuando estuvieron a solas, él fue el primero en hablar.

—Te agradezco mucho que hayas entablado amistad con lord Spencer.

—¿Ah, sí? —Frunció la boca—. No me importaría que te sintieras un poco celoso, Grayson.

Él resopló.

—No existe ningún motivo por el que tenga que sentirme celoso. Nunca ha habido nada entre tú y yo y nunca lo habrá.

Ella le colocó una mano en el estómago y sus ojos verdes brillaron entre sus pestañas.

—Podría haberlo si volvieras a mi cama. A pesar de lo breve que fue nuestro encuentro la otra noche, sirvió para recordarme lo similares que son nuestros gustos.

—Ah, lady Stanhope —dijo Pel, furiosa, detrás de Gerard—. Gracias por encontrar a mi esposo.

A él no le hizo falta volverse para saber que la noche sin duda había ido a peor.

Mientras la desaliñada condesa se alejaba de donde estaban, Isabel se quedó inmóvil y en silencio y con los puños apretados a los costados. Grayson la miró preocupado y expectante, con los hombros echados hacia atrás, mientras ella sopesaba cómo reaccionar. En su día había luchado con uñas y dientes por Pelham y el esfuerzo había sido agotador y completamente vano. Los maridos eran infieles y engañaban a sus esposas. Las mujeres prácticas lo entendían perfectamente.

Con el corazón metido de nuevo en la jaula de hielo que había construido a lo largo de los últimos años, le dio la espalda a Gray con intención de abandonar el baile, su casa, a él. En su mente ya se veía haciendo las maletas, su cerebro ya había empezado a hacer una lista de sus pertenencias.

—Isabel.

«Esa voz.»

Se estremeció. ¿Por qué tenía que esa voz que destilaba lujuria y deseo?

Ella no aminoró el paso y cuando él la tomó del codo para detenerla, pensó en los muebles de su antigua casa y en lo pasados de moda que estaban.

La mano enguantada de Gray le tocó una mejilla y la obligó a mirarlo a los ojos. Isabel se fijó en el azul de sus iris y pensó en el sofá del mismo color que tenía en un salón. Iba a tener que tirarlo.

—Dios —masculló él, dolido—. No me mires así.

La mirada de Isabel descendió hasta la mano de él, que seguía sujetándola por el antebrazo.

Antes de que supiera lo que estaba haciendo, Gerard tiró de ella y la metió en aquella habitación que olía a sexo, cerrando la puerta a su espalda.

A ella se le revolvió el estómago y, al notar una imperiosa necesidad de huir de allí, corrió a colocarse en el único extremo de la estancia iluminado por la luz de la luna. Estaban en una biblioteca, cuyo balcón daba al jardín. Se detuvo y, apoyando las manos en el respaldo de una butaca orejera, respiró profundamente varias veces aquel aire más limpio.

—Pel.

Gray se pegó a su espalda y le colocó las manos en los hombros. Se las deslizó por los brazos hasta conseguir que ella soltase la butaca y luego entrelazó los dedos con los suyos.

Isabel podía notar que el cuerpo de él quemaba como si tuviera fiebre. Ella empezó a sudar.

¿Verde? No, ese color tampoco. El despacho de Gray era verde. ¿Lavanda, quizá? Un sofá lavanda sería toda una novedad. O tal vez rosa. Ningún hombre querría sentarse en un sofá rosa. ¿Acaso eso no sería maravilloso?

—Háblame, por favor —insistió él.

A Gray se le daba muy bien insistir. Y seducir y conquistar y coger. Una mujer podía perder fácilmente la cabeza por él si no iba con cuidado.

—Borlas.

—¿Qué?

Le dio la vuelta para poder mirarla.

—Decoraré el salón de color rosa y colgaré borlas doradas —le dijo.

—Perfecto. El rosa me favorece.

—Tú no estarás invitado a entrar en mi salón.

Él apretó los labios y arrugó más el cejo.

—Maldita sea si no voy a estarlo. No vas a dejarme, Pel. Lo que has oído no significa lo que crees que significa.

—Yo no creo nada, milord —contestó serena—. Y, si me disculpas... —Intentó esquivarlo.

Gray la besó.

Igual que ante un brandy caliente, su estómago fue el primero que reaccionó al beso y después los dedos de sus pies. Isabel notó la erección de él pegada a su ombligo, pero siguió besándola con labios suaves y pasándole la lengua con delicadeza, sin devorarla.

El hielo que tenía en su interior empezó a derretirse ante su ardor y gimió desesperada. Los labios de Gray eran tan bonitos, los sentía tan dulces sobre los suyos.

Eran los labios de un ángel... y tenían la capacidad de engañarla como el diablo.

«La piel de Gray huele a limpio.»

Él deslizó la boca por el pómulo de ella hasta su oreja.

—Aunque te parezca imposible, vuelvo a desearte. —Rodeó la silla y se sentó con Isabel en su regazo como si fuera una niña—. Después de lo de esta tarde, mi ansia tendría que ser más llevadera y, sin embargo, es incluso peor que antes.

—Sé lo que he oído —susurró ella, negándose a creer lo que su olfato le sugería que era verdad.

—Mi hermano es un alocado —siguió explicándole él, ignorando su comentario— y esta noche he pasado un montón de horas buscándolo. Pero aunque sé que puedo haberle hecho daño, o que creo que él puede hacérselo a alguien, lo único que me hacía sentir verdaderamente impaciente era el deseo de volver a estar contigo.

—Conoces a esa mujer íntimamente y has estado con ella. Hace poco.

—Y me he sentido del todo aliviado cuando he visto que mi hermano salía de esta habitación con cara de haber cogido.

Isabel se quedó perpleja.

—¿Lord Spencer?

—Y todavía me ha gustado más cuando he visto que iba acompañado de lady Stanhope y que parecía dispuesto a proseguir su velada en un lugar más apropiado. Si Spencer está con ella, yo puedo pasarme el resto de la noche contigo.

—Ella te quiere a ti.

—Y tú también —contestó seductor—. Soy un hombre atractivo, con una fortuna muy atractiva y con un título todavía más atractivo. —La apartó suavemente para poder mirarla a los ojos—. Y resulta que tengo una esposa muy atractiva.

—¿Te la has cogido desde que has vuelto?

—No. —Sus labios tocaron los de ella—. Y sé que te cuesta creerme.

Para su sorpresa, a Isabel no le costaba lo más mínimo.

—Si yo fuera tú, Pel, tampoco sé si creería a un canalla como yo, en especial teniendo en cuenta tu pasado.

Ella se tensó.

—Mi pasado no tiene nada que ver con esto.

Llevaba toda la vida soportando que le tuvieran lástima y eso era lo último que quería de Gray.

—Ah, sí que lo tiene, aunque justo ahora empiezo a comprender por qué.

La miró con los ojos entrecerrados. Las arrugas que ella había descubierto alrededor de sus labios tras su regreso habían vuelto a aparecer. Eran la prueba palpable de su tristeza.

—No soy el hombre que te conviene, Pel. No soy un buen hombre. Todas las personas tienen defectos, pero me temo que eso es lo único que yo poseo. Y, a pesar de todo, soy tuyo y tienes que aprender a soportarme, porque soy un egoísta y me niego a dejarte ir.

—¿Por qué?

Contuvo la respiración, pero fueron las palabras que él dijo a continuación las que la marearon.

—Porque tú me has curado.

Gray cerró los ojos y apoyó la mejilla en la suya y ese gesto tan cariñoso conmovió a Isabel hasta lo más hondo. El marqués de Grayson era conocido por muchas cosas, pero la ternura no era una de ellas. El hecho de que esas muestras de afecto fueran cada vez más frecuentes la aterrorizaba. No podría soportar curarlo para que luego él le perteneciera a otra mujer.

—Quizá yo también pueda curarte a ti —susurró Gray pegado a su boca—. Si me dejas hacerlo.

Isabel presionó los labios sobre los de él un instante. Exhausta por los acontecimientos del día, lo único que deseaba era acurrucarse contra el pecho de Gray. Sin embargo, se levantó de su regazo y se puso en pie.

—Si para curarme tengo que olvidarme de todo, no lo quiero.

Él suspiró e Isabel vio que estaba tan agotado como ella.

—He aprendido muchas cosas de los errores del pasado, Gray, y me alegro de que así haya sido. —Se retorció las manos, nerviosa—. Yo no quiero olvidar. Nunca.

—Entonces enséñame a vivir con mis errores, Pel.

Se puso en pie y ella se quedó mirándolo. Observándolo.

—Tenemos que irnos de Londres —dijo Gray de repente, tomándole las manos.

—¿Qué?

Ella abrió los ojos exageradamente y se estremeció.

«Sola con él.»

—Aquí no podemos funcionar como pareja.

—¿Como pareja?

Negó enfáticamente con la cabeza.

La puerta se abrió sorprendiéndolos a ambos. Gray la acercó a él a la velocidad del rayo, dispuesto a protegerla con todo su ser.

Lord Hammond, el propietario de la biblioteca y de la casa en la que se encontraban, apareció en la puerta y los miró confuso.

—Les pido disculpas —dijo retrocediendo, pero entonces se detuvo—. ¿Lord Grayson? ¿Es usted?

—Sí —contestó él en voz baja.

—¿Está con lady Grayson?

—¿Y con quién, si no, iba a estar en una habitación a oscuras?

—Bueno... Sí... —Hammond carraspeó—. Con nadie más, por supuesto.

La puerta empezó a cerrarse de nuevo y Gray aprovechó para tocarle a Isabel un pecho. Acercó los labios hacia los de ella, aprovechándose descaradamente de que no podía apartarse.

—Eh, ¿lord Grayson? —Hammond volvió a interrumpirlos.

Gray suspiró resignado y levantó la cabeza.

—¿Sí?

—Lady Hammond ha organizado una fiesta este fin de semana en nuestra casa de Brighton. Estaría encantada de que usted y su esposa asistieran. Y para mí sería un verdadero placer retomar nuestra amistad.

Isabel abrió atónita la boca al notar que Gray apretaba los dedos que tenía encima de su pecho. Sin una vela y con la chimenea apagada, nadie podía verlos. Pero saber que tenían a otra persona tan cerca mientras él la estaba tocando tan íntimamente le aceleró el corazón.

—¿Habrá muchos invitados?

—Me temo que no demasiados. La última vez que los conté eran una docena, pero lady Hammond...

—Suena perfecto —lo interrumpió Gray, tirando del pezón de Isabel con los dedos—. Aceptamos la invitación.

—¿De verdad? —La limitada estatura de Hammond se extendió al máximo.

—De verdad.

Gray tomó a Isabel de la mano y la jaló para esquivar al vizconde, que se sorprendió tanto que se apartó de su camino, y salieron de la biblioteca.

Con los sentimientos hechos un lío, Isabel lo siguió sin quejarse. Hammond los siguió a ambos.

—¿Le parece bien partir el viernes por la mañana?

—Es su fiesta, Hammond.

—Oh, sí... Cierto. Entonces nos vemos el viernes.

Gray hizo un gesto con la muñeca para indicarle a un criado que fuera en busca de su carruaje y después se volvió hacia otro que había por allí cerca.

—Dígale a lord Trenton de mi parte que ha cumplido su parte del trato.

A Isabel no le pasó por alto lo fácil que le había resultado a él llevársela de allí. Casi deseó poder enfadarse, pero estaba demasiado estupefacta.

Gray no le había mentido ni le había sido infiel.

Aunque aún no sabía si eso era una suerte o una desgracia.

13

En cuanto el carruaje de Grayson entró en el concurrido camino que conducía a la mansión de los Hammond, Isabel no pudo contener un gemido de frustración. Vio que había un invitado en particular al que no tenía ningunas ganas de ver.

Sentado delante de ella, Gray levantó una ceja a modo de pregunta.

«Tu madre», articuló sin sonido para no disgustar a lord Spencer, que compartía asiento con su esposo.

El aristócrata se apretó el puente de la nariz y soltó un largo suspiro.

Isabel perdió de repente las ganas que tenía de disfrutar del fin de semana. Bajó del carruaje con la ayuda de Gray y consiguió sonreír, mientras observaba al resto de los invitados.

Tuvo un escalofrío cuando la marquesa viuda de Grayson le guiñó un ojo en plan conspirador. Aquella mujer le gustaba mucho más cuando eran enemigas.

—Isabella.

El alivio que sintió al oír esa voz a su espalda fue abrumador. Se dio la vuelta y se aferró a las manos a Rhys como si se estuviera ahogando y él pudiera salvarla. La sonrisa de su hermano fue arrolladora y vio que estaba guapísimo, con su cabello negro peinado hacia atrás bajo el sombrero.

—¿Qué estás haciendo aquí? —le preguntó, consciente de que a él no le gustaban las fiestas campestres.

—He sentido la necesidad de estar rodeado de gente respetable —contestó como si nada.

—¿Estás enfermo? —le preguntó ella, entrecerrando los ojos.

Rhys se rio echando la cabeza hacia atrás.

—No, aunque supongo que estoy un poco melancólico. Unos cuantos días en el campo me curarán.

—¿Melancólico? —Isabel se quitó un guante y le tocó la frente con la muñeca.

Su hermano puso los ojos en blanco.

—¿Desde cuándo da fiebre el mal humor?

—Tú no has estado de mal humor en toda tu vida.

—Hay una primera vez para todo.

Unas manos en su cintura captaron la atención de Isabel.

—Grayson —saludó su hermano, levantando la mirada por encima de la cabeza de ella.

—Trenton —le devolvió Gray el saludo—. No esperaba encontrarte aquí.

—Un ataque de enajenación mental transitoria.

—Ah. —Gray acercó a Isabel a su cuerpo consiguiendo que ella lo mirara con los ojos abiertos como platos. Tenían el acuerdo tácito de no tocarse en público, dado que, al parecer, bastaba con eso para que ardiera la pasión entre los dos—. Me parece que yo sufro la misma enfermedad.

—Grayson, Isabel, qué alegría encontrarlos aquí a los dos —les dijo la marquesa viuda, acercándose.

Isabel abrió la boca para contestar, pero justo entonces, Gray le pellizcó las nalgas y la hizo saltar, dejando completamente atónita a la madre de él.

Isabel echó disimuladamente una mano hacia atrás e intentó golpear la de él.

—¿Te encuentras mal? —le preguntó la marquesa viuda, con

cara de desaprobación—. No tendrías que haber venido si estás enferma.

—Está perfectamente bien —contestó Gray en plan seductor—. Puedo asegurártelo.

Isabel le dio un pisotón en la bota, aunque él ni se inmutó.

«¿Qué pretende?»

No lograba entenderlo. Parecía como si intentara seducirla allí, delante de todos...

—La vulgaridad es para la gente corriente —criticó la madre de él—. Y está muy por debajo de un hombre de tu estatus social.

—Pero, madre, es que es de lo más deliciosa.

—¡Lord y lady Grayson! Qué alegría que hayan venido.

Isabel volvió la cabeza y vio a lady Hammond descendiendo la escalinata de la entrada.

—Le agradecemos mucho que nos invitara —contestó Isabel.

—Ahora que han llegado —siguió la vizcondesa—, ya podemos irnos. Hace un día maravilloso para un picnic, ¿no cree?

—Así es —murmuró Isabel, impaciente por volver a meterse en el carruaje.

—Yo iré con vosotros, Grayson —dijo la madre de él.

Isabel hizo una mueca de dolor y pensó que aquel trayecto iba a ser una auténtica tortura.

Gray le acarició cariñoso la espalda, pero el alivio que ella sintió fue solo momentáneo, pues tuvo que pasarse el resto de la mañana y de la tarde confinada en aquel carruaje, escuchando cómo la madre de Gray los reñía a todos por una cosa tras otra.

No podía ni imaginarse lo horrible que tenía que ser vivir con una madre a la que le parecía mal todo lo que hacías, así que acarició el muslo de Gray con el dorso de la mano para darle ánimos.

Él permaneció sentado en silencio durante todo el trayecto y solo reaccionó cuando se detuvieron para cambiar los caballos y comer un poco.

Fue un gran alivio cuando al final del día llegaron a la preciosa mansión que los Hammond tenían en el campo. En cuanto el carruaje se detuvo, Gray saltó fuera y ayudó a bajar a Isabel. Y entonces ella vio a Hargreaves y comprendió por qué su marido se había comportado de ese modo tan posesivo. Incluso entonces, a pesar de que fingía estar muy aburrido, Isabel notaba que estaba pendiente de ella y vio que desviaba ligeramente la vista hacia el camino.

—Es una finca preciosa —comentó la marquesa viuda, sonriéndole a la vizcondesa.

Lo era; la pared de ladrillo de color crema resaltaba entre la multitud de flores de colores y las enredaderas.

En otras circunstancias, pasar una semana allí habría sido algo maravilloso. Pero teniendo en cuenta quiénes estaban presentes, incluida lady Stanhope, que no paraba de mirar a Gray de aquella manera que tanto enfurecía a Isabel, esta lo ponía seriamente en duda.

—Tendríamos que habernos quedado en Londres —murmuró.

—¿Quieres que nos vayamos? —le preguntó Gray—. Tengo una propiedad no muy lejos de aquí.

Ella se volvió y lo miró atónita.

—¿Te has vuelto loco? —dijo, a pesar de que en el profundo azul de sus ojos vio que estaba completamente dispuesto a irse.

Aunque, en ocasiones, Isabel creía que ya no quedaba ni rastro del Grayson que había conocido antes, había momentos en los que este aparecía. Ahora era más sofisticado, más sombrío, pero seguía siendo igual de implacable.

—No.

Él suspiró resignado y le ofreció el brazo.

—Sabía que dirías eso. Espero que no te importe pasar mucho tiempo encerrada en nuestro dormitorio.

—Eso podemos hacerlo en casa. Aquí sería de mala educación.

—Tendrías que haberlo mencionado antes y nos habríamos ahorrado el viaje.

—No me eches a mí la culpa —susurró ella con un temblor, al notar que el poderoso antebrazo de Gray se flexionaba bajo las yemas de sus dedos—. Estamos aquí por ti.

—Quería ir de viaje —se limitó a decir él y la miró de reojo para indicarle que sabía perfectamente cómo la estaba afectando— y pasar unos días a solas contigo y con Spencer. No tenía ni idea de que iba a encontrarme con toda la gente que quiero evitar aquí reunida.

—¡Isabel!

Rhys llamó a su hermana y corrió hacia ella marcha atrás, con la mirada fija en otra parte. Iba tan distraído que casi la tiró al suelo, pero Grayson se colocó en medio y lo evitó.

—Perdona —dijo Rhys al instante y luego miró a Isabel, sin ocultar lo nervioso que estaba—. ¿Sabes quién es esa mujer de allí?

Ella esquivó la alta silueta de su hermano y vio un grupo reducido de mujeres hablando con lady Hammond.

—¿Cuál de ellas?

—La morena que está a la derecha de lady Stanhope.

—Oh... Sí, sí lo sé, pero ahora no recuerdo su nombre.

—¿Abby? —sugirió él—. ¿Abigail?

—¡Eso es! Abigail Stewart. Es la sobrina de lord Hammond. La hermana de lord Hammond y su esposo americano, un exitoso hombre de negocios, han muerto, dejando huérfana a la señorita Stewart, aunque he oído decir que ha heredado una fortuna más que considerable.

—Una heredera —dijo Rhys en voz baja.

—Pobrecita —comentó Isabel con simpatía, negando con la cabeza—. La temporada pasada la persiguieron todos los cazafortunas de Inglaterra. Hablé con ella en una ocasión. Es muy lista, un poco brusca, pero encantadora.

—Nunca me fijé en ella.

—¿Y por qué ibas a hacerlo? La señorita Stewart sabe ocultarse muy bien y no es de la clase de mujer que te gusta. Demasiado lista para ti —se burló de su hermano.

—Sí... Seguro que tienes razón.

Rhys se apartó de ellos con cara de preocupación.

—Creo que antes has dado en el clavo —dijo Gray, lo bastante cerca de ella como para que los sentidos de Isabel reaccionaran de inmediato—. Creo que tu hermano está enfermo. Quizá deberíamos seguir su ejemplo. Tú y yo podemos fingir que nos encontramos muy mal y pasarnos la semana en la cama. Juntos. Desnudos.

—Eres incorregible —contestó ella, riéndose.

Tanto ellos dos como el resto de los invitados fueron conducidos a sus respectivas habitaciones antes de la cena. Gerard se aseguró de que Isabel estuviera bien instalada y en compañía de su doncella antes de despedirse de ella y bajar al salón para reunirse con los demás caballeros.

A pesar de lo desafortunada que le parecía la lista de invitados, pensó que en el fondo podría resultarle muy conveniente. Dado que tanto su madre como Hargreaves estaban allí, podía aprovechar para disipar cualquier duda que ambos pudieran tener acerca de su matrimonio con Pel.

No iba a permitir que nadie se inmiscuyera en sus asuntos.

Una y otro habían cometido el error de olvidar que él tenía muy pocos escrúpulos. Pero Gerard no iba a tener ningún inconveniente en recordárselo.

Entró en el salón del piso de abajo y se fijó en la decoración. El ventanal del fondo estaba enmarcado por unas cortinas de color rojo oscuro y proliferaban los sillones tapizados en piel de color borgoña. Era el refugio de un hombre. Justo la clase de lugar que necesitaba para lo que quería decir.

Saludó a Spencer con un leve gesto de la cabeza y rechazó el habano que le ofreció lord Hammond, luego cruzó la alfombra en dirección a la ventana frente a la cual estaba Hargreaves mirando hacia afuera.

A medida que se acercaba, Gerard aprovechó para observar el porte del impecable conde. Aquel hombre había compartido la vida de Pel durante dos años y la conocía mucho mejor que él.

Recordó cómo era ella cuando estaba con Markham; los ojos le brillaban cuando lo miraba, como si se sintiera muy segura de sí misma. Sin embargo a él solo lo miraba como si fuera un objeto sexual. La diferencia era tan evidente que Gerard no pudo evitar inquietarse. Su amistad de antaño ahora estaba enmarañada por la tensión.

Echaba de menos la tranquilidad que siempre había sentido cuando estaba con Pel y se moría de ganas de que fuera tan cariñosa con él como lo era con los demás.

—Hargreaves —murmuró.

—Lord Grayson. —El conde lo miró fríamente. Eran casi de la misma estatura, aunque Gray un poco más alto—. Antes de que me advierta que no intente reconquistar a Isabel, déjeme decirle que no tengo intención de hacerlo.

—¿Ah, no?

—No, pero si ella volviera a acercarse a mí, no la rechazaría.

—¿A pesar del peligro que conllevaría para usted tomar tal decisión?

Gerard era un hombre de acción y no amenazaba en vano. Y a juzgar por el modo en que Hargreaves asintió, este lo sabía.

—No puede tener encerrada a una mujer como Isabel, Grayson. Ella valora su libertad por encima de todo. Estoy convencido de que está furiosa; se casó con usted para ser libre y, sin embargo, de repente descubre que está atrapada. —Se encogió de hombros—. Además, usted terminará cansándose de ella y ella de usted, el primitivo instinto que siente ahora desaparecerá.

—Mi *instinto*, como usted lo llama —dijo Gerard entre dientes—, no es solo algo primitivo. Responde a una unión legal y obligatoria para ambas partes.

El conde negó con la cabeza.

—Usted siempre ha deseado a las mujeres de los demás.

—Pues en este caso, resulta que deseo a la mía. Isabel me pertenece.

—¿Ah, sí? ¿En serio? Qué raro que lo haya descubierto después de pasarse cuatro años sin acordarse de que estaba casado. Los he visto juntos desde que ha vuelto, todo el mundo lo ha hecho. Y, a decir verdad, parece que apenas puedan soportarse.

Gerard esbozó una lenta sonrisa.

—Hacemos mucho más que soportarnos.

Hargreaves se sonrojó.

—No tengo tiempo para educarlo sobre las mujeres, Grayson, pero déjeme que le diga que no les basta con unos cuantos orgasmos para ser felices. Isabel no se enamorará de usted, ella es incapaz de sentir esa clase de sentimiento por nadie, pero, aun en el caso de que estuviera dispuesta, jamás lo haría de un hombre tan inconstante como usted. Se parece demasiado a Pelham, ¿sabe? Él tampoco supo apreciar el regalo que tenía. No puedo ni recordar la cantidad de veces que Isabel me contó, riéndose, alguna de sus peripecias, para terminar diciendo: «Es igual que Pelham».

Si Hargreaves le hubiera dado un puñetazo en el estómago no le habría dolido tanto. Gerard consiguió mantener el rostro impasible, a pesar de que se le revolvían las entrañas. Markham le había dicho lo mismo. Ante los ojos de Isabel, nada iría tan en contra de Gerard como que le recordara a su primer esposo. Si no podía demostrarle que era mejor que Pelham, jamás lograría conquistarla.

Pero Pel le había escrito cada semana y él se aferró a ese detalle como a un clavo ardiendo. Seguro que eso podía darle esperanzas, ¿no?

¡Maldita fuera! ¿Por qué no había abierto las cartas?

—Dice que Isabel es incapaz de sentir amor por nadie, pero al mismo tiempo cree que volverá a su lado, cuando de todos es sabido que ella nunca vuelve con ninguno de sus antiguos amantes.

—Porque somos amigos. Sé cómo le gusta el té, qué libros son sus preferidos... —Hargreaves irguió la espalda—. Ella era feliz conmigo antes de que usted regresara.

—No. No lo era. Y usted lo sabe tan bien como yo.

Pel no habría sentido la tentación de estar con otro si el conde hubiera sido el hombre de su vida. Ella no era una mujer fácil. Pero sí una mujer herida, y Gerard estaba decidido a curarla.

Hargreaves apretó la mandíbula.

—Creo que los dos hemos entendido perfectamente lo que quería decir el otro. No hace falta que sigamos hablando. Usted sabe cuál es mi postura. Y yo cuál es la suya.

Gerard inclinó ligeramente la cabeza.

—¿Seguro que lo sabe? Asegúrese de que así sea, Hargreaves. Soy un hombre irritable y, si le soy sincero, no volveré a tener esta conversación con usted. La próxima vez que sienta la necesidad de recordarle que estoy casado, le haré recuperar la memoria con la punta de mi espada.

—Caballeros, ¿me permiten que les cuente las anécdotas de mi viaje a la India? —los interrumpió lord Hammond, mirando nervioso primero al uno y después al otro—. Es un país fascinante, si dejan que se lo diga.

—Gracias, Hammond —contestó Gerard—. Tal vez esta noche, cuando tomemos el oporto.

Y dicho esto, se fue y cruzó el salón para reunirse con Spencer, que lo recibió con las cejas levantadas.

—Solo tú eres capaz de ser tan descarado.

—He aprendido que el tiempo es un bien muy escaso y no le veo sentido a andarse con subterfugios cuando recurrir a la franqueza es siempre mucho más práctico.

Su hermano se rio.

—Debo reconocer que estaba resignado a pasar una semana muerto de aburrimiento, pero veo que contigo aquí será todo lo contrario.

—Puedes estar seguro. Tengo intenciones de mantenerte muy ocupado.

—¿Ah, sí?

Spencer abrió los ojos y la alegría que brilló en ellos compitió con la de su sonrisa. Gerard se dio cuenta de nuevo de la influencia que ejercía sobre su hermano y esperó que esa vez fuera para bien.

—Sí. A una hora a caballo de aquí, se encuentra una de las propiedades del marquesado de Grayson. Iremos mañana.

—¡Fantástico!

Gerard sonrió.

—Y ahora, si me disculpas...

—No puedes estar tanto rato lejos de ella, ¿no? —Spencer

negó con la cabeza—. Aunque me duela reconocerlo, creo que yo jamás estaré tan excitado como tú.

—Das por hecho que lo único que hacemos cuando estamos solos es acostarnos.

Su hermano se rio.

—¿Me estás diciendo que no es así?

—Me niego a seguir hablando del tema.

Isabel se hundió un poco más en el agua fría de la bañera y pensó que tenía que salir, pero no logró encontrar las fuerzas necesarias para levantarse. A pesar de la cantidad de veces que la había satisfecho, el apetito sexual de Grayson parecía inagotable. Dormir era un lujo que ella podía permitirse en contadas ocasiones, así que iba a aprovecharlo.

Deseó poder ser capaz de quejarse, pero estaba demasiado saciada como para siquiera intentarlo. Era difícil enfadarse de verdad cuando aquel hombre se encargaba de provocarle más orgasmos de los que él tenía. Y eso que tenía muchos.

Gray había empezado a utilizar protección, porque ya no era capaz de salir de dentro de ella para eyacular fuera. La disminución de tacto solo sirvió para que aguantara más y pudiera resistir durante más rato, una circunstancia que antes ella había valorado positivamente, cuando solo veía a su amante una vez o dos a la semana.

Con su apasionado esposo era demasiado. A Gray le encantaba torturarla y hacer que le suplicara, tendida debajo de él. La asaltaba sexualmente siempre que podía y no paraba hasta que ella gemía y se entregaba por completo a él.

Era un animal, la mordía, le dejaba las marcas de sus dedos... y a ella le encantaba cada segundo que pasaba en sus brazos.

La pasión de Grayson era real, a diferencia de las estudiadas maniobras de Pelham.

Isabel suspiró. Aunque no quería, los recuerdos de la última fiesta campestre a la que había asistido con su primer esposo acudieron a su mente, acompañados del respectivo dolor de estómago.

En esa época, Pelham estaba en su momento álgido; tenía varias amantes con las que se reunía en distintas alcobas y además entraba y salía constantemente del dormitorio de ella.

Toda la estancia había sido un auténtico infierno; Isabel se pasó los días preguntándose con cuántas de aquellas mujeres con las que ella tomaba el té se había acostado su esposo la noche anterior. Y, cuando se fueron, supo sin lugar a dudas que se había acostado con todas las que le habían parecido atractivas.

A partir de ese viaje, se negó a compartir el lecho con Pelham. Él cometió la temeridad de no aceptarlo, hasta que comprendió que si insistía, Isabel terminaría agrediéndolo.

Al final dejaron de viajar juntos.

La puerta se abrió e Isabel oyó la deliciosa voz de Gray diciéndole a la doncella que podía irse. Los pasos de él al acercarse sonaron seguros, como de costumbre. Tenían un ritmo especial, una cadencia, eran los pasos de un hombre que emana poder. Siempre que entraba en un sitio, Grayson daba por hecho que tenía el control.

—Tienes frío —le dijo al oído e Isabel dedujo que se había agachado a su lado—. Deja que te ayude a salir.

Abrió los ojos y vio que le estaba tendiendo la mano, con su rostro cerca de ella, su mirada completamente centrada en su persona. El modo en que Gray la miraba siempre la tomaba desprevenida. Claro que ella lo miraba de la misma forma.

Igual que le sucedía cada vez más a menudo, al verlo, Isabel pensó que él le pertenecía y notó una punzada de dolor. Cualquier mujer suplicaría por poseer a un hombre semejante, pero ella, la única que tenía derecho, no podía. No quería.

Gray se había quitado la ropa y solo llevaba una bata. Antes de impedírselo a sí misma, le tocó el hombro y observó cómo sus ojos azules empezaban a arder. Una caricia, una sonrisa, el tacto de sus labios... cualquier cosa conseguía despertar su ardor por Gerard en menos de un segundo.

—Estoy cansada —le dijo.

—Has empezado tú, Pel. Como todas las malditas veces.

Se puso en pie, la atrajo hacia sí y luego tomó una toalla para abrigarla.

—¡No es verdad!

Gray la rodeó con ella y le dio un cariñoso beso en la curva del cuello, una leve caricia de sus labios sobre su piel, no uno de esos besos con los labios abiertos a los que Isabel se había acostumbrado.

—Sí, sí lo es. Lo haces a propósito, porque quieres que me muera de deseo por ti.

—Que «te mueras de deseo» es muy poco práctico.

—Me he dado cuenta de que te gusta que sea poco práctico. Te gusta excitarme y que te desee en público y en privado. Te gusta volverme loco de deseo hasta tal punto que sería capaz de cogerte en cualquier parte, delante de cualquiera, en cualquier momento.

Isabel se rio por lo bajo, pero tembló ante su tono de voz y al notar su aliento encima de su piel mojada.

¿Era verdad? ¿Era ella la que siempre lo provocaba?

—Tú siempre estás loco de deseo, Gray. Siempre lo has estado.

—No, siempre he sentido deseo, sí, pero eso nunca me había hecho perder la cordura. La verdad es que creo que sería capaz de hacerte el amor en público, Pel, así de intenso es lo que siento por ti. Si me rechazas ahora, creo que sería capaz de tirarte encima de la mesa a la hora de cenar y ofrecerles a todos un espectáculo.

Le mordió el lóbulo de la oreja.

Ella se rio.

—No tienes remedio. Eres un animal salvaje.

Él rugió en broma y le pasó la nariz por el cuello.

—Y tú eres la única que puede domarme.

—¿De verdad?

Se volvió entre sus brazos y, con una sonrisa, le deslizó un dedo por la abertura de la bata.

—Sí, de verdad.

Gray le tomó la mano y se la llevó más abajo, dentro de la bata hasta llegar a su miembro, para que ella notara lo excitado que estaba.

—Es increíble lo rápido que te excitas —dio ella, negando con la cabeza.

Él era tan descarado, tan desinhibido respecto al deseo que sentía por ella. Sí, Gray la había seducido, pero no era un seductor. Tal vez al ser tan extremadamente guapo no le hacía falta seducir a nadie. O quizá fuera porque tenía un pene como el que latía ahora encima de la palma de la mano de ella. Eso seguro que había ayudado mucho.

El miembro se flexionó en los dedos de Isabel y Gray le sonrió arrogante.

Ella le devolvió la sonrisa y tuvo que reconocer ante sí misma que le gustaba que él fuera tan primitivo. Sin artimañas, sin mentiras, sin ocultarle nada.

—A mí me parece que nadie puede domarte.

Se apartó tan rápido que la toalla se arremolinó alrededor de sus pies. Sin dejar de acariciar su erección, se pasó la lengua por los labios.

—Eres mala —dijo él, dando un paso hacia adelante y empujándola un poco. La sujetó por las caderas al notar que la tomaba desprevenida—. Has utilizado el sexo para convertirme en tu esclavo.

—No es verdad. —Eran pocas las ocasiones en que él le dejaba llevar las riendas, porque Gray siempre prefería tener el control—. Yo he venido aquí con la intención de dormir una siesta. Eres tú el que siempre lo empieza todo y yo no tengo más remedio que seguirte la corriente para ver si así consigo apagar el deseo que siento por ti y puedo dormir un poco.

La parte posterior de los muslos de Isabel chocó con la cama y él la tomó en brazos para ponerla encima del colchón. Luego se quitó la bata y se le acercó como un depredador.

Ella se quedó mirándolo y se dio cuenta de que su sonrisa la tenía fascinada y el color de sus ojos y su cabello negro tan sedoso, que le caía sobre la frente. Qué distinto de aquel hombre tan serio y taciturno que Isabel había encontrado en el salón de su casa, días atrás.

¿Era ella la causante del cambio? ¿Tanta influencia tenía sobre él?

Su mirada descendió.

—Esa mirada —dijo él serio— es el motivo de que pasemos tanto tiempo en esta postura.

—¿Qué mirada?

Isabel batió las pestañas provocativamente, disfrutando de nuevo de aquellos momentos de humor que tanto había echado de menos. Siempre parecía haber tanta tensión entre los dos, que cuando desaparecía era todo un placer.

Gray inclinó la cabeza y le lamió la punta de la nariz y luego colocó los labios encima de los suyos.

—Es una mirada que me dice «Cógeme, Gerard. Sepárame las

piernas ahora mismo y poséeme, haz que mañana no pueda caminar de placer».

—Dios santo —exclamó Isabel—. Es un milagro que pueda decir algo en voz alta si mis ojos son tan parlanchines.

—Hum... —Él cambió el tono de voz y utilizó el que avisaba que se avecinaban problemas—. La verdad es que yo pierdo la capacidad de hablar cuando me miras así. Me vuelves loco.

—Entonces quizá no deberías mirarme —sugirió ella, levantando las manos para acariciarle las caderas.

—Tú jamás permitirías que te ignorara, Pel. Te encargas de que me enamore de ti un poco más cada segundo que pasa.

¿Enamorarse?

Isabel se estremeció.

¿Era posible que Gray sintiera algo por ella? ¿Quería que sintiera algo por ella?

—¿Y por qué iba a hacer yo tal cosa?

—Porque no quieres que me fije en otra.

La besó antes de que ella pudiera digerir lo que acababa de decirle.

Se quedó quieta y el beso de él la hizo estremecer. Su lengua acarició la de ella, se deslizó por debajo y bebió de sus labios como si fuera un néctar exquisito. Y durante todo ese rato, Isabel no dejó de pensar en lo que le había dicho.

¿De verdad estaba utilizando el sexo para mantenerlo a su lado?

Cuando Gray levantó la cabeza, tenía la respiración tan alterada como ella.

—No me dejas ni medio segundo para pensar en otra mujer. —Entrecerró los ojos ocultándole sus pensamientos—. Me llevas a la cama siempre que puedes. Me dejas exhausto y...

—Ja. Tu apetito es inagotable.

Pero su contestación, que había pretendido ser una réplica, sonó más a pregunta y a miedo.

¿De verdad había pasado de querer que él tuviera una amante a querer tenerlo para ella sola?

Con un único y grácil movimiento, Gray se puso de espaldas y la colocó a ella encima.

—Yo necesito dormir, como el resto de los seres humanos. —Le puso un dedo en los labios para acallar su respuesta—. No soy tan joven como para poder pasarme noches enteras sin dormir, así que no intentes excusarte con eso. Tú no eres demasiado mayor para mí. Yo no soy demasiado joven para ti.

Isabel le tomó la muñeca y le apartó la mano.

—Podemos dormir separados.

—No digas tonterías. Malinterpretas mi comentario y lo tomas como una queja y no lo es. —Le acarició la curva de la espalda y la abrazó con más fuerza, para que sus pechos se apretaran contra su torso—. Quizá me haya pasado una o dos veces por la cabeza la posibilidad de dominar mi verga en vez de dejar que ella me domine a mí. Pero entonces recuerdo cómo me siento cuando estoy dentro de ti y tienes un orgasmo, cómo me aprietas, cómo arqueas la espalda y gritas mi nombre. Y le digo a mi cerebro que se calle y me deje en paz.

Isabel apoyó la frente en el torso de él y se rio.

Gray la puso a su lado con cuidado.

—Si necesitas que te demuestre físicamente mi cariño en este mismo momento, estoy más que dispuesto a hacerlo. No podemos correr el riesgo de que vayas por ahí preocupada por si has dejado de interesarme y todas esas tonterías. Puedo hacer todo lo que necesites, Pel, y lo haré, porque quiero que creas en mí. Supongo que tendría que habértelo dejado claro desde el principio para que no tuvieras ninguna duda: yo no soy Pelham.

Gray la miró con ternura, con deseo controlado. La miró como un hombre mira a una mujer cuando tan feliz lo hace abrazarla como poseerla.

Isabel notó un nudo en la garganta y le escocieron los ojos.

—¿Desde cuándo eres un experto en mi comportamiento? —le preguntó en voz baja.

El Grayson con el que se había casado jamás se habría fijado en esos detalles.

—Ya te lo he dicho, tienes toda mi atención. —Le hundió los dedos en la melena, le quitó las horquillas que le sujetaban el pelo y fue lanzándolas al suelo—. No me fijo en nadie más. No hay ninguna persona con la que desee estar excepto tú, mujer u hombre. Tú me haces reír, siempre lo has hecho. Tú nunca dejas que me tome demasiado en serio. Conoces todos mis defectos y la gran mayoría te parecen encantadores. No me hace falta estar con nadie más. De hecho, tú y yo nos quedaremos en esta habitación toda la noche.

—¿Y ahora quién es el que está diciendo tonterías? Si no asistimos a la cena, todo el mundo pensará que nos hemos quedado aquí para hacer el amor.

—Y no se equivocarán —murmuró él, con los labios pegados a la frente de ella—. Estamos de luna de miel, es lo que se espera de nosotros.

«Luna de miel.» Esas tres palabras bastaron para que Isabel recordara la época en que soñaba con un matrimonio monógamo y apasionado. Cuántas esperanzas había depositado en ese sueño. Qué inocente había sido. Ahora se suponía que era demasiado mayor para creer en esas cosas y para esperar tanto del futuro.

Se suponía. Porque estaba descubriendo todo lo contrario.

—Cenaremos tú y yo solos aquí arriba —siguió Gerard— y jugaremos al ajedrez. Yo te contaré...

—Odias el ajedrez —le recordó ella, echando la cabeza hacia atrás para mirarlo.

—De hecho, he aprendido a disfrutarlo. Y se me da muy bien. Prepárate para recibir una paliza.

Isabel se quedó mirándolo. Últimamente, no dejaba de tener la sensación de que el que había vuelto a su lado era un desconocido. Alguien que en el físico se parecía al hombre con el que se había casado, pero que no era él. ¿Cuánto habría cambiado en realidad?

Gray era muy volátil. Incluso en ese momento parecía distinto del hombre que había salido de aquel mismo dormitorio una hora antes.

—¿Quién eres? —le preguntó sin aliento y tocándole la cara para pasar los dedos por el arco de sus cejas.

Era el mismo. Era completamente distinto.

La sonrisa de él se desvaneció.

—Soy tu marido, Isabel.

—No, no lo eres.

Ella se apretó de nuevo contra él. La textura de su cuerpo era maravillosa, igual que sus músculos tan duros y el vello que le cubría la piel morena.

—¿Cómo puedes decir eso? —le preguntó él con voz ronca, al notar que ella se movía—. Tú estabas de pie a mi lado frente al altar. Tú pronunciaste tus votos y oíste cómo yo decía los míos.

Isabel inclinó la cabeza y capturó los labios de él en un beso muy sensual, deseándolo de repente. No porque fuera incapaz de resistir la tentación física que representaba, sino porque vio algo en Gray que antes no había visto: compromiso. Estaba comprometido con ella, entregado a ella, decidido a saberlo todo de ella y a entenderla.

Comprender eso la hizo estremecer, hizo que lo estrechara con fuerza, que le gustara todavía más sentir sus brazos a su alrededor.

Gray giró la cabeza y esquivó sus labios.

—No me hagas esto —le dijo, con la respiración entrecortada.

—¿El qué? —le preguntó ella, acariciándole el torso. Luego detuvo la mano en su cadera y la movió hasta colocarla entre las piernas de él.

—Decirme que no soy tu esposo y luego silenciarme con el sexo. Tenemos que terminar esta conversación de una vez por todas, Pel. No quiero volver a oírte decir esa tontería de que eres mi amante ni cosas por el estilo.

Ella acarició su miembro con mano firme. Si algo demostraba que Gray había cambiado era precisamente que se resistiera a hacer el amor porque quería una conexión más íntima entre los dos.

Aunque su cerebro le decía que tenía razón y que sus propias experiencias le demostraran que no tenía que esperar que el amor en el matrimonio fuera duradero, una vocecita en su interior le dijo que hacía bien en creer lo contrario.

Gerard le tomó la muñeca y, tras soltar una maldición, movió su miembro entre sus dedos. Aprovechando la sorpresa de Isabel, intercambió sus posiciones y se colocó encima de ella, sujetándole los brazos contra el colchón. Tenía las facciones duras como el mármol y los ojos le brillaban con una determinación que también se reflejaba en lo tensa que tenía la mandíbula.

—¿No tienes ganas de cogerme? —le preguntó Isabel, haciéndose la inocente.

—Hay un corazón y una mente unidos a esta verga que tanto te gusta —le dijo furioso—. Y las tres partes juntas forman un hombre: tu esposo. No puedes fragmentarme y quedarte solo con una de ellas.

Sus palabras la sacudieron por dentro y la obligaron a tomar una decisión. Pelham... el Grayson de antes... Ninguno de ellos habría dicho algo así. Fuera quien fuera el hombre que tenía encima, Isabel quería conocerlo. Quería saberlo todo de él y de la mujer que era ella cuando estaba a su lado.

—Tú no eres el esposo ante el que pronuncié mis votos. —Cuando vio que iba a protestar, se apresuró a añadir—: A él no le quería, Gerard. Eso lo sabes.

Oírla decir su nombre hizo que un temblor le recorriera todo el cuerpo. Entrecerró los ojos.

—¿Qué me estás diciendo?

Isabel se movió debajo de él, se estiró, lo tentó. Separó los muslos para darle la bienvenida. Se abrió a él.

—Te quiero a ti.

—¿Pel? —Gray apoyó la frente empapada de sudor en la de ella, encajó las caderas en las suyas y su pesado miembro encontró los labios de su sexo sin que tuviera que guiarlo—. Dios, terminarás matándome.

Isabel giró la cabeza a un lado al notar lo despacio que él la penetraba sin protección. Muy despacio. Piel desnuda contra piel desnuda. Echaba de menos notarlo en su interior sin ninguna barrera entre los dos.

La diferencia entre aquel momento y las anteriores ocasiones en que habían practicado sexo era muy acusada. Al principio, justo después de su regreso, Gray había sido delicado con ella, pero estaba claro lo mucho que le costaba mantener el control. Ahora se movía lentamente en su interior y el único motivo por el que iba despacio era porque quería que ese momento durara eternamente.

Tenía la boca pegada a su oreja y le susurró:

—¿A quién quieres?

Ella le respondió con la voz embargada de placer:

—A ti.

14

Había miles de excusas que podrían explicar por qué Rhys estaba de pie en medio del jardín de los Hammond en plena noche. Pero el verdadero motivo era solo uno. Y era la mujer que en aquel instante se estaba acercando a él con una tímida sonrisa en los labios.

—Esperaba encontrarte aquí —le dijo Abby, tendiéndole ambas manos, que llevaba sin guantes.

Rhys se mordió las puntas de los dedos de uno de los suyos para quitárselo y poder sentir la piel de ella sin ningún impedimento. Ese contacto tan inocente y tan casto consiguió que le quemara la piel e hizo lo que nunca haría un caballero: la atrajo y la acercó a él.

—Oh, vaya —suspiró Abby con los ojos abiertos—. Me gusta cuando actúas como un canalla.

—Haré algo más si sigues buscándome —le advirtió.

—Creía que eras tú el que me estaba buscando a mí.

—Tendrías que mantenerte alejada de mí, Abby. Al parecer, en lo que a ti respecta, he perdido el sentido común.

—Y yo soy una mujer a la que le encanta, o incluso necesita, ver que un hombre atractivo pierde la cabeza por ella. A mí nunca me pasan estas cosas, ¿sabes?

La conciencia de Rhys estaba perdiendo la batalla, así que colocó una mano en la nuca de Abby y movió los labios en busca de los de ella. Era tan ligera, tan delgada, pero sin embargo se puso de puntillas y le devolvió el beso con tanto ardor que casi lo tiró al suelo.

El suave perfume de Abby se mezclaba con el de las flores de esa noche y Rhys quería empaparse en él, meterse en el cama impregnado de aquel aroma.

Esa noche, ella llevaba una ropa distinta, con un precioso vestido de seda dorada que resaltaba sus curvas a la perfección. Ahora que sabía que necesitaba protegerse de los cazafortunas, Rhys entendía perfectamente que Abby sintiera la necesidad de pasar desapercibida y que, para lograrlo, se pusiera vestidos horribles y se escondiera en los jardines.

—¿Eres consciente de cómo terminarán estos encuentros? —le preguntó él en voz baja, tras levantar la cabeza.

Abby asintió. El pecho le subía y bajaba de prisa pegado al torso también descontrolado de Rhys.

—¿Y sabes también cómo no pueden terminar? Hay ciertos límites que, dado mi estatus social, tengo que respetar. Supongo que debería asumirlos con elegancia e irme de aquí, pero soy débil y...

Ella lo silenció colocándole un dedo en los labios, mientras su rostro se iluminaba con una sonrisa.

—Adoro que no quieras casarte conmigo —le dijo entonces—. Para mí eso es una ventaja, no un inconveniente.

—¿Disculpa? —le preguntó Rhys, atónito.

—Así no tengo ninguna duda de que es a mí a quien deseas, no mi dinero. Te aseguro que con eso me basta.

—¿Ah, sí? —dijo él, atragantándose con las palabras de lo excitado que estaba.

Todavía no lograba entender por qué diablos aquella mujer le causaba ese efecto.

—Sí. A los hombres con tu aspecto, las mujeres con el mío nunca les parecen atractivas.

—Idiotas todos ellos. —La convicción de su voz era genuina. Abby descansó la mejilla en el torso de él y se rio suavemente.

—Claro. Por eso mismo es un misterio que los hombres como lord Grayson se enamoren de mujeres como lady Grayson cuando yo estoy en la misma habitación.

Rhys se puso tenso y se quedó atónito al notar que estaba celoso.

—¿Te sientes atraída por Grayson?

—¿Qué? —Abby se apartó un poco—. Bueno, es innegable que me parece atractivo. Dudo que exista una mujer a la que no se lo parezca. Pero no me siento atraída por él, no.

—Oh... —Se aclaró la garganta.

—¿Cómo piensas seducirme?

—Pequeña. —Rhys negó con la cabeza, pero no pudo contener una indulgente sonrisa. Le pasó el dorso de la mano por el pómulo y admiró la luna reflejada en sus ojos—. Tienes que entender que pretendo hacer mucho más que darte un par de besos y tocarte un poco. Quiero desnudarte y tocarte la piel, separarte las piernas, robar lo que tendrías que regalarle a tu marido.

—Suena muy atrevido. —Abby suspiró y lo miró embobada.

—Lo será. Pero te aseguro que disfrutarás cada segundo.

A él, sin embargo, probablemente lo ahogaría la culpa durante el resto de su vida. Pero la deseaba tanto que estaba dispuesto a sufrir esa tortura. Y haría todo lo posible para que valiera la pena.

Presionó los labios sobre los de ella con suavidad y deslizó la mano que tenía en su cintura hasta su precioso trasero.

—¿Estás segura de que esto es lo que quieres?

—Sí, no tengo ninguna duda. Tengo veintisiete años. He conocido a cientos de caballeros y ninguno me ha impresionado tanto como tú. ¿Y si no conozco nunca a ningún otro que me haga sentir lo mismo? Me arrepentiría toda la vida de no haber aprovechado el momento y disfrutado de tus atenciones.

A Rhys le dolió el corazón.

—Perder tu virginidad en manos de un canalla como yo hará que tu noche de bodas sea un poco incómoda.

—No, no lo hará —le aseguró ella con convicción—. Si me caso, será con un hombre que esté tan enamorado de mí que le dará igual saltarse la cena, como ha hecho lord Grayson con lady Grayson.

—Lo que siente Grayson no es amor —contestó él, sarcástico.

Abby movió una mano para quitarle importancia al comentario.

—Llámalo como quieras, lo que quiero decir es que a él no le importa el pasado de ella. Mi futuro marido sentirá lo mismo por mí.

—Pareces estar muy segura.

—Y lo estoy. Verás, mi futuro marido tendrá que estar desesperadamente enamorado de mí para poder obtener mi mano y seguro que no le importará que me falte un pedazo de tejido dentro del cuerpo. De hecho, tengo intenciones de contárselo todo sobre ti y...

—¡Dios santo!

—Bueno, no todo —se apresuró a añadir ella, mirándolo con cariño—. Solo le hablaré del hombre que me hacía sentir un hormigueo en el estómago y cuya sonrisa hacía que se me acelerara el corazón. Le diré lo maravilloso que fue conmigo, lo feliz que me hizo después de la muerte de mis padres y de que mi vida se convirtiera en una tragedia. Y lo entenderá, lord Trenton, porque cuando amas a alguien, eso es lo que haces: entender.

—Eres una soñadora —se burló él, para ocultar lo mucho que lo habían afectado sus palabras.

—¿Lo soy? —Frunció el cejo y se apartó un poco—. Sí, supongo que tienes razón. Mi madre me dijo una vez que las aventuras amorosas son asuntos prácticos que no tienen nada que ver con el amor.

Rhys arqueó una ceja, entrelazó los dedos con los de ella y los guió a ambos hasta un banco donde sentarse.

—¿Tu madre te dijo eso?

—Me dijo que era una idiotez que las mujeres creyeran que las aventuras amorosas se basaban en una gran pasión, mientras que el matrimonio lo hacía en el deber. Me dijo que debería ser justo al revés. Una aventura debería ser solo un medio de satisfacer una necesidad. Y los matrimonios uniones para toda la vida, destinadas a satisfacer los deseos más profundos. Mi madre era una mujer avanzada a su época. Al fin y al cabo, se casó con un americano.

—Ah, sí, es verdad.

Rhys, ya sentado en el banco, colocó a Abby encima de su regazo. Apenas pesaba nada y la acercó a él hasta que pudo descansar el mentón encima de la cabeza de ella.

—Así que tu madre es la responsable de haberte llenado la cabeza de tonterías como el amor.

—No son tonterías —lo riñó Abby—. Mis padres estaban locos el uno por el otro y fueron muy, muy felices. El modo en que se miraban cuando volvían a verse después una larga ausencia... La forma en que ambos resplandecían cuando se sonreían en la mesa... Maravilloso.

Rhys le lamió el cuello hasta detenerse junto a su oreja y una vez allí le susurró:

—Yo puedo enseñarte lo que es maravilloso de verdad, Abby.

—Oh, vaya. —Ella se estremeció—. Te juro que mi estómago acaba de dar una voltereta.

A Rhys le encantaba el modo en que ella reaccionaba a sus caricias, lo sinceras e inocentes que eran las respuestas de su cuerpo. Abby tenía un carácter muy puro. Y no porque fuera inocente, pues era evidente que sabía cómo funcionaba el mundo, sino porque conocer lo peor de la raza humana no la desilusionaba.

Sí, la habían cortejado un montón de caballeros de dudosa reputación, pero ella se lo tomaba como lo que era: los actos estúpidos de un grupo de hombres codiciosos. Al resto del mundo le otorgaba el beneficio de la duda.

Era esa capacidad de seguir teniendo esperanza lo que a Rhys le resultaba más irresistible. Seguro que iría al infierno por hacerle el amor a Abby, pero no podía evitarlo. No podía ni pensar en lo que sería no estar con ella, no compartir nunca la alegría de la pasión.

—¿En qué ala de la mansión estás alojada? —le preguntó, ansioso por acostarse con ella en aquel preciso instante.

—Deja que vaya yo a tu dormitorio.

—¿Por qué?

—Porque tú eres el más cínico y el que tiene más experiencia de los dos.

—¿Y qué tiene eso que ver con nada?

¿Acaso aquella mujer nunca dejaría de confundirlo?

—Tú hueles de un modo muy peculiar, milord. A colonia y a jabón y a almidón. Es un olor delicioso cuanto se te calienta la piel, a veces incluso pienso que me desmayaré al olerlo. Y puedo imaginarme que ese olor aumentará al sudar después de hacer el amor. Me temo que luego tendría serias dificultades para dormirme en una cama que oliera a ti. En cambio, para ti el olor a sexo no tiene ninguna importancia. Por lo tanto, es mejor que yo huela tus sábanas y que tú no huelas las mías.

—Entiendo.

Antes de pensar qué estaba haciendo, Rhys reclinó a Abby en el banco de piedra y se arrodilló encima de ella, besándola con una desesperación que no había sentido desde... desde... ¡Maldita fuera! A quién diablos le importaba desde cuándo. La cuestión era que le estaba pasando precisamente en ese momento.

Colocó las manos en los delicados montículos de sus pechos y se los apretó, consiguiendo arrancarle un gemido, que resonó por la zona del jardín en la que estaban. Corrían el riesgo de ser descubiertos, pero Rhys no conseguía encontrar la fuerza de voluntad necesaria para parar. Estaba ebrio de su esencia, de sus reacciones, del modo en que ella arqueaba la espalda para ir a su encuentro y luego retrocedía como si estuviera asustada.

—Me duele incluso la piel —susurró Abby, moviéndose nerviosa.

—Tranquila, amor —le dijo él con los labios pegados a los suyos.

—Yo... tengo mucho calor.

—Chist, te ayudaré.

Le deslizó una mano por el costado para intentar apagar lo que rápidamente se estaba convirtiendo en una gran pasión.

Ella metió las manos por debajo del saco de Rhys y de su chaleco, y le clavó los dedos en la espalda. Al notar que lo arañaba, su miembro tembló y él la imitó pasándole las uñas por encima de los pezones. Tenía una mano enguantada y la otra no y sabía que la combinación de ambas sensaciones enloquecería a Abby.

—Dios santo —masculló ella sin aliento. Y entonces lo tomó de las nalgas y lo jaló hasta que sus caderas encajaron.

Rhys respiró entre dientes y ella gritó.

—Abby, tenemos que encontrar una habitación.

Ella volvió el rostro y lo escondió en el cuello de él, movía frenética los labios por encima de su piel sudada.

—Hazme el amor aquí.

—No me tientes —contestó él, consciente de que estaba a escasos minutos de hacerlo.

Si alguien los pillaba en aquella situación, no tendrían excusa posible. Estaba tirado encima de ella como el libertino que era. Abby era inocente y no disponía de los recursos necesarios para rechazar los avances de un canalla con experiencia como él.

¿Cómo diablos habían acabado allí?

Rhys había compartido uno o dos momentos robados con ella y estaba a punto de romper su única regla fundamental: no desflorar nunca a una virgen. No tenía nada de divertido. Pero aquello no era una cogida cualquiera. Ella sangraría y lloraría. Él tenía que seducirla como era debido, tomarse su tiempo, retrasar al máximo su placer y pensar en el suyo...

—¡Milord, por favor!

Maldición. Era como estar en el paraíso.

—Abigail...

Quería decirle que tenían que irse de allí cuanto antes para así poder volver a encontrarse desnudos... como era debido. Pero a Rhys le estaba resultando imposible apartar los dedos con que estaba tocándole los pezones. Sí, Abby tenía los pechos pequeños, pero no los pezones. No podía esperar a...

Jaló el hombro del vestido y lo rasgó para desnudarle un pecho. Ella gritó de placer cuando él inclinó la cabeza y empezó a lamerla. Tenía unos pezones preciosos y deliciosos. Se deslizaban por su lengua como si fueran cerezas y eran igual de dulces.

—Por favor, oh, por favor, milord.

Abby arqueó la espalda en busca de su boca y Rhys casi eyaculó al notarla moverse tan cerca de su increíblemente erecto miembro.

Lo único que evitó que ella perdiera la virginidad en aquel banco de piedra fue la risa de alguien acercándose.

—Maldita sea.

Rhys se movió con rapidez, la levantó y le puso bien el corpiño del vestido. El pezón que había estado succionando se apretó descarado contra la seda y él, incapaz de contenerse, le pasó el pulgar por encima.

—¡No pares! —le pidió ella en voz alta y Rhys no tuvo más remedio que taparle la boca con la mano.

—Se acerca alguien, amor. —Esperó hasta que ella asintió y le confirmó que le había entendido—. ¿Sabes dónde está mi habitación? —Ella volvió a asentir—. Estaré allí enseguida. No tardes. Si no vienes, saldré a buscarte.

Abby abrió los ojos como platos y luego asintió solemne.

—Vete.

Rhys se la quedó mirando mientras ella seguía el camino que conducía a la mansión hasta desaparecer de su vista. Después, él se escondió detrás de un cenador cubierto de enredaderas y esperó. No les haría ningún bien a ninguno de los dos que llegaran tan seguidos el uno del otro. Aunque nadie los viera, lo mejor sería actuar con cautela.

—¿Vas a presentar una petición al Parlamento, Celeste? —La voz de lady Hammond sonó desde un cruce de caminos que había cerca—. ¡Piensa en el escándalo!

—Hace cinco años que no pienso en nada más —contestó sarcástica la marquesa viuda de Grayson—. Nunca he pasado tanta vergüenza como cuando he visto que no asistían a la cena de esta noche, que, por cierto, ha sido excelente.

—Gracias. —Hubo una larga pausa y entonces prosiguió la

conversación—: Grayson parece estar muy enamorado de su mujer.

—Solo en el sentido más superficial de la palabra, Iphiginia. Además, ella no quiere seguir casada con él. No solo lo ha demostrado con sus actos a lo largo de los últimos cuatro años, sino que además me lo ha dicho personalmente.

—¡No es verdad!

Rhys parpadeó atónito y pensó exactamente lo mismo. Isabel jamás le diría algo así a la madre de Grayson.

—Sí lo es —contestó la marquesa viuda—. Ella y yo hemos decidido ayudarnos mutuamente.

—¡Lo dirás en broma!

«¡Dios santo!», gruñó Rhys en silencio.

Isabella no se alegraría de verlo, pero maldito fuera si no sacaba a su hermana de ese lío. Otra vez.

Esperó a que las mujeres se fueran y luego salió de su escondite y corrió ocultándose por el jardín hasta la mansión, donde lo esperaba el placer más pecaminoso del mundo.

Abby se detuvo un instante frente a la puerta de Trenton y se preguntó si se suponía que había que llamar antes de tener una aventura con un hombre o si, sencillamente, podía entrar sin más.

Seguía debatiendo consigo misma las distintas opciones cuando la puerta se abrió de golpe y Rhys la metió en la habitación.

—¿Por qué diablos has tardado tanto? —se quejó, echando el pestillo y mirándola enfadado pero con adoración.

El estómago de Abby volvió a agitarse de forma tan descontrolada como antes.

Él llevaba un batín de seda color borgoña que dejaba al descubierto el vello negro de su torso y sus pantorrillas, también ligeramente peludas. Lo que evidenciaba que estaba desnudo. Con los brazos en jarras, lo único que le faltaba para ser la viva imagen de la impaciencia era empezar a mover un pie.

Impaciente por ella.

El estómago de Abby volvió a saltar.

Era tan guapo... ¡Absolutamente perfecto! Abby suspiró.

Evidentemente, tenía que ser hipermétrope para no darse cuenta de que ella carecía de atractivo físico, pero Abby no iba a quejarse por eso.

Rhys se le acercó y ella lo esquivó al instante.

—¡Espera!

—¿A qué?

Su humor empeoró.

—Yo... quiero enseñarte algo.

—Si no eres tú desnuda y debajo de mí —replicó—, no me interesa.

Abby se rio.

Se había pasado la cena observándolo, viendo lo rápido que era en el arte de la conversación y del halago. Las damas que tenía sentadas a ambos lados habían quedado cautivadas, pero Abby notó que, sin embargo, él la miraba a ella.

—Concédeme un segundo. —Arqueó una ceja al ver que abría la boca, dispuesto a quejarse de nuevo—. Es mi desfloramiento. Cuando estemos en la cama, dejaré que me hagas todo lo que quieras. Pero hasta entonces, quiero tener el control de los preliminares.

A Trenton le temblaron los labios y en sus ojos brilló un fuego que hizo que Abby se estremeciera. Si tomaba como ejemplo lo que había sucedido en el jardín, aquel hombre iba a devorarla.

—Como desees, amor.

Ella se escondió detrás del biombo y empezó a desnudarse.

No era así como se había imaginado perder la virginidad. Ante ella no tenía a su cariñoso y paciente esposo, dispuesto a tratarla como si fuera de porcelana. No llevaba una alianza en el dedo, ni tampoco había cambiado de nombre.

—¿Qué diablos estás haciendo? —masculló él, como si Abby fuera la mujer más hermosa del mundo y digna de tanta expectación.

La verdad era que el modo en que Rhys la miraba la hacía sentirse hermosa.

—Ya casi estoy.

Se había puesto un vestido fácil de quitar sin la ayuda de nadie, pero, aun así, seguía siendo un poco complicado. Por fin se deshizo de la prenda, respiró hondo y salió de detrás del biombo.

—Ya era hora... —Las palabras de Rhys se convirtieron en silencio en cuanto dejó de pasear de un lado al otro y se detuvo a mirarla.

Ella se movió nerviosa ante el ardiente escrutinio de sus ojos.

—Hola.

—Abby. —Solo una palabra, pero estaba llena de admiración y placer—. Dios mío.

Ella movía nerviosa los dedos de la mano derecha por el escote de su camisón rojo.

—Mi madre tenía más pecho que yo, así que me temo que no le hago justicia a la prenda.

Trenton se acercó con su innata elegancia; tenía las mejillas sonrojadas, los labios entreabiertos y la respiración acelerada.

—Si llegas a hacerle más justicia, yo estaría de rodillas.

Abby se ruborizó, apartó la vista y se concentró en el cosquilleo que sentía al verlo acercarse, hasta que la tocó con suma ternura.

—Gracias.

—No, amor —murmuró él con voz ronca y profunda—, gracias a ti. Siempre atesoraré el regalo que me estás dando.

Le colocó un dedo bajo el mentón para levantarle la cara y le cubrió los labios con los suyos. El beso empezó despacio, pero no tardó en aumentar de intensidad y pronto los labios de él se movían frenéticos sobre los de ella, robándole el aliento, mareándola.

Abby se estremeció entre sus brazos y Rhys la pegó contra su cuerpo, la levantó en brazos y la acostó en la cama.

Y de repente estaba en todas partes. Tocándola, acariciándola. La pellizcaba con los dedos, tiraba de su piel. Con la boca la lamía y la besaba. La mordía. No paraba de decirle cosas bonitas con voz ronca.

—¡Trenton! —suplicó ella, convencida de que moriría de aquel deseo que él no paraba de avivar sin llegar nunca a saciárselo.

A pesar de su impaciencia de antes, ahora no parecía tener ninguna prisa.

—Rhys —la corrigió él.

—Rhys...

Sin saber qué hacer, ni qué decir, lo único que hacía Abby era tocarle los hombros, aquel cabello tan maravilloso, la musculosa espalda perlada de sudor. Era una obra de arte, tenía un cuerpo que excitaba solo con mirarlo.

No todos los hombres eran tan guapos como él y Abby sabía que tenía mucha suerte de poder compartir el lecho de una criatura tan masculina.

—Dime cómo darte placer.

—Si me das más placer, los dos lo lamentaremos.

—¿Cómo es eso posible?

—Confía en mí —murmuró él antes de besarla, y subió una mano por detrás de la rodilla de ella hasta la cadera.

Antes de que Abby pudiera decir nada, los dedos de Rhys le separaron los labios del sexo.

Gimió de placer al tocar la humedad que se había acumulado allí.

—Estás muy mojada.

—Yo... lo siento.

Notó que se sonrojaba de pies a cabeza.

—Dios santo, no lo sientas. —Rhys se colocó encima de ella y le separó los muslos—. Es perfecto. Tú eres perfecta.

No lo era. No de verdad. Pero la reverencia con que Rhys la estaba tocando le dijo a Abby que, al menos durante aquel instante, él de verdad lo creía.

Se mordió el labio inferior para contener los sollozos al notar que el pene de Rhys entraba en su cuerpo y la ensanchaba de un modo muy doloroso. A pesar de que había decidido que sería una buena amante, se tensó.

Él la sujetó por las caderas con fuerza y la mantuvo inmóvil para seguir entrando inexorablemente dentro de su cuerpo.

—Tranquila... un poco más... sé que duele...

Y, de repente, algo dentro de ella cedió y abrió paso a Rhys, cuyo miembro tembló en su interior.

Él le sujetó el rostro entre las manos y con los pulgares le apartó las lágrimas sin dejar de besarla.

—Pequeña. Perdona que te haya hecho daño.

—Rhys.

Abby lo abrazó y dio gracias por estar con él, consciente de que la confianza que le tenía era un regalo de lo más excepcional. Abby no sabía por qué ese hombre, ese desconocido, la afectaba de aquella manera. Ella sencillamente se alegraba de poder tenerlo a su lado durante el tiempo que fuera.

Él la abrazó y le dijo palabras de cariño para tranquilizarla. Ella era tan suave, tan perfecta para Rhys. La intensidad del momento lo había emocionado. Abby dudaba que un esposo hubiera sido tan delicado.

Y, cuando ella se calmó, él empezó a moverse, a deslizar de un modo muy sinuoso su miembro hacia adentro y hacia afuera de su sexo. El dolor que había sentido antes se convirtió en placer y este no dejó de incrementarse.

Abby no se dio cuenta de que había empezado a mover las caderas al ritmo de las de Rhys hasta que él habló.

—Justo así —dijo entre dientes, con el cuerpo empapado de sudor—. Muévete conmigo.

Ella lo hizo y le rodeó las caderas con las piernas; entonces notó que él entraba hasta lo más profundo de ella. Ahora cada embestida terminaba en un lugar de su cuerpo que le hacía encoger los dedos de los pies y clavarle las uñas en la espalda a Rhys.

—Gracias a Dios —masculló Rhys al notar que ella alcanzaba el orgasmo.

Entonces él se estremeció brutalmente y la llenó de su calor, abrazándola con tanta fuerza que a ella le costó respirar.

—¡Abby!

Ella lo abrazó a su vez y lo pegó a su corazón, sonriendo como lo haría toda una mujer.

No, así no era como había soñado perder su virginidad.

Aquello era mucho mejor.

Una maldición en voz baja despertó a Rhys y lo obligó a abrir los ojos. Volvió la cabeza y apenas fue capaz de distinguir la silueta de Abby saltando a la pata coja mientras se sujetaba un pie con la mano.

—¿Qué diablos estás haciendo caminando a oscuras? —le susurró—. Vuelve a la cama.

—Debería irme.

A pesar de la escasa luz que proporcionaban las brasas del fuego de la chimenea, Rhys vio que iba vestida igual que cuando la había hecho entrar en la habitación.

—No, no deberías. Ven aquí.

Apartó la colcha y las sábanas en señal de invitación.

—Me dormiré de nuevo y entonces no podré volver a mi dormitorio.

—Yo te despertaré —le prometió, echando de menos tenerla acostada a su lado.

—No es práctico que vuelva a dormirme para tener que despertarme dentro de unas horas e irme a mi habitación, donde me dormiré una vez más para que luego me despierte mi doncella.

—Amor —suspiró Rhys—. ¿Por qué quieres ser práctica tú sola si podemos ser poco prácticos juntos?

Él casi no vio que ella negaba con la cabeza.

—Milord...

—Rhys.

—Rhys.

Eso estaba mucho mejor. Su tono de voz cambiaba y se tornaba seductor cuando decía su nombre.

—Quiero abrazarte un poco más, Abby —le dijo, dando unas palmadas en el colchón a su lado.

—Tengo que irme.

Ella se acercó a la puerta y Rhys se quedó allí tirado, atónito, sintiéndose abandonado y desolado al ver que era capaz de irse cuando él deseaba con desesperación que se quedara.

—Abby.

Se detuvo.

—¿Sí?

—Te deseo. —La voz le salió medio dormida y Rhys confió

en que eso sirviera para ocultar el nudo que tenía en la garganta—. ¿Podré volver a tenerte?

El silencio se alargó y él apretó los dientes. Ella por fin contestó con el mismo tono que utilizaría para aceptar una invitación para tomar el té.

—Me encantaría.

Y desapareció como haría cualquier mujer de mundo experimentada. Sin un beso de despedida y sin una caricia.

Y Rhys, un hombre que siempre había sido muy práctico en sus aventuras amorosas, descubrió que se sentía dolido.

—Esto no es lo que me había imaginado cuando me pediste que te acompañara —se quejó Spencer mientras colocaba una piedra en su lugar.

Gerard le sonrió y dio un paso atrás para observar los progresos que habían hecho en la construcción de aquel muro. No había ido allí con intención de ponerse a trabajar en el campo, pero cuando se encontró con un grupo de campesinos dedicados a esa tarea, aprovechó la oportunidad. El trabajo duro y los músculos doloridos le habían enseñado a buscar la satisfacción dentro de sí mismo y a disfrutar de las cosas sencillas, como por ejemplo el trabajo bien hecho. Y era una lección que estaba decidido a enseñarle a su hermano.

—Después de que tú y yo hayamos muerto, Spencer, este muro seguirá aquí. Tú formas parte de algo eterno. Piensa un poco en tu pasado y dime si has hecho algo para dejar tu huella en este mundo.

Su hermano se puso recto y frunció el cejo. Los dos se habían remangado las mangas de la camisa, estaban cubiertos de polvo y tenían las botas sucias. No parecían los nobles que eran.

—Por favor, no me digas que también te has vuelto filósofo. Como si no bastara con que estés todo el día pendiente de tu esposa.

—Supongo que preferirías que estuviera pendiente de la esposa de otro, ¿no? —contestó él, sarcástico.

—Pues claro que sí. De esa manera, cuando te cansas de ella la dejas, se va hecha un mar de lágrimas y el problema es de otro hombre, no tuyo.

—Tienes demasiada fe en mí, hermanito, y más teniendo en cuenta que a mi esposa se le da muy bien convertir a los hombres en un mar de lágrimas.

—Ah, sí, eso va a ser complicado. La verdad es que no te envidio. —Se secó el sudor de la frente con el dorso de la mano y le sonrió—. En fin, cuando Pel te haya pisoteado bajo la suela de su zapato como un bicho, yo estaré a tu lado para ayudarte. Te daré vino, te presentaré a mujeres y volverás a quedar como nuevo.

Gerard negó con la cabeza y se apartó de su hermano riéndose. Entonces vio a dos jóvenes peleándose en una colina cercana. Preocupado, se alejó de donde estaba.

—No tiene de qué preocuparse, milord —dijo una voz a su lado. Gerard se dio la vuelta y vio a uno de los campesinos—. Solo son mi hijo Billy y su amigo.

Él volvió a mirar la escena y luego los chicos corrieron por la colina hasta llegar al llano.

—Ah, sí, me acuerdo de que yo también tenía días como este en mi juventud.

—Creo que eso nos ha pasado a todos, milord. ¿Ve a esa muchacha que está sentada en la cerca?

Gerard miró donde señalaba el campesino y el corazón se le detuvo al ver a una muchacha rubia que se reía de los dos chicos que corrían hacia ella. Su cabello casi plateado reflejó los rayos del sol y su brillo compitió con el de su sonrisa.

Era preciosa.

Se parecía mucho a Emily.

—Los dos llevan años compitiendo por el afecto de la joven. Ella siente cariño por mi hijo, pero la verdad es que espero que al final tenga la sensatez de escoger al otro.

Gerard apartó la mirada de la bella joven y arqueó ambas cejas.

—¿Por qué?

—Porque Billy solo cree que está enamorado. A mi hijo le gusta competir con todo el mundo, ser mejor que nadie y, aunque sabe que ella no es la chica adecuada para él, no puede soportar perder su admiración. Es un acto puramente egoísta. Pero el otro chico la quiere de verdad. Siempre la ayuda en sus tareas y la acompaña al pueblo. Se preocupa por ella.

—Entiendo.

Y era verdad, lo entendía de un modo como nunca lo había entendido antes.

«Emily.»

Durante su Grand Tour él no había pensado en ella ni un segundo. Ni uno. Estaba demasiado ocupado acostándose con cortesana tras cortesana como para pensar en la preciosa chica que tenía en casa. Solo pensó un poco en ella cuando volvió y descubrió que se había casado con otro. ¿Se había portado igual que Billy? ¿Sencillamente había reaccionado porque tenía celos de que ella dedicara sus atenciones a otro?

«Tú siempre has deseado a las mujeres de los demás.»

Dios santo.

Dio media vuelta y se dirigió a la parte del muro que ya estaba terminada con la mirada perdida, porque en realidad estaba mirando hacia su interior.

Mujeres. De repente pensó en todas, en todas las que se había encontrado en su camino.

¿Era la necesidad de competir con Hargreaves lo que lo había impulsado a desear a Pel con tanta desesperación?

Pensó en su esposa y notó cómo una cálida sensación se extendía por su pecho. «Te quiero a ti.» Lo que le hacían sentir esas palabras no tenía nada que ver con Hargreaves. No tenía nada que ver con nadie excepto con Isabel. Y ahora que se le había caído la venda que llevaba en los ojos sabía que ella era la única mujer que lo había hecho sentir así.

—¿Hemos acabado?

Enfocó la vista y descubrió a Spencer de pie delante de él.

—Todavía no.

Abrumado por el sentimiento de culpabilidad de lo que le había hecho a Emily, Gerard se puso a trabajar, a hacer lo que había hecho durante los últimos cuatro años: exorcizar sus demonios extenuándolos.

—Lady Grayson.

Isabel levantó la vista del libro que estaba leyendo y vio a John acercándose a la terraza de lord Hammond en la que ella estaba sentada y le sonrió. Cerca de ella, a su derecha, estaba Rhys charlando con la señorita Abigail y los Hammond. A su izquierda, el conde y la condesa de Ansell estaban tomando el té con lady Stanhope.

—Buenas tardes, milord —lo saludó, admirando lo guapo que estaba con aquel traje gris oscuro que le hacía brillar los ojos.

—¿Puedo acompañarla?

—Por favor.

A pesar de las que cosas que habían quedado por decir entre

los dos, Isabel agradeció la compañía de John. En especial después de haber tomado el té con la marquesa viuda quien, por fortuna, acababa de irse.

Cerró la novela y, con un gesto, le pidió a uno de los sirvientes que llevara más refrescos.

—¿Cómo estás, Isabel? —le preguntó él, mirándola a los ojos en cuanto se hubo sentado.

—Estoy bien, John —le aseguró—. Muy bien. ¿Y tú?

—Yo también estoy bien.

Ella miró a su alrededor y bajó la voz.

—Dime la verdad, por favor. ¿Te he hecho daño?

La sonrisa de él fue tan sincera que la tranquilizó enormemente.

—En mi orgullo sí. Pero la verdad es que el fin de nuestra relación se estaba acercando lentamente, ¿no es así? Y yo no me di cuenta, igual que no me he dado cuenta de muchas cosas desde que murió lady Hargreaves.

El corazón de Isabel se llenó de ternura hacia él. Ella había perdido una vez a un ser querido, así que podía entender en parte cómo se sentía. Aunque para John sin duda había sido mucho peor, porque su amor sí había sido correspondido.

—El tiempo que pasamos juntos significa mucho para mí, John. A pesar del modo tan horrible en que terminó nuestra relación. Lo sabes, ¿no?

Él se apoyó en el respaldo de la silla y le sostuvo la mirada.

—Lo sé, Isabel —le dijo— y tus sentimientos hacia mí han hecho que me resulte mucho más fácil entender el propósito de nuestra relación y ponerle el punto final que se merece. Tú y yo nos buscamos el uno al otro para consolarnos; los dos estábamos heridos; yo por la muerte de mi amada esposa y tú por la muerte de tu no tan amado marido. Entre tú y yo no había ataduras, ni obligaciones, ni teníamos objetivos comunes... solo nos hacíamos compañía. ¿Cómo quieres que esté enfadado contigo por haber evolucionado al ver que algo mucho más profundo entraba en tu vida?

—Gracias —contestó ella con fervor, mirando aquel rostro tan atractivo con un cariño completamente distinto al de antes—. Por todo.

—La verdad es que te envidio. Cuando Grayson vino a hablar conmigo, yo...

—¿Qué? —Parpadeó sorprendida—. ¿Qué quieres decir con «cuando Grayson vino a hablar conmigo»?

John se rio.

—Así que no te lo ha contado. El respeto que siento hacia él acaba de duplicarse.

—¿Qué te dijo? —le preguntó, abrumada por la curiosidad.

—Lo que me dijo no es importante. Lo importante es la pasión con que lo dijo. Eso es lo que envidio. Yo también quiero sentir eso y creo que por fin estoy listo para ello, gracias en parte a ti.

Isabel habría querido poder alargar el brazo y apretarle la mano, que descansaba relajada encima de la mesa, pero no podía. En vez de eso, volvió a hablar.

—Prométeme que siempre seremos amigos.

—Isabel. —En su voz se notaba una sonrisa y la determinación del acero—. Nada en este mundo podrá impedir que sea tu amigo.

—¿De verdad? —Arqueó una ceja—. ¿Y si hago de celestina? Tengo una amiga...

John fingió temblar asustado.

—Bueno, eso quizá sí.

En cuanto Gerard y Spencer volvieron a la mansión Hammond, fueron directamente a sus aposentos para bañarse y quitarse de encima el sudor y el polvo del día de trabajo.

Gerard se moría de ganas de ver a Isabel y tuvo que recurrir a toda su fuerza de voluntad para contenerse. Necesitaba hablar con ella y explicarle su descubrimiento. Quería buscar consuelo en sus brazos y eliminar los miedos de ella y para eso necesitaba decirle que, para él, estaba por encima de todas las mujeres. Y, lo más importante, que sospechaba que siempre sería así.

Pero como también quería abrazarla, supuso que antes de ir a verla necesitaba darse un baño.

Así que se metió en la bañera de agua caliente, apoyó la cabeza contra el borde y le dijo a Edward que podía irse.

Cuando se abrió la puerta, bastante más tarde, Gerard sonrió y mantuvo los ojos cerrados.

—Buenas noches, cariño. ¿Me echabas de menos?

Un murmullo gutural ensanchó la sonrisa de Gray.

Isabel se acercó y a él se le aceleró la circulación. Se notaba lánguido por el cansancio y la temperatura del agua y por eso tardó varios segundos en detectar que el perfume que olía no era el que esperaba. De repente volvió a abrirse la puerta...

«¿Qué diablos...?»

Justo en el mismo instante en que la desconocida metía la mano en el agua y le rodeaba el miembro con los dedos.

Gerard se apartó sobresaltado y el agua salpicó por el borde de la bañera. Abrió los ojos y se encontró con la mirada sorprendida de Barbara. A lo largo de aquellos días, había visto que ella lo miraba, pero Gerard creía que, después de fulminarla con la mirada y de advertírselo directamente en el baile que Hammond había celebrado en la ciudad, ella había entendido que no quería que se le acercara. Al parecer estaba equivocado.

Gerard la tomó de la muñeca y vio que ella levantaba la vista y se quedaba horrorizada.

—Si quiere conservar esa mano —dijo la voz de Pel desde la puerta—, le sugiero encarecidamente que la aparte de mi marido.

El frío que desprendían esas palabras lo dejaron helado, a pesar de lo caliente que estaba el agua.

«¡Maldición!»

15

«¿Por qué mi esposa siempre tiene la desgracia de encontrarme en estas situaciones tan comprometidas?»

Gerard le enseñó los dientes a la intrusa y esta retrocedió asustada. Él salió del agua y tomó la toalla que su ayuda de cámara había dejado encima de una silla, mientras veía cómo Pel echaba a Barbara de la habitación.

Luego le gritó por el pasillo, a medida que la mujer iba alejándose.

—¡No he terminado con usted, madame!

Gerard se armó de valor y esperó a que la leona de su esposa se diera la vuelta para mirarlo. Y, cuando lo hizo, se asustó al ver su expresión. Por un segundo, Isabel lo miró con ojos impenetrables; llevaba el cabello suelto, que le caía por la espalda, e iba en bata. Entonces dio media vuelta y retrocedió corriendo a su habitación.

—Pel.

Gerard se peleó con la bata y fue tras ella, impidiendo con una mano que le cerrara la puerta en las narices. Una vez dentro del dormitorio, observó con cautela a su esposa mientras se vestía. La vio caminar de un lado a otro de la habitación y se preguntó cómo podía empezar aquella conversación.

Al final, dijo:

—Yo no he instigado ni he participado lo más mínimo en este encuentro.

Isabel lo miró de reojo, pero no dejó de pasear, nerviosa.

—Creo que quieres creerme —murmuró Gerard en voz baja, al ver que ella no lo estaba insultando ni tirando cosas a la cabeza.

—No es tan sencillo.

Gerard se le acercó y le puso las manos en los hombros para obligarla a detenerse. Fue entonces cuando notó que a Isabel le costaba respirar, lo que hizo que a él se le acelerara desesperadamente el corazón.

—Sí es tan sencillo. —La zarandeó con cuidado—. Mírame. ¡Mira quién soy!

Ella levantó la mirada y Gerard vio que tenía el mismo brillo húmedo que había visto en sus ojos la noche del baile de Hammond.

Le acunó el rostro entre las manos y le echó la cabeza levemente hacia atrás.

—Isabel, amor mío. —Colocó la mejilla encima de la suya e inspiró hondo, inhalando su esencia—. Yo no soy Pelham. Quizá antes... cuando era más joven...

Ella se aferró a su bata con los puños cerrados.

Gerard suspiró.

—Ya no soy ese hombre y la verdad es que nunca he sido Pelham. Yo nunca te he mentido, nunca te he escondido nada. Desde el momento en que nos conocimos, me he abierto a ti como nunca lo he hecho con otra persona. Tú has visto lo peor de mí. —Volvió la cabeza y le besó los labios fríos. Le lamió la comisura y, poco a poco, suavemente, consiguió que los separara—. En tu corazón, ¿no puedes ver lo mejor de mí, por favor?

—Gerard... —suspiró y, con la lengua, tocó insegura la de él, haciéndolo gemir.

—Sí. —La acercó a él y aprovechó aquel breve instante de debilidad—. Confía en mí, Pel. Yo tengo tanto que contarte... Tanto que compartir. Por favor, dame... danos... una oportunidad.

—Estoy asustada —reconoció ella, diciéndole lo que él ya sabía pero esperaba oír de sus labios.

—Eres muy valiente al decir eso —la elogió— y yo tengo mucha suerte de ser el hombre que has elegido para compartir tus miedos.

Isabel jaló el cinturón de la bata y desató la suya, después pegó su piel desnuda a la de él. No había barreras entre ellos. Ella tenía la mejilla apoyada en su torso y Gerard sabía que estaba escuchando los latidos de su corazón, lo constantes que eran.

Deslizó la mano por debajo de su bata y le acarició la espalda.

—No sé cómo hacer esto, Gray.

—Yo tampoco. Pero seguro que si combinamos nuestra experiencia con el sexo opuesto, podemos arreglárnoslas. Yo siempre he sabido cuándo una mujer se cansaba de mí. Y seguro que...

—Mientes. Ninguna mujer se ha cansado nunca de ti.

—Ninguna mujer en su pleno juicio —la corrigió él—. ¿Acaso Pelham no te dio ninguna señal? ¿O es que un día se despertó sin cerebro?

Ella frotó el rostro contra el torso de él y se rio. Fue un sonido algo tembloroso, pero completamente sincero.

—Sí, me dio señales.

—Entonces, tú y yo haremos otro trato. Tú me dirás si ves aparecer alguna señal y yo te prometo que te demostraré sin lugar a dudas que no tienes de qué preocuparte.

Ella se apartó y lo miró a los ojos. Tenía la boca entreabierta y los ojos se le veían de color chocolate. Gerard se quedó hipnotizado mirando aquellas facciones que distaban mucho de ser delicadas. Isabel poseía una belleza salvaje e indomable.

—Dios, eres tan hermosa... —murmuró   . A veces me duele mirarte.

La pálida piel de ella se sonrojó y su rubor dijo más que mil palabras. Pel era una mujer de mundo, si es que alguna vez había existido algo así, pero él podía hacer que se sonrojara como una colegiala.

—¿De verdad crees que tu plan funcionará?

—¿Qué? ¿Hablar el uno con el otro? ¿No dejar que las dudas nos envenenen? —Soltó un suspiro exagerado—. ¿Te parece que es demasiado trabajo? Quizá entonces podríamos limitarnos a quedarnos en la cama todo el día y coger como conejos.

—¡Gerard!

—Oh, Pel. —La levantó del suelo y giró con ella en brazos—. Estoy loco por ti. ¿Acaso no lo ves? Te preocupa que pierda interés por ti, pero a mí me preocupa perder el tuyo.

Ella le rodeó el cuello con los brazos y lo besó en la mejilla.

—Yo también estoy loca por ti.

—Sí —contestó él riéndose—. Lo sé.

—Eres un canalla engreído.

—Sí, pero soy tu canalla engreído y es exactamente así como te gusto. No, no te apartes. Hagamos el amor y sigamos hablando.

Ella negó con la cabeza.

—No podemos volver a saltarnos la cena.

—Te has vestido para seducirme ¿y ahora que tus curvas están pegadas a mi cuerpo te apartas? ¿Qué clase de tortura es esta?

—Teniendo en cuenta que no hace falta provocarte demasiado para que tengas ganas de acostarte conmigo, quiero que conste que no me he vestido para seducirte. Voy así porque resulta que estaba durmiendo una siesta. —Esbozó aquella sonrisa que él tanto adoraba—. Y soñando contigo.

—Bueno, ahora estoy aquí. Utilízame como quieras. Te lo suplico.

—Lo dices como si te hiciera falta. —Dio un paso atrás y él fingió que le costaba mucho soltarla.

—Ojalá pudiera decir que venir aquí ha sido un error —dijo resignado—, pero la verdad es que creo que no.

—Yo tampoco. —Isabel lo miró seductora por encima del hombro—. Y... la paciencia es una virtud que siempre es recompensada.

—¿Ah, sí? —preguntó siguiéndola—. Cuéntame más sobre esa virtud.

—Lo haré mientras me ayudas a vestirme. Pero antes dejemos las cosas claras: si esa mujer vuelve a acercarse a ti, Grayson, lo interpretaré como una señal.

—No temas, cariño —murmuró él, rodeándola por la cintura cuando ella se detuvo frente a un armario—. Creo que le has dejado muy clara cuál es tu opinión.

Isabel entrelazó los dedos con los suyos encima de su estómago.

—No sé. Ya lo veremos.

—¡Creía que iba a arrancarme los ojos!

Spencer negó con la cabeza y miró a través del salón de los Hammond hacia el lugar donde Isabel estaba charlando con lady Ansell.

—¿En qué diablos estabas pensando?

Barbara arrugó la nariz.

—Cuando he salido de mi habitación he visto que Grayson entraba en la suya y he supuesto que Isabel aún seguía aquí abajo, con el resto de los invitados.

—Ha sido muy estúpido por tu parte, lo mires como lo mires.

Miró a su hermano de reojo y el modo en que este lo miró a él le dejó claro lo que pensaba.

«Controla a esa mujer.»

—Lo sé —reconoció Barbara.

—Y, bueno, la verdad, ya te he explicado que todos los miembros de la familia Faulkner somos iguales —añadió, aprovechando el doble sentido.

—Sí, supongo que es verdad.

—¿Has aprendido ya la lección? Mantente alejada de Grayson.

—De acuerdo. ¿Me prometes que me protegerás de la furia de Isabel?

—Tal vez...

Ella comprendió el mensaje.

—Me retiraré dentro de un instante.

Barbara se puso en pie y se fue.

Ansioso por recibir las atenciones de la dama, Spencer la despidió con una sonrisa.

—¿He oído bien a lady Stanhope? —preguntó una voz detrás de él.

—Madre. —Spencer puso los ojos en blanco—. Tienes que dejar de escuchar las conversaciones ajenas. Lo digo en serio.

—¿Por qué le has dicho que se mantenga alejada de Grayson? Deja que vaya con él.

—Al parecer, a lady Grayson no le hace demasiada gracia la idea y lady Stanhope teme por su integridad.

—¿Qué?

—Y lord Hargreaves también ha abandonado la partida. El de nuevo reunido matrimonio Grayson ya no tiene ningún obstáculo que se interponga en su felicidad.

—Esa mujer me dijo que quería separarse de él —masculló

furiosa, mirando hacia el otro extremo del salón—. Tendría que haber sabido que me estaba mintiendo.

—Aunque no lo hubiera hecho, Gray está enamorado de ella, así que dudo que puedas hacer algo para alejarlo de su esposa. Mira cómo la devora con la mirada. Y, si te digo la verdad, hoy he hablado largo y tendido con él e Isabel lo hace feliz. Quizá deberías plantearte la posibilidad de darte por vencida.

—¡No pienso hacer tal cosa! —contestó su madre con firmeza, pasándose las manos enguantadas por encima de la falda gris oscuro—. Yo no viviré eternamente y antes de exhalar mi último aliento quiero ver a Grayson con un heredero.

—Ah... —Spencer se encogió de hombros—. Bueno, entonces quizá eso sea precisamente lo que más pueda ayudarte. A mí Pel nunca me ha parecido una mujer maternal. No creo que nadie pueda decir eso de ella. Si hubiera querido tener hijos, seguro que ya los tendría. Y ahora que es más mayor, probablemente tenga problemas para concebir.

—¡Spencer! —La marquesa lo tomó del brazo y lo miró con ojos brillantes—. ¡Eres un genio! ¡Eso es!

—¿El qué? ¿Qué parte de todo lo que te he dicho?

Pero su madre ya se había ido y, tras ver la postura decidida de sus hombros delgados, Spencer se alegró de que no estuviera yendo hacia él. Aunque sí se sintió mal por su hermano, lo que lo llevó a hablar con él en cuanto lord Ansell se fue de su lado.

—Lo siento —murmuró Spencer.

—¿Por qué tuviste que traértela? —le preguntó Gray, malinterpretando la disculpa.

—Ya te lo dije, estaba convencido de que este viaje iba a ser un completo aburrimiento. No podías esperar que además de eso practicara la abstinencia. Me ofrecería voluntario para dejarla exhausta y que así no volviera a molestarte, pero, gracias a ti, me duele todo el cuerpo. El trasero, las piernas, los brazos. No creo que le sirva de mucho, aunque me esforzaré al máximo por hacer un buen papel.

Gerard se rio y le dio una palmada en la espalda.

—Bueno, quizá la intervención de Barbara haya sido para bien.

—Ahora sí que quiero llevarte al manicomio. Ningún hombre en sus cabales afirmaría que el hecho de que su mujer lo sorprenda con la verga en la mano de otra pueda ser algo bueno.

Grayson sonrió y su hermano insistió:

—Vamos, tienes que explicármelo para que pueda utilizar la información en mi favor si algún día me encuentro en una situación parecida.

—No le deseo a nadie una situación así. Sin embargo, en este caso me ha dado la oportunidad de eliminar el mayor miedo de mi esposa.

—¿Que es...?

—Solo para mis oídos, hermano —contestó Gray, misterioso.

—¡Mis queridos invitados, presten atención, por favor! —exclamó lady Hammond, golpeando unas cuantas teclas del piano para causar más efecto.

Gerard miró a su anfitriona y luego se permitió desviar la vista hacia Pel, justo en el mismo instante en que ella lo miraba a él. Su sonrisa lo llenó de felicidad. Una hora o dos más y por fin podrían estar solos.

—Para practicar un poco para la búsqueda del tesoro de mañana, Hammond y yo hemos escondido dos objetos en un lugar de la mansión: un reloj de oro y un peine de marfil. Excepto las habitaciones con las puertas cerradas, o las que ocupan ustedes, cualquier otro sitio puede ser su escondite. Por favor, si encuentran uno de los objetos, háganlo saber. Tengo una sorpresa preparada para cuando termine la búsqueda.

Gerard se acercó a su esposa, pero cuando fue a tomarla del brazo, ella enarcó una ceja y dio un paso atrás.

—Si me buscas a mí, milord, lo pasaremos mejor que si vamos detrás de un reloj y un peine.

A Gerard se le aceleró la circulación al instante y entró en calor.

—Eres mala —susurró para que nadie lo oyera—. Me excitas antes de la cena y ahora me pides que vaya detrás de ti.

La sonrisa de Isabel se ensanchó.

—Sí, soy mala, pero soy tuya y así es exactamente como te gusta.

El gemido que escapó de los labios de él no habría podido contenerlo aunque hubiera querido. Sus instintos primarios respondían al oír que Isabel reconocía en voz alta que le pertenecía.

Las ganas que tenía de echársela encima del hombro y salir de allí en busca de la cama más cercana eran vergonzosas y excitantes al mismo tiempo.

A ella se le oscurecieron los ojos y Gerard comprendió que sabía exactamente qué clase de bestia había despertado, y que le gustaba. Le gustaba. ¿Cómo era posible que hubiera encontrado a una mujer noble que fuera al mismo tiempo una tigresa en la cama?

La sonrisa de él fue feroz.

Ella le guiñó un ojo y giró sobre sus talones para salir del salón junto con el resto de los invitados, aunque contoneando exageradamente las caderas.

Gerard le dio unos segundos de ventaja y luego se puso a buscarla con absoluta determinación.

Isabel siguió a Gray a escondidas, evitando que la vieran, tanto él como el resto de los invitados. Hacía media hora que tendría que haber dejado que la encontrara, pero le encantaba verlo caminar tan decidido y contemplar su trasero. Dios, su marido tenía las nalgas más bonitas del mundo. Y cómo caminaba... Con la certeza de que estaba a punto de coger, con movimientos lánguidos y gráciles. Irresistibles.

Gerard volvía a dirigirse hacia ella y esta vez iba a dejarlo entrar en la habitación donde se ocultaba, porque estaba segura de que tenía el pulso tan acelerado como ella. Estaba tan concentrada mirando a Grayson que no se dio cuenta de que tenía a alguien detrás hasta que notó una mano tapándole la boca y que el desconocido la arrastraba retrocediendo.

No dejó de forcejear hasta que Rhys habló y supo entonces que el secuestrador era su hermano. Él la soltó y ella, con el corazón todavía descontrolado, se volvió para mirarlo.

—¿Qué diablos estás haciendo? —le susurró enfadada.

—Iba a preguntarte lo mismo —contestó Rhys—. Anoche oí a la marquesa lady Grayson contarle a lady Hammond lo de vuestro pacto.

Isabel hizo una mueca de dolor. ¿Cómo era posible que se hubiera olvidado de eso?

—Dios santo.

—Exacto. —Rhys la riñó con su mirada de hermano mayor—. Ya es bastante malo que dijeras en voz alta que querías abandonar a Grayson, pero ¿decírselo a su madre? No para de airearlo. ¿En qué estabas pensando?

—No estaba pensando —reconoció—. Estaba preocupada y hablé sin pensar.

—Tú decidiste casarte con él y ahora tienes que seguir adelante con ese matrimonio, tal como le corresponde a una mujer de nuestra clase social. ¿No pueden encontrar el modo de convivir?

Isabel asintió al instante.

—Sí, creo que sí podemos. Grayson y yo hemos decidido intentarlo.

—Oh, Isabella. —Rhys suspiró y negó con la cabeza en señal de desaprobación, haciendo que su hermana se sintiera culpable—. ¿Acaso no aprendiste con Pelham que tenías que ser práctica? El deseo carnal no es amor, ni siquiera tiene por qué ser el preludio de este. ¿Por qué estás tan empecinada en buscarle el romanticismo a todo?

—No lo estoy —replicó, apartando la vista.

—No sé... —Rhys la tomó del mentón y la obligó a mirarlo de nuevo—. Estás mintiendo, pero eres una mujer adulta y yo no puedo tomar la decisión por ti. Será mejor que lo dejemos así. Pero que sepas que me preocupo por ti. Eres demasiado sensible.

—No todos podemos tener un corazón de acero —dijo ella.

—De oro —bromeó su hermano, pero su sonrisa se desvaneció al expresar su inquietud—. La marquesa viuda de Grayson no es una mujer a la que puedas tomar a la ligera. Está decidida a separarlos, aunque no sé por qué. Eres hija de un duque y serías la esposa ideal para cualquier noble. Si Grayson y tú quieren tener un matrimonio de verdad, no entiendo qué objeciones pueda tener.

—A esa mujer nada la hace feliz, Rhys.

—Bueno, sea como sea, si sigue por este camino se meterá en camisa de once varas cuando nuestro padre intervenga. Porque intervendrá, Isabella.

Isabel suspiró. Como si Gerard y ella no tuvieran bastante con sus problemas del pasado, ahora iban a tener que enfrentarse a amenazas externas.

—Hablaré con la marquesa, aunque no creo que sirva de nada.

—Bien.

—Estás aquí —dijo Grayson con voz ronca detrás de ella, justo antes de rodearle la cintura con las manos—. Trenton, ¿no tienes que buscar un reloj?

Rhys arqueó una ceja.

—Sí, eso creo.

Miró a Isabel antes de partir y ella asintió indicándole que comprendía lo que le había dejado claro con la mirada.

—¿Por qué tengo la sensación de que ya no estás de humor? —le preguntó Gray cuando se quedaron a solas.

—No es verdad.

—Entonces ¿por qué estás tan tensa, Pel?

—Tú podrías ponerle remedio a eso.

Se volvió entre sus brazos, quedando de cara a él.

—Si supiera la causa —murmuró Gray—, seguro que podría.

—Quiero estar a solas contigo.

Él asintió y la guió hasta el ala donde se encontraba su dormitorio, pero cuando Isabel oyó voces acercándose, lo jaló y lo metió en la primera habitación que encontró.

—Cierra la puerta.

La habitación en la que habían entrado tenía las cortinas echadas y estaba tan oscura que no se veía nada, que era exactamente lo que Isabel quería en aquel momento. Oyó correrse el pestillo.

—Gerard.

Se volvió y lo buscó. Le metió las manos por debajo del saco para abrazarlo por la cintura.

Lo tomó tan desprevenido que Gray se tambaleó hacia atrás y se golpeó contra la puerta.

—Dios, Pel.

Ella se puso de puntillas y escondió el rostro en el cuello de él.

¡Cómo le gustaba sentir su presencia!

—¿Qué pasa? —le preguntó Gray emocionado, rodeándola con los brazos.

—¿Es esto todo lo que tenemos? ¿Este anhelo?

—¿De qué diablos estás hablando?

Isabel le lamió el cuello, consumida por la fiebre que él le causaba. Ella jamás se había rendido a él. No del todo. Quizá era esa última barrera lo que hacía que Gerard siguiera persiguiéndola. Pero si era así, necesitaba saberlo ya. Antes de que fuera demasiado tarde.

Lo sujetó por las nalgas y frotó su cuerpo con el de ella.

Él se estremeció.

—Pel, no me provoques así aquí. Vamos a nuestra habitación.

—Antes me ha parecido que tenías ganas de jugar.

Le tocó la espalda por encima de la seda del chaleco y no dejó de apretarse contra su cuerpo; los pechos en su torso, el estómago contra su rígida erección.

La oscuridad era liberadora. Lo único que existía en el mundo de Isabel en aquel instante era el cuerpo de aquel hombre al que tanto deseaba, su olor, su deliciosa voz. El ansia. El anhelo.

—Antes parecías tener ganas de jugar —dijo él—. Creía que nos tocaríamos, que nos besaríamos. —Se quedó sin aliento al notar que le acariciaba el miembro por encima de los pantalones, pero no la detuvo—. Ahora en cambio estás... estás... Maldita sea, no tengo ni idea de cómo estás, pero sé que para averiguarlo necesitamos una cama, mi erección y muchas horas sin interrupciones.

—¿Y si no puedo esperar? —suspiró ella, apretándole el prepucio a través de los botones de la bragueta.

—¿Quieres que te haga el amor aquí? —Tenía la voz ronca de lujuria—. ¿Y si viene alguien? No tenemos ni idea de en qué habitación estamos.

Ella empezó a desabrocharle los botones del pantalón.

—En alguna habitación vacía, a juzgar por la falta de fuego en la chimenea. —Suspiró de placer al notar que el pene de él quedaba libre y que estaba completamente excitado—. Te estoy ofreciendo la oportunidad de que me poseas en un lugar público, tal como me dijiste que eras capaz de hacer.

Gerard le asió la muñeca, pero ella no se dejó amedrentar y, con la mano que tenía libre, le apretó las nalgas. Inflamado de deseo, él gruñó, se movió e intercambió sus posiciones para que Isabel quedara con la espalda pegada a la puerta.

—Como desees.

Le deslizó las manos por debajo de la falda y al mismo tiempo le mordió el hombro con fuerza.

La cabeza de ella cayó hacia un lado al notar que le separaba los labios del sexo y que empezaba a acariciarle el clítoris. Separó las piernas con descaro y se deleitó con la destreza de Gerard. Este había pasado horas cogiéndola con los dedos y con la lengua, decidido a averiguar todas las maneras en que podía alcanzar el orgasmo.

—¿Qué te pasa? ¿Qué te ha dicho Trenton? —Deslizó los largos dedos en su interior y la acarició. Estaba húmeda hasta tal punto que el miembro desnudo de él se movió impaciente—. Dios, Pel, estás tan mojada...

—Y tú estás goteando semen encima de mi pierna. —Se estremeció al notar el principio del orgasmo, y todas y cada una de las partes de su cuerpo le pidieron algo más que eso—. Hazme el amor. Por favor. Te deseo. Te quiero.

Y, tal como había supuesto, fueron sus últimas palabras las que lo empujaron a moverse. Gerard la sujetó por la parte trasera de los muslos y la levantó del suelo como si nada. Isabel deslizó la mano entre los dos y guió su erección hacia la entrada de su cuerpo, gimiendo de delirio cuando él la hizo descender para que su miembro entrara en ella.

Gray se inclinó hacia adelante; su torso se movía contra el de ella con cada respiración entrecortada. Isabel lo abrazó, aspiró su aroma, absorbió la sensación de que la estuviera sosteniendo, de tenerlo dentro.

«¿Acaso con Pelham no aprendiste que tenías que ser práctica?»

—¿Es esto lo único que tenemos?

—Isabel. —Gerard le pasó la nariz por el cuello, los labios abiertos y húmedos por la piel. Un temblor lo sacudió entero cuando el sexo de ella se apretó alrededor de su erección— Pido a Dios que sea lo único que tengamos, porque si hay más no podré sobrevivir.

Isabel presionó la mejilla contra la suya y gimió al notar que Gerard se movía. Salía de su interior y luego volvía a entrar. Despacio, saboreando cada segundo.

—Más. —No fue una petición.

Él se detuvo y se tensó.

—Maldita seas —masculló Gray, empujándola hasta hacerle daño—. ¿Acaso nunca estaré lo bastante dentro de ti? ¿Nunca te cogeré tanto como necesitas? ¿Nunca te saciaré? ¿Nunca seré suficiente?

Dobló las rodillas e incrementó el ritmo, movió las caderas más rápido, más fuerte, hasta que ella tuvo la sensación de que podía sentirlo en su garganta. Sorprendida por la vehemencia de Gerard, Isabel no dijo nada.

—¿Me preguntas si esto es lo único que tenemos? ¡Sí!

La clavó contra la puerta de una embestida y la mantuvo allí inmóvil e Isabel gritó de placer y de dolor. Gerard no se movía, excepto su erección, que seguía vibrando en el interior de ella.

Isabel se movió y lo arañó, al límite del orgasmo. Se aferró a sus hombros, a sus caderas, intentó moverse, pero todo fue en vano.

—Tú y yo y nadie más, Pel. Aunque termine matándome, encontraré el modo de ser lo que necesitas.

El calor desbordó el corazón de ella. Gray no era como Pelham. Era honesto y sincero. Su pasión era real y le salía directamente del corazón.

Quizá ella no fuera una mujer práctica en lo que se refería al matrimonio, pero con su marido no tenía por qué serlo.

—Yo también quiero ser todo lo que tú necesitas. Desesperadamente —reconoció sin miedo.

—Lo eres. —Apretó el rostro empapado de sudor contra el de ella—. Por Dios santo, tú lo eres todo para mí.

—Gerard. —Le hundió los dedos en el cabello—. Por favor.

Él se movió y mantuvo un ritmo constante y estable. Isabel le dejó tomar el control y relajó todo el cuerpo, a excepción de los músculos con que le apretaba el miembro. Gerard gemía cada vez que ella los contraía e Isabel cada vez que él la embestía. No había ninguna meta, se entregaban el uno al otro utilizando todo lo que sabían para aumentar el placer.

Y cuando Gray pegó los labios a la oreja de ella y gimió:

—¡Dios! ¡No puedo... Pel! ¡No puedo parar! Voy a venirme...

Isabel susurró:

—¡Sí! ¡Sí!...

Gerard le colocó las manos en los muslos para separárselos más y se hundió en lo más hondo de ella con un gemido tan doloroso y profundo que Isabel lo oyó incluso por encima de los latidos de su corazón, que retumbaban en sus oídos.

El orgasmo de Gerard fue violento, su poderoso cuerpo se estremeció y su pene tembló, mientras su torso se sacudía al darle a Isabel lo que antaño ella había despreciado.

Llena de él, con su esencia resbalándole por el cuerpo, ella lo abrazó con todas sus fuerzas y alcanzó un orgasmo que la hizo arder, dejándola sin aliento.

—Isabel. Dios mío, Isabel. —La pegó a su cuerpo hasta casi aplastarla—. Lo siento. Deja que te haga feliz. Déjame intentarlo.

—Gerard... —Le llenó el rostro de besos—. Esto es suficiente.

16

Después de dejar a Isabella, Rhys iba tan sumido en sus pensamientos que ni siquiera se fijó por dónde caminaba. Giró por una esquina y se dio de bruces contra alguien que se movía con suma rapidez. Tuvo que alargar los brazos para sujetar a la dama en cuestión y evitar que cayera al suelo.

—¡Lady Hammond! Le ruego que me disculpe.

—Lord Trenton —contestó ella, alisándose la falda y tocándose los rizos dorados, que empezaban a mostrar algún rastro de gris. Lo miró con una sonrisa, cosa que sorprendió a Rhys teniendo en cuenta que había estado a punto de atropellarla—. Yo también le ruego que me disculpe. Estoy tan preocupada pensando en el entretenimiento de mis invitados que no me he fijado por dónde iba.

—Todo el mundo la está pasando muy bien.

—¡Qué alivio! Tengo que darle las gracias por haberle hecho compañía a la sobrina de Hammond esta noche. A la pobre siempre la acosan los cazafortunas. Estoy segura de que le ha gustado hablar con un caballero que no se plantea casarse con ella. Le estoy muy agradecida por haber estado con Abby tanto rato.

Rhys se mordió la lengua para no gruñir. Que la mujer pensara que había sido simplemente un buen samaritano que había hablado con Abby sin sentir un interés sincero por ella lo molestaba de un modo que no sabía explicar. Se moría de ganas de rebatir los argumentos de lady Hammond y de decirle que su sobrina era única y que era una mujer deseable por mucho más que su fortuna. Pero seguía sin entender por qué tenía esa necesidad imperiosa de defenderla. Quizá porque se sentía culpable.

—No hace falta que me dé las gracias —aseguró con su cortesía habitual.

—¿La está pasando bien buscando el tesoro?

—Antes sí. Pero ahora me temo que me retiraré y dejaré que se lleven el mérito el resto de los invitados.

—¿Sucede algo? —preguntó ella, preocupada.

—No, en absoluto, pero se me da muy bien buscar tesoros y no sería deportivo de mi parte ganar también esta noche, cuando tengo intención de ganar mañana —concluyó, guiñándole un ojo.

Lady Hammond se rio.

—De acuerdo. Que pase una buena noche, milord. Le veré en el desayuno.

Siguieron cada uno por su camino y Rhys optó por la ruta más corta que conducía a sus aposentos. En cuanto estuvo desnudo, le dijo a su ayuda de cámara que no lo necesitaría durante el resto de la noche y se sentó ante el fuego con una botella y una copa. Poco después estaba borracho y se sentía algo menos culpable por lo que había sucedido con Abby. Hasta que se abrió la puerta.

—Vete —farfulló Rhys sin hacer ningún esfuerzo para taparse las piernas, que le quedaban al descubierto con el batín.

—¿Rhys?

Ah, su ángel.

—Vete, Abby. No estoy en condiciones de recibirte.

—A mí tus condiciones me parecen perfectas —dijo ella en voz baja, acercándose a él. Rodeó la silla y no se detuvo hasta quedar entre Rhys y la chimenea.

Dado que ella no se había puesto enaguas, para poder desnudarse con más facilidad, Rhys pudo ver la silueta de sus piernas a través del vestido y se excitó, un estado que fue incapaz de ocultar con la ropa que llevaba.

Abby carraspeó sin apartar la vista.

Sintiendo la necesidad de escandalizarla, él se abrió el batín y mostró su miembro completamente erecto.

—Y ahora que ya has visto lo que venías a ver, puedes irte.

Ella se sentó en la silla que Rhys tenía delante, con la espalda muy recta y su mirada curiosa contemplándolo. Era condenadamente adorable y él tuvo que apartar la vista.

—No he venido aquí a mirar lo que quiero e irme sin tocarlo —dijo seria—. No se me ocurre una idea más absurda que esa.

—A mí sí se me ocurre una —contestó Rhys con voz ronca y moviendo el vaso medio vacío a la luz del fuego, en busca de prismas—: tú jugándotela hasta quedarte embarazada.

—¿Es ese el motivo que se esconde tras ese humor tan raro que tienes?

—A ese «humor» se le llama «sentimiento de culpabilidad», Abigail, y dado que nunca antes había sentido nada igual, no me siento demasiado cómodo al respecto.

Ella se quedó en silencio largo rato. El suficiente como para que Rhys vaciara su copa y volviera a servirse otra.

—¿Te arrepientes de lo que pasó entre nosotros?

—Sí —contestó sin mirarla a los ojos.

Era mentira, porque jamás se arrepentiría de ninguno de los momentos que había pasado con Abby, pero pensó que sería mejor que ella no lo supiera.

—Entiendo —dijo Abby en voz baja. Y entonces se puso de pie y se acercó a él, deteniéndose junto a su silla—. Lamento que se arrepienta de eso, lord Trenton, pero tiene que saber que yo jamás me arrepentiré.

Fue el temblor de la voz de ella lo que hizo que Rhys se moviera a la velocidad del rayo y atrapara su muñeca. Cuando se obligó a mirarla, vio lágrimas en sus ojos, cosa que lo hirió tan profundamente que dejó caer el vaso que tenía en la otra mano. El ruido del cristal al golpear el suelo quedó ahogado por el zumbido que tenía en los oídos.

Tocar a Abigail, aunque fuera solo una diminuta parte de ella, resucitó los recuerdos de cuando Rhys había tocado otras zonas de su cuerpo y empezó a sudar.

Ella intentó soltarse, pero él la retuvo con fuerza y se puso en pie para sujetarla por la nuca.

—¿No ves que te hago daño? ¿No ves que lo único que puedo hacerte es daño?

—Fue como estar en el cielo —lloró ella, enjugándose furiosa las lágrimas—. Las cosas que me hiciste... el modo en que te sentí... ¡el modo en que me sentí!

Abby siguió luchando, pero él la mantuvo sujeta. Ella lo fulminó con la mirada, tenía las mejillas sonrojadas y los labios rojos y entreabiertos.

—Veo que mi madre tenía razón. Las aventuras son solo para aliviar una necesidad física. Nada más. Supongo que el sexo es así para todo el mundo. ¡Con todo el mundo! ¿Por qué, si no, lo practica tanta gente?

—¡Para! —gritó él con el corazón latiéndole descontrolado al seguir su lógica.

Ella también levantó la voz.

—¿Por qué, si no, nuestro encuentro significa tan poco para ti? Soy una estúpida al creer que tú y yo somos únicos. Al parecer, tú podrías sustituirme por cualquiera y sentirías la misma intimidad. ¡Por lo tanto, concluyo que a mí cualquier otro hombre me hará sentir lo mismo!

—Maldita sea. No habrá ningún otro hombre.

—¡Váyase al infierno, milord! —exclamó ella, magnífica en medio de su furia—. No soy una gran belleza, pero estoy segura de que encontraré a algún hombre dispuesto a hacerme el amor y que luego no se arrepienta de ello.

—Deja que te diga que si te toca cualquier otro hombre, se arrepentirá de inmediato —contestó él entre dientes.

—Oh. —Parpadeó atónita y se llevó la mano que tenía libre al cuello—. Oh, vaya. ¿Estás siendo posesivo conmigo?

—Yo nunca soy posesivo.

—Has amenazado a cualquier hombre que me toque. ¿Cómo llamas a eso? —Se estremeció—. No importa. Me encanta, llámalo como quieras.

—Abby —gruñó Rhys, furioso, notándose un nudo en las entrañas.

¿Acaso tenía que volverlo siempre loco?

—Ese gruñido... —Abby abrió los ojos y luego lo miró con ternura—. Tus tendencias canallescas convierten el interior de mi cuerpo en gelatina, ¿lo sabías?

—¡Yo no he gruñido!

Contra su voluntad, la estrechó contra él.

—Sí lo has hecho. ¿Qué estás haciendo? —le preguntó, cuando Rhys le lamió los labios—. Vas a seducirme, ¿no?

El cerebro medio embriagado de él se inundó del calor que desprendía el delicado cuerpo de Abby, de su suave perfume y de su voz, que tanto le gustaba. Los sonidos que salían de su boca al alcanzar el orgasmo bastaban para que su miembro exultase. En ese mismo momento estaba goteando de lo excitado que estaba y Abby no había hecho nada para hacerlo sentir así. Sencillamente era quien era. Había algo indefinible en ella.

—No —murmuró él a su oído—. Voy a cogerte.

—¡Rhys!

Cuando le soltó la muñeca y le cubrió un pecho con la mano, no lo sorprendió notar el pezón excitado bajo su palma. Aquellos pezones grandes y deliciosos. La empujó hacia el suelo.

—¿Qué? ¿Aquí? —Estaba tan sorprendida que Rhys se habría reído de no ser porque estaba sumamente concentrado en apartar la falda de ella de su camino—. ¿En la alfombra? ¿Qué le pasa a la cama?

—Para la próxima vez.

La descubrió húmeda y caliente y empezó a deslizar su miembro dentro de ella con un gemido de rendición.

Abby suspiró.

—¿De esto también te arrepentirás? —le preguntó, moviéndose debajo de él.

Rhys sabía que seguía un poco dolorida, podía notar lo inflamada que estaba, pero se sentía incapaz de parar. Al mirar el rostro de Abby, mientras obligaba al cuerpo de ella a aceptarlo en su interior, casi se ahogó en el mar de sus ojos azules con motas doradas.

—Jamás —juró.

—Antes me has mentido. —Le sonrió radiante y con lágrimas en los ojos—. Nunca me había hecho tan feliz que me mintieran.

Él tampoco había sido nunca tan feliz.

Lo que hizo que su tormento se convirtiera en un verdadero infierno.

Incapaz de dejar a Isabel después de lo alterada que había estado la noche anterior, Gerard no tuvo más remedio que acompañarla al picnic que había organizado Hammond al aire libre.

Los invitados dejaron los caballos con los criados y caminaron hasta la zona elegida para la ocasión.

Pel llevaba un vestido de muselina con un estampado de flores, que terminaba con una gran lazada en la espalda y que, complementado con el pequeño sombrero de paja que le cubría la cabeza, la hacía parecer elegante y joven al mismo tiempo. A eso último también contribuía el brillo de sus ojos y su sonrisa radiante.

Gerard todavía no podía creer que él fuera el responsable de hacerla tan feliz. Antes de su desaparición, cuatro años atrás, nunca había hecho feliz a nadie excepto a sí mismo. Y jamás en toda su vida había hecho feliz a ninguna mujer fuera de la cama.

No tenía ni idea de cómo había conseguido tal hazaña. Lo único que sabía era que, aunque le costara la vida, seguiría haciéndolo.

Despertarse con ella besándolo en el pecho y con la risa en sus ojos era mejor que estar en el paraíso. Notar que se abrazaba a él, que lo buscaba dormida, que necesitaba su presencia para entrar en calor cuando tenía frío... Era una clase de intimidad que Gerard no sabía que existía y que ahora había descubierto con su esposa, con la mujer más bella y maravillosa del mundo. Él era la persona que menos se merecía ese premio, pero la había encontrado. Y la cuidaría durante toda la vida.

Eyacular dentro de ella había sido un error sin importancia, uno que no volvería a cometer. No podía correr el riesgo de dejarla embarazada.

Desvió la vista hacia un lado y, tras observar a Trenton, dijo:

—Sigues pareciendo taciturno. ¿El aire del campo no ha obrado su milagro contigo?

—No —masculló Rhys con el cejo fruncido—. Me temo que mi dolencia no puede curarla el aire ni nada por el estilo.

—¿Qué clase de dolencia es?

—Femenina.

Gerard se rio.

—Yo espero poder desarrollar una cura para mi caso, pero por desgracia, dudo que pueda llegar a tiempo de ayudarte.

—Cuando Isabel descubra alguna infidelidad tuya —le advirtió Trenton muy serio—, ni todos los santos del cielo podrán hacer nada por ti.

Gerard se detuvo de golpe y esperó a que Trenton lo mirara. El resto del grupo siguió, de manera que ellos dos se quedaron solos.

—¿Es eso lo que le dijiste anoche a mi esposa? ¿Que yo le sería infiel?

—No. —Trenton se le acercó más—. Solo le dije que tenía que ser práctica.

—Isabel es la mujer más pragmática que conozco.

—Entonces, señal de que no la conoces bien.

—¿Disculpa?

Rhys sonrió irónico y negó con la cabeza.

—Isabel es una romántica, Grayson. Siempre lo ha sido.

—¿Estamos hablando de mi esposa? ¿De la mujer que abandona a sus amantes porque se encariñan con ella?

—Un amante y un marido son cosas completamente distintas, ¿no estás de acuerdo? Si sigues comportándote como hasta ahora, mi hermana se enamorará de ti. Y las mujeres pueden ser muy endiabladas cuando alguien rechaza sus sentimientos.

—¿Enamorarse de mí? —exclamó Gerard en voz baja, atónito. Si las muestras de cariño de esa mañana eran un ejemplo de cómo era Pel cuando estaba enamorada, él sin duda quería más. Lo quería todo. Aquel era el mejor día de toda su vida. ¿Y si todos los días pudieran ser como ese?—. Yo no tengo ninguna intención de rechazar sus sentimientos. Yo la quiero, Trenton. Y quiero hacerla feliz.

—¿Y olvidarte de todas las demás? Isabella no se conformará con menos. Por algún extraño motivo, cree en cosas tan irreales como el amor y la fidelidad en el matrimonio. Te aseguro que no lo ha aprendido de nuestra familia. Quizá de los cuentos de hadas, pero no de la realidad.

—De todas las demás —repitió Gerard, distraído.

Miró hacia adelante y deseó poder ver a su esposa desde donde estaba. Como si hubiera sentido que necesitaba verla, Pel apareció en el horizonte y lo saludó y él dio un involuntario paso hacia ella.

—Estás muy impaciente —señaló Trenton.

—¿Qué puedo hacer para conquistar su corazón? —le preguntó a su cuñado—. ¿La agasajo con vino y rosas? ¿Qué les parece romántico a las mujeres?

Había conquistado a Emily escribiéndole poemas malísimos y regalándole flores silvestres, pero ahora tenía un objetivo distinto y mucho más importante. No podía dejar nada al azar. Para Isabel todo tenía que ser perfecto.

—¿Me lo preguntas a mí? —Trenton abrió los ojos como platos—. ¿Cómo diablos quieres que lo sepa? Yo nunca he querido que una mujer se enamorara de mí. Es un maldito inconveniente cuando pasa.

Gerard frunció el cejo. Pel sabría qué hacer y él se moría de ganas de preguntárselo, igual que siempre, le daban ganas de acudir a ella en busca de consejo y para preguntarle su opinión. Pero el caso que lo ocupaba en aquel instante iba a tener que resolverlo él solo.

—Lo averiguaré.

—Me alegro mucho de que sientas cariño por Isabel, Grayson. Yo a menudo me he preguntado qué buscaba Pelham fuera del lecho matrimonial, cuando era obvio que mi hermana estaba prendada de él. Al principio, fue bueno con ella.

—Pelham era un idiota. Yo no soy bueno para Pel. Ella está al corriente de todos mis defectos. Y será un milagro si consigue ver más allá de ellos.

Echó a andar y Trenton se puso a su lado con rapidez.

—A mí me parece que amar a una persona a pesar de sus defectos es un amor mucho más profundo que amarla porque no ves sus defectos.

Gerard se quedó analizando un rato ese pensamiento y al final sonrió. Aunque su sonrisa se desvaneció cuando rodearon un árbol muy grande y vio a Hargreaves hablando con Pel. Ella se reía de algo que él le había dicho y el conde la miraba con cariño. Los dos estaban cerca el uno del otro y era obvio que los unía cierta familiaridad.

Algo se retorció y se clavó dentro de él y apretó los puños. Entonces Isabel lo vio y se despidió de su acompañante para acercarse.

—¿Por qué te has quedado atrás? —le preguntó, tomándolo del brazo con gesto muy posesivo.

Sus entrañas dejaron de retorcerse y Gerard exhaló tranquilo. Deseó poder estar a solas con ella, poder hablar igual que habían hecho la noche anterior, cuando volvieron a su dormitorio. Se habían acostado en la cama y, con Pel acurrucada a su lado y los dedos de ambos entrelazados encima de su pecho, Gerard le contó lo que sucedió con Emily. Le contó lo que había descubierto de sí mismo y escuchó los ánimos que ella le daba y la voz de la razón.

—No eres un mal hombre por eso —le había dicho—. Sencillamente, eras joven y necesitabas que alguien te adorase, después de vivir con una madre que solo sabía decirte lo que hacías mal.

—Haces que parezca tan simple...

—Tú eres complicado, Gerard, pero eso no significa que no pueda dolerte algo simple.

—¿Como por ejemplo?

—Como por ejemplo decirle adiós a Emily.

Él la miró confuso.

—¿Cómo se supone que tendría que hacer eso?

Isabel se incorporó un poco y lo miró, sus ojos brillaron a la luz del fuego.

—Desde tu corazón. En persona. Del modo que tú quieras.

Gerard negó con la cabeza.

—Tendrías que hacerlo. Quizá podrías salir a dar un paseo y aprovechar para decirle adiós. O escribirle una carta.

—¿Visitar su tumba?

—Sí. —Su sonrisa le quitó el aliento—. Haz lo que tengas que hacer para decirle adiós y dejar de sentirte culpable.

—¿Me acompañarás?

—Si quieres, por supuesto que sí.

En el transcurso de una hora, Isabel había conseguido cambiar el odio que Gerard sentía hacia sí mismo por aceptación. Ella hacía que todo pareciera tener sentido, que todos los desafíos fueran asumibles, que lo imposible pareciera posible.

Gerard quería hacerle sentir lo mismo, quería serle tan útil como pareja como ella lo era para él.

—¿Y tú? —le preguntó—. ¿Me dejarás que te ayude a hacer las paces con Pelham?

Isabel apoyó la mejilla en el torso de él y su melena se esparció por su hombro y su brazo.

—La rabia me ha dado fuerzas durante mucho tiempo —reconoció en voz baja.

—¿A ti o a tus barreras, Pel?

Su suspiro le calentó la piel.

—¿Por qué sigues insistiendo en mirar dentro de mí?

—Tú dijiste que esto era suficiente, pero no lo es. Yo lo quiero todo de ti. No estoy dispuesto a compartir ni la más mínima parte de tu persona con otro hombre, vivo o muerto.

La respiración de Isabel se detuvo hasta tal punto que Gerard estuvo a punto de zarandearla asustado. Pero entonces tomó aire y se le abrazó con todas sus fuerzas y apretó las piernas alrededor de las suyas. Él la estrechó del mismo modo.

—Podrías hacerme daño —susurró Pel—. ¿Eres consciente de ello?

—Pero no te lo haré —aseguró Gerard, con los labios pegados al cabello de ella—. Y tarde o temprano te darás cuenta.

Tras un rato en silencio, los dos se quedaron dormidos. Fue el sueño más plácido que Gerard había tenido en años, porque sabía que ya no iba a seguir pasando los días sin más. Ahora tenía un motivo por el que vivir.

—Pel —le dijo, acompañándola hacia el resto de los invitados, mientras en su cerebro intentaba encontrar el modo de conquistar su amor—, me gustaría mucho llevarte mañana a mi propiedad.

Ella lo miró por debajo del ala del sombrero de paja, que solo dejaba al descubierto sus labios y poco más.

—Gerard, puedes llevarme a donde quieras.

A él no le pasó por alto su insinuación. Hacía un día precioso, su matrimonio iba a salir adelante, él tenía el amor en su mente y en su corazón. Nada ni nadie podría arrebatarle esa felicidad. Iba a contestarle con otra insinuación cuando...

—Grayson.

La airada voz que se entrometió entre ellos no podría haberlo hecho en peor momento.

Él suspiró resignado y se volvió de mala gana hacia su madre.

—¿Sí?

—No pueden seguir evitando a los otros invitados. Tienen que participar en la búsqueda del tesoro de esta tarde.

—Por supuesto.

—Y asistir a la cena de esta noche.

—Así será.

—Y en el paseo a caballo de mañana.

—Lo siento, milady, pero en eso no voy a poder ayudarla —dijo Gerard como si nada y se dio cuenta de que la tendencia mandona de su madre lo molestaba menos de lo habitual. Ni siquiera ella podía estropearle el día—. He reservado esa hora del día para lady Grayson.

—¿Acaso no tienes vergüenza? —le preguntó la mujer, furiosa.

—La verdad es que poca, pero creía que ya lo sabías.

Isabel se mordió la lengua para no reír y apartó la vista al instante. Gerard consiguió mantener el rostro impasible.

—¿Qué es tan importante que tienes que volver a desairar a tus anfitriones?

—Mañana iremos de visita a Waverly Court.

—Oh. —Su madre se quedó mirándolo un segundo, con aquella expresión de desaprobación tan habitual en ella que había acabado por dejarle arrugas en la cara—. A mí también me gustaría ir. Hace años de mi última visita.

Gerard permaneció en silencio un momento y de repente recordó que sus padres habían vivido allí una época.

—Puedes acompañarnos si lo deseas.

La sonrisa de su madre lo tomó totalmente desprevenido y transformó el rostro de ella de un modo desconcertante. Pero desapareció tan rápido como había llegado.

—Y ahora, únanse al resto de los invitados, Grayson, y compórtate como corresponde a un hombre de tu posición.

—Espero que mañana puedas no hacer caso de su mal humor —dijo Gerard, negando con la cabeza, mientras observaba a su madre alejarse de donde ellos estaban.

—Contigo a mi lado, claro que puedo —contestó Isabel como si nada, como si con esas palabras no le hubiera sacudido el alma.

Gerard tardó un segundo en recuperar la compostura y luego se permitió sonreír.

No cabía ninguna duda: nada podía estropearle el día.

—Muy propio de lady Hammond, emparejarnos para la búsqueda del tesoro —masculló Rhys, recorriendo apresuradamente el camino de láminas de madera.

—A mí, solo de pensar que iba a buscar el tesoro contigo me daba vueltas la cabeza —se burló Abby—. Lo siento muchísimo si tú no sientes lo mismo cuando piensas en estar conmigo.

La mirada que Rhys le dirigió fue tan tórrida que a ella le pareció que le quemaba la piel.

—No. Yo no diría que «me da vueltas la cabeza» cuando pienso en estar contigo.

Las hojas muertas que había en el suelo crujían bajo las botas de Rhys. Vestido de verde oscuro estaba increíblemente guapo. De nuevo, a Abby le costó creer que una criatura tan masculina como él encontrara algo atractivo en una mujer como ella, pero era obvio que así era. Y que eso molestaba mucho al marqués.

—Si de mí dependiera —siguió diciendo Rhys—, te llevaría a ese claro de ahí y te lamería de la cabeza a los pies.

Abby mantuvo la vista fija al frente, porque no tenía ni idea de qué se suponía que tenía que contestar a una frase como esa. Así que optó por mirar el papel que tenía en la mano, que no dejaba de temblarle, y decir:

—Tenemos que encontrar una piedra lisa y suave. Hay un río detrás de esa curva.

—Ese vestido que llevas me distrae.

—¿Te distrae?

Era uno de sus vestidos más bonitos, de muselina rosa, con un lazo de seda rojo en la parte inferior del escote. Se lo había puesto solo para él, a pesar de que no tenía unos pechos que hicieran justicia al diseño.

—Sé que me bastaría con tirar un poco para que se te salieran los pechos y poder lamerlos.

Abby se llevó una mano al corazón.

—Oh, vaya. Estás siendo muy malo.

Rhys resopló.

—No tanto como me gustaría. Quisiera apoyarte contra un árbol y levantarte la falda.

—Levantar... —repitió Abby, pero se detuvo de golpe al notar que todas y cada una de las células de su cuerpo respondían ante la imagen que habían creado las palabras de Rhys—. Es de día.

Él, perdido en sus pensamientos, dio unos pasos más antes de darse cuenta de que ella se había quedado detrás de él. Se dio la vuelta para mirarla, el oscuro cabello de él brilló bajo la luz que se colaba por la copa del árbol y dijo:

—¿Tus pezones son distintos a la luz del sol? ¿Hueles de otra forma? ¿Tu piel es menos suave? ¿Tu sexo menos apretado y menos húmedo?

Abby negó con la cabeza a toda velocidad, incapaz de decir nada.

Rhys clavó su intensa mirada en la de ella.

—Debo irme mañana mismo, Abby. No puedo quedarme

aquí y seguir seduciéndote. Que te hayan puesto bajo mi cuidado es un gesto tan inconsciente como pedirle al lobo que cuide de una oveja. Es incluso perverso.

A pesar de que ella intentó con todas sus fuerzas seguir el consejo de su madre, no pudo hacerlo. Le dolía el corazón, aunque rezó para que no se le notara.

—Lo entiendo —le dijo, en un tono de voz neutro, sin la alegría que había sentido antes.

¿Por qué la afectaba tan profundamente aquel hombre?

Después de irse del dormitorio de Rhys, Abby se había tirado en su cama y se había quedado pensando precisamente eso durante horas. Al final, llegó a la conclusión de que era la suma de varios factores. Algunos externos, como por ejemplo su aspecto físico tan atractivo. Y otros internos, como la tendencia a alegrarse que tenía él ante los descubrimientos que hacía ella sobre cómo se relacionaban hombres y mujeres.

Cuando estaba a su lado, Abby no se sentía torpe ni rara. Se sentía deseable, ingeniosa e inteligente. Rhys creía que era «maravilloso» que a ella le gustara resolver problemas científicos y ecuaciones matemáticas. Incluso le había besado las manchas de tinta que tenía en los dedos, como si fueran piedras preciosas.

Él era famoso por su hastío y su cinismo, pero Abby creía que solo estaba dormido, no muerto. Y deseaba con todas sus fuerzas ser el catalizador que lo despertara a la vida. Pero sabiendo el fuerte sentido del honor y del deber que Rhys sentía respecto a su título, él jamás se lo permitiría.

Sí, lo mejor sería que se fuera.

—Será mejor que te vayas.

Rhys se la quedó mirando largo rato, inmóvil, así que cuando se lanzó encima de ella y la estrechó entre sus brazos, Abby realmente no se lo esperaba. Le hundió las manos en el cabello, la besó con pasión descontrolada, le metió la lengua entre los labios hasta dejarla sin aliento y sin capacidad de razonar.

—Me haces perder el control —le dijo enfadado, pegado a su boca—. Me vuelve loco ver que eres capaz de despedirte de mí como si nada.

—Es obvio que algo te ha vuelto loco —dijo una voz de mujer muy familiar para Rhys.

—Maldición —suspiró él exasperado.

—Muy propio de ti, Trenton, echarme a perder el día —se quejó Gerard.

17

—No sé qué decirte, Rhys —dijo Isabel, entrecerrando los ojos en dirección a su hermano.

Gray se inclinó hacia ella y murmuró:

—Acompañaré a Abigail de vuelta a la mansión para que puedas hablar con Trenton en privado.

Sus ojos se encontraron un instante y ella le apretó la mano en señal de agradecimiento. Observó a Gerard mientras este se reunía con la joven, que estaba visiblemente alterada, y se la llevaba de allí. Entonces se volvió hacia Rhys:

—¿Acaso has perdido la cabeza?

—Sí. Dios, sí.

Se le veía triste y, al patear la raíz de un árbol, levantó una pequeña nube de polvo.

—Sé que estabas un poco alterado cuando nos fuimos de Londres, pero utilizar a esa niña para saciar tus...

—Esa «niña» tiene la misma edad que tu esposo —le señaló él, cortante, horrorizando a su hermana.

—Ohhh...

Isabel se mordió el labio inferior y comenzó a caminar de un lado a otro.

Al final había terminado por olvidarse de la diferencia de edad que existía en su matrimonio. Cuando se casó con Grayson, los rumores se deleitaron en señalar que ella era varios años mayor que él, pero Isabel hizo oídos sordos. Ahora, sin embargo, no podía negar que estaba acostándose con un hombre más joven.

No podía pensar en aquello en esos momentos.

—No te atrevas a compararlos —dijo, levantando la cabeza—. Grayson es un hombre con mucha experiencia y resulta bastante evidente que la señorita Abigail no.

—Una maniobra de distracción muy eficaz —masculló Rhys.

Isabel negó con la cabeza al ver que el estado de ánimo de Rhys se ensombrecía.

—Por favor, dime que no te la has llevado a la cama.

Los hombros de su hermano se desplomaron.

—Dios santo.

Isabel dejó de pasear nerviosa y se le quedó mirando como si fuera un completo extraño. El Rhys que ella conocía jamás se fijaría en una dama tan inteligente e inocente.

—¿Desde cuándo?

—La conocí el día que me obligaste a asistir contigo a aquel maldito almuerzo —refunfuñó—. Todo esto es culpa tuya.

Ella parpadeó atónita. Semanas. No era cosa de un par de días.

—Estoy intentando entenderte. Aunque quiero que te quede claro que sigue sin parecerme bien —añadió al instante—. Lo único que deseo es comprenderte. Y no puedo.

—No me pidas a mí que te lo explique. Lo único que sé es que cuando estoy cerca de ella, mi cerebro deja de funcionar y me comporto como un animal en celo.

—¿De Abigail Stewart?

El modo en que su hermano la fulminó con la mirada fue muy revelador.

—Sí, de Abigail Stewart. Maldita sea, ¿por qué nadie puede ver lo preciosa que es? ¿Lo que vale realmente?

Isabel se quedó atónita y lo observó con detenimiento; vio el rubor en sus mejillas y el brillo de sus ojos.

—¿Estás enamorado de ella?

La expresión que apareció en el rostro de él le habría hecho gracia si no hubiera estado tan preocupada.

—Me tiene loco de deseo. La admiro. Me gusta hablar con ella. ¿Es eso amor? —Negó con la cabeza, abatido—. Yo tarde o temprano me convertiré en duque de Sandforth y tengo que considerar las necesidades del título por encima de las mías.

—Entonces ¿qué estabas haciendo a solas con ella en el jardín? Este camino está muy concurrido, cualquiera de los invitados habría podido tropezarse con ustedes. ¿Y qué me dices de Hammond? Si hubiera sido él quien los hubiera encontrado abrazados, ¿qué le habrías dicho para justificar que habías abusado de su hospitalidad y de su confianza?

—¡Maldita sea, Isabella! No lo sé. ¿Qué más quieres que te diga? He actuado mal.

—¿Has actuado mal? —Isabel soltó el aliento—. ¿Por eso aceptaste venir aquí? ¿Para estar con ella?

—No tenía ni idea de que Abigail fuera a estar aquí, te lo prometo. Quería distraerme para ver si así dejaba de pensar en ella. ¿Te acuerdas de cómo estaba cuando llegué? Tuve que preguntarte quién era.

—¿Esperas que esa chica se convierta en tu amante?

—¡No! Jamás —contestó enfáticamente—. Abigail se parece mucho a ti, sueña con historias románticas y con un matrimonio basado en el amor. No quiero arrebatarle ese sueño.

—Pero sí le has arrebatado la virginidad que iba a entregarle a su gran amor. —Arqueó una ceja—. ¿O acaso no era virgen?

—¡Sí! Por supuesto que lo era. Yo soy su único amante.

Ella no dijo nada. El orgullo y el sentimiento de propiedad que destilaban las palabras de Rhys no les pasaron inadvertidos a ninguno de los dos.

Su hermano suspiró exasperado y se frotó la nuca.

—Partiré por la mañana. A estas alturas, lo mejor que puedo hacer es mantenerme alejado de ella.

—Tú nunca sigues mis consejos, pero te daré uno de todas formas. Piensa con detenimiento en lo que sientes por la señorita Abigail. En mis matrimonios, he sido tan feliz como desgraciada, así que te recomiendo encarecidamente que busques una esposa con la que te guste estar de verdad.

—¿No te importaría que una americana fuera la próxima duquesa de Sandforth? —le preguntó él, incrédulo.

—Cambia el rumbo de tu razonamiento, Rhys. La señorita Abigail es la nieta de un conde. Y si te soy sincera, creo que tiene que ser una mujer excepcional para haber conseguido hacerte perder la cabeza de esta manera. Si lo piensas bien, estoy segura de que puedes ayudarla a que muestre al resto del mundo esa faceta.

—Todo esto son tonterías románticas, Isabella —replicó él, negando con la cabeza.

—Cuando el corazón no está involucrado, desde luego es mejor ser práctico a la hora de tomar una decisión. Pero cuando interviene el corazón, creo que deberías pensarlo seriamente y tener en cuenta todos los elementos.

Rhys frunció el cejo y desvió la vista hacia el camino que había seguido Grayson para llevarse a Abigail.

—¿Nuestro padre se puso muy furioso cuando elegiste a Pelham?

—No tanto como cuando me casé con Grayson, pero lo aceptó. —Dio un paso hacia su hermano y le puso una mano en el hombro—. No sé si te consolará saberlo o si te hará más daño, pero a mí me ha parecido evidente que esa chica te adora.

Rhys hizo una mueca de dolor y le tendió el brazo a su hermana.

—Yo tampoco sé cómo debería sentirme al respecto. Vamos, volvamos a la mansión, tengo que decirle a mi ayuda de cámara que haga las maletas.

Esa noche, la tristeza flotaba en el salón de los Hammond. Rhys no hacía gala de su habitual ingenio y buen humor y se retiró temprano a sus aposentos. Abigail intentó mostrarse fuerte y mantener la compostura y cualquiera que no la conociera diría que no le pasaba nada, pero Isabel pudo ver lo mucho que apretaba los labios.

En el sofá, junto a Pel, estaba sentada lady Ansell, a la que también se veía abatida, a pesar de haber ganado la búsqueda del tesoro en la que habían participado antes.

—Su collar es precioso —le dijo Isabel con intención de animarla.

—Gracias.

Sin ser amigas íntimas, hacía años que ambas mujeres se conocían, aunque, debido a su reciente matrimonio con el vizconde, lady Ansell pasaba gran parte del año de viaje con su marido. No era una mujer bella, aunque sin duda resultaba muy atractiva al ser tan alta y elegante. Todo el mundo sabía que los Ansell se habían casado por amor y era ese sentimiento el que hacía que a la vizcondesa le brillaran los ojos, otorgándole una belleza que iba más allá de lo convencional. Sin embargo, esa noche esos ojos estaban apagados.

Lady Ansell se volvió para mirarla e Isabel vio que tenía la nariz roja y que le temblaban los labios.

—Disculpe mi atrevimiento, pero ¿le gustaría pasear por el jardín conmigo? Si voy sola, Ansell vendrá a buscarme y ahora mismo no puedo estar con él.

Sorprendida por la petición y también algo preocupada, Isabel aceptó gustosa la invitación de la vizcondesa y se puso en pie. Esbozó una sonrisa tranquilizadora en dirección a su esposo justo antes de salir por las puertas de cristal que conducían a la terraza y dejarlo atrás.

Caminó en silencio por el camino de grava con la rubia vizcondesa al lado, porque hacía ya mucho tiempo había aprendido que a veces basta con hacerle compañía a alguien y que no hace falta decir nada.

Tras largo rato sin decir nada, lady Ansell empezó a hablar.

—Me siento fatal por la pobre lady Hammond. A pesar de lo mucho que se ha esforzado para lograr lo contrario, es evidente que esta estancia es un aburrimiento. He intentado pasarla bien, de verdad que sí, pero me temo que ningún evento, por divertido que fuera, habría logrado cambiar mi humor.

—Volveré a decirle que el encuentro ha sido un éxito —murmuró Isabel.

—Estoy segura de que ella se lo agradecerá. —Lady Ansell suspiró y añadió—: Echo de menos resplandecer de felicidad como usted. Me pregunto si algún día volveré a hacerlo.

—Yo he descubierto que la felicidad es cíclica. Con el paso del tiempo, todos logramos superar nuestros problemas. Usted también lo hará, se lo prometo.

—¿Puede prometerme un hijo?

Isabel parpadeó atónita, sin saber qué decir a eso.

—Lo siento, lady Grayson. Disculpe mi brusquedad. Le agradezco que se preocupe por mí.

—Tal vez la ayudaría hablar de sus problemas —sugirió—. Yo le ofrezco mi oído y mi discreción.

—Lo único que tengo son remordimientos y me temo que no hay cura para eso.

Por propia experiencia, Isabel sabía que tenía razón.

—Cuando era más joven —empezó la vizcondesa—, estaba segura de que nunca conocería a un hombre que me gustara para casarme. Fui demasiado exigente y al final me convertí en una solterona. Entonces conocí a Ansell, a quien le gustaba viajar tanto como a mis padres. Y, al parecer, a él todas mis peculiaridades le resultaban fascinantes. Los dos hacemos muy buena pareja.

—Sí, así es —convino Isabel.

Una suave sonrisa se abrió paso por la tristeza más que palpable de la mujer.

—Si nos hubiéramos conocido antes, quizá habríamos podido concebir.

Unos dedos helados apretaron el corazón de Isabel.

—Lo siento. —Era una frase muy inadecuada, pero fue la única que se le ocurrió.

—Tengo veintinueve años y los médicos dicen que tal vez he esperado demasiado.

—¿Veintinueve...? —repitió Isabel, tragando saliva.

Se oyó un sollozo contenido.

—Usted casi tiene la misma edad que yo, así que quizá pueda entenderme.

«Demasiado bien.»

—Ansell me asegura que aunque hubiera sabido que era estéril antes de casarse conmigo, lo habría hecho de todas formas. Pero he visto el modo en que mira a los niños pequeños, las ganas que tiene de ser padre. Hay momentos en la vida en los que el deseo que siente un hombre por tener descendencia es incluso evidente ante los ojos de los demás. Mi único deber como vizcondesa era darle un heredero y le he fallado.

—No, no debe pensar así.

Isabel se abrazó a sí misma para reprimir un escalofrío. La alegría que había sentido durante todo el día se evaporó. ¿Era posible que hubiera encontrado la felicidad cuando el derecho a empezar desde cero correspondía a mujeres mucho más jóvenes que ella?

—Esta mañana he empezado a menstruar y Ansell ha tenido que irse del dormitorio para ocultar su reacción. Me ha dicho que quería salir a cabalgar, pero la verdad es que no podía soportar mirarme. Lo sé.

—Su marido la adora.

—Es posible sentirse decepcionado por una persona a la que se adora —rebatió lady Ansell.

Isabel respiró hondo y tuvo que asumir que su propia capacidad para tener hijos se le estaba escurriendo entre los dedos. Cuando había echado a Pelham de su cama había puesto punto final a sus sueños de crear una familia. Se pasó meses llorando en señal de duelo, pero al final sacó fuerzas de flaqueza y siguió adelante con su vida dejando ese sueño atrás.

Ahora ante ella se abría un futuro lleno de nuevas posibilidades. El tiempo se le estaba escapando y, sin embargo, las circunstancias la obligaban a esperar un poco más. El decoro y el sentido común le decían que no podía quedarse embarazada hasta que nadie pudiera poner en duda que el hijo era de Gerard.

—Lady Grayson.

La voz de barítono de su esposo acercándose tendría que haberla sobresaltado, pero no fue así. Lo que hizo fue causarle un anhelo tan intenso que casi se cayó de rodillas.

Tanto ella como lady Ansell se dieron la vuelta y vieron a sus respectivos esposos y a su anfitrión en el camino flanqueado por unos tejos.

Gray tenía las manos entrelazadas a la espalda y era la viva imagen de un animal salvaje bajo control. Él siempre había sobrellevado el poder que le confería su título con facilidad. Pero ahora que el aspecto más peligroso de su personalidad había sido frenado por la capacidad de su esposa para saciar su deseo, era todavía más atractivo.

El modo tan sensual en que caminaba le hizo a Isabel la boca agua y supo que les sucedería lo mismo a la mayoría de las mujeres. Que Gerard fuera suyo, que pudiera quedarse con él y darle hijos le llenó los ojos de lágrimas.

Había pasado tanto tiempo sin nada que todo aquello era, sencillamente, demasiado.

—Caballeros —los saludó con voz ronca, quedándose junto a lady Ansell.

Pero solo porque eso era lo que dictaban los buenos modales. Si hubiera podido elegir, se habría lanzado a los brazos de Gray de inmediato.

—Nos han mandado a buscarlas —dijo lord Hammond con una sonrisa insegura.

Tras mirar de reojo a su compañera de paseo y comprobar que la vizcondesa había recuperado la compostura, Isabel asintió y se alegró de regresar a la mansión, porque allí podría dejar de pensar en bebés y en remordimientos.

El sonido de la grava del camino advirtió a Rhys que se acercaba alguien. Si le quedara alguna duda sobre si estaba haciendo lo correcto, esta se le habría disipado al ver a Abby caminando hacia él a la luz de la luna.

Notó que se le aceleraba el corazón y que tenía unas ganas casi abrumadoras de abrazarla y entonces supo que Isabella tenía razón: Abby era la persona con la que él quería compartir su vida.

—He ido a tus aposentos —le dijo ella en voz baja, tan directa como siempre.

¡Cuánto le gustaba que fuera así! Tras pasarse la vida diciendo siempre lo que se esperaba y oyendo la misma cantidad de respuestas sin sentido, era maravilloso pasar el rato en compañía de una mujer que no recurría a ninguna artimaña social.

—Sospechaba que lo harías —contestó él con voz ronca, dando un paso atrás cuando ella dio uno hacia adelante.

El color de sus ojos no era visible en medio de aquella oscuridad, pero Rhys lo conocía tan bien como el de los suyos. Sabía que los de ella se oscurecían cuando él entraba en su cuerpo y que le brillaban cuando se reía. Rhys conocía todas y cada una de las manchas de tinta que Abby tenía en los dedos y podría decirle cuáles eran nuevas y no estaban allí la última vez que la vio.

—Y sabía que, si lo hacías, te llevaría a la cama.

Ella asintió al comprender lo que le estaba diciendo.

—Te vas mañana.

—Tengo que hacerlo.

Su determinación hirió a Abigail como una estocada.

—Te echaré de menos —dijo.

Aunque las palabras eran la pura verdad, el tono despreocupado con que ella las pronunció fue una absoluta mentira. Solo de pensar en la infinita cantidad de días que tenía por delante sin las caricias ni los besos de Rhys sentía que se moría. A pesar de que desde el principio sabía que iban a terminar así, Abby seguía sin estar preparada para soportar el dolor que le estaba causando esa separación.

—Volveré a buscarte en cuanto me sea posible —dijo Rhys en voz baja.

A ella se le detuvo el corazón un segundo antes de darle un vuelco.

—¿Disculpa?

—Mañana iré a visitar a mi padre. Le explicaré la situación entre tú y yo y después volveré a Londres para cortejarte como tendría que haber hecho desde el principio.

«La situación.»

—Oh, vaya.

Abby se encaminó despacio hacia un banco de piedra que había allí cerca y se sentó; bajó la vista y la posó en sus dedos, que no paraba de mover nerviosa. Había temido ese resultado desde que la voz de lady Grayson había interrumpido el beso que Rhys le había dado en medio del campo.

Lo que para ella era alegría y amor, para él se había convertido en un deber para toda la vida. Pero Abby no podía permitir que hiciera tal sacrificio, en especial teniendo en cuenta lo mucho que llegaría a odiarse a sí mismo por haberla deseado.

Lo miró y consiguió esbozar una leve sonrisa.

—Creía que ambos coincidíamos en que trataríamos nuestra aventura amorosa como una cuestión práctica.

Rhys frunció el cejo.

—Si crees que he hecho algo mínimamente pragmático desde que te conocí es que eres idiota.

—Ya sabes lo que quiero decir.

—Las cosas han cambiado —dijo él emocionado.

—No para mí. —Separó las manos para buscar a Rhys, pero entonces se dio cuenta de lo que estaba haciendo y volvió a entrelazar los dedos. Si mostraba el más mínimo signo de debilidad, él se daría cuenta—. Seguro que lord y lady Grayson serán discretos si se lo pides.

—Por supuesto. —Rhys se cruzó de brazos—. ¿Qué estás diciendo exactamente?

—Que no quiero que me cortejes.

Él la miró perplejo.

—¿Y por qué diablos no?

Ella se obligó a encogerse de hombros.

—Teníamos un acuerdo. A estas alturas de nuestra relación, no me apetece cambiar las reglas.

—¿Cambiar las reglas?

—He disfrutado inmensamente del rato que hemos pasado juntos y siempre te estaré agradecida.

—¿Agradecida? —repitió Rhys como un loro, mirándola atónito.

Se moría de ganas de acercarse a ella, de abrazarla y de derribar el muro que de repente había aparecido entre los dos, pero era demasiado peligroso. Corría el riesgo de terminar poseyéndola allí mismo.

—Sí, muy agradecida.

La preciosa sonrisa de ella lo rompió por dentro.

—Abby, yo...

—Por favor. No digas nada más. —Se puso en pie y se acercó a él para tocarle el brazo. La caricia quemó a Rhys a través del terciopelo del saco—. Siempre te consideraré un buen amigo.

—¿Un amigo?

Parpadeó furioso de lo mucho que le escocían los ojos. Soltó el aliento y se empapó de la visión de Abby; de su cabello alborotado, de la cintura alta de su vestido de color verde pálido, de la suave curva de sus pechos. Todo eso le pertenecía y nada, ni siquiera su rotundo desplante, lo convencerían jamás de lo contrario.

—Siempre. ¿Me prometes que bailarás una pieza conmigo la próxima vez que nos veamos?

A Rhys le costó tragar saliva. Había cientos de cosas que deseaba contarle, preguntas que quería hacerle, frases de cariño que necesitaba decirle... pero todas estaban prisioneras en el nudo que se formó en su garganta.

Se había enamorado y Abby... ¿solo quería acostarse con él?

Se negaba a creerlo. Ninguna mujer podía entregarse a un hombre como ella había hecho y no sentir algo más que simple amistad.

Una risa horrible manó de su cuerpo sin que él pudiera evitarlo. Estaba recibiendo su merecido por haber sido un canalla durante toda su vida.

—Adiós, entonces —dijo Abby, antes de dar media vuelta y marcharse de allí a toda prisa.

Destrozado y completamente confuso, Rhys se sentó en el banco, que retenía el calor de ella, y ocultó el rostro entre las manos.

Un plan. Necesitaba un plan. Aquello no podía ser el final. Todo su cuerpo se quejaba por haber perdido al amor de su vida. Se le había pasado algo por alto y si lograba pensar con claridad quizá fuera capaz de averiguarlo.

Él había estado con las suficientes mujeres como para saber que Abby le tenía cariño. Quizá no sintiera amor, pero seguro que él encontraría el modo de hacer evolucionar ese cariño hasta convertirlo en algo más. Si Isabel podía sentir amor, Abigail también.

Rhys estaba tan absorto pensando y luchando contra la absoluta desesperación que sentía, que no se dio cuenta de que no estaba solo hasta que su cuñado salió de detrás de un árbol. Ver al marqués de Grayson en mangas de camisa y con hojas en el pelo fue de lo más raro.

—¿Qué estás haciendo? —le preguntó Rhys, perplejo.

—¿Sabes que no he conseguido encontrar ni una sola rosa roja en todo este jardín? Las hay de color rosa y también blancas, incluso he encontrado unas cuantas anaranjadas, pero ninguna roja.

Rhys se pasó las manos por el pelo y negó con la cabeza.

—¿Esto forma parte de tu plan para conquistar a Isabel?

—¿Y para quién, si no, iba a hacer estas tonterías? —Grayson resopló—. ¿Por qué tu hermana no puede ser la mujer práctica que yo creía que era?

—He descubierto que el pragmatismo de las mujeres está sobrevalorado.

—¿Ah, sí? —Gray arqueó una ceja y se sacudió el polvo de la ropa al acercarse—. Deduzco que la situación entre la señorita Abigail y tú no avanza satisfactoriamente.

—Al parecer no hay ninguna «situación» —contestó sarcástico—. Y yo solo soy un buen amigo.

—Dios santo. —Gray se horrorizó por él.

Rhys se puso en pie.

—Así que, teniendo en cuenta el completo fracaso de mi vida amorosa, entendería perfectamente que no quisieras que te ayudara a salvar la tuya.

—Aceptaré toda la ayuda que puedas darme. No quiero pasarme la noche entera haciendo de jardinero.

—Y yo no quiero pasármela pensando en Abby, así que cualquier distracción es bienvenida.

Se adentraron juntos en el jardín. Y treinta minutos y varias espinas más tarde, Rhys masculló:

—Esto del amor es horrible.

Atrapado en unas zarzas, Grayson contestó:

—Y que lo digas.

18

De pie en el umbral de la puerta que separaba su dormitorio del saloncito contiguo, Gerard vio que su esposa miraba el reloj de nogal que había encima de la repisa y golpeaba con el pie en el suelo, nerviosa, antes de soltar una maldición.

—Bonito lenguaje para una dama —la riñó con voz ronca y se sintió muy feliz al ver que su esposa lo había echado de menos—. Me pone de humor para practicar el sexo.

Isabel se volvió a mirarlo con las manos en las caderas.

—A ti todo te pone de humor para el sexo.

—No —replicó él entrando en la habitación con una sonrisa—. Todo lo que tiene que ver contigo me pone de humor para el sexo.

Ella arqueó una ceja.

—¿Debería interpretar tu aspecto desaliñado y tu larga ausencia como una señal? Parece como si te hubieras dado un revolcón con una doncella entre los arbustos.

Gerard bajó una mano hasta su erección.

—Esto sí que es una señal —le dijo—. La prueba definitiva de que solo me interesas tú. —Acto seguido, sacó la mano que llevaba oculta detrás de la espalda y le enseñó una rosa roja al final de un largo tallo—. Pero creo que esta señal te parecerá más romántica.

Vio cómo ella abría los ojos y supo que, en lo que a rosas se refería, la que sujetaba entre los dedos era un ejemplar magnífico. Al fin y al cabo, su esposa se merecía lo mejor.

La sonrisa de Pel titubeó un poco y sus ojos ambarinos se llenaron de lágrimas; en ese preciso instante, los arañazos que tenía Gerard en las manos carecieron de importancia.

Él conocía esa mirada. Era la que le habían dedicado docenas de debutantes a lo largo de los años. Pero que en esa ocasión proviniera de Isabel, su amiga y la mujer a la que deseaba con desesperación, hizo que Gerard por fin entendiera todo lo que hasta entonces había ignorado sobre el cortejo. Estaba claro que sus técnicas conquistadoras carecían de finura y de elegancia, pero siempre había sido sincero con Pel.

—Quiero cortejarte, conquistarte, deslumbrarte.

—¿Cómo es posible que seas tan rudo y sexual un instante y al siguiente seas tan encantador? —le preguntó ella, negando con la cabeza.

—¿Hay instantes en los que no soy encantador? —Se llevó una mano al corazón—. Qué espanto.

—Y, aunque parezca imposible, estás muy guapo con ramas en el pelo —murmuró ella—. Te has tomado muchas molestias por mí y además fuera de la cama. Creo que podría desmayarme.

—Adelante. Yo te detendré.

La risa de Isabel hizo que el mundo volviera a ser perfecto. Igual que sucedía desde el día en que la conoció.

—¿Sabes qué? —murmuró Gerard— Verte, tanto vestida como desvestida, dormida o despierta, siempre me tranquiliza.

Ella tomó la rosa de entre los dedos de él y se la acercó a la nariz.

—«Tranquilo» no es un adjetivo que yo elegiría para describirte.

—¿Ah, no? ¿Y cuál elegirías entonces?

Mientras Pel se dirigía a poner la rosa en un jarrón, Gerard se quitó el saco.

Alguien llamó a la puerta impidiendo la respuesta de ella. A

Gerard lo sorprendió, pero se quedó escuchando y oyó que Isabel le daba instrucciones a un criado para que prepararan un baño de agua caliente para él.

Su esposa siempre se había preocupado por su bienestar.

—«Impresionante» —dijo Pel cuando volvieron a quedarse solos—. «Abrumador.» «Decidido.» «Implacable.» Son adjetivos que te describen bien.

Se acercó a él, se detuvo a escasos centímetros y le empezó a desabrochar poco a poco los botones del chaleco.

—«Atrevido.» —Le lamió el labio inferior—. «Seductor.» Sí, realmente «seductor».

—«¿Casado?» —sugirió él.

Isabel levantó los ojos y los clavó en los suyos.

—Sí. Indudablemente «casado».

Le pasó las manos por el torso hasta llegar a los hombros y, una vez allí, le quitó la prenda.

—«Hechizado» —añadió Gerard con la voz ronca por culpa del perfume y las caricias de Isabel.

—¿Qué?

—«Hechizado» me describe a la perfección. —Le pasó las manos por la melena rojiza y la atrajo hacia él—. «Cautivado.»

—¿Te resulta raro que de repente nos sintamos tan fascinados el uno por el otro? —le preguntó Pel en un tono que clamaba que la tranquilizara.

—¿De verdad es repentino? Yo soy incapaz de recordar una época en la que no haya pensado que eres perfecta para mí.

—Yo siempre he pensado que tú eres perfecto, pero jamás había creído que lo fueras para mí.

—Sí, sí lo pensabas, si no, no te habrías casado conmigo. —Le rozó los labios con los suyos—. Pero lo que no pensabas era que fuera perfecto para el amor. Y lo soy.

—Tenemos que seguir trabajando en tus problemas de autoestima —susurró ella.

Gerard le volvió levemente la cabeza para poder besarla mejor y luego le lamió los labios. Cuando la lengua de Isabel salió a su encuentro, él chasqueó la suya para reñirla.

—No, deja que yo te bese. Quédate quieta y acepta mis besos. Acéptame a mí.

—Entonces, dame más.

Gerard sonrió. Aquella mujer sabía lo que quería y, sí, era perfecta para él.

—Quiero lamerte y borrar con mi lengua el rastro de todos los besos de tu vida. —La sujetó por la nuca y le dejó claro que era quien dominaba, luego deslizó la punta de la lengua por el terciopelo del labio superior de Pel—. Quiero darte tu primer beso.

—Gerard —susurró ella, temblando.

—No tengas miedo.

—¿Cómo puedo evitarlo? Me estás destruyendo.

Él le mordió el labio inferior y luego succionó rítmicamente, cerrando los ojos al notar que el sabor de Isabel inundaba sus sentidos.

—Te estoy reconstruyendo. Nos estoy reconstruyendo. Quiero ser el único hombre cuyos besos recuerdes.

Deslizó una mano detrás de las nalgas de ella y la pegó a él. Notaba el suave tacto de su piel en todo el cuerpo, su aroma a flores exóticas y deseo saturaba sus fosas nasales, su sabor le llenaba la boca y Gerard supo entonces, sin lugar a dudas, que amaba a Isabel más que a nada en el mundo.

Lo que sentía por ella no podía compararse con nada que hubiera sentido antes por nadie. Amarla lo hacía feliz como nunca nada lo había hecho, ni podría hacerlo. Y en sus lágrimas, Gerard vio lo que Isabel todavía no podía decirle con palabras.

Gerard iba a confesarle su amor cuando el sonido de alguien llamando a la puerta hizo que se separaran. Los sirvientes tardaron demasiado en preparar el baño y salir del dormitorio, pero como el resultado final fue tener a Pel enjabonándole el pelo y la espalda, Gerard pensó que la espera había merecido la pena.

Entonces notó que a ella le temblaban las manos y supo que tenía que distraerla de sus miedos hasta que pudiera llevarla a la cama. Ellos dos no tenían ningún problema para conectar íntimamente entre las sábanas. Y, con eso en mente, se apresuró en terminar cuanto antes de bañarse.

—¿Te gustaría contarme el motivo de tu paseo nocturno por el jardín con lady Ansell? —le preguntó, anudándose el cinturón de la bata antes de tomar la copa de brandy que Isabel le había servido.

—Nos apetecía tomar el aire.

Se sentó en una silla que tenía cerca.

Gerard caminó hasta la ventana.

—Puedes decirme sencillamente que no es asunto mío.

—No es asunto tuyo —contestó ella, riéndose.

—Ahora estoy intrigado de verdad.

—Sabía que lo estarías. —La oyó suspirar—. Al parecer, tienen problemas para concebir y eso está causando tensión en su matrimonio.

—¿Lady Ansell es estéril?

—Sí. Su médico le ha dicho que se debe a su edad.

Gerard negó con la cabeza y lamentó la situación.

—Es una lástima que Ansell sea hijo único, de ese modo, todo el peso de tener descendencia recae sobre sus hombros. —Bebió un largo trago y pensó que él tenía mucha suerte de tener hermanos—. Tú y yo jamás tendremos que enfrentarnos a ese problema.

—Supongo que no.

Hubo algo en el tono de voz de Isabel que hizo que a Gerard se le encogiera el estómago, pero ocultó su reacción manteniéndose de espaldas a ella y hablando como si nada.

—¿Te estás planteando la posibilidad de quedarte embarazada?

—¿Acaso no me has dicho que querías construir algo duradero? ¿Qué hay más duradero que el propio linaje?

—Dado que tengo dos hermanos, supongo que eso ya no tiene demasiado sentido —dijo él cauteloso, intentando contener el estremecimiento que sentía en todo el cuerpo.

Solo con pensar en Isabel embarazada experimentaba un terror como nunca antes había sentido. Las manos le temblaron tanto que el líquido se movió peligrosamente dentro de la copa. Dio gracias de que ella no pudiera verlo en ese estado.

«Emily.»

La muerte de ella y del hijo de ambos casi lo había destruido y él no había amado a Em como amaba a Isabel. Si le sucedía algo a su esposa, si la perdía...

Cerró los ojos y se obligó a aflojar los dedos para no romper la copa.

—¿No deseas tener hijos?—le preguntó ella, pegada a su espalda.

Gerard soltó el aliento muy despacio.

¿Cómo diablos podía responder a eso?

Él lo daría todo por tener familia con ella. Todo excepto a ella misma. Aunque el posible resultado final fuera maravilloso, el riesgo que conllevaba era demasiado alto como para que él se planteara siquiera la posibilidad de intentarlo.

—¿Acaso tenemos prisa? —le preguntó al fin, dándose la vuelta para mirarla a los ojos y tomar fuerzas de ellos.

Isabel estaba cerca de él, con la espalda completamente recta, y la bata medio abierta deslizándose por sus hombros e insinuando los pechos. Era la dicotomía perfecta entre una dama impecable y una tigresa en la cama. Era ideal para él. Irreemplazable.

Ella se encogió de hombros, lo que alivió a Gerard enormemente. Solo había sido una conversación sin mayor trascendencia.

—No estaba insinuando que tuviéramos que darnos prisa.

Él movió la mano como quitándole importancia y cambió de tema.

—Espero que te guste Waverly Park. Es la mansión que tengo más cerca de Londres y una de mis preferidas. Tal vez, si a ti te parece bien, podríamos organizarlo todo para quedarnos allí una temporada.

—Eso sería maravilloso —contestó ella.

Entre ellos se palpaba la tensión, como si fueran dos espadachines describiendo círculos el uno alrededor del otro.

Gerard no podía soportarlo.

—Me gustaría retirarme —murmuró, observándola por encima del borde de la copa.

Cuando estaban en la cama nunca existía la más mínima distancia entre los dos.

En los labios de Isabel se insinuó una leve sonrisa.

—¿No te sientes cansado, después de haber estado hurgando entre los arbustos?

—No.

Se le acercó sin ocultar sus intenciones.

Ella abrió los ojos y aquella efímera sonrisa se convirtió en la expresión de una sirena.

—Tienes un aspecto delicioso.

—¿Te gustaría darme un mordisco?

Dejó la copa encima de una mesilla cuando pasó por su lado.

Isabel se rio cuando él la tomó de la cintura.

—¿Eres consciente de que siempre sé cuándo intentas distraerme? —preguntó Isabel, dibujando las cejas de su esposo con un dedo—. Te brillan los ojos de un modo especial.

Gerard le dio un beso en la punta de la nariz.

—¿Te molesta, tesoro?

—No. La verdad es que me encantaría darte un mordisco. —Le desanudó y abrió la bata con dedos expertos—. Todo tú eres muy tentador y no sé por dónde empezar.

—¿Esperas que haga alguna sugerencia?

Ella le pasó los dedos por el pecho y luego ladeó la cabeza como si estuviera sopesando sus opciones.

—No hace falta. —El pene de Gerard se irguió—. Creo que es más que evidente qué parte de tu cuerpo está más ansiosa de mis caricias.

Todas y cada una de las células del cuerpo de él, aunque se tensaron a la expectativa, suspiraron aliviadas al tener a Isabel tan cerca. Siempre había sido así. Estar con ella hacía que el mundo que lo rodeaba fuera un lugar mejor, aunque probablemente cualquiera pensaría que esa frase era una cursilería.

Los labios de Isabel, carnosos y calientes, se acercaron a su cuello y le pasó la lengua por la piel.

—Mmm... —susurró al notar su sabor, y deslizó las manos por debajo de la bata para acariciarle la espalda—. Gracias por la rosa. Nunca me habían regalado una cortada especialmente para mí.

—Te cortaré cientos —prometió con torpeza, olvidándose por completo de las espinas que se había clavado y de los improperios que había soltado mientras buscaba la flor.

—Mi vida. Una es más que suficiente. Una es perfecto.

Cualquier parte del cuerpo de Gerard que Isabel tocaba entraba en calor y se endurecía. En toda su vida, nadie lo había amado así. Podía sentirlo en la punta de los dedos de ella, en su aliento, en el modo en que ella temblaba y se excitaba solo con mirarlo. Sus pequeñas manos estaban por todas partes, acariciándolo, masajeándolo. Le encantaba tocarle los músculos, a pesar de lo pasados de moda que estaban.

Pel pasó la lengua por el torso de Gerard y le fue dando mordiscos a medida que iba descendiendo. Lo excitaba tanto que la punta de su miembro estaba brillante de semen que le había empezado a resbalar por el pene. Cuando ella se puso de rodillas y siguió el camino de esa gota de semen con la lengua, hizo que Gerard se estremeciera y rugiera de placer.

—Tu boca haría pecar a un santo —dijo entre dientes, hundiendo los dedos en la melena de ella.

Bajó la vista para mirarla y la vio tomar la base de su miembro con la mano para colocarlo en el ángulo exacto y dirigirlo a sus labios.

—¿Y qué le haría hacer a un hombre que dista mucho de la santidad?

Antes de que Gerard pudiera tomar el aire necesario para contestar, Isabel rodeó su prepucio en el calor líquido de su boca.

A él le pesaron los párpados y dejó de respirar cuando empezó a succionarlo con aquellos labios carnosos. Su miembro creció al notar los movimientos húmedos y repetitivos y él sudó por cada poro en cuanto la lujuria en estado puro se extendió por todo su cuerpo.

Ninguna de las mujeres que en el pasado le habían dado placer de esa manera podía competir con su esposa. Isabel no tenía la obligación de hacerlo y tampoco era un preludio necesario para el sexo. Ella lo estaba haciendo porque la hacía feliz el acto en sí mismo y lo que implicaba. Y porque le gustaba tanto como a él. Le gustaba tanto que le quemaba la piel. Le gustaba tanto que estaba húmeda entre las piernas y tenía los pezones duros como piedras.

Isabel gimió al mismo tiempo que Gerard, lo sedujo con la lengua y le pasó las manos por los glúteos.

Isabel lo amaba.

La piel del miembro de Gerard estaba tan seca y estirada que ya no podía contenerlo más. Sus testículos se apretaron hacia arriba, listos para eyacular y desperdiciar el regalo de la vida que él jamás podría darle a ella.

Y fue ese último pensamiento el que le sugirió a Gerard que terminara dentro de su boca. A Isabel le encantaba que él eyaculara de esa manera, le encantaba notar cómo le temblaban los muslos cuando gritaba su nombre.

Pero también le gustaba que le hiciera el amor cuando estaba tan duro y excitado como en ese momento. Sentir lo profundo que podía llegar dentro de ella y allí era exactamente donde Gerard necesitaba estar... Unidos.

Desde aquel instante y hasta que la muerte los separara, solo se tendrían el uno al otro. Isabel era todo lo que él necesitaba. Y deseó que ella sintiera lo mismo por él.

—Más no.

Le apartó la cabeza con cuidado y dio un paso hacia atrás para alejarse de la tentación. Su pene estaba rojo de pasión y se quejó frustrado.

La expresión de ella le indicó que tampoco le había gustado parar.

Gerard dio otro paso hacia atrás y se desplomó en el sofá del que antes se había levantado Pel y le indicó impaciente que se acercara. Ella se quitó el camisón y se acercó a él envuelta únicamente en su melena rojiza, balanceando seductoramente las caderas. Al llegar ante Gerard se detuvo y se sentó a horcajadas en su regazo, le colocó las manos en los hombros y sus pechos bailaron ante sus ojos.

Consumido por una fiebre que solo Isabel podía apagar, Gerard enterró el rostro en el valle que había entre sus pechos y, con bocanadas de aire desesperadas, inhaló hondo para ver si así su aroma le impregnaba la sangre.

—Gerard. —Le acunó el rostro y le pasó los dedos por el cabello, que él tenía empapado de sudor—. Te adoro.

Incapaz de hablar, él volvió la cabeza y le pasó la lengua por un pezón, antes de capturárselo entre los labios y empezar a succionar, como si así pudiera obtener el sustento que su alma necesitaba.

Ella suspiró, un sonido que destilaba placer y dolor, y él le colocó una mano debajo del pecho para levantárselo y que ella estuviera más cómoda. Al hacerlo, notó que el pecho de Isabel pesaba un poco más y que estaba un poco más sensible, a juzgar por la queja de antes.

¡Había eyaculado dentro de ella!

El repentino ataque de pánico casi acabó con él. Si Pel no hubiera elegido aquel preciso instante para tomar su miembro y deslizarlo hacia el interior de su vagina, probablemente Gerard habría perdido la erección. Algo que no le había pasado nunca en sus veintiséis años de vida.

—¿Te he hecho daño? —consiguió preguntarle sin levantar la cabeza, para seguir ocultando el miedo que sentía.

Era demasiado pronto... no podía ser...

Isabel lo abrazó y empezó a moverse, ronroneando de placer al notar que su miembro acariciaba lo más profundo de su interior.

—Mi menstruación se está acercando —dijo con un gemido—. No pasa nada.

Gerard sintió tal alivio que por un instante tuvo que recordarse que debía respirar y todos sus músculos se aflojaron al notar que el terror de antes empezaba a retroceder. Pegó el cuerpo de Isabel al suyo y se mordió los labios para intentar mantener algo de control, mientras ella se ondulaba encima en perfecta sintonía.

Sus cuerpos encajaban a la perfección, igual que sus caracteres, sus gustos, sus fobias y sus manías.

Y ella lo amaba. Gerard lo sabía con una certeza absoluta. Lo sabía con completa claridad y más allá de cualquier duda. Lo amaba por lo que era, con todos sus defectos y equivocaciones, lo amaba fuera como fuera.

Ella lo había hecho feliz cuando él creía que jamás volvería a serlo. Si la perdía...

Se moriría.

—Isabel.

Descansó las manos a ambos lados de su espina dorsal y absorbió la sensación de tener los delicados músculos de ella flexionándose sobre su cuerpo. Arriba y abajo. Los movimientos de Isabel demostraban que sabía exactamente lo que a él le gustaba; un conocimiento que solo se molestaría en adquirir una mujer que lo amara. Y eso hacía que su unión fuera mucho más que sexo, mucho más que la búsqueda de la satisfacción carnal.

—Deslízate hacia el extremo —le pidió ella, indicándole que cambiara el ángulo de sus caderas—. Justo allí. —Pel bajó un poco más y los labios de su sexo se pegaron al nacimiento del miembro de Gerard—: Oh...

Con el interior de su cuerpo se apretó alrededor de Gerard de un modo delicioso y la lujuria se abrió paso por la espina dorsal de él, obligándolo a apartar la espalda de la butaca de damasco y a pegar el torso al de su esposa.

—¡Ah, Dios!

—Eso es —lo animó ella clavándole las uñas en un hombro—. Siente el placer.

—Pel —consiguió decir él, muerto de miedo—. No puedo aguantar.

No podía volver a eyacular dentro de ella.

Isabel subía y bajaba con suma gracia, las sinuosas curvas de su cuerpo desprendían fuerza y feminidad. Estaba tan apretada, tan caliente y mojada que Gerard sabía que iba a perder la cordura igual que había perdido el corazón.

—Vente —le ordenó a ella entre dientes, sujetándola por las caderas y moviendo las suyas como un loco. Un guante de seda. Un guante de fuego—. ¡Vente, maldita sea!

Gerard empujó a Isabel hacia abajo al mismo tiempo que él levantaba la mitad inferior de su cuerpo. Oyó el grito ahogado de ella y vio que echaba la cabeza hacia atrás. Notó que las paredes de su sexo se apretaban alrededor de su miembro y lo torturaban, igual que había hecho antes con la boca.

En cuanto Pel se desplomó contra su pecho, Gerard salió de dentro de ella y, sujetando su miembro con una mano, se masturbó y eyaculó.

Angustiado y desesperado, apoyó una mejilla sobre el pecho de Isabel para oír cómo le latía el corazón. Y, mientras tanto, escondió sus lágrimas entre las gotas de sudor con aroma a flores exóticas que se acumulaban en el valle de los pechos de su esposa.

19

A Isabel, el trayecto hasta Waverly le pareció maravilloso, a pesar de la presencia de su suegra. El orgullo que teñía la voz de Gray cuando este le señalaba algo o le explicaba algún detalle de la propiedad era más que evidente. Compartir aquel día con él, construir recuerdos juntos, incrementó la sensación de intimidad que habían empezado a tejer entre los dos.

Isabel lo escuchó con atención mientras él le hablaba con aquella voz tan grave y vio que los ojos de su esposo brillaban y que su expresión se animaba.

Qué distinto era aquel Gray del joven cínico que la había abandonado años atrás. Aquel hombre murió con Emily. El marido que Isabel tenía ahora era solo suyo y él nunca le había entregado su corazón a otra. Y, aunque Gerard todavía no lo hubiera dicho en voz alta, ella sospechaba que la amaba.

Saber eso hizo que el día le pareciera más brillante, que tuviera mejor humor y que se sintiera más segura de sí misma. Estaba convencida de que si se amaban, juntos podrían superar cualquier obstáculo. El amor de verdad consistía en aceptar al otro con todos sus defectos e Isabel no pudo evitar desear que Gerard la amara a pesar de los suyos.

Cuando el carruaje se detuvo delante de la mansión de Waverly Park, Isabel se levantó y se preparó para conocer a los miembros del servicio. Ese día, aquella formalidad adquiría un nuevo significado. En el pasado, ella nunca se había sentido como si fuera la marquesa de Grayson y, aunque no tenía ningún problema en asumir una responsabilidad para la que había sido educada, hacerlo nunca le había causado tanta satisfacción como entonces.

A lo largo de las horas siguientes, recorrió la mansión con la eficiente ama de llaves y se fijó en que esta mostraba cierta deferencia hacia la madre de Gray, quien, al parecer, no tenía ningún problema en felicitar a los sirvientes por un trabajo bien hecho, a pesar de que le resultaba imposible hacer lo mismo con sus hijos. Sin embargo, los solemnes cumplidos que la marquesa viuda hacía a los sirvientes porque se habían acordado de hacer algo en concreto impedían el traspaso de poder y que Isabel tomara las riendas de la mansión.

Cuando terminaron, ambas mujeres se sentaron en el salón del piso de arriba para tomar el té. A pesar de que su decoración estaba algo pasada de moda, la estancia era preciosa y estaba pintada en tonos dorados y amarillos muy agradables. La marquesa y ella consiguieron tener una conversación civilizada acerca de los entresijos de llevar una casa, aunque resultara breve.

—Isabel —dijo la mujer en un tono que hizo que su nuera se pusiera tensa de inmediato—, Grayson parece decidido a que desempeñes el papel de marquesa.

Isabel levantó el mentón y le contestó orgullosa:

—Yo estoy igual de decidida a hacerlo de la mejor manera que me sea posible.

—¿Y eso incluye olvidarte de tus amantes?

—Mi vida privada no es asunto suyo. Sin embargo, le diré que mi matrimonio es muy sólido.

—Entiendo. —La marquesa viuda esbozó una sonrisa que no se reflejó en sus ojos—. ¿Y a Grayson no le preocupa la posibilidad de no tener nunca un heredero de su propia sangre?

Isabel se quedó petrificada, con un bollo con mantequilla a medio camino de la boca.

—¿Disculpe?

La madre de Gray entrecerró sus ojos azules y la observó por encima del borde de la taza de porcelana.

—¿A Grayson no le molesta que te niegues a darle un hijo?

—Siento curiosidad por saber por qué cree algo así.

—Por tu edad.

—Sé la edad que tengo —replicó cortante.

—Nunca antes has expresado el deseo de ser madre.

—¿Y cómo lo sabe? Usted nunca ha hecho el esfuerzo de preguntármelo.

La mujer se tomó su tiempo antes de dejar la taza y su correspondiente platito en la mesa.

—¿Quieres tener hijos? —le preguntó al fin.

—Creo que la mayoría de las mujeres sienten ese deseo. Y yo no soy una excepción.

—Bueno, me alegra oírlo —respondió la dama, distraída.

Isabel se quedó mirando a la mujer que tenía delante e intentó adivinar qué pretendía. Porque seguro que estaba tramando algo. Ojalá conociera mejor a su suegra y pudiera descifrarla.

—Isabel. —Oír la voz que más le gustaba en el mundo la tranquilizó enormemente.

Se volvió con una sonrisa en los labios y vio a Gray entrar en el salón. El viento lo había despeinado y tenía las mejillas sonrojadas. Era el hombre más guapo que había visto nunca. Ella siempre lo había creído así. Y ahora, mirarlo consciente, además, del amor que sentía por él, la dejaba sin aire.

—¿Sí, milord?

—La mujer del vicario hoy ha dado a luz a su sexto hijo. —Le tendió ambas manos y la ayudó a ponerse en pie—. Se ha reunido un pequeño grupo de gente para ir a felicitarlos y en el pueblo han organizado una fiesta a la que me encantaría llevarte. Han venido incluso unos músicos.

La ilusión de Gerard la había contagiado y le apretó las manos, eufórica.

—¡Vamos!

—¿Puedo ir yo también? —le preguntó a Gerard su madre, levantándose del sofá.

—Dudo que te guste —dijo él, apartando la mirada del rostro radiante de Isabel. Luego se encogió de hombros—. Pero no pondré ninguna objeción.

—Dame un segundo para refrescarme, por favor —le pidió su esposa en voz baja.

—Tómate todo el tiempo que necesites —contestó Gerard—. Pediré que preparen el landó. Es a poca distancia de aquí, pero ninguna de las dos están vestidas para caminar.

Isabel abandonó el salón con su habitual elegancia y Gerard fue a seguirla, pero su madre lo detuvo.

—¿Cómo sabrás si los hijos que te da son tuyos?

Gerard se quedó petrificado y entonces se dio la vuelta muy despacio.

—¿De qué diablos estás hablando?

—No me dirás que crees que va a serte fiel, ¿no? Cuando esté embarazada, todo el mundo se preguntará quién es el padre.

Él suspiró resignado.

¿Acaso su madre no iba a dejarlo nunca en paz?

—Dado que Isabel nunca estará embarazada, el desagradable incidente que describes jamás llegará a suceder.

—¿Disculpa?

—Me has oído la primera vez. Después de lo que sucedió con Emily, ¿cómo se te ocurre pensar que algún día podría volver a querer pasar por algo así? El primogénito de Michael o de Spencer heredará el título. Yo no pondré a Isabel en peligro cuando no hay ninguna necesidad de ello.

Su madre lo miró atónita y, poco a poco, esbozó una sonrisa radiante.

—Entiendo.

—Eso espero. —Gerard la señaló con un dedo y entrecerró los ojos—. Ni se te ocurra culpar a Isabel de esto. Es mi decisión.

Ella asintió con inusual rapidez y docilidad.

—Lo entiendo perfectamente.

—Me alegro. —Volvió a darse la vuelta y se dirigió hacia la puerta—. Partiremos en breve. Si quieres venir, asegúrate de estar lista.

—No temas, Grayson —dijo la marquesa tras él—. No me lo perdería por nada del mundo.

«Fiesta» era la palabra exacta para describir a la multitud que se había reunido en el prado que había frente a la casa del vicario y de la iglesia de al lado. Bajo las copas de dos grandes árboles había varias docenas de personas bailando y hablando animadamente, junto a un vicario más que radiante.

Isabel sonrió a todo el mundo que se acercó a saludarlos. Grayson la presentó muy orgulloso a aquel montón de gente tan escandalosa y todos la recibieron con alegría.

Se pasó la hora siguiente observando cómo Grayson se mezclaba con los aldeanos. Habló largo rato con los que habían trabajado con él durante la construcción del muro de piedra y el respeto que ya sentían por su señor se incrementó cuando vieron que este recordaba los nombres de todos y los de sus familiares.

Grayson jugó con los niños y los lanzó por el aire, y conquistó a un grupo de niñas que se echaron a reír cuando les dijo que llevaban unos lazos muy bonitos.

Y, durante todo ese rato, Isabel lo observó de lejos y se enamoró tanto de él que le dolía. Notaba una opresión en el pecho y le dio un vuelco el corazón. El encaprichamiento infantil que había sentido por Pelham no era nada comparado con el amor adulto que sentía por Grayson.

—Su padre tenía el mismo carisma —dijo la marquesa viuda a su lado—. Mis otros hijos no lo tienen en la misma medida y me temo que sus esposas lo diluirán todavía más. Es una pena que Grayson no pueda pasárselo a su hijo, cuando a él le sobra.

Protegida por la felicidad que llevaba sintiendo todo el día, Isabel se sacudió de encima la rabia que experimentaba cada vez que oía hablar a aquella mujer.

—Quién sabe qué rasgos heredará un niño cuando ni siquiera ha sido concebido.

—Dado que, antes de salir, Grayson me ha asegurado que no tiene intención de dejarte embarazada, creo que puedo afirmar que mi hijo no le pasará sus rasgos característicos a nadie.

Isabel la miró de reojo. El que había sido el bello rostro de la marquesa viuda estaba oculto tras el ala del sombrero, con lo que nadie podía ver la maldad que se escondía tras su fachada. Pero en cambio, eso era lo único que podía ver Isabel.

—¿De qué está hablando? —soltó, dándose la vuelta para enfrentarse a su antagonista.

Ella podía soportar las veladas insinuaciones, pero aquella frase tan envenenada y tan directa ya era demasiado.

—He felicitado a Grayson por haber tomado la decisión de cuidar del título, como era su deber. —La marquesa bajó el mentón para ocultar los ojos de Isabel, pero su mueca de satisfacción siguió siendo visible—. Él se ha apresurado a asegurarme que

Emily es la única mujer con la que habría tenido un hijo. La amaba y ella es irreemplazable.

A Isabel se le revolvió el estómago al recordar lo feliz que se había puesto Gray cuando descubrió que Em estaba embarazada. Y, pensándolo bien, no podía recordar ni una sola ocasión en la que él le hubiera dicho que quería tener hijos con ella.

Incluso había intentado evitar el tema la noche anterior en lugar de hablarlo directamente y había dicho que sus hermanos se encargarían de tener un heredero.

—Miente.

—¿Por qué iba a mentir sobre algo tan fácil de demostrar? —le preguntó su suegra con fingida inocencia—. Vamos, Isabel, ustedes dos hacen muy mala pareja. Claro que si tú puedes dejar a un lado tus deseos de ser madre y aceptas que el heredero de Grayson sea el hijo de otra mujer, entonces quizá podrían llevarse bien y ser más o menos felices.

Ella cerró los puños y luchó contra el instinto de enseñarle los dientes a aquella mujer y de arrancarle los ojos con las uñas. Y también de echarse a llorar. No sabía de qué tenía más ganas. Pero sabía que tanto si hacía una cosa como la otra, solo serviría para darle ventaja. Así que le sonrió y se encogió de hombros.

—Me encantará demostrarle lo equivocada que está.

Recorrió la poca distancia que las separaba del resto de la gente y rodeó el tronco de uno de los árboles. Allí, oculta de ojos curiosos, se apoyó en la corteza, sin importarle las manchas que pudiesen quedarle en el vestido.

Estaba temblando, de modo que entrelazó los dedos de las manos y respiró hondo varias veces. No volvería a la fiesta hasta haber recuperado la compostura.

A pesar de que todo su ser le decía que tenía que confiar en Grayson, en que era lo bastante buena para él, en que la quería y deseaba su felicidad, Isabel seguía oyendo aquella vocecita en su cabeza que le decía que Pelham no había tenido bastante con ella.

—¿Pel?

Grayson se metió bajo la copa del árbol y, en sus ojos, ella vio lo preocupado que estaba.

—¿Sí, milord?

—¿Te encuentras bien? —le preguntó, acercándose más—. Estás pálida.

Isabel movió una mano para quitarle importancia.

—Tu madre ha intentado provocarme de nuevo. No es nada. Dame un segundo y me recuperaré.

Gerard gruñó enfadado; era el sonido de un hombre dispuesto a defender a su mujer.

—¿Qué te ha dicho?

—Mentiras, mentiras y más mentiras. ¿Qué otro recurso le queda? Tú y yo ya no estamos separados y compartimos el mismo lecho, así que lo único que ha podido hacer ha sido atacarme con el tema de los hijos.

Gray se tensó visiblemente, Isabel lo vio y se preocupó.

—¿Qué pasa con los hijos? —le preguntó él, inseguro.

—Dice que no quieres tenerlos conmigo.

Gerard se quedó inmóvil durante mucho rato y cuando reaccionó hizo una mueca de dolor. Ella sintió que se le paraba el corazón y luego se le subía a la garganta.

—¿Es verdad? —Se llevó una mano al pecho—. ¿Gerard? —insistió, al ver que él no contestaba.

Su marido gruñó y apartó la vista.

—Quiero dártelo todo. Todo. Quiero hacerte feliz.

—Todo excepto hijos.

Él apretó la mandíbula.

—¿Por qué? —le preguntó llorando, al notar que se le rompía el corazón.

Gerard levantó la cabeza y volvió a mirarla.

—No voy a perderte —afirmó rotundo—. No puedo perderte. No voy a correr el riesgo de dejarte embarazada y que mueras al dar a luz.

Isabel retrocedió tambaleándose y se cubrió la boca con una mano.

—¡Por Dios santo, no me mires así, Pel! Podemos ser felices nosotros dos solos.

—¿Podemos? Me acuerdo de lo contento que estabas al saber que Emily estaba embarazada. Estabas exultante. —Negó con la cabeza y se llevó los dedos al labio inferior para ver si así le dejaba de temblar—. Yo quería darte eso.

—¿Y te acuerdas también de mi dolor? —le preguntó él a la defensiva—. Lo que siento por ti va mucho más allá de lo que he sentido nunca por nadie. Perderte me destruiría.

—Crees que soy demasiado mayor para ti.

Incapaz de seguir contemplando el tormento de Gerard, que sin duda reflejaba el que ella sentía, Isabel intentó esquivarlo.

—Esto no tiene nada que ver con la edad.

—Sí tiene que ver.

Gray la tomó por el brazo cuando pasó por su lado.

—Te prometí que yo sería suficiente para ti y lo seré. Puedo hacerte feliz.

—Suéltame —le pidió en voz baja, mirándolo de frente—. Necesito estar sola.

Los azules ojos de él se llenaron de frustración, miedo y algo de rabia. Ninguna de esas emociones afectó a Isabel. Estaba aturdida, una sensación que había experimentado siempre que le asestaban una herida mortal.

Todo excepto hijos.

De nuevo se llevó una mano al pecho y tiró del brazo que Gerard le seguía sujetando.

—No puedo dejar que te vayas así, Pel.

—No tienes elección —se limitó a contestar ella—. No me retendrás en contra de mi voluntad delante de toda esta gente.

—Pues entonces me voy contigo.

—Quiero estar sola —reiteró.

Él se quedó mirando el frío cascarón en que se había convertido su esposa y, al ver la enorme distancia que existía en esos momentos entre los dos, se preguntó si podrían saltarla. El pánico le aceleró el corazón y le dificultó la respiración.

—Por Dios santo, tú nunca me habías dicho que quisieras tener hijos. ¡Me hiciste prometerte que no me vendría dentro de ti!

—¡Eso fue antes de que tú decidieras convertir nuestro acuerdo temporal en un matrimonio permanente!

—¿Cómo diablos querías que supiera que habías cambiado de opinión sobre ese tema?

—Seré tonta... —Los ojos de Isabel ardieron como el fuego—. Tendría que haberte dicho: «Una última cosa, antes de que me enamore de ti y quiera tener hijos, deja que te pregunte si tienes alguna objeción al respecto».

«Antes de que me enamore de ti...»

En cualquier otro momento, esas palabras lo habrían llevado al cielo. Ahora le dolían en el alma.

—Pel... —Respiró hondo y tiró de ella hacia él—. Yo también te amo.

Isabel negó con la cabeza y los rizos de su melena se movieron violentamente de un lado a otro.

—No. —Levantó la mano para alejarlo de ella—. Esto es lo

último que quiero oír de ti. Quería ser tu esposa en todos los sentidos, estaba dispuesta a intentarlo, pero tú acabas de rechazarme. Ahora ya no tenemos nada. ¡Nada!

—¿De qué diablos estás hablando? Nos tenemos el uno al otro.

—No, no es así —afirmó Isabel con tanta rotundidad que a Gerard se le cerró la garganta y dejó de entrarle aire—. Tú quisiste que fuéramos más que amigos y ahora no podemos volver atrás. Y ahora... —se le atragantó un sollozo—, ahora no puedo hacer el amor contigo, así que tampoco podemos seguir casados.

Gerard se quedó petrificado y el corazón le dejó de latir.

—¿Qué?

—Te odiaría cada vez que te pusieras protección o que salieras de dentro de mi cuerpo para eyacular fuera. Saber que no vas a permitirme que lleve a tu hijo...

Él la tomó por los hombros para zarandearla y hacerla entrar en razón. Isabel reaccionó dándole una patada en la espinilla que lo hizo maldecir y soltarla de inmediato. Luego, ella corrió hacia el landó y él la siguió tan rápido como se lo permitió el decoro. Pero justo cuando Isabel subía al coche sin la ayuda de nadie, la madre de Gerard se interpuso en el camino de su hijo.

—¡Bruja! —la insultó él, tomándola del codo para llevarla aparte—. Yo partiré hoy mismo, pero tú te quedas aquí.

—¡Grayson!

—Esta propiedad te gusta, así que no te hagas la ofendida. —Se inclinó hacia ella hasta hacerla retroceder—. Guárdate todo el miedo para el día en que vuelvas a verme y reza para que no sea nunca, porque eso significará que Isabel no me ha perdonado. Y, si eso sucede, ni siquiera Dios podrá protegerte de mi ira.

Dejó a su madre allí y corrió tras el landó, pero su paso se vio entorpecido por los aldeanos que querían saludarlo. Cuando por fin llegó a la mansión, Pel ya había hecho preparar el carruaje y se había ido.

Luchando contra el miedo que tenía de haber herido su amor de un modo irreparable, Gerard montó en su caballo y partió en su busca.

20

Rhys esperó en el pasillo del ala donde se encontraban los aposentos de Abby. Paseó nervioso de un lado al otro y se aflojó varias veces el nudo del pañuelo, pero no apartó la mirada de la puerta ni un segundo.

Su carruaje lo estaba esperando fuera y los sirvientes habían cargado ya su equipaje. Se le estaba acabando el tiempo. Iba a tener que irse muy pronto, pero se negaba a hacerlo sin haber hablado antes con Abigail.

Lo había intentado en vano durante toda la mañana. Había tratado de sentarse a su lado durante el almuerzo, pero ella fue más rápida y ocupó una silla que tenía un invitado a cada lado. Lo había evitado adrede.

Suspiró impaciente, oyó el picaporte y la vio salir de su habitación. La llamó.

—Abby.

Corrió hacia ella y vio que le brillaban los ojos de alegría, justo antes de bajar los párpados e intentar ocultárselos.

Maldita fuera, estaba jugando a algo y él iba a averiguarlo. ¡Lo juraba por Dios! Mira que hacer que se enamorara de ella para luego dejarlo a un lado. Las cosas no iban a acabar así.

—Lord Trenton. ¿Cómo está?... ¡Oh, vaya!

Rhys la tomó del codo y la arrastró por el pasillo hasta llegar a la escalera de servicio. Se detuvo en el diminuto rellano y la miró. Vio que tenía los labios entreabiertos y, antes de que pudiera decir nada, la pegó a él y la besó. Devoró los labios de Abby con algo muy parecido a la desesperación, porque necesitaba que le devolviera el beso más que respirar.

Y cuando ella gimió y fue a su encuentro, Rhys tuvo que contenerse para no gritar victorioso. Abby sabía a crema y a miel caliente, un sabor sencillo que purificaba los cínicos sentidos de Rhys y que hacía que el mundo fuera un lugar nuevo y maravilloso.

Finalmente tuvo que apartarse, algo que a duras penas consiguió hacer después de haber pasado la noche sin dormir y sintiéndose muy desgraciado por no estar con ella.

—Vas a casarte conmigo —le dijo con torpeza.

Abby suspiró y mantuvo los ojos cerrados.

—¿Por qué has tenido que estropear una despedida tan perfecta con esa tontería?

—¡No es ninguna tontería!

—Sí lo es —insistió Abby negando con la cabeza y mirándolo—. No diré que sí. De modo que, por favor, deja de insistir.

—Me deseas —le recordó él, tozudo, pasándole el pulgar por el labio inferior.

—Eso es sexo.

—El sexo es suficiente.

No lo era, pero si la tenía debajo siempre que la necesitaba, quizá algún día recuperara la capacidad de pensar. Y entonces, cuando pudiera pensar, podría elaborar un plan para conquistarla.

Grayson había empezado a abrir camino, él podría seguirlo; solo tendría que seguir el rastro de los arbustos destrozados.

—No lo es —rebatió ella con dulzura.

—¿Tienes idea de cuántos matrimonios viven sin saber lo que es la pasión?

—Sí. —Abby le puso una mano encima del corazón—. Pero

no creo que baste con eso para soportar todas las cosas que dirán de ti si te casas con una americana.

—Pueden irse todos al infierno —refunfuñó Rhys—. Entre tú y yo hay más que pasión, Abby. Tú y yo nos llevamos bien. Nos gusta estar en compañía del otro incluso fuera de la cama. Y a los dos nos gustan los jardines.

Ella le sonrió y a él le dio un vuelco el corazón. Pero luego Abby se lo rompió en mil pedazos.

—Yo quiero casarme por amor y no voy a conformarme con menos.

Rhys tragó saliva. Era obvio que ella no lo amaba, pero oírselo decir fue extremadamente doloroso.

—El amor puede cultivarse.

El labio que él le tocaba con el pulgar tembló.

—No quiero correr el riesgo de que no florezca. Tengo que sentirlo, Rhys, solo así podré ser feliz.

—Abigail —suspiró y pegó la mejilla en la suya.

Él podía conquistar su corazón. Lo único que tenía que hacer ella era darle una oportunidad.

Por desgracia, antes de que pudiera seguir insistiéndole, se abrió una puerta en el piso inferior y oyeron a dos doncellas hablando.

—Buen viaje, milord —susurró Abby poniéndose de puntillas y dándole un beso agridulce—. Resérvame ese baile.

Y se fue. El vacío que Rhys sintió en sus brazos rivalizó con el que sintió en su corazón.

Cuando el carruaje se detuvo frente a la mansión de los Hammond, Isabel sintió un profundo alivio al ver el coche de Rhys preparado para partir. Tras haberse pasado la última hora llorando desconsolada por el fin de su matrimonio y por haber perdido todos sus sueños, necesitaba el hombro y los consejos de su hermano.

—¡Rhys! —lo llamó, bajando los escalones con la ayuda de un criado y corriendo luego hacia su hermano.

Él se volvió con el cejo fruncido, con una mano en la cintura y la otra frotándose la nuca. Allí de pie tenía un aspecto regio, con el pelo negro bajo el sombrero y aquel pantalón tan ajustado. El dolorido corazón de Isabel sintió cierto consuelo solo con verlo.

—¿Isabella? Creía que habías ido a pasar el día fuera. ¿Qué te ha pasado? Has estado llorando.

—Vuelvo contigo a Londres —le dijo con la voz ronca de tanto llorar—. Estaré lista en un momento.

Rhys miró por encima de ella y preguntó:

—¿Dónde está Grayson?

Isabel negó con la cabeza violentamente a modo de respuesta.

—¿Isabella?

—Por favor —murmuró ella, bajando la vista, porque la compasión y la preocupación de su hermano estaban a punto de hacerla llorar de nuevo—. Me echaré a llorar como una magdalena delante del servicio. Ya te lo contaré todo en cuanto me haya refrescado y haya encontrado a mi doncella.

Rhys soltó una maldición en voz baja y se aflojó el nudo del pañuelo.

—Date prisa —le dijo, mirando ansioso la puerta principal—. Créeme si te digo que no estoy siendo insensible ni egoísta, pero solo puedo esperarte diez minutos como mucho.

Isabel asintió y corrió hacia la casa. En diez minutos no podía hacer el equipaje, así que se lavó la cara, tomó lo que necesitaba para el viaje y le dejó una nota a Grayson diciéndole que se encargara del resto.

Estaba convencida de que su esposo aparecería en cualquier momento y la ansiedad le había encogido el estómago. Se notaba acelerada, alterada, fuera de sí. Todo su mundo se tambaleaba y Gray, la brújula que había creído que podía seguir, ya no estaba.

Tendría que haber sabido que para él tampoco iba a ser suficiente.

La opresión que sentía en el pecho y que le impedía respirar era culpa suya. La realidad siempre había estado allí: ella era demasiado mayor para Gray y él no confiaba en que su cuerpo pudiera darle los hijos que ella sabía que deseaba. Si Isabel fuera más joven, seguro que no estaría tan preocupado por su salud.

—Vamos —le dijo a Mary y las dos siguieron al criado, que llevó su maleta del piso inferior al carruaje.

Rhys las estaba esperando fuera, paseando nervioso de un lado a otro.

—¡Maldita sea, has tardado una eternidad! —masculló, haciéndole señas a la doncella para que fuera hacia el vehículo de los sirvientes.

Acto seguido, tomó a su hermana del brazo para acercarla a su carruaje, abrió la puerta y prácticamente la lanzó adentro.

Isabel se tambaleó y tuvo que sujetarse para mantenerse en pie y cuando consiguió levantar la cabeza, comprendió a qué se debía la urgencia de Rhys. Una chica atada y amordazada de ojos azules con motas doradas la estaba mirando.

—Cielo santo —exclamó ella, retrocediendo de inmediato. Miró a su alrededor para ver si los había visto alguien y susurró furiosa—: ¡¿Qué estás haciendo con la señorita Abigail dentro de tu carruaje, atada como un pavo para la cena de Navidad?!

Su hermano suspiró exasperado y puso los brazos en jarras.

—La muy condenada no quiere entrar en razón.

—¡¿Qué?! —exclamó Isabel, que también puso los brazos en

jarras—. ¿A esto lo llamas entrar en razón? ¿El futuro duque de Sandforth secuestrando a una joven dama soltera?

—¿Y qué otro recurso me queda? —Alargó las manos hacia su hermana—. ¿Se supone que tengo que alejarme de ella solo porque me ha rechazado?

—¿Y qué piensas hacer con ella? ¿Comprometerla para que así se vea obligada a casarse contigo? ¿Qué base es esa para un matrimonio?

Él hizo una mueca de dolor.

—La amo, Isabella. No puedo imaginarme vivir sin ella. Dime qué puedo hacer.

—Oh, Rhys —suspiró Isabel, de nuevo con lágrimas en los ojos—. ¿No crees que si supiera cómo hacer que el amor aparezca donde no existe, no lo habría intentado con Pelham?

Quizá lo que les pasaba era una especie de maldición familiar o algo por el estilo.

Isabel había deseado con todas sus fuerzas que su hermano encontrara el amor verdadero. Y el poco corazón que le quedaba se le rompió al descubrir que se había enamorado de una mujer que no le correspondía.

Unas patadas procedentes del interior del carruaje llamaron la atención de los dos. Cuando Rhys se acercó a la puerta, Isabel se interpuso en su camino.

—Permite que me ocupe yo. Me parece que tú ya has hecho demasiado.

Se sujetó el borde de la falda y, con la ayuda del escalón, subió al vehículo. Se sentó en el banco opuesto a Abigail y se desprendió de los guantes y luego empezó a quitarle la mordaza que hasta el momento amortiguaba las quejas de la joven.

Fuera, podía oír a Rhys refunfuñando acerca de lo imposibles que eran las mujeres.

—Por favor, no grite cuando le quite esto —le suplicó a la chica mientras aflojaba el último nudo—. Soy consciente de que lord Trenton la ha tratado de un modo abominable, pero él la quiere de verdad. Lo único pasa es que está confuso. Él nunca le habría...

Abby se movió frenética en cuanto se vio sin la mordaza.

—¡Mis manos, milady! ¡Suélteme las manos!

—Sí, por supuesto.

Isabel le secó las lágrimas que tenía en las mejillas y después jaló la tela que le retenía las muñecas.

En cuanto aflojó el último nudo, Abigail se soltó los brazos y abrió la puerta del carruaje para lanzarse a los brazos de Rhys. El fornido cuerpo de él absorbió el impacto, aunque su sombrero fue a parar al suelo.

—¡Abby, por favor! —le suplicó, mientras ella le golpeaba inútilmente los hombros—. Tienes que ser mía. ¡Cásate conmigo! Te prometo que lograré que me ames, te lo prometo.

—¡Ya te amo, idiota! —exclamó la joven, llorando.

Él se apartó con los ojos abiertos como platos.

—¿Qué? Me has dicho que... Maldita sea. ¿Me has mentido?

—Lo siento. —Los pies de ella no tocaban el suelo, porque él seguía abrazándola en el aire.

—Entonces ¿por qué diablos te has negado a casarte conmigo?

—Tú no me has dicho que sentías lo mismo.

Rhys la dejó en el suelo y se pasó una mano por la cara al refunfuñar exasperado.

—¿Y si no es por amor, por qué otro motivo me casaría con una mujer que me vuelve loco?

—Creía que solo querías casarte conmigo porque nos habían sorprendido besándonos.

—Dios santo. —Aún con los ojos cerrados, volvió a tomarla en brazos—. Terminarás matándome.

—Dímelo otra vez —le imploró ella con los labios sobre su mandíbula.

—Te amo con locura.

Isabel, con un nuevo pañuelo en la mano, apartó la vista de la escena.

—Baje las maletas de su señoría —le dijo a un criado que corrió a obedecerla.

Mientras, se aposentó en el banco del carruaje, apoyó la cabeza el respaldo y cerró los ojos, lo que no detuvo el río de lágrimas.

Quizá solo ella estuviera maldita.

—Isabella.

Abrió los ojos y se encontró con Rhys, cuyo torso bloqueaba la puerta.

—Quédate —le pidió su hermano en voz baja—. Habla conmigo.

—Pero tú siempre dices que es muy molesto cuando las mujeres empezamos a hablar de nuestros sentimientos —contestó ella con una lacrimosa sonrisa.

—No bromees. No tendrías que estar sola en este estado.

—Quiero estar sola, Rhys. Quedarme aquí, fingir que estoy bien cuando no es así, sería la peor de las torturas.

—¿Qué diablos ha pasado entre Grayson y tú? Él era sincero cuando me dijo que quería ganarse tu cariño. Sé que lo era.

—Y lo ha conseguido. —Isabel se inclinó hacia adelante y habló apresuradamente—. Tú te has arriesgado por amor y al final la recompensa ha merecido la pena. Prométeme que siempre antepondrás los sentimientos a todo lo demás, tal como has hecho hoy. Y que nunca subestimarás a la señorita Abigail.

Rhys frunció el cejo.

—Por favor, no me hables en acertijos, Isabella. Soy un hombre. No conozco su idioma.

Ella puso la mano encima de la que él mantenía en el pica-porte.

—Tengo que irme antes de que llegue Grayson. Hablaremos cuando vuelvas a Londres con tu prometida.

Fue esa palabra la que logró que Rhys asintiera y diera un paso hacia atrás. Él tenía que quedarse y hablar con los Hammond. Su hermana sobreviviría, siempre lo hacía.

—Te tomo la palabra —le advirtió.

—Por supuesto. —Esbozó una débil sonrisa—. Me alegro tanto por ti... No apruebo tus métodos —lo riñó al instante—, pero me alegro de que hayas encontrado a la única mujer que te va a hacer feliz. Presenta mis disculpas, yo no puedo quedarme.

—Te quiero —le dijo Rhys tras asentir.

—Vaya, vas aprendiendo a decirlo, ¿no? —Isabel sorbió por la nariz y se frotó los ojos—. Yo también te quiero. Y ahora deja que me vaya.

Su hermano dio un paso atrás y cerró la puerta. El carruaje se puso en marcha y ella tuvo la sensación de que dejaba atrás un instante de felicidad, a pesar de que se llevaba consigo los recuerdos.

Se hizo un ovillo y lloró.

Gerard espoleó su montura hasta llegar a la mansión de los Hammond y cuando la detuvo frente a la puerta principal, le lanzó las riendas a un atónito sirviente. Sin importarle lo más mínimo el decoro, subió de dos en dos los peldaños de la escalera que conducía a su dormitorio.

Lo único que encontró allí fue que su esposa se había ido y una nota formal pidiéndole que preparara su equipaje y se lo mandara. Se le hizo un nudo en las entrañas y perdió la capacidad de respirar.

En ese instante comprendió lo herida que estaba Isabel. Se desplomó en la silla más cercana y arrugó su nota entre los dedos. Estaba perplejo, era absolutamente incapaz de comprender qué había pasado con la felicidad que los embargaba a ambos apenas unas horas antes.

—¿Qué ha pasado? —le preguntó una voz desde la puerta que conducía al pasillo principal.

Gerard levantó la vista y vio a Trenton apoyado en el marco.

—Ojalá lo supiera —suspiró él—. ¿Tú sabías que Isabel quería tener hijos?

Rhys se mordió el labio inferior unos instantes para pensar.

—No recuerdo haber hablado nunca del tema con ella, pero supongo que es lógico que quiera. Mi hermana es muy romántica. Y me imagino que a una mujer nada le parece más romántico que la idea de formar una familia.

—¿Cómo es posible que no me haya dado cuenta?

—No tengo ni idea. ¿Y por qué es un problema que quiera tener hijos? Seguro que tú también quieres.

Trenton se apartó de la puerta y entró en el dormitorio para sentarse en la butaca de enfrente de la de Gerard.

—Una mujer importante de mi pasado murió al dar a luz —murmuró este, mirando la alianza que llevaba en el dedo.

—Ah, sí. Lady Sinclair.

Gerard levantó la vista y frunció el cejo.

—¿Cómo diablos puede pedirme Isabel que vuelva a pasar por eso? Solo con pensar en ella embarazada siento tanto terror que apenas puedo soportarlo. Si sucediera de verdad, seguro que me mataría.

—Ah, ya veo. —Rhys se apoyó en el respaldo y colocó un pie encima de la rodilla opuesta, adoptando una postura pensativa—. Discúlpame por hablar de un tema tan delicado, pero no estoy ciego. Desde que has regresado, he visto que mi hermana luce en ocasiones algún que otro morado. Y a veces marcas de mordiscos. Y arañazos. Así que me atreveré a decir que no eres un hombre que modere sus apetitos. Y, al parecer, con el paso de los días has llegado a la conclusión de que Isabel podía soportar la fuerza de tu ardor.

—Maldita sea, me resulta muy incómodo hablar de este asunto —masculló Gerard.

—De acuerdo, pero ¿estoy equivocado? —insistió Trenton. Y cuando su cuñado le respondió con una brusca negación con la cabeza, prosiguió—: Si no me falla la memoria, lady Sinclair poseía un físico muy delicado. De hecho, las diferencias entre ella e Isabella son tan evidentes que a cualquiera podría resultarle raro que te hayas sentido atraído por las dos.

—Atracciones distintas por motivos distintos.

Gerard se puso en pie y caminó despacio por la habitación, buscando el rastro del perfume a flores exóticas en el aire. Su orgullo herido se había sentido atraído por Em. En el caso de Pel, era su alma la que necesitaba estar con ella.

—Muy distintos —añadió.

—Eso es exactamente lo que te estoy diciendo.

Gerard respiró hondo y se apoyó en la repisa de la chimenea con los ojos cerrados. Isabel era una tigresa. Em había sido una gatita. La puesta del sol y el alba. Opuestas en todos los sentidos.

—Las mujeres sobreviven a los partos a diario, Grayson. Mujeres mucho menos valientes que nuestra Isabel.

Eso era verdad, nadie podía negarlo. Pero aunque su cerebro era capaz de escuchar la voz de la razón, su corazón solo seguía los irracionales dictados del amor.

—Si la pierdo —dijo angustiado—, no sé qué será de mí.

—A mí me parece que ya estás a punto de perderla. ¿No crees

que es preferible arriesgarte a perderla algún día y estar con ella ahora, que no hacer nada y perderla seguro para siempre?

La lógica de esa pregunta era innegable. Gerard sabía que si no cedía en ese asunto perdería a Pel. El modo en que su esposa había reaccionado durante su reciente discusión se lo había dejado muy claro.

Oyó que su cuñado se ponía en pie y se dio la vuelta para mirarlo.

—Antes de que te vayas, Trenton, ¿puedo pedirte que me dejes el carruaje?

—No te hace falta. Isabella se ha ido en el mío.

—¿Por qué?

La aprensión le atenazó el estómago. ¿Su miedo irracional a perderla había llevado a Isabel a rechazar todo lo relacionado con él?

—El mío ya estaba preparado y listo para partir. No, no preguntes. Es una historia muy larga y tú tienes que irte en seguida si quieres llegar a Londres antes de que amanezca.

—¿Y lord y lady Hammond?

—Permanecen gloriosamente ignorantes de lo sucedido. Y con un pequeño esfuerzo de tu parte, conseguirás que sigan así.

Gerard asintió y se apartó de donde estaba. Mentalmente empezó a preparar todo lo que necesitaba para irse de allí y justificar su partida y la de su esposa sin levantar sospechas.

—Gracias, Trenton —dijo sincero.

—Limítate a arreglar lo que sea que hayas estropeado. Quiero que mi hermana sea feliz. Esas son las únicas gracias que necesito.

Gerard calculó la distancia que había hasta la ventana del segundo piso de su casa de Londres, echó el brazo hacia atrás, apuntó y tiró el guijarro. Esperó hasta oír el satisfactorio clic antes de echar el brazo de nuevo hacia atrás para lanzar otro.

Empezaba a clarear y el gris oscuro del cielo se estaba convirtiendo en rosa. Recordó otra mañana y otra ventana. Pero el objetivo que perseguía era el mismo.

Tuvo que lanzar varios guijarros para obtener el resultado deseado, pero al final se levantó la cortina y la cabeza despeinada de Pel apareció en la ventana.

—¿Qué estás haciendo, Grayson? —le preguntó, con aquella voz ronca y sensual que él tanto adoraba—. Te lo advierto, no estoy de humor para recitar a Shakespeare.

—Doy gracias a Dios por eso —contestó él con una sonrisa insegura.

Al parecer, ella también recordaba muy bien aquella mañana. Y eso le dio esperanzas.

Con un suspiro, Isabel se sentó en el alféizar de la ventana y arqueó las cejas a modo de pregunta. Al parecer, no la sorprendía demasiado que un hombre lanzara piedras a su ventana para llamar su atención. Durante toda su vida adulta, los hombres habían intentado colarse en su dormitorio.

Pero ahora Pel se acostaba en la cama de él y le había prometido que estaría allí durante el resto de su vida. El placer que le proporcionaba pensar eso se extendió por el cuerpo de Gerard a toda velocidad y le calentó la sangre. Pero luego se quedó helado con la misma rapidez.

Los rayos del sol habían iluminado el rostro de Isabel y Gerard vio que sus ojos de color jerez estaban tristes y que tenía la punta de la nariz roja. A juzgar por su aspecto, se había quedado dormida llorando y era culpa de él.

—Pel —le suplicó sin pudor—. Déjame entrar. Aquí fuera hace frío.

La expresión cautelosa de ella se tornó más reservada. Se apoyó en la ventana y el cabello suelto le resbaló por el hombro que le había quedado al descubierto entre la bata mal abrochada. Por el modo en que se le movían los pechos, Gerard supo que debajo de la prenda iba desnuda.

El efecto que le causó ese descubrimiento fue tan previsible como el amanecer.

—¿Hay algún motivo por el que no puedas entrar? —le preguntó ella—. La última vez que lo pregunté, esta casa era tuya.

—No me refería a la casa, Pel —especificó Gerard—. Me refería a tu corazón.

Isabel se quedó inmóvil.

—Por favor. Deja que me explique. Deja que arregle las cosas entre tú y yo. Necesito que arreglemos las cosas.

—Gerard —suspiró ella en voz tan baja que él apenas oyó su nombre transportado por la fría brisa de la mañana.

—Te amo con desesperación, Pel. No puedo vivir sin ti.

Ella se llevó una mano a los labios, que no dejaban de temblarle. Él dio un paso hacia la casa, todas y cada una de las células de su cuerpo buscaban a Isabel.

—Te juro que seré tuyo para siempre, esposa mía, pero no para satisfacer mis necesidades, como hacía antes, sino porque quiero satisfacer las tuyas. Tú me has dado tanto... amistad, risas, aceptación. Nunca me has juzgado ni me has condenado. Cuando no sabía quién era, a ti no te importaba. Cuando te hago el amor, soy tan feliz que no deseo nada más.

—Gerard.

Su nombre dicho con la voz rota le dolió por dentro.

—¿Me dejas entrar? —imploró.

—¿Por qué?

—Porque quiero darte todo lo que soy. Incluidos mis hijos, si es que tenemos la suerte de tenerlos.

Ella se quedó en silencio tanto rato que Gerard se mareó, porque había estado conteniendo el aliento.

—Acepto hablar contigo. Nada más.

A él le quemaron los pulmones.

—Si todavía me amas, lo demás podemos solucionarlo.

Ella extendió un brazo.

—Sube.

Gerard giró sobre sus talones y fue hacia la puerta principal y después subió la escalera desesperado por estar con su esposa. Pero cuando entró en sus aposentos se detuvo en seco. Lo que veía en aquel preciso instante era su hogar, a pesar de la tensión todavía palpable entre ellos dos.

En la chimenea de mármol ardían las brasas de un fuego, del techo colgaban las telas de seda de color marfil e Isabel estaba de pie frente a la ventana, con sus curvas cubiertas por la bata de seda roja. Ese color le quedaba muy bien y aquella habitación donde ellos habían pasado tantas horas hablando y riendo, era el decorado perfecto para su nuevo comienzo. Allí Gerard derrotaría a los demonios que intentaban separarlos.

—Te he echado de menos —le dijo emocionado—. Cuando no estás a mi lado, me siento muy solo.

—Yo también te echo de menos —confesó ella, tragando saliva—. Pero entonces me pregunto si alguna vez te he tenido de verdad. A veces pienso que Emily tiene una parte de ti prisionera.

—¿Igual que Pelham contigo? —Se quitó el abrigo y el saco, tomándose su tiempo, porque se dio cuenta de que Isabel lo miraba con recelo. Volvió la cabeza y su mirada se fijó en el retrato del conde—. Tú y yo elegimos muy mal en el pasado y los dos llevamos las heridas de las decisiones que tomamos.

—Sí, tal vez los dos estemos dañados a nuestra manera —dijo cansada, acercándose a su sofá preferido.

—Me niego a creer eso. Todo sucede por algún motivo. —Gerard lanzó el chaleco encima del respaldo de una silla dorada y se agachó frente a la chimenea para avivar las brasas. Echó más carbón hasta que notó que el calor se extendía por la habitación—. Estoy seguro de que si no hubiera conocido a Emily, ahora no sabría valorarte como lo hago. Si no hubiera podido compararte con ella, no me habría dado cuenta de lo perfecta que eres para mí.

Isabel resopló.

—Tú solo creías que era perfecta cuando pensabas que había renunciado a ser madre.

—Y tú —siguió él, ignorando su comentario—, dudo que hubieras aceptado mi pasión desbocada si antes Pelham no te hubiera enseñado lo que era ser la receptora de una seducción semejante.

El silencio que recibió Gerard como respuesta estaba repleto de posibilidades. Sintió que la chispa de esperanza que había guardado cerca de su corazón empezaba a arder hasta convertirse en un fuego que podría rivalizar con el que quemaba ante sus ojos.

Se puso en pie.

—Sin embargo, creo que ha llegado el momento de que re-

duzcamos este matrimonio a cuatro bandas a una unión más íntima, formada solo por nosotros dos.

Se volvió para mirarla y vio que estaba sentada completamente erguida y que su precioso rostro estaba pálido, con los ojos llenos de lágrimas. Apretaba los dedos con tanta fuerza que tenía
los nudillos blancos y en el momento en que él se acercó y se sentó a sus pies, le tomó las manos para calentárselas.

—Mírame, Pel. —Cuando ella se enfrentó a sus ojos, él le sonrió—. Hagamos otro trato, ¿de acuerdo?

—¿Otro trato? —Arqueó una de sus bien delineadas cejas.

—Sí. Yo acepto empezar de cero contigo. En todos los sentidos. No someteré nuestro amor al peso de la culpabilidad del pasado.

—¿En todos los sentidos?

—Sí. No me quedaré con nada, te lo prometo. Pero, a cambio,
tú tienes que quitar ese retrato. Y tienes que prometerme que, a
partir de ahora, creerás que eres perfecta. Que no hay nada...
—Se le quebró la voz y tuvo que cerrar los ojos y tomar aire.

Separó los dos extremos de la bata de seda y apoyó la mejilla
en el piel satinada del interior del muslo de Isabel. Respiró hondo
e inhaló el perfume de su esposa, lo que logró calmar los sentimientos que amenazaban con ahogarlo.

Ella le deslizó los dedos por el cabello y se lo acarició hasta la
raíz, amándolo en silencio.

—Yo no cambiaría nada de ti —susurró Gerard, observando
la belleza de su esposa y la fuerza interior que la convertían en la
mujer que era. Única e incomparable—. Y lo que seguro que no
cambiaría es tu edad. Solo una mujer con experiencia es capaz de
mantener a raya a un hombre tan dominante como yo.

—Gerard. —Ella se sentó en el suelo, a su lado, y lo atrajo
contra su torso para abrazarlo y pegarlo a su corazón—. Supon-

go que ya tendría que saber que cuando tiras piedras a mi ventana mi vida está a punto de cambiar drásticamente.

—Sí, tendrías que saberlo.

—Eres un seductor y una canalla —añadió con una sonrisa, pegada a la frente de él.

—Sí, pero soy tu seductor y tu canalla.

—Sí. —Se rio quedamente—. Es verdad. Eres muy distinto del hombre con el que me casé, pero lo único que no ha cambiado, gracias a Dios, es que sigues siendo un seductor. Y así es exactamente como te quiero.

Él se movió, sujetó a Isabel por la espalda y la recostó despacio en el suelo.

—Yo también te quiero.

Ella lo miró; su melena era una bandera de fuego, su piel tan pálida como el marfil iba apareciendo por la abertura de la bata. Gerard apartó la tela con una de sus bronceadas manos y dejó al descubierto los pechos y las curvas que tanto veneraba.

Después se metió una mano en el bolsillo y sacó el anillo con el rubí que le había comprado. Con dedos temblorosos, lo deslizó en el lugar al que pertenecía y besó la piedra antes de darle la vuelta a la mano de Isabel y presionar los labios contra su palma.

El calor se extendió por la piel de Gerard como la brisa de verano, todas las terminaciones nerviosas de su cuerpo se pusieron alerta y la boca se le hizo agua. Bajó la cabeza y lamió primero un pezón y luego el otro, separando los labios cada vez más, para capturar el pecho en su boca. Cerró los ojos, la sangre recorría sus venas repletas de deseo y de amor y bebió el sabor de su esposa con tragos largos y desesperados.

—Sí... —suspiró ella cuando le mordió con cuidado la punta de uno de los pechos, demostrándole la necesidad que sentía de devorarla entera.

Se movieron lánguidamente, sin prisa. Cada caricia, cada beso, cada murmullo era una promesa que se hacían. Se prometieron que se olvidarían de todos los demás. Que se amarían. Que confiarían el uno en el otro y que dejarían el pasado atrás. Se casaron por los motivos equivocados, pero al final su unión se basaba en lo único que de verdad importaba.

La ropa fue desapareciendo hasta que su piel se tocó por todas partes. Él le sujetó un muslo y lo apartó para hundir su miembro en lo más profundo de su ser. Estaban más unidos de lo que podrían unirlos nunca las alianzas de oro que llevaban.

Gerard levantó la cabeza y observó el rostro de Isabel mientras le hacía el amor. Los gemidos de ella llenaban el aire y lograron que los testículos de él se le pegaran al cuerpo. Le temblaron los brazos del esfuerzo de sujetarse para no aplastar a Isabel. Esta movió la cabeza de un lado a otro, le puso los talones en la espalda y le clavó las uñas en los antebrazos. Su melena de fuego estaba esparcida sobre la alfombra y desprendía aquel aroma que lo embriagaba.

Dios, adoraba hacerle el amor. Gerard estaba seguro de que nunca se cansaría de ver a Pel indefensa de deseo, o de sentir el sexo de ella aprisionándolo en su interior.

—Dulce Isabel —le dijo, libre por primera vez de la desesperación que había marcado sus encuentros en el pasado.

—Gerard.

Él gimió de placer. Cuando ella decía su nombre con aquella voz tan sensual sentía como si lo acariciara. Se agachó hacia ella, presionó los labios sobre los suyos y se bebió sus gemidos mientras movía su miembro del modo que sabía que a Pel le gustaba, con embestidas largas, profundas y lentas.

—¡Oh, Dios! —exclamó ella y los muros de su sexo se cerraron alrededor de él al alcanzar el clímax.

—Te amo —susurró Gerard.

Tenía la boca pegada a la oreja de ella, el torso a sus pechos. Y entonces la siguió hasta el precipicio y, sin dejar de estremecerse, eyaculó en su interior, dándole, con infinita alegría, la promesa de la vida que crearían juntos.

Isabel fue a su encuentro y respondió a todas sus caricias. Estaban hechos el uno para el otro.

Epílogo

—Creo que necesita beber algo más fuerte que té —susurró lady Trenton.

Gerard estaba de pie frente a la ventana del salón, con las manos sujetas a la espalda. Tenía las piernas separadas para asegurarse más firmemente en el suelo; sin embargo, seguía notando que le temblaban y que el mundo entero daba vueltas. Igual que un potro que intenta mantenerse en pie por primera vez.

Quería subir arriba y estar con su mujer, que estaba intentando dar a luz a su hijo, pero el continuo goteo de visitas lo retenía en el piso de abajo. Toda su familia política estaba presente y también Spencer.

—Vamos, Grayson —le dijo su cuñado—, creo que deberías sentarte antes de que te caigas.

Un leve chasquido de lengua precedió la amonestación de lady Trenton.

—No tienes nada de tacto.

Gerard se dio la vuelta y dijo:

—No voy a desmoronarme.

Una mentira de tremendas proporciones, pues se notaba la nuca y la frente completamente empapadas de sudor y tenía que obligarse a respirar a un ritmo constante.

—Estás pálido como la cera —se burló el duque de Sandforth.

El parecido de su excelencia con su hijo Rhys era impresionante y lo único que diferenciaba a los dos hombres eran las vetas plateadas que tenía Sandforth en el pelo y las arrugas alrededor de los ojos y de la boca.

Gerard irguió la espalda y deslizó la vista de un extremo a otro del salón. Las mujeres estaban sentadas en dos sofás y los hombres seguían de pie, esparcidos aquí y allá. Los cinco pares de ojos de los allí presentes lo miraban con recelo.

El silencio procedente del piso de arriba era sepulcral. Y, aunque Gerard estaba agradecido por la ausencia de gritos de dolor, deseaba desesperadamente oír alguna señal que le indicara que Pel estaba bien.

—Discúlpenme —dijo de repente, abandonando el salón con pasos impacientes. En cuanto llegó a la entrada, aceleró el paso. Dobló la curva de la escalera del vestíbulo y subió corriendo los dos pisos que lo separaban del tercero. Solo aminoró el ritmo cuando llegó al cuarto de los niños y, después de pasarse las manos por el cabello a toda prisa, accionó el picaporte y entró.

—¡Papá!

Gerard se agachó y abrió los brazos para que el pequeño de cuerpo rotundo se acercara a él con sus piernas todavía rollizas. Abrazó a su hijo contra su torso y al notar el cabello castaño del pequeño recordó que Pel ya había conseguido dar a un luz antes con «asombrosa y pasmosa facilidad», según palabras de la comadrona.

—Milord —lo saludó la niñera haciéndole una reverencia, interesándose por su señora con la mirada.

Él negó con la cabeza para indicarle que todavía no tenían ninguna noticia. La mujer esbozó una sonrisa tranquilizadora y volvió a sentarse en un silla algo apartada.

Gerard se echó un poco hacia atrás para mirar el rostro de su hijo y notó que su corazón reaccionaba como de costumbre. Los últimos tres años habían sido los mejores de su vida. La confianza de Pel se había abierto como una flor, haciéndose más sólida a medida que el paso del tiempo le demostraba que el amor que él sentía por ella era profundo e incuestionable. Su primer hijo, Anthony Richard Faulkner, lord Whedon, había nacido hacía dos años y había llenado la mansión Faulkner de una alegría y felicidad que Gerard no sabía que fueran posibles.

Isabel estaba más bella que nunca, su rostro se había dulcificado con el brillo de la felicidad y Gerard estaba decidido a que ese resplandor no desapareciera nunca.

Alguien llamó a la puerta, que seguía abierta, y al levantar la cabeza, Gerard sintió como si le quitaran el peso del mundo de los hombros. Lady Trenton solo sonreiría así si era portadora de buenas noticias.

Gerard se puso en pie y bajó al segundo piso con su hijo en brazos. Entró en el dormitorio de su esposa con Anthony sin dejar de reír y se detuvo de golpe.

Isabel descansaba en medio de un montón de cojines, tenía la melena esparcida por las sábanas blancas, las mejillas sonrojadas y los ojos brillantes. Estaba radiante y sin duda era la criatura más bella que había visto en toda su vida.

—Milord —lo saludó la comadrona desde donde se estaba lavando.

Él asintió para demostrarle que la había oído y evitó deliberadamente mirar las toallas manchadas de sangre que había junto a la cama. Se sentó nervioso en el borde del colchón y puso una mano encima del muslo de Isabel.

Anthony empezó a gatear hacia su madre, pero se detuvo de golpe al ver que el bulto que ella tenía en brazos se movía un poco y ronroneaba como si fuera un gatito.

—Mi amor... —suspiró Gerard con los ojos llenos de lágrimas.

No existían las palabras que necesitaba para decir lo que sentía.

—¿A que es bonita?

«Una niña.»

Con mano temblorosa, Gerard apartó el borde de la sábana y dejó al descubierto una cabecita llena de diminutos rizos pelirrojos y una cara tan bonita que le costó respirar. En aquel preciso instante se enamoró loca y ferozmente de su hija. Tenía la piel suave como los pétalos de una flor y su rubor era como el de una...

—Rose.

Isabel sonrió.

—Qué bonito, Gerard. Y qué apropiado.

Él se puso en pie y rodeó la cama. Primero colocó una rodilla en el colchón y luego la otra y se desplazó con cautela hasta donde estaba Pel. Se tumbó con cuidado al lado de su esposa y le deslizó un brazo detrás de la cabeza para acercarla a él, mientras el otro lo utilizaba para rodear a un Anthony todavía fascinado.

—Ya estamos los cuatro juntos —dijo Isabel, apoyando la cabeza en el torso de Gerard.

—Sí, el cuarteto perfecto —comentó él.

—Quizá podríamos ser cuatro más...

Gerard se quedó completamente quieto un instante y luego vio la mirada pícara de su esposa.

—Mira que eres mala.

—Sí, pero solo contigo.

—Cuatro más, dices. —La besó en la frente y suspiró—. Vas a volverme loco.

—Pero valdrá la pena —le aseguró ella con aquella voz tan ronca que él adoraba.

Gerard la abrazó con más fuerza, tenía el corazón tan lleno de amor que incluso le dolía.

—Ya la vale, amor mío. Ya la vale.

Sylvia Day es autora de más de doce novelas de éxito, muchas de las cuales han ocupado distintos puestos en las listas de los más vendidos y han recibido diversos premios, como el Reviewers Choise Award del *Romantic Times*, el EPPIE, el National Readers Choice Award —el galardón más importante concedido por los lectores norteamericanos—, y el Readers' Crown. Ha sido varias veces finalista del RITA, el prestigioso premio que concede la Asociación de Autores de Novela Romántica de Estados Unidos.

Publishers Weekly ha calificado su obra como «una aventura estimulante», mientras que *Booklist* la ha definido como «escandalosamente entretenida». Sus novelas han sido traducidas al alemán, el castellano, el catalán, el checo, el japonés, el portugués, el ruso y el tailandés.

Antes de dedicarse a escribir novelas románticas, género en el que se ha ganado un indiscutible prestigio, trabajó como traductora de ruso para el servicio de inteligencia del ejército de Estados Unidos.

Sylvia está casada y es madre de dos hijos.

Encontrarás más información sobre la autora y su obra en: www.sylviaday.com